Universale Economica Feltrinelli

Andrea G. Pinketts (Milano 1961) si occupa di mistero. Ha vinto tre edizioni ('84, '89, '90) del Mystfest per il miglior racconto. Nel 1991 gli è stata assegnata la targa "Un Remington per la strada" per il giornalismo investigativo. Le sue inchieste per la rivista "Esquire" lo hanno visto di volta in volta calarsi in prima persona nella realtà del dormitorio, nei segreti della Stazione centrale, nei panni di vù cumprà e portatori di handycap per scoprire e raccontare le barriere in cui si imbattono i meno fortunati. Recentemente ha fondato a Milano "La scuola dei duri", un movimento letterario che si propone di esplorare la realtà attraverso l'indagine poliziesca. Dal 1991 al Post Café coordina un ciclo di seminari sulla criminologia dal titolo "Giallo e Bar". Il suo primo romanzo è *Lazzaro, vieni fuori* (Metropolis 1991), seguito da *Il senso della frase* (Feltrinelli 1995), premio Mistery al Noir in festival di Courmayeur 1995, e *Io, non io, neanche lui* (Feltrinelli 1996).

ANDREA G. PINKETTS
IL VIZIO DELL'AGNELLO

Feltrinelli

Prima edizione nell'"Universale Economica" aprile 1994
Seconda edizione gennaio 1997

ISBN 88-07-81276-2

Per mia madre

Quando ero piccolo
volevi che crescessi
buono, bravo e ubbidiente.

Ne hai azzeccata una su tre,
mamma:
in effetti dicono che sia
piuttosto bravo.

Con tutte le parole
che rimpiangerò
di non averti detto

Andrea

L'uomo misura il vago tempo con
il sigaro.

JORGE LUIS BORGES, *Luna di fronte*

Il mio girovago far niente vive e si
scatena
nella varietà della notte.

JORGE LUIS BORGES, *Luna di fronte*

In principio Dio creò il cielo e la
terra.
Quella sera arrivai presto.

ANDREA G. PINKETTS, *Qui*

Fatti e personaggi di questo romanzo sono puramente immaginari. I luoghi no. Ma tanto loro non si offendono.

IL VIZIO DELL'AGNELLO

Quando piove, piove.
In certi casi pioviggina,
a limiti estremi grandina.
Ma quando piove, piove.

Hai voglia di credere che sia solo vapore acqueo
e che, certo, domani il cielo sarà azzurro
come in una canzone napoletana.
Ma quando piove, piove.
E ogni volta può essere il diluvio universale.

I lupi bagnati, gli agnelli zuppi, gli ubriachi fradici,
quando piove, piove,
e le gocce battezzano nuove nascite.
I lupi che si nascondono e gli agnelli che ne
approfittano.

La pioggia sorprende solo l'uomo,
lo mette sulle difensive,
difensive innocue, come ombrelli o impermeabili.
Ma quando piove, piove.

È inutile essere abbronzato se entri in una
pozzanghera,
è inutile essere ricco. O socialista.
E le gocce, guarda caso, sono oblique,
come a dire che nella vita non c'è niente
che vada per il verso giusto.

E allora capisci che il cielo è un mare all'incontrario
e ogni tanto te lo dimostra.
Il tempo ha influenze inquietanti
sul comportamento umano.
La luna piena, che so, senza essere licantropi,
influenza le tendenze omicide degli psicopatici.

Già. Ma la pioggia?
Come fai ad uccidere un uomo quando piove?
Non è umano. È umido.
Devi essere un agnello che approfitta
di un momento di debolezza del clima,
per diventare un lupo.

Cattivo per di più.
Ma quando piove, piove.

Pioveva...

1.

Il cadavere leggeva il giornale del giorno prima alla pagina degli spettacoli. Gli occhi aperti, sbarrati, erano appiccicati al foglio asciutto sull'erba bagnata.

Guardandolo dalla strada asfaltata, si sarebbe detto un corpo sdraiato con il volto affondato nel foglio di giornale. Non stava leggendo, naturalmente, visto che era morto. Né prendeva il sole, né aspettava l'improbabile sole delle sette e trenta del mattino. Ma soprattutto non stava leggendo, a meno che, chi può dirlo, l'anima, prima di abbandonare il corpo ormai inservibile per andarsene chissà dove, non si fosse trattenuta un altro po', giusto per vedere, per pura curiosità, cosa davano al cinema Odeon e cosa pensava un noto critico televisivo un po' civettuolo, di un recente special tivù sulla reincarnazione.

Ai margini dell'asfalto che dalla periferia di Milano portava dovunque, i primi spettatori attendevano l'arrivo della polizia gettando uno sguardo alla strada e un altro al cadavere, per controllare che fosse ancora lì, che non se ne andasse altrove a leggere quel suo giornale in cui di tutto si parlava tranne che di quanto gli era accaduto. Tra i curiosi, una mezza dozzina di camionisti, qualche vecchio, e Pogliaghi. I camionisti si riunivano in un bar tabacchi poco distante, un edificio bianco con un che di messicano, gestito da una quarantenne veneta dalle grosse tette. La guardavano muoversi tra la macchina del caffè e le bottiglie di grappa di incerta provenienza, per veder ballonzolare il suo seno mastodontico che, nel muoversi, sembrava rievocare l'immagine di un camion.

La donna era assistita nel suo ondeggiamento e nelle sue mescite dalla figlia quindicenne, una ragazzona inespressiva con tette altrettanto grosse. L'unica differenza tra lei e la madre consisteva nel fatto che la ragazza non usava il reggiseno: "...stanno su da sole, mama". Questo spiega l'affluenza di camionisti nel bar tabacchi Mariona. Mariona non significava grossa Maria, come pensavano tutti gli avventori. Era semplicemente il cognome del rispettivo marito e padre dei due fenomeni, un uomo pigro, vagamente alcolizzato e con... due grosse tette.

Mariona padre era l'unico a essere rimasto nel locale quando si era sparsa la voce della presenza di un cadavere e, quindi, dell'assenza di una vita. Sua moglie e sua figlia erano corse fuori seguendo a ruota (di camion) i camionisti. Ballonzolavano come al solito le loro rotondità, ma una volta tanto i camionisti non ci fecero caso. Mariona padre approfittò del fatto di essere rimasto solo nel "suo" locale, solo senza la sua vistosa, ingombrante famiglia. Si versò un cedro, lo trangugiò e nel locale deserto si sentì finalmente, dopo tanto tempo, al centro dell'attenzione di un cane pigro. Un incrocio di due cani altrettanto pigri.

Sulla strada, nel frattempo, era arrivata la polizia. Il cadavere era stato scoperto da mezz'ora, ma nessuno aveva un gettone del telefono. E ai Mariona non piaceva che si usasse il loro telefono privato. Soprattutto per chiamare la polizia. I vecchi commentavano. Erano già svegli da ore. Non dormivano molto perché avevano paura di restare troppo tempo a occhi chiusi. La morte è un sonno in cui non si russa.

"È un barbone..."

"Gli sarà venuto un colpo per il freddo."

"È vecchio?"

"No."

"No? Meno male..."

"Sarà mica quella malattia lì..."

"Lo scolo?" chiese un diretto interessato.

"Ma no... la peste, quella che colpisce i drogati e i culattoni..."

"Ah sì, l'Aids."

"Ma non diciamo cazzate," sovrastò Pogliaghi.

I vecchi tacquero. Forse Pogliaghi, in quanto giovane, ne sapeva meno, ma ne capiva di più. Era alto un metro e ottantuno (ci teneva a quell'uno), ma sembrava più alto per una magrezza stravagante. Sottile, ma a forma di proiettile. O di supposta. Sembrava più alto anche a causa dei "camperos", stivaletti con intarsi e arabeschi. Sulla cima del proiettile, la testa, capelli neri, corti e un po' disordinati che ricordavano il nido di un'aquila.

"Cos'ha detto lei? Rassegni le sue generalità," intervenne un poliziotto che, a fianco del cadavere di cui aveva abbastanza schifo, distogliendo lo sguardo, aveva visto e sentito Pogliaghi.

La voce di un poliziotto. Fu peggio che se avesse parlato il cadavere. I vecchi arretrarono rinunciando al mormorio. I camionisti si ricordarono improvvisamente di dover partire per Amburgo, o Bergamo, o Bologna. O Atlantide. Lì non li avrebbero trovati di sicuro. Persino le Mariona gonfiarono il seno come a prendere la rincorsa, per poi ritirarlo, renderlo di un paio di misure più piccolo per non dare nell'occhio al poliziotto. Nessuno ama essere interrogato. Per questo la gente marina la scuola. Pogliaghi invece no.

Infatti parlò: "Sono Duilio Pogliaghi. Vuole la data di nascita? È il 24 aprile '60. Controlli pure".

"Professione?" chiese il poliziotto, spiazzato dalla sicurezza di Pogliaghi e dal fatto di trovarsi sullo spiazzo sotto la strada, e quindi sotto Pogliaghi.

"Niente. Cioè facevo l'agente di Borsa. Tra due giorni farò il taxista. Ho già la licenza. Vuole vederla?" Pogliaghi disse solo "vuole vederla", ma il suo "vuole vederla" suonava "vuole vederla, stronzo". Lo "stronzo" era sottinteso, ma presente.

Infatti il poliziotto, dopo un attimo di imbarazzo perché la sua autorità (l'autorità dello "stronzo") era stata messa in dubbio, esclamò: "Lei ha assistito all'incidente?"

Pogliaghi, massaggiandosi i foruncoli che lo mantenevano adolescente a quasi trent'anni, ribadì: "Non diciamo cazzate. Incidente? Stanotte ha piovuto. Il giornale è asciutto. La testa di 'sto barbone ci è appoggiata sopra. Quindi, se non sono pirla, sia il giornale che il morto sono venuti dopo la pioggia. Ora mi dico, perché uno prima di avere un colpo dovrebbe distendere un foglio di giornale per poi decidere di morirci sopra?"

La gente, i vecchi, i camionisti e le quattro tette di casa Mariona rinunciarono ad allontanarsi. Forti delle certezze di Pogliaghi gli fornirono, con la loro presenza fisica, una specie di solidarietà.

Il poliziotto cercò di riguadagnare punti: "Comunque, cosa faceva lei qui, alle sette del mattino?"

Pogliaghi parve turbato, sovrappensiero. I vecchi, i camionisti e le tettemariona trepidanti ormai facevano il tifo per lui. Ci pensò sopra come se fosse in un quiz, quindi, illuminandosi, con i foruncoli più rossi, rispose: "Stavo facendo una passeggiata". Mentì. In realtà era lì perché gli piacevano le vacue ma solide tette della Mariona quindicenne. Ma non avrebbe potuto dirlo. Non a un poliziotto.

Il poliziotto controllò i documenti di Pogliaghi. "E così, lei che abita in via Bartolomeo d'Alviano, viene a passeggiare alle sette del mattino fin qui. Le sembra normale?"

"Non diciamo cazzate. Ognuno fa quello che vuole. Io sono un libero cittadino, ex agente di Borsa, tra pochi giorni taxista, un servizio pubblico. Io..." Pogliaghi sottolineò l'io, "...lavorerò per la comunità."

I vecchi senza pensione e i camionisti senza ruote di scorta parteggiavano ormai per Pogliaghi. Così le Marione senza reggiseno. Per tifare Pogliaghi bastava essere "senza". Ormai Pogliaghi era al centro dell'attenzione, coi suoi stivaletti messicani e le sue Stop senza filtro, "fumavo le Marlboro, ma erano troppo leggere", coi suoi foruncoli da adolescente in ritardo, con le sue certezze di intelligenza pratica nonostante l'aspetto. Pogliaghi era al centro dell'attenzione. Il cadavere non più. Forse perché la testa del morto era sulla pagina degli spettacoli del giorno prima. E la morte degli altri è uno spettacolo. Del giorno prima. L'erba si sarebbe asciugata, il giornale, forse, sarebbe stato prelevato dalla Scientifica e il cadavere seppellito sotto altra erba. Più ordinata di quella cespugliosa che gli stava accanto.

Pogliaghi, eroe foruncoloso di una mattina di novembre, fu deragliato dal poliziotto inquisitore giù per la discesa erbosa, sino a un "superiore". Confabulò con lui con aria per niente intimidita. La gente, i vecchi, i camionisti, le Mariona, si interrogavano dall'altro ciglio della strada su cosa i poliziotti stessero dicendo a Pogliaghi. Un vecchio, ex ufficiale di qualcosa, diceva lui, garantì di essere in grado di leggere sulle labbra.

"E cosa sta dicendo il ragazzo?" chiese un altro vecchio. Il vecchio militare strizzò gli occhi cisposi, li concentrò sulle labbra di Pogliaghi e poi tradusse tanto orgoglioso perché reintegrato: "Sta dicendo 'non diciamo cazzate'". E quel – non diciamo cazzate – passò di bocca in bocca, come una lingua liceale, dall'ex ufficiale a un altro vecchio, dal vecchio a un camionista, dal camionista alle Mariona. Il "non diciamo cazzate" si stemperò nel suo continuo esser ripetuto. Divenne di volta in volta 'N n diciam cazz te', 'N dciam zz te', 'N cia z t' e finì in un brusio uniforme che ricordava un po' quelli che a Messa, non ricordando la liturgia, ne fanno un riassunto onomatopeico.

I poliziotti che dal basso stavano interrogando un Pogliaghi sempre più sicuro di sé, non potevano non ignorare quel 'zz', le zeta che erano rimaste del "non diciamo cazzate" ormai ridotto a un ronzio di api o di vespe (non ne avevano mai capito la differenza), comunque minacciose. Pogliaghi era assolto a ronzio di popolo: i poliziotti lo congedarono e tornarono a occuparsi del cadavere del vagabondo che leggeva un giornale del giorno prima.

Pogliaghi risalì sulla strada. Si godette il suo momento di popolarità, ma soprattutto il lampo malizioso che, per miracolo, illuminò gli occhi spenti della Mariona quindicenne. Se proprio dovevano arrestarlo, tanto valeva che fosse per corruzione di minorenne. Decise di prolungare il momento offrendo un giro di grappe e di caffè corretti (per gli ipocriti), poi se ne andò. Nel bar Tabacchi Mariona quel giorno, e forse per molti altri giorni ancora, non si sarebbe parlato d'altro.

Il sole era freddo, come a dire che erano le undici del mattino di un novembre arrivato improvvisamente. Si capiva che era il sole unicamente dalla sua posizione. Che altro avrebbe potuto stare lì nel cielo?

Via Bartolomeo d'Alviano era lunga e deserta, combattuta nell'incertezza tra essere una strada periferica o residenziale. O meglio, visto che in fondo tutte e due le definizioni erano oneste, doveva scegliere tra i due aggettivi quello che meglio la riassumesse. Milano è una città di pazzi e di cani. Di pazzi, in quel momento neanche l'ombra, ma forse perché il sole non era abbastanza forte da disegnare ombre ai propri margini. Di cani, uno. Un bastardino più brutto che simpatico, immobile su un marciapiede, con l'aria tra l'ostile e il preoccupato di un cane abbandonato dal suo padrone, o senza padrone, o dimenticato da un padrone distratto.

"Gli manca la parola," si dice dei cani dei ciechi e di alcuni sordomuti, non necessariamente cani, ma se avesse potuto parlare avrebbe esclamato: "Crepa padrone, tutto va bene", come gli operai degli anni settanta nelle commedie di Dario Fo. Non ispirava tenerezza per quel suo persistente ringhio con cui atteggiava il suo muso volpino. Ma proprio perché non ispirava tenerezza, mi ero fermato a pensare cosa avrei potuto fare per lui. Se fosse stato meno brutto e ringhioso, qualche altro passante l'avrebbe raccolto, messo un'inserzione su un giornale, e dopo un paio di settimane di attesa avrebbe deciso di tenerselo dopo avergli dato un nome orrendo come Whisky, Full, Briciola. O qualcosa di più dignitoso come Armando. Ma la strada era apparentemente deserta, il cane antipatico, per cui, se non fossi in qualche modo intervenuto io, Whisky, Full, Briciola o Armando, sarebbe finito sotto un furgone, o nel braccio della morte di un canile, dove i cani introversi hanno vita breve. Oltretutto avevo notato che il cane aveva un collare e, attaccato al collare, luccicava qualcosa di tondo, come un gettone da guardaroba, su cui probabilmente era scritto il suo nome e, auspicabilmente, il numero telefonico di chi l'aveva smarrito. Erano venti minuti che gli gironzolavo intorno tentando di accarezzarlo per controllare la sua identità e il suo recapito, ma ogni volta che abbassavo molto, molto lentamente la mano, il cane digrignava i denti che erano piccoli, sanissimi, affilati, come immagino li abbiano i piranha.

E se fosse stato un pesce-cane? In fondo la notte aveva piovuto – e quando piove, piove – e può piovere qualsiasi cosa.

Ogni due tentativi di accarezzarlo, ne facevo un terzo di accerchiamento, ma lui, pronto, si girava su se stesso e mi guardava in cagnesco. La situazione era di stallo. Certo, avrei anche potuto andarmene lasciandolo lì a morire di rabbia, ma il pre-rimorso ebbe il sopravvento e poi, perdio, volevo sapere come si chiamava quel cacchio di cane. Oltretutto, girandogli attorno, avevo potuto constatare che praticamente non aveva la coda. Gli spuntava da sopra il sedere solo una specie di protuberanza, una sorta di biscotto plasmon di cui vi è rimasta in mano la cima. Il resto, forse, si era sciolto come in una tazza di latte caldo e la cima semicircolare tra poco l'avrebbe raggiunto. Poi si sarebbe sciolto tutto il cane e io sarei rimasto lì, come un idiota, a guardare l'arcobaleno riflesso in una pozzanghera. Al posto del cane. Già, Milano è una città di pazzi e di cani. Tra me e Whisky-Full-Briciola-Armando, entrambe le categorie erano dignitosamente rappresentate.

Lo sconosciuto comparve all'orizzonte di un cane e di un pazzo. Lo vidi arrivare da piazza delle Bande Nere. Una figura, l'unica, che si stagliava in fondo alla via avvicinandosi alla portata della mia non dichiarata miopia. Si dondolava su dei camperos fuori moda, di fronte a me, a distanza da duello western. Non era un mezzogiorno di fuoco. Erano le undici, con un sole giallino che evocava in me un ricordo che ancora non riuscivo a mettere a fuoco. Forse a mezzogiorno, chissà? Quando il viso dello "straniero" fu riconoscibile, salutai: "Pogliaghi!"

"Lazzaro," rispose con la voce leggermente impastata Duilio Pogliaghi, detto Pogo il dritto, da "Togo il dritto", un biscotto che furoreggiava negli anni settanta. Duilio Pogliaghi che si costruiva da solo gli stereo. Pogliaghi che si comprava i Levi's quando al liceo erano uno status symbol, poi andava al mare, in gennaio, si immergeva nell'acqua battendo i denti su un'immancabile sigaretta, usciva dal mare e si rotolava nella sabbia coi jeans nuovi per collaudarli. Poi, saggiandosi le umide incrostazioni, diceva a se stesso e a noi con aria di approvazione: "Sì, sono proprio resistenti". Pogliaghi e il tabacco. Pogliaghi si fumava, a quattordici anni, due pacchetti di Stop senza filtro al giorno. Al mattino si svegliava con una tosse sismica. Arrivava a scuola, si picchiava i pettorali della sua magrezza come fosse Tarzan, poi diceva: "Ho tossito tutta la notte. Ma resisto ancora". Si comportava coi suoi polmoni, con la sua salute, allo stesso modo con cui si comportava coi jeans. Li collaudava spremendosi al massimo.

Pogliaghi e la statura. Pogliaghi era alto un metro e ottantuno da quando aveva quattordici anni. Non era cresciuto di un centimetro. Neanch'io, del resto. Solo che io ero alto un metro e ottantatré. Tutti i giorni Pogliaghi si misurava, forse si collaudava, visto il tipo. Se salivamo sull'autobus, mi faceva notare chi era più alto e chi più basso di noi. Se andavamo al cinema mi diceva: "Sai che John Wayne è alto un metro e novantatré?" E io che ero alto un metro e ottantatré mi sentivo inadeguato al western. Già, perché avevamo vissuto in una Milano western, tra scontri di estremisti e cariche della polizia. Tra case occupate e disoccupati. Tra loden ed eskimo. Ci eravamo improvvisati uomini e certe volte illusi eroi, ma da quattordici anni non eravamo cresciuti di un centimetro. Naturalmente, alla lunga, Pogliaghi mi aveva fatto venire il complesso della statura, che mi trascinai anche dopo che ci eravamo persi di vista. Mi interessavo all'esatta statura di chiunque e per non perdere centimetri camminavo diritto come un... Pogo. Pogo il dritto. Già, Duilio Pogliaghi.

Ero stato una specie di suo eroe e ora non avevo il coraggio di accarezzare un cagnolino ringhioso per leggergli il nome sul collare.

"È tuo?" chiese Pogo.

"No, cercavo di scoprire di chi fosse, ma non gli sono simpatico."

"Perché non leggi cosa c'è scritto sulla medaglietta?"

Era il nostro primo dialogo dopo anni di silenzio. Se si eccettua qualche telefonata e qualche promessa di una nuova telefonata mai avvenuta. Non volevo che Pogliaghi si accorgesse che avevo paura di essere morso da un cagnolino. Così, per cambiare discorso, gli dissi: "Hai sentito che la statura media si è alzata?" Funzionò.

"Non dirmelo. Ci sono in giro ragazzini di tredici anni alti più di un metro e ottanta..."

"Be', anche noi a tredici anni eravamo sopra il metro e ottanta..."

"Sì, ma noi eravamo noi."

È vero. Noi eravamo noi. Inutile bluffare. Inutile dar scossoni al flipper per far uscire la pallina già entrata in buca. Tanto adesso c'erano i videogiochi... e tra poco anche loro sarebbero diventati antiquariato.

Appoggiai la mano sul collare del cane. Non mi morse. Lessi un nome, Jordy, e un numero di telefono. Il cane non ringhiava più. Era sempre brutto, ma quasi affettuoso. Gli accarezzai il torsolo di coda e mi morse all'improvviso. Era una trappola. Presi in braccio il cane che continuava a dimenarsi in una sua versione di danza del ventre e dissi a Pogliaghi: "Andiamo in un bar e telefoniamo al padrone di Jordy". Pogliaghi assentì e mentre ci incamminavamo iniziò il primo dei suoi "Ti ricordi..."

"...quando mi preparavi i cocktail a casa tua, Lazzaro, i tuoi cocktail 'segreti' che andavi a preparare in cucina di nascosto. Ce ne facevamo almeno un litro al giorno..."

"Già, poi tu tornavi a casa sbronzo e tua madre telefonava alla mia... perché le dicevi sempre che io ero il responsabile?"

"Perché, invece, tu non dicevi a tua madre che ero io?"

"Sì, ma io ero il capo." Il cane Jordy protestò. Riprese a scuotersi come uno shaker impazzito. Era caldo, con una pancia che aderiva al palmo della mano come un guanto. Forse non ce l'aveva con me. Forse non gli piaceva via Bartolomeo d'Alviano. Pogo si accese una Stop senza filtro. Inspirò. Tossì. Come ai vecchi tempi. Solo che ai vecchi tempi avrebbe detto "cazzo" dopo aver espirato. Ma, cazzo, esistevano i vecchi tempi? O erano solo due o tre episodi, dei jeans da collaudare al mare, un autobus in cui misurare la propria statura con quella degli altri passeggeri? Perché, cazzo, Pogliaghi non diceva più "cazzo"? Perché eravamo solo degli estranei con qualche aneddoto in comune? No, non poteva essere rimasto solo questo.

"Sai Lazzaro, i tuoi 'cazzo' (evviva!) di cocktail? Una volta ti ho seguito di nascosto in cucina e ho visto che i tuoi cocktail speciali erano solo grosse dosi di qualsiasi alcolico tu trovassi nel mobile bar. E in più, cazzo, per dargli colore ti ho visto che ci mettevi dentro la soluzione di Schoumm, un liquido per le mestruazioni. Era di tua madre, eh? Cazzo, e me li spacciavi come una specialità, i tuoi cazzo di cocktail. Be', da quella volta, appena ti giravi, li versavo nei tuoi vasi di piante. Ne è morta qualcuna?"

"No, mai. Solo che dopo qualche anno sono andate in menopausa." Ecco cosa mi evocava quel giallo diluito del sole di novembre, il giallo oleoso della soluzione di Schoumm per le antiche mestruazioni di mia madre, che usavo nei cocktail che preparavo per Pogliaghi. Pogliaghi, che era scolpito nella mia memoria come i suoi "cazzo" che gli uscivano dalla bocca come da un fumetto. Se mi avesse regalato una sua foto, me la sarei aspettata con una nuvoletta che, uscendogli dalla bocca, apriva e chiudeva una parentesi sulla parola cazzo. Sua madre lo avrebbe detto di sicuro a mia madre.

Parolacce. E poi perché "parolacce"? Intercalari, ma solo sostantivi. Cazzo era, al massimo, un sostantivo nudo. Senza mutande, senza coperture come, che so, piede senza calza. Collo senza sciarpa. Ombelico senza canottiera. Pogliaghi senza camperos. Ma Pogliaghi aveva ancora i camperos e diceva ancora "cazzo". Se non avessi avuto in mano il cane lo avrei abbracciato. Finalmente, su via Bartolomeo d'Alviano, illuminata dalla versione solare della soluzione di Schoumm, le luci. Un neon anacronistico di un bar. Un bar con aspirazioni notturne, al mattino sembrava una vecchia diva truccata.

"Ti offro un aperitivo... un cocktail."

"Basta che non lo prepari tu. E tu cosa bevi?"

"Una birra."

Il barista eseguì il suo compito con un sorriso statico da intenditore, come se lo immaginano negli spot pubblicitari, che esibiva ogni volta al sentire la parola cocktail.

"Cosa fai Pogo, nella vita? Lavori ancora in Borsa?"

"Non diciamo cazzate. Era un lavoro troppo stressante. L'ho mollato. Adesso ho fatto l'esame per diventare taxista e mi sono comprato la licenza da uno che si era rotto i coglioni."

"Il taxista?"

"Sì, il taxista. Anche mia madre si è stupita. Ha detto, cazzo..."

"Scommetto che tua madre non ha detto cazzo..."

"Be', il senso era quello. Ha detto: 'Ma come, hai studiato, poi fatto l'agente di Borsa e adesso, cazzo, vai a fare il taxista per quattro soldi'. Le ho detto: 'mamma, non diciamo cazzate, lavorare in Borsa è troppo stressante e poi, col taxi, mi scelgo io gli orari. È un lavoro libero. Non devi rispondere a un cazzo di nessuno'. E poi, Lazzaro, altro che agente di Borsa. Sai quanto guadagna un taxista se ci sa fare?"

"Non ne ho idea."

"Be', un taxista può guadagnare anche dieci milioni al mese."

"Sì, se gioca in Borsa!!"

"E tu cosa fai? Il buttafuori? Una volta picchiavi mica da ridere, poi, aspetta... no... non scrivevi sui giornali... o facevi il modello o, cazzo... non ricordo. Ah, non insegnavi Kendo, scherma giapponese?"

"Tutti e tre," minimizzai, "ma ho momentaneamente una quarta attività. Tienimi il cane."

"Ah sì? Quale?" Gli diedi un mio biglietto da visita e mentre lo ispezionava infilai un gettone in un telefono a muro, posto all'altezza di un orologio a cucù. Composi il numero che avevo appena riletto sulla medaglietta di Jordy.

"Pronto?" Una voce calda da doppiatrice.

"Buongiorno. Senta, io ho trovato un cane in via Bartolomeo d'Alviano. Al collare aveva una medaglietta con questo numero di telefono. Presumo sia il suo."

"Oh grazie..." disse la voce in un tono per cui novembre divenne dicembre (e un brivido mi passò per la schiena) e poi, improvvisamente, giugno. E il neon del bar e il sole sbiadito si intonarono all'azzurro di un cielo quasi estivo, ma ancora pudico. Mi ripresi.

"Bene, io ho qui Jordy, il suo cane."

"Sbagliato. Jordy non è il nome del cane. Jordy sono io."

Ero turbato. Non seppi trovare di meglio che: "E il cane, come si chiama?"

"Non ha ancora un nome. L'ho trovato per strada l'altro ieri, l'ho portato da un veterinario che ha detto che era sano, gli ho comprato un collare. Ho fatto incidere il mio nome e il mio numero nel caso l'avessi perso e... be'... l'ho perso."

Dio che tenerezza. Una voce che raccoglie cani abbandonati, ringhiosi e antipatici. Che animo dietro una cornetta, che voglia di tornare quattordicenne come ai tempi in cui Pogliaghi diceva "cazzo". Persino il barista, il suo gilet e la camicia bianca, che denunciava almeno tre anni di uso, partecipavano all'armonia.

"Senta, Jordy, io mi chiamo Lazzaro Sant'Andrea. Le lascio il mio numero. Purtroppo non posso attenderla qui. Mi porto il cane a casa. Se mi chiama più tardi e vuole venire a riprenderselo..."

"Oh grazie, ma non darmi del lei. Hai una voce raffreddata ma giovane. Quanti anni hai?"

"...entinove," risposi sperando e non sperando che ne avesse diciassette. Non chiesi: e tu? Temevo un silenzio. Mi sentii un: "Allora arrivederci".

"Aspetta, ti dò il mio numero..." Jordy prese nota, bella e invisibile.

Mi ero innamorato. Di una voce. Di una cornetta del telefono. Di un cane ringhioso che non si chiamava Jordy, di Pogliaghi e del suo "cazzo" (ehi, non fraintendetemi), di un mattino di novembre e di me stesso che il tempo aveva risparmiato.

Pogliaghi era lì al suo tavolo. "Lazzaro, ti fai un'altra birra?" Mi porse una Stop. Mi accesi un sigaro.

"Quanti ne fumi al giorno?"

"Trenta," esagerai per compiacere Pogliaghi, "sei innamorato Pogo?"

"Be', mi piace una trifola (trifola?) che ha un bar sull'autostrada. Cazzo, sai che lì vicino hanno trovato un barbone assassinato... era tutto zozzo, ma con la testa su un giornale. Cos'hai Lazzaro?"

Iniziai a tossire e a vomitare a vuoto. Ero stato forse un "duro" a sedici anni, ma adesso, complici i sigari, le birre e un latente esaurimento nervoso, ogni volta che per strada vedevo un barbone coi piedi neri come le unghie, o una prostituta grassoccia con l'aria della bambola sporca perché dimenticata in cantina, o una cacca di cane, mi prendeva un accesso di tosse nervosa e un altrettanto nervoso conato a vuoto. Pogliaghi fraintese. Il cane lo morse, ma Pogliaghi, imperturbabile, disse tutto soddisfatto: "Eh cazzo, sapessi come vomito io al mattino appena sveglio".

Sul citofono era scritto: DOTT. TOTEM. Avrei potuto appoggiarci sopra il dito e aspettare un minuto, un'ora, un giorno e non ci sarebbe stata nessuna risposta. Allora avrei dovuto infilare la chiave nella serratura del portone di via Washington 176 e attraversare un atrio che ignorava il sole sbiadito di novembre ma che, in compenso, sapeva tutto sulla cera. A destra dell'atrio una guardiola, dietro la guardiola, una casa nel palazzo, una specie di gazebo in cui viveva una specie di portinaia. Appeso alla guardiola un cartello con la scritta SONO SULLE SCALE. Nessuna firma, nemmeno uno pseudonimo. La portinaia amava l'anonimato. Era sulle scale. Benissimo, avrei preso l'ascensore. Rilessi per la millesima volta: L'USO DELL'ASCENSORE È INTERDETTO AI MINORI DI DODICI ANNI NON ACCOMPAGNATI e, nel pieno rispetto della legge (avevo passato da un pezzo i dodici anni), pigiai con un dito della mano libera il pulsante del terzo piano. L'altra mano era occupata a sancire un abbraccio con cui reggevo un cagnolino ringhioso senza nome.

Terzo piano, due porte ai lati della tromba delle scale. Mi diressi senza esitazione verso quella su cui troneggiava in un arabesco di dubbio gusto la scritta DOTT. TOTEM. Anche su quel campanello avrei potuto aspettare sera col dito pigiato, che nessun dott. Totem avrebbe aperto. Ma perché poi, io, Lazzaro Sant'Andrea, avrei dovuto scegliere un modo così noioso per tirare tardi? Il tempo mi sfuggiva come zucchero filato in un luna park assalito dal vento. Non ci avrei guadagnato niente a vederlo zuccherosamente volare via nella dolce inutilità di attendere la risposta del dott. Totem. Così, con la chiave, aprii la porta. Il dottor Totem ero io.

2.

Pogliaghi era a casa sua. Quattro locali in via Bartolomeo d'Alviano. Girava e rigirava tra le dita ingiallite dalla nicotina il biglietto da visita su cui era scritto "Dottor Totem – Problemi psicologici". Da come era stampato non si capiva se il dottor Totem avesse problemi psicologici o se si occupasse di quelli degli altri. Poi un indirizzo: via Washington 176. Lazzaro, che gli aveva dato il biglietto, abitava al 5 di Piazza Bolivar. Certo non lontano da via Washington, ma Lazzaro Sant'Andrea era Lazzaro Sant'Andrea e il dottor Totem, chiunque fosse, era il dottor Totem.

Giocherellando col biglietto Pogliaghi attendeva che sua madre gli dicesse: "È pronto". Aveva appetito. La morte del barbone gli aveva messo fame. Chi resta si deve nutrire. È un segno di rispetto alla vita. Anche alla vita dell'altro che se ne è andata. Pogliaghi arrivò a chiedersi se in fondo il cannibalismo non fosse l'estremo saluto più adatto a celebrare la scomparsa di una persona cara. Altro che stare sottoterra come talpe o tartufi. E lunghi cortei funebri che iniziano con parenti affranti e finiscono con sconosciuti menefreghisti. Neanche cremarlo il morto. Se fosse ebreo, poi, pensa che gaffe, che cattivo gusto. No, mangiarli, lì, subito. Con amore e, dopo aver preso qualche provvedimento di natura igienica, con appetito.

Milano è una città di pazzi e di cani. Pogliaghi non era un cane.

Lo sguardo stolido di quella trifola della Mariona quindicenne gli aveva procurato un inizio di erezione che perdurava all'una suonata. Era stato bello scoprire il cadavere di un barbone. Era stato bello studiare l'emotività della giovane Mariona dalle tette compresse in un maglioncino di simil-lana. Era stato bello rincontrare Lazzaro che tossiva e vomitava a vuoto per gli abusi gloriosi, esattamente come faceva lui ogni mattina. Peccato però che Lazzaro gli avesse dato, invece del suo biglietto da visita, il biglietto del dottor Totem. Chissà chi cazzo era. Pogliaghi armeggiò sullo stereo; se lo era costruito personalmente con la stessa cura e le stesse illusioni che il barone Frankenstein doveva aver messo nella creazione della propria creatura. Ignorando che tutto il merito sarebbe andato a Boris Karloff.

La madre di Pogliaghi entrò nel salotto medioborghese che il padre di Pogliaghi, da architetto in prematura pensione, aveva arricchito di oggetti estranei all'humus dell'appartamento. Una lampada da tavolo a forma di quarto di luna, un puff di tre tonalità di grigio con al centro un buco bianco, col risultato di farlo sembrare, in definitiva, il sedere di un vecchio elefante coi peli bianchi. La signora Pogliaghi, un'ex indossatrice, indossava ormai solo grembiuli da casalinga nonostante il tocco fatale in rosso mogano dei capelli tinti.

"Cosa fa adesso Sant'Andrea? Si è dato una regolata?" Pogliaghi alzò al massimo il volume del suo stereo per costringerla a tornare in cucina. La madre, sfilando, se ne andò. Pogliaghi ripensò per l'ennesima volta al cadavere del barbone e concluse che se, dopo aver detto a sua madre di aver rincontrato Lazzaro, le avesse anche detto di aver scoperto il cadavere di un barbone, la madre avrebbe sentenziato: "Sarà stato Sant'Andrea. Lo sai che è una cattiva compagnia: beve, gioca a poker..." "Col morto," pensò Pogliaghi accendendosi una Stop e poi, nonostante il suo stereo fosse al massimo, tradusse dal silenzio il dialogo che, cazzo, sua madre avrebbe iniziato con lui: "Vedi Duilio, Sant'Andrea ha una cattiva influenza su di te sin da quando eravate piccoli". "Ma non diciamo cazzate, mamma. Nessuno influenza nessuno... tranne l'influenza," non riuscì a trattenersi dal concludere Pogliaghi. E questa sì, era una cazzata. "Ma per favore, Duilio, quando al liceo uscivi con Sant'Andrea tornavi a casa sempre sbronzo. È una cattiva compagnia." "Ma cosa dici mamma, era il primo della classe." "Sì, però lo hanno espulso da scuola." "Cosa vuol dire. Poi ha studiato ed è diventato dottore," disse a se stesso Pogliaghi, riguardando il biglietto su cui campeggiava la scritta Dottor Totem.

La madre rientrò in salotto col suo secondo "È pronto" detto stavolta in tono seccato. Pogliaghi, irritato, tirò un calcio al puff a forma di sedere, insinuando freudianamente che se la madre avesse insistito coi suoi messaggi-ordini, avrebbe anche potuto prenderla a calci in quel posto. "Così non mangi?"

Pogliaghi aveva una fame da lupo, ma anche abbastanza dignità per dire: "Mangia tu, io non ho appetito".

Il cadavere che aveva scoperto sarebbe stato, di lì a poco, oggetto di un'autopsia. E soggetto, primo attore sia pure di cinema muto, del proprio sezionamento a scopi investigativi. Chissà chi era stato. Chissà chi l'aveva ucciso. O si era lentamente ucciso con l'alcol e la solitudine? E chissà cosa avrebbero trovato quelli della Scientifica nell'uovo di Pasqua di un cadavere. Pogliaghi pensò ai cibi che, forse, il cadavere aveva ingerito prima di morire e... gli venne appetito di nuovo. Spense lo stereo per compromesso e si recò in cucina dove sua madre lo aspettava, ex indossatrice, corrucciata, di fronte a dei petti di pollo.

"Dicevi che è pronto?" chiese a sua madre Pogliaghi, che non aveva nessuna simpatia per i polli.

La madre, paziente, guardò quel suo unico figlio gibboso che si ostinava a girare in camperos anche adesso che non erano più di moda. Tra poco sarebbe diventato taxista e l'avrebbe perso definitivamente. Quando un figlio si sposa, ogni tanto, la domenica, torna a casa sua. Ma quando uno fa il taxista, prende il suo taxi e chissà dove va!

Dottor Totem? Eh sì, ero anche il dottor Totem, senza laurea e senza tabù. Dopo aver incontrato Pogliaghi ero tornato a casa nell'appartamento di Piazza Bolivar che dividevo con mia madre, per depositarvi il cane e attendere una telefonata da Jordy. Senonché mia madre non c'era. Mi ero dimenticato che era andata a trovare mia nonna in Trentino. Mia nonna, trentina di 84 anni, l'estate prima aveva rischiato di morire a Milano. Non era più aggressiva, non si lamentava più, non riceveva mormoni, testimoni di Geova, arancioni, chiunque le parlasse di una forma di culto per cui lei, ancora capace di essere materna pur essendo nonna, scuoteva la testa e con disarmante, tollerante superiorità commentava: "Noialtri in Trentino, crediamo a Gesù, nella Madonna, in San Giuseppe e in Goccia d'oro".

"Goccia d'oro?" si stupivano mormoni, testimoni e

arancioni che con Gesù, la Madonna e San Giuseppe avevano più dimestichezza. Goccia d'oro? E cosa sarà? Un miracolo apocrifo, la pioggia in aiuto dei poverelli? No. Goccia d'oro era un terreno alle porte di Trento che mia nonna aveva avuto l'opportunità di acquistare negli anni trenta, grazie ai soldi di un'assicurazione sugli infortuni stipulata prima di perdere l'indice (mia nonna aveva nove dita su due mani). Col ricavato dell'assicurazione si sarebbe potuta comprare tutta Goccia d'oro, divenuta poi dal 1960 una zona pagata a peso d'oro.

Alcuni suoi parenti (allora le famiglie erano numerosissime) iniziarono a considerare i soldi di mia nonna come una specie di cassa comune. Così lei finanziò quasi tutte le attività economiche e sociali del suo vasto parentado. Parentado che si disperse quando nel '68 il culto della famiglia cadde in disuso e, del resto, i soldi di mia nonna erano finiti. Quando lei mi raccontava questo episodio parlando di Goccia d'oro e mostrandomi la mano con quattro dita, le dicevo sempre: "Sei stata troppo generosa, tu gli hai dato un dito e loro si sono presi un braccio". Ma l'estate prima mia nonna aveva avuto un crollo. Niente più religiosi di ogni fede per casa, niente più aneddoti su due guerre mondiali che aveva combattuto e vinto in prima persona, niente più merenda al pomeriggio. Il concetto di merenda di mia nonna era un bicchierone di vino rosso con stuzzichini di speck.

Era invecchiata improvvisamente. Poi, per miracolo, e grazie ai mormoni, ai testimoni di Geova, agli arancioni, a Goccia d'oro e, soprattutto, alle cure di mia madre, il colorito e la grinta avevano ridonato vita a quel viso che il tempo e il carattere avevano reso simile a una copia di Braccio di ferro. Era ritornata viva, e in settembre aveva deciso di andare in vacanza in campeggio. Mia madre l'aveva dissuasa, ma mia nonna aveva insistito per tornare in Trentino e andare, che so, a funghi. Così potevo usufruire dei due locali in via Washington che lei utilizzava ogni volta che veniva a Milano per essere abbastanza vicina a noi, ma libera di coltivarsi l'indipendenza che le avrebbe permesso di partire improvvisamente per un camping. Senza che né io né mia madre ne sapessimo niente.

Mia nonna era a volte cattiva con mia madre, senza accorgersene e senza volerlo. Originale, dispotica, umana, egocentrica. Quando mia madre aveva bisogno di una mamma, lei era un alpino. Le voleva bene, ma di un bene burbero, autodidatta, attento a non calpestare stelle alpine ma, per evitarle, calpestava sentimenti. Mia madre aveva sofferto e, per ripagarsi, con me era la mamma delle mamme. Apprensiva, tenera, ironica e fragilissima, mentre io avrei avuto bisogno di un alpino che mi prendesse a calci. Ma in realtà, credo, mia madre era più forte di me e mia nonna messi insieme. Stabiliva un'autorità morale su gente che non accettava l'autorità. Dispensava carezze invece di prenderci a schiaffi. E noi, talvolta, temevamo queste carezze che erano le prove della nostra necessità di essere perdonati.

Mia nonna e io eravamo simili al punto che ora era andata in "campeggio" e mi aveva lasciato per mesi l'uso della sua casa, con possibilità di trasformarla di volta in volta da casino in casinò, da ufficio a casa del culto, col beneplacito dei poliedrici religiosi che venivano quotidianamente a trovarmi per chiedere sue notizie. Il giorno prima avevo faticato a buttare fuori di casa un dianetico che insisteva per sapere se ero felice. Era un dianetico di un metro e novanta, con lo sguardo vagamente allucinato. Aveva opposto resistenza quando avevo voluto buttarlo fuori e c'era stata una colluttazione. Avevo avuto miglior fortuna nel buttar fuori i testimoni di Geova. Loro, un gruppo triste che ti invitava a credere nel loro Dio come se ti stesse invitando a un pigiama party, si erano limitati a informarmi che quando, tra poco, sarebbe venuta la fine del mondo, non sarei stato dei loro. Meglio così.

Da una settimana l'appartamento di mia nonna era diventato uno studio. Lo studio del dottor Totem. Io. Il nome Totem mi era venuto da *Totem e tabù* di Freud. Il titolo di dottore, dal riconoscimento che, pur non avendo mai ottenuto, avevo, a mio parere, ampiamente meritato. Se non altro fuori corso. Fuori dal corso delle regole e delle gerarchie. Fuori dal corso dell'età con le sue stazioni di servizio. Fuori dalla patente automobilistica, dal matrimonio, dal divorzio, dall'esame di stato e di coscienza. Fuori dalle regole perché da fuori osservavo tutto meglio. Regole comprese. Fuori dai concorsi di cani di razza perché avevo in mano un bastardino. Fuori dalle vie del Signore che essendo infinite, non ti lasciavano altri posti in cui andare.

Io uno l'avevo trovato: via Washington 176. Fuori dalla regola ero l'eccezione, l'eccezione che aveva appeso alla targhetta di sua nonna la scritta Dottor Totem e che aveva fatto stampare, crepi l'avarizia, mille biglietti da visita con relativo numero di telefono. E ogni giorno ero in attesa di qualcuno pronto a raccontarmi tragedie o farse che non conoscevo. Il materiale per un libro. Il mio libro. Il libro di un giornalista senza giornale, di un eroe senza più avventure, di un nipote senza più nonne, che dopo essersi ascoltato per circa trent'anni, ora voleva sentire e scrivere le storie degli altri. Mi piaceva andare in palestra e con la Shinai, la spada di bambù del kendo, giocare al Ronin, il samurai senza padrone. Mi piaceva scrivere articoli su giornali di opposizione per poi dire alla mia fidanzata di turno: "Compralo, c'è su un mio articolo". Mi piaceva fare l'attore di fotoromanzi erotici che per fortuna sarebbero usciti solo in Francia. Mi piaceva aver fatto di tutto, perché tutto aveva un abbraccio larghissimo e caldo.

Ma ora, dopo aver tanto parlato, mi faceva soprattutto piacere ascoltare le storie degli altri. Le miserie, le grandezze, la promiscuità degli altri, mi elevavano non a giudice, ma a testimone privilegiato e comprensivo. Da una settimana ero il dottor Totem.

Mentre stavano salendo telefonai a Jordy. "No está aquí," mi disse la cameriera filippina, o la madre filippina, o una filippina qualsiasi nel caso avessi sbagliato numero. Mentre stavano salendo, chiunque fosse, svuotai i posacenere dai mozziconi di Antico Toscano, nascosi un reggiseno dietro una poltrona, sgombrai il tavolo dall'avveniristica piramide di libri ancora da leggere e giornali vecchi con macchie di misteriosa provenienza che campeggiavano, come mia nonna, tra bottigliette di birra vuote, medaglie di pallavolo di quindici anni prima, un paio di foto di ragazze che chissà dove avevano ficcato la mia foto. Sgombrai il tavolo da una settimana in compagnia di me stesso.

Seppi che stavano attraversando l'atrio, cercando la portinaia sulle scale. Avevano citofonato poco prima e avevo sentito due voci interrogarmi. La prima: "Il dottor Totem? A che piano?". Avevo risposto meccanicamente aggiungendo: "Chi è?" E lì, la seconda voce, una voce femminile e stridula aveva aggiunto: "Siamo noi". Senza spiegazioni. "Siamo noi." E in quel siamo noi, avevo percepito l'orrore nella sua imminenza. Non potevo ancora immaginarli, ma annusarli, questo sì. Come un cane che fiuta un pericolo o l'approssimarsi di un temporale.

Il campanello al piano squillò due volte.

Erano straordinariamente alti, forti, vecchi, dignitosi. Erano grossi nella loro magrezza, una magrezza scolpita nel marmo, che rende vigorosa anche la statua di un efebo. E nessuno dei due era un efebo. Erano incredibilmente simili nei lineamenti duri ma nobili, nei cappottoni ancora prematuri per il clima, ma già segnati dagli anni e dall'uso. Erano due presenze che ti saresti aspettato veder sorgere dal mare o scendere dal cielo per portarti notizie che, buone o terribili, avrebbero comunque cambiato la tua vita. Invece avevano preso l'ascensore, e l'apparente identicità tradiva, nonostante la somiglianza, l'appartenenza a sessi diversi. Un uomo e una donna, stagliati di fronte alla porta che occupavano interamente, impedendomi di vedere il pianerottolo, sembravano una persona sola, con due facce, due sessi, gambe e mani che si sarebbero potuti trasferire sull'uno o l'altro dei due busti, senza nemmeno levare i cappotti.

L'uomo, forse, si staccò per primo da quel subdolo allineamento e, per primo, entrò nel corridoio. La donna lo seguì. Erano nello studio del dottor Totem, provvisoriamente nome d'arte di Lazzaro Sant'Andrea. Erano nell'appartamento di mia nonna. Per ricordarmelo mi bastava pensare agli oggetti di pessimo gusto dell'artigianato trentino che avevo fatto sparire dalle pareti per farlo sembrare uno studio. Erano in un posto che conoscevo bene e che non mi faceva paura. Non erano più due statue. Ora erano solo due vecchi.

"Possiamo accomodarci?" chiese l'uomo, e si sistemò su una poltrona. La donna lo imitò. Loro si erano seduti mentre io ero rimasto in piedi. Mi avvicinai con noncuranza a una bergère all'altro capo della scrivania su cui mia nonna, quando l'asma non la tormentava, usava fumare la pipa. Per giustificarsi mi aveva detto: "Le donne del '700 lo facevano tutte". "In Trentino, forse," avevo replicato. Ma mia nonna, con le rughe corazzate dall'ironia, riprendeva a fumare con soddisfazione la sua pipa acuendo così la sua somiglianza con Braccio di ferro.

Come erano diversi da mia nonna i vecchi di fronte a me. Sicuri ma timorosi. Sembrava sapessero che una volta accettato di raccontarmi i fatti loro, avrebbero in parte violato quella dignità surgelata che li manteneva freschi e guizzanti nonostante l'età. Così decisero di sgravarsi subito. L'uomo parlò. "Abbiamo letto la sua inserzione sul giornale." Una voce calda, senza inflessioni, da attore teatrale. Come prova, la donna estrasse da una logora borsa di coccodrillo la pagina degli annunci economici di un quotidiano. E lesse: "Dottor Totem. Problemi di natura psicologica. Minima discrezione ma ottimi risultati. Sconti per comitive. Riceve dal lunedì al mercoledì dalle 15 alle 18, l'ora dell'aperitivo..." Anche la donna aveva una voce teatrale, da madre nobile.

Che fossi incappato in due personaggi in cerca d'autore? C'era solo un particolare che mi lasciava perplesso. Leggendo l'annuncio, la voce della donna non aveva colto l'ironia. Avevo scritto un annuncio bizzarro proprio per non incappare in guai con la legge. C'era scritto Dottor Totem, ma non specificava in cosa fossi laureato. Né se fossi laureato. Dottor avrebbe potuto essere il nome e Totem il cognome. Quanto a quello "sconti per comitive" lo avevo aggiunto per evitare si pensasse a un'attività a scopo di lucro. Solo la Madonna riceve comitive di pazienti a Lourdes. E neanche sempre. L'aggiunta "ora dell'aperitivo" all'orario di ricevimento poi, depistava chiunque, gettando il seme dell'ambiguità nell'intero annuncio. Solo gente molto strana, solo gente molto interessante avrebbe quindi risposto alla mia *inserzione*. E per il mio libro mi serviva proprio gente "strana e interessante". In quella prima settimana non avevo avuto molto successo: avevo ricevuto solo due visite. La prima era una casalinga in sovrappeso la quale, convinta che io fossi un cartomante, voleva sapere se avrebbe incontrato l'uomo della sua vita. Ero stato al gioco per vedere sin dove si sarebbe spinto. "È sposata?" "Sì, ma mio marito ha un'altra donna." "Come passa le sue giornate?" "Sto chiusa in casa tutto il giorno a lavare, stirare e cucinare. Tutti i santi giorni. Non esco mai. Mi dica, incontrerò l'uomo della mia vita?" "Dunque, vediamo, lei sta in casa tutto il giorno ed è del segno dei Pesci..." "Gemelli." "Gemelli, vedo che entro la fine dell'anno incontrerà due uomini..." "Due..." aveva bombeggiato speranzosa. "Sì, due. Il postino e l'idraulico."

Se n'era andata raggiante senza il minimo senso dell'umorismo e senza cinquantamila lire che mi aveva lasciato insistendo. Mi aveva anche lasciato un vago senso di colpa per aver accettato quella cifra: troppo bassa per essere il prezzo di una truffa. Ero sceso in strada, avevo incontrato un marocchino e mi ero comprato tutta la sua cassetta di accendini Bic. Lui era soddisfatto, la casalinga altrettanto e, quanto a me, avevo da accendere per un paio d'anni.

Il secondo soggetto a rispondere al mio annuncio era stato invece un voyeur convinto che il mio fosse un club per incontri particolari. Gli avevo risposto che sì, aveva ragione, ma il mio era solo un centro di smistamento e che, comunque, gli avrei lasciato l'indirizzo in cui si consumava. Gli strizzai l'occhio e gli dettai un indirizzo. Era quello di una palestra di boxe, la Doria, da me frequentata anni prima. Mi ringraziò ignorando che di lì a un paio d'ore invece di assistere a un accoppiamento tra "giovani muscolosi" come desiderava, si sarebbe preso un sacco di botte da chiunque, giovane muscoloso o vecchio e suonato, avesse incontrato alla palestra. Mi lasciò un centomila non richiesto. Lo accettai, questa volta, senza il minimo rimorso.

Ma ora questi due vecchi imponenti che mi trovavo di fronte, si capiva, facevano parte di un genere ben diverso. Erano creature quasi mitologiche con veri segreti da rivelarmi. Era gente pronta a correre il rischio di rispondere a un annuncio balordo, non era in cerca di facili consolazioni, né di promiscuità. Il loro motivo doveva essere grave se per raccontarlo avevano scelto un estraneo operante nella non ufficialità, con annunci da vecchio settimanale satirico degli anni cinquanta. Due dignitosi giganti di granito che potevano aver bisogno di un ciarlatano.

"Così avete letto l'annuncio sul giornale..."

"Sì," riprese il padre, "era strano, come il fatto di cui dobbiamo parlarle. Mi chiamo Alioscia Miagostovich, sono... ero ingegnere. Sono iugoslavo... ero iugoslavo, sono apolide, senza cittadinanza..."

"So cosa vuol dire apolide, ingegner Miagostovich."

"No, non lo sa," intervenne la donna con impeto, "non sa cosa vuol dire non ricevere nessuna pensione, avere avuto un lavoro prestigioso e averlo perso per traversie politiche. Non sa cosa vuol dire avere ottant'anni come Alioscia, una mente lucida e brillante, un corpo ancora forte... e nessuno che ti dia un lavoro perché sei troppo vecchio e perché sei straniero..."

"Nives, ti prego... La scusi dottor Totem."

Mi sentivo un verme: "Lasci perdere il dottore e lasci perdere il Totem. Mi chiamo Lazzaro". Ecco perché parlavano senza accenti. Perché non erano italiani. Avevano voluto, forse disperatamente, diventarlo. Ecco perché le loro voci erano teatrali: perché da anni recitavano una parte non loro. Quella dei questuanti che chiedono un passaporto, un lavoro, una pensione. Ma cosa volevano da me? Forse avevano provato tutte le strade ufficiali per il loro misterioso problema e, dopo che le porte erano state loro sbattute in faccia, non gli restava che tentare con la clandestinità di un miracolo fuori dalla mia portata. Non avevo più paura di loro. Provavo pena nei loro confronti e speravo non me lo leggessero negli occhi. Meritavano rispetto e io provavo solo pena. E non potevo nemmeno offrire aiuto né forzare il momento. Potevo solo aspettare che uno dei due dicesse qualcosa. Se l'uomo aveva ottant'anni come aveva detto sua moglie, lei non poteva averne che una decina di meno. Certo, era alta e forte e lucida, non dimostrava fisicamente la sua età, ma "sentivi" che doveva veleggiare sulla settantina per poi approdare all'ottantina e, finalmente, a novant'anni avrebbe potuto naufragare nel mar Morto.

L'ingegnere riprese la parola: "Vede, sia io che mia moglie abbiamo ottant'anni..." Stavo per dire complimenti, gliene davo settanta, ma non mi sembrava molto opportuno, "...avevamo da parte qualche soldo nonostante le traversie in cui siamo incorsi. Pensavamo che sarebbero bastati..., in realtà non pensavamo che saremmo vissuti così a lungo..."

"Quello che mi dice è terribile. La morte va sì preventivata, non si può ignorare che ci sia, ma far conto su di lei per amministrarsi. Sperare di morire prima di avere finito i soldi è... è..."

"Terribile. Vuol dire terribile," intervenne la vecchia la cui bella voce era, ora, solo un lamento stridulo, tagliente, "...cosa ne sa lei del terribile... quando ogni giorno vissuto in più è un po' un regalo e un po' una condanna."

"Scusate, ma non avreste potuto rivolgervi a un centro geriatrico? Mia madre ne dirige uno. Oggi non è a Milano, ma penso che domani, per quanto non siate cittadini italiani, possa tentare di far qualcosa per voi. Al di là degli ostacoli burocratici, mia madre è in contatto con persone che si occupano di..."

"Carità," ghignò disperata la vecchia.

"No, assistenza, aiuti. Le piace ferirsi da sola, signora? Le piace provare risentimento per l'inadeguatezza di chi non sa cosa fare per aiutarla?"

"Ha ragione, Nives..." il vecchio riprese il controllo della situazione, "deve perdonare l'atteggiamento di mia moglie, ma è stata molto provata in questi ultimi tempi. In realtà non siamo venuti qui per parlare dei nostri problemi economici. Si tratta... si tratta... della nostra bambina."

"Bambina? Intende dire figlia?"

"No, no. Ha capito benissimo: bambina."

"Vostra nipote, intendete dire."

"No. Nostra figlia," tagliò corto, gelida, la donna.

"Vostra figlia... una bambina... ma se mi avete detto di avere entrambi ottant'anni."

"La salute non ci manca," sentenziò Alioscia.

"E mio marito, sino a pochi mesi fa era un leone," ridacchiò Nives.

Quella donna mi sconcertava. Passava in una frazione di secondo da un atteggiamento di dignità a una reazione di stizza che sembrava ferocia, e ora era diventata addirittura maliziosa. Di una malizia lubrica, sporca perché in vistoso ritardo. È già difficile immaginare i propri genitori che fanno l'amore. Pensare a questi due corpaccioni ansimanti tra rughe e pancere mi fece venire uno dei miei attacchi di tosse nervosa con conseguenti conati di vomito.

"Si sente bene?" chiese Nives umettandosi le labbra con la lingua. Il mio attacco di tosse peggiorò. Me la immaginai alta e forte mimare uno strip osceno. Prima un guanto, poi una calza, poi il reggicalze, poi la dentiera. Mi ripresi a fatica. "Scusate, è un po' di bronchite."

"Be', le dicevo," riprese Alioscia, "che chiaramente non ci aspettavamo questa nascita."

"È venuta così," ribatté Nives, e con una mano si disegnò un immaginario pancione.

Cercai di mitigare la nausea con un: "Be', immagino che la bambina non conoscerà i nonni... o ci sono anche loro?"

"No, loro non ci sono più," concesse Alioscia conciliante, "vede, il motivo per cui ci siamo rivolti a lei, nonostante tutto quello che ci costa farlo, è che il problema riguarda direttamente la nostra bambina."

"Di che si tratta?"

"Nostra figlia è un mostro."

3.

La Stazione centrale di Milano sembrava la grande bocca aperta di un animale morto. Una carogna. Una carcassa abitata, mantenuta viva dalla frenetica attività di parassiti, mosche, sciacalli, taxi gialli, passeggiatrici, barboni, venditori di piatti di plastica adornati da inspiegabili conchiglie con al centro la scritta "A Milano andai, a te pensai, e questo ricordo ti portai".

Antonello Caroli che aveva appena accompagnato al treno un'aspirante attrice, attualmente "comparsa", di Domodossola, stava per scendere i gradini, triste come un animale post-coitum. Carolina, la ragazza di Domodossola, non era esattamente bella, ma il nome la rispecchiava. Oddio, Carolina era un nome che poteva avere una duplice interpretazione. Da un lato era infatti un nome snob da ragazza della buona borghesia milanese che studia in un collegio svizzero. Dall'altro, quello era il lato che interessava a lui, Carolina evocava il nome della mucca Carolina, un personaggio dei Caroselli a cavallo, a dorso di mucca tra pubblicità e immaginario infantile. Era proprio l'equazione "Carolina uguale mucca" a interessare Caroli.

Carolina da Domodossola aveva infatti un aspetto da vacca. Grosse mammelle, un grosso culo e un'aria placida pronta a brucare erba, fumare erba, fare del cinema. Ad Antonello Caroli, poi, piaceva la coincidenza della radice del proprio cognome col nome della sua (appena) amata: Caroli-Carolina. Per ricordarsi di quel pomeriggio, di Carolina e del treno per Domodossola, acquistò il piatto di plastica con le conchiglie e la "poesiola" su Milano. Lo trovava orrendo. Lo avrebbe usato come posacenere. Antonello Caroli era un ragazzo originale. Un metro e novanta, biondo, un po' equino, un ragazzo allampanato che ricordava Donald Sutherland. Aveva trentaquattro anni e sulla carta d'identità c'era scritto: Professione attore. Aveva recitato in molti film i cui esterni venivano girati a Milano. Particine, poco più che comparsate, ma anche Marlon Brando, e a maggior ragione Donald Sutherland, avevano cominciato così. Solo che Caroli aveva cominciato da un pezzo, commettendo un sacco di errori.

A diciotto anni si era sposato e a diciotto e mezzo aveva avuto una figlia. A diciannove si era separato. Ora la figlia viveva con la madre. Anche lui. Viveva con *sua* madre. A vent'anni aveva dato il meglio di sé nell'interpretazione di uno spot pubblicitario su un'acqua minerale pugliese. A ventisei anni era stato il "segretario particolare" di una contessa sessantacinquenne che ne dichiarava trentacinque. Con un attico in via Pietro Verri, un cameriere discreto e un appetito insaziabile. A ventisette anni, dimagrito e insoddisfatto, aveva conosciuto Lazzaro Sant'Andrea che era diventato suo amico.

Lazzaro spesso lo prendeva in giro: "Dai, raccontami di quando la contessa..." Ma era un amico. Il tempo passava, ma Lazzaro restava. Gli aveva consigliato di scrivere la propria biografia: *Il segreto del mio insuccesso*. Ora, a trentaquattro anni suonati, Antonello Caroli, cedendo alle insistenze della propria madre, si era fatto raccomandare da uno zio, senatore comunista, e da qualche mese, al mattino faceva il bidello. Il resto del giorno, l'attore. Del resto, considerava la sua performance quotidiana di bidello come una delle sue interpretazioni, caratterizzazione d'attore.

Era sempre più depresso da quando era nato. Il vedere un barbone rannicchiato a dormire, ignorato da tutti, in un angolo della stazione, gli mise allegria. Lui non era ridotto così. Quello che Caroli non sapeva in quel momento, era che il barbone non dormiva. Non respirava più dalla notte prima.

"Senti, scusa, ce l'hai mille lire, mi mancano per il biglietto, devo andare a Torino a disintossicarmi." La figura era sbucata improvvisamente di fronte a Caroli come un folletto sbiadito. Pochi capelli, pochi denti, un tremito elettrico e senza vivacità. Aveva appena enunciato una delle due scuse base dei tossicodipendenti per incettare denaro. L'altra era: "Senti, mi dai mille lire che mi devo comprare un panino. Sono due giorni che non mangio".

Caroli non aveva simpatia per la droga. Non aveva nemmeno molti soldi. E in più, la comparsa del Jolly eroinomane gli aveva fatto venire un colpo. Perciò bruscamente gli disse: "Senti, togliti dai coglioni". Al che al Jolly passò la voglia di andare a Torino come passò l'appetito. Il volto provato si contrasse in una smorfia in cui, come nell'oblò di una lavatrice, si vedevano passare cenci, disperazione, rimpianto, agonia, disgusto, rabbia, violenza. Quando l'oblò si stabilizzò su un'espressione, l'espressione fu di odio.

Il Jolly estrasse di tasca una siringa evidentemente usata, la rivolse contro Caroli dicendogli: "Brutto stronzo, ti attacco l'Aids". Caroli corse a quattro a quattro i gradini in discesa come uno stambecco. Dietro di lui, più lento ma feroce perché ferito, l'altro animale lo braccava coi suoi artigli sintetici. Eh sì, Caroli aveva ragione di sentirsi depresso. Correva con ancora in mano il piatto di plastica con conchiglie, lontano, via dalla grande bocca della Stazione centrale. Da dove un barbone, sporco come un dente cariato, sembrava dormisse.

"Nostra figlia è un mostro." Le parole appena uscite dalla bocca del vecchio erano ancora lì per aria, in attesa che le acchiappassi. "Mostro," e nella rete da farfalle prendevo tanti mostri, indeciso su quale trattenere, quale scegliere per dare un significato alle parole del vecchio. Cominciamo con la logica. Due ultrasettantenni copulano senza precauzioni e nasce una figlia deforme per motivi genetici. Certo, era ingiusto da parte mia collegare la parola mostro alla parola deforme, ma non potevo fare a meno di immaginare un essere con la testa grossa come un pallone da mare, di quelli che fanno anche da salvagente, completamente coperto da orecchie di tutte le dimensioni. Centinaia di orecchie su un pallone un po' floscio. Se quello era un mostro, io, certo, ero pazzo.

Scartata la prima ipotesi restava "mostro" = M, il Mostro di Düsseldorf, e vedevo un film in bianco e nero firmato Fritz Lang in cui Peter Lorre è riflesso in una vetrina alle spalle di una bambina che sarà la sua prossima vittima. Oppure mostro senza volto come il Mostro di Firenze, vittoriano come Jack lo squartatore, di cartapesta come Godzilla, un animale preistorico di cartone dei film di fantascienza giapponesi. Avevo anche conosciuto personalmente un mostro. Anni prima, a Bellamonte in Trentino. Poi c'era mia madre che ogni tanto mi diceva: "Sei un mostro di egoismo," e una certa Dariva, una mia compagna delle medie con la faccia da maialino, i ricci e una salivazione accentuata tant'è vero che avevo trasformato "Dariva" in "Saliva", ma lei non era proprio un mostro. Più che altro era un cesso. Spero sia diventata bellissima. Così, giusto per far vedere che mia madre aveva torto e che non sono un mostro di egoismo.

"Nostra figlia è un mostro."

"In che senso?"

"Vede, nei suoi primi anni di vita era buonissima, pensi che a cinque anni e mezzo mi aiutava a fare i mestieri in casa," intervenne la vecchia: esaurita la libidine era tornata "mamma".

"Poi," continuò il padre, "a sette anni, mi sembra ieri..."

"E quand'era?"

"L'altro ieri. A sette anni ha vinto il premio 'Angiolotta di bontà' per la bambina più buona dell'anno. Andava a scuola, aiutava mia moglie a fare i mestieri, raccoglieva gli animali feriti e aiutava una compagna di scuola portatrice di handicap a fare i compiti e a restare al passo con la classe. E guai se altri bambini la schernivano, lei prendeva sempre le sue difese. Sa, i bambini a volte possono essere molto crudeli."

"È il vizio dell'agnello," commentai.

"Come?"

"È il vizio dell'agnello. Ha in mente il proverbio 'Il lupo perde il pelo ma non il vizio'? Ecco, è il contrario. Mi spiego: in genere è facile accostare ai lupi vizi e cattiverie, ma forse è solo fame. Invece il vizio dell'agnello è più subdolo perché nascosto, inimmaginabile per la mansuetudine dell'animale, per l'innocenza del bambino colpevole. Ecco, la cattiveria dei bambini è il vizio dell'agnello," conclusi soddisfatto di me stesso.

"Penso che abbiamo fatto bene a rivolgerci a lei."

"Anch'io, ma non capisco quale sia il problema. Vostra figlia è un mostro di bontà."

La vecchia prese la parola: "Nostra figlia era un mostro di bontà. Fino a ieri. Oggi è un mostro di cattiveria".

"In che senso?" chiesi sempre più interessato.

"Nel senso che ora nostra figlia raccoglie ancora animali abbandonati, ma li tortura lentamente. Strappa le ali agli insetti. Fa dispetti a volte crudelissimi alle altre bambine. Prende a sassate i bambini."

"E non vi aiuta più a fare i mestieri," pensai ma mi trattenni dal dire.

"Ora nostra figlia è diventata disordinata. Non fa più i compiti. Ci insulta, ci umilia, ci dice che siamo vecchi, inutili, moribondi. In casa nostra abita un signore poliomielitico e nostra figlia cerca sempre di spingerlo giù dalle scale."

Ero ammutolito e sempre più affascinato al pensiero di poter incontrare un essere di una cattiveria così solare. Il fatto poi, che poco tempo prima di manifestarsi "cattiva" avesse vinto un premio di bontà, era l'irrazionalità, la contraddizione che spiegava tutto. Non solo il suo comportamento. Qual era il significato? Lo ignoravo. Era un mistero. Ma non è forse un mistero la nascita dell'universo? Non è un mistero Dio? E il cane di Jordy? Solo che questo, quello della bambina, era un mistero che avrei potuto incontrare, toccare anche, a patto che non mi mordesse. Erano ormai le quattro del pomeriggio.

"Posso offrirvi qualcosa da bere?"

Accettarono, disidratati dalla loro confessione, asciugati, prosciugati dalla loro terribile verità. Guardai nel mobile bar di mia nonna. Niente. Si vede che si era portata le bottiglie per il viaggio di andata. Guardai nel frigo della cucina abitabile: "Mi dispiace, c'è solo grappa di pere..."

"Va benissimo, grazie," rispose Alioscia.

Versai la grappa di pere in bicchierini da vodka. Li porsi ai due genitori. Alioscia disse: "Salute", e vuotò il bicchiere d'un fiato, all'unisono, sincronizzato con sua moglie. Tenevano in mano i bicchieri rivolti verso di me, indicandomi chiaramente che ne volevano ancora. Scolai il mio per mettermi alla pari e mentre una cascata gelida di pere mi produceva un brivido di grappa, riempii i bicchieri per un altro giro. Nives, al suo terzo bicchierino emise un piccolo rutto. Non si scusò, ma riprese a parlare: "E vuole sapere la cosa più grave?..."

Certo che volevo sapere la cosa più grave. Avevo l'acquolina in bocca anche se sapeva di pere.

"...nostra figlia uccide i piccioni."

Non mi sembrò tanto grave, forse perché detestavo i piccioni. Non al punto di ucciderli, certo. "A sassate?"

"No. Li avvelena. Sparge becchime avvelenato in piccoli mucchietti, proprio per ucciderne il maggior numero possibile senza però destare eccessivo allarme. È diabolica."

"È machiavellica," aggiunse cupo il nobile Alioscia, ma con un certo orgoglio paterno.

"Dove si procura il veleno?"

Nives arrossì, un po' per la grappa, un po' per la colpa. "Lo scorso settembre siamo stati in campagna da una famiglia di agricoltori che ci procuravano il vino quando ancora potevamo permettercelo... be', il giorno prima della nostra partenza, Alceo, l'agricoltore, non riusciva più a trovare il pesticida... come si chiama, Alioscia?"

"Parathion. È micidiale."

"Be', da allora Branka..."

"Branka?"

"Nostra figlia (come il fernet). Da allora Branka ha iniziato a manifestare interesse per i piccioni. Vuole essere portata in Piazza del Duomo, al parco Solari, dove ci sono piccioni."

Alioscia prese la parola: "All'inizio non avevamo collegato la scomparsa del parathion con la nuova passione di nostra figlia. Speravamo che Branka fosse tornata improvvisamente buona, così come improvvisamente era diventata cattiva. Poi, leggendo il giornale, abbiamo scoperto che il killer dei piccioni aveva colpito in Piazza del Duomo e al parco Solari. Ho frugato dappertutto in casa per scoprire dove Branka avesse nascosto il pesticida, ma non ho trovato niente. Lei può aiutarci?"

"Senz'altro," mentii spudoratamente, "ma avrei bisogno di due cose: per prima incontrare vostra figlia... è possibile?"

"Se crede anche oggi. L'abbiamo chiusa in casa a chiave."

"Potete accompagnarla qui, diciamo alle sei?"

"Certo. Ci verrà volentieri. Adora mettere in difficoltà gli adulti."

Gli adulti? Già, ero io l'adulto!! Forse. "E per seconda cosa mi dovreste dare il vostro indirizzo e il recapito di chi ha organizzato il Premio di bontà, come si chiama..."

"Angiolotta d'oro". Alioscia cavò di tasca una stilografica, una rubrica di pelle logora e tutta la dignità che gli era rimasta dopo quel colloquio. Scribacchiò qualcosa, due arabeschi tremolanti tracciati da una mano poderosa e me li porse. Se ne andarono così come erano venuti. Due elefanti in cerca della strada per il proprio cimitero.

Da quando Caroli aveva lasciato la Stazione centrale inseguito dal tipo che voleva andare a Torino a disintossicarsi, molti treni erano partiti e molti altri arrivati. Quasi tutti in ritardo. Del resto il ritardo era una specie di servizio pubblico. Che cosa angoscia, soprattutto, l'uomo? La propria impotenza di fronte al passare del tempo. Anche alla Stazione centrale il tempo scorreva puntualmente inesorabile. Certo, neanche lì si poteva fermare. Ma c'era il RITARDO. E il ritardo, se non ti permette di fermare il tempo, ti consente di protrarre il momento, di allungare l'attesa magari sbuffando. E tutti quelli che sbuffavano e imprecavano ingrati contro il ritardo, ignoravano quanto, proprio grazie al ritardo, quel momento della loro vita, l'attesa, si prolungasse generosamente rispetto a ogni altro momento passato e futuro.

La gente non si accorgeva nemmeno del cadavere del barbone, solo i bambini, per i quali il tempo non significa niente, vedevano. Il cadavere del barbone veniva additato dai bambini le cui madri li trascinavano via, verso mete più istruttive, che so, il Museo delle Cere. Le madri pensavano che il barbone fosse il solito barbone, addormentato un po' dovunque su letti di fortuna ai margini della società. Oltre tutto pensavano che il barbone avesse molte identità, molti volti e molte età. L'avevano visto la prima volta da bambine, era alto, magro e puzzava di vino scadente. Erano scappate via perché somigliava maledettamente a un loro zio pazzo. O forse era proprio il loro zio pazzo, quello che non veniva invitato a pranzo nemmeno a Natale. Poi erano cresciute e il barbone era diventato di volta in volta grasso e cisposo, basso e pelato, di statura media con un certo contegno, ma senza più nessuno, con gli occhi allucinati, le mani tremanti e un sacchetto di plastica, di quelli che servono per la raccolta dell'immondizia, sempre pieno di tesori invisibili agli altri.

Invisibili alle madri. Così le madri strattonavano via i loro figli dal barbone che pensavano dormisse, per evitare che scoprissero in quei lineamenti occultati dalla trascuratezza, il proprio vecchio amato temuto odiato zio pazzo. Solo i bambini, per i quali lo zio pazzo non significava niente, vedevano. Avevano visto e volevano raccontare: “Hai visto mamma, quell’uomo è morto”. “Non dire stupidaggini. È un barbone e sta solo dormendo. Andiamo via.” “Cos’è un barbone, mamma?” “Un uomo che non lavora e vuole sempre dormire.” “Come papà?” “No. Papà è uno sporco mantenuto.”

Già, cos’è un barbone, mamma? Un uomo *non*. Che *non* lavora e che *non* si lava. Che *non* ha una casa. Che *non* accetta le regole accettate da tutti gli altri. Un barbone *non* si fa la barba e allora gli cresce una barba lunghissima. Lui continua a *non* radersi e la barba lo copre a poco a poco come una coperta di fumo, un plaid di nebbia che lo nasconde, un serpente che lo avvinghia, lo cela. Quando il barbone è completamente avvolto dalla sua barba, nessuno lo vede più. È la barba, il motivo per cui la gente *non* si accorge dei barboni e tira diritto, accelerando leggermente il passo. *Non* è indifferenza. *Non* è disprezzo. È che proprio *non* lo vedono.

Grazie all’insistenza di un bambino che si era messo a piangere perché la madre lo voleva portare al Museo delle Cere, intervenne un poliziotto e si accorse del cadavere del barbone: “Lo avrà ucciso il freddo o la vita sregolata”, pensò mentre un furgone lo portava via. E tutti pensarono la stessa cosa, e a nessuno interessava granché la causa della sua morte. Un certificato medico generico sulle ragioni del decesso. Nessuna autopsia. Pensa che schifo aprirlo. Chissà quanta barba aveva nel corpo al posto degli organi. Niente frattaglie, solo barba. E il cuore poi, figurati, *non* ce l’aveva proprio. Però, forse, se gli avessero fatto l’autopsia, chissà, si sarebbero accorti che era stato un tipo originale. E poetico anche. Negli ultimi tempi si era convinto di essere un uccello e aveva fatto scorpacciate di becchime per piccioni. Forse questo avrebbero scoperto, se gli avessero fatto l’autopsia. Ma per fare l’autopsia ci vuole un corpo. E quello non era più un corpo. Né uno zio pazzo. Era solo un metro e settantotto di barba.

Vedevo da lontano il pomeriggio terminare attraverso una bottiglia di grappa di pere. La bottiglia, che appena tolta dal freezer aveva incrostazioni di gelo, ora era tornata di vetro. Le pennellate di ghiaccio si erano sciolte in una natura morta: bottiglia con pere. Non avevo più toccato la bottiglia da quando i vecchi se ne erano andati. Il tempo era passato e io, che non mi ero mosso dalla bergère, in realtà mi ero avventurato altrove, in una regione a me ben nota, che aveva per confini euforia e depressione. Mi ero imbambolato a guardare il ghiaccio mentre si scioglieva. Il vetro della bottiglia era ormai libero. La bottiglia era diventata una clessidra: al posto della sabbia, grappa.

Il cane di Jordy si era addormentato ai miei piedi. No, non dormiva, aveva gli occhi aperti. Forse pensava alla stessa serie di nomi in ordine sparso e intercambiabile a cui stavo pensando io. Piccioni, Jordy, Pogliaghi, mostro. Bontà, Angiolotta, Jordy, piccioni, Pogliaghi. Bontà. Mostro. Pogliaghi. Mi fermai a Pogliaghi. Non volevo correre il rischio di fermare il mio pensiero, e forse quello del cane sotto la poltrona, alla parola mostro. Tra poco, probabilmente, avremmo incontrato il mostro. Fortunatamente il cane non aveva la museruola. Lo guardai, ormai placido e con lo sguardo appannato e gli dissi ad alta voce: "Hai ringhiato tutta la mattina. Adesso, tra poco, quando sarà il momento di ringhiare, non vorrei che ti addormentassi lasciandomi solo".

La presenza dei vecchi era ancora percettibile nella stanza. Non solo, ma l'annuncio dell'arrivo della bambina aveva aggiunto al locale un altro inquilino. La sua imminenza era intollerabile. Cercai di tirarmi su il morale da solo. Branka: a me soltanto poteva capitare un mostro con un nome da fernet. Niente da fare, il mio umore non migliorava. Mi ero appena ripreso da un'abulia di grappa di pere e ora mi trovavo alle soglie di un incubo e, quel che è peggio, tra poco, un incubo alla soglia.

Jordy. Chiamare Jordy. "Pronto? Sono Lazzaro Sant'Andrea, c'è Jordy per favore?" "¿Quién habla? Yo no soy Jordy. Jordy no está aquí." "Mierda," risposi e agganciai. Dov'era finita Jordy ora che avevo bisogno di lei? Certo, non l'avevo mai vista, ma se è per questo non avevo visto neppure Branka. Ecco, Jordy era l'antitesi di Branka.

Nella mia regione tra euforia e depressione, due nuovi confini erano stati tracciati: Jordy e Branka. Ma Jordy non c'era e Branka, invece, tra poco sarebbe stata lì. Che voglia di andare via. Di chiamare un taxi. Taxi. Certo, taxi uguale Pogliaghi. Lui che mi credeva ancora un eroe, quello della sua movimentata adolescenza, mi avrebbe convinto del mio coraggio. Composi il numero che da quattordici anni sapevo a memoria, sperando che non rispondesse sua madre. "Pronto, sono Lazzaro Sant'Andrea. C'è Pogliaghi per favore?" "Pogliaghi no está aquí. ¿Quién habla?" "Una que te dice: vete a tomar por culo." Riagganciai. Sovrappensiero, invece di chiamare Pogo il dritto, il mio Duilio Pogliaghi, avevo ricomposto il numero di Jordy e mi aveva risposto di nuovo quell'accidente di filippina o quel cavolo che era.

Sollevai ancora la cornetta, formai il numero: "Pronto", mi rispose la voce inconfondibile di Pogliaghi. "Pogo, sono Lazzaro. Senti, stasera verso le dieci, fai un salto a casa mia. Ricordiamo i vecchi tempi." "Cazzo, Lazzaro, stasera non posso. Anzi, va be', sì, posso. Ci vediamo dopo." Pogliaghi sapeva quel che voleva. Qualcosa squillò. Non poteva essere il telefono perché stavo parlando con Pogliaghi. Doveva essere il citofono. Stava arrivando. "Pronto Lazzaro, ci sei..." "Sì, ci sono, scusa è il citofono. Aspetto visite." "Una trifola?" "No, mangime per piccioni. A dopo." Il cane di Jordy, dovevo decidermi a trovargli un nome provvisorio, si riscosse dal torpore ma non ringhiò. Si mise a uggiolare, una specie di lamento rivolto al vuoto. E al citofono. Stava arrivando. Non chiesi chi è, lo sapevo già. Aprii con un indice il portone da basso e iniziai ad aspettare. Non ci volle molto. Avevo lasciato la porta dell'appartamento aperta. Mi aspettavo che arrivassero in tre: Branka accompagnata da due grossi genitori ingobbiti da responsabilità genetiche.

Arrivò da sola. Si stagliò sulla porta vestita come un'angiolotta d'oro, il cappotto lungo le braccia, una gonnellina rosa. I calzettoni ricamati con dei cuoricini anch'essi rosa, come a dire che i cuori sono rossi solo per gli adulti. Un grembiulino bianco un po' pasticciato con colori di ignota provenienza, ma sempre colori tenui che ancora dovevano crescere. Mi ero chiesto, nell'attesa che il suo ascensore arrivasse al pianerottolo, che viso potesse avere un mostro che aveva vinto un premio di bontà. Me l'ero immaginata bellissima, quasi troppo, per cui la sua bellezza sarebbe stata un insulto. Non avevo dato un colore ai suoi capelli e ai suoi occhi. Avevo solo immaginato la loro luminosità. Ma una luminosità che da solare diveniva il fuoco di un incendio appiccato da un piromane. Poi, una volta spentosi, l'incendio avrebbe lasciato a ricordarlo solo i corpi carbonizzati delle vittime e sarebbe stato sostituito dalla vera luce della bambina: né quella del sole, né quella del fuoco. Sarebbe rimasta la luce artificiale di un neon impazzito da megadiscoteca. Solo che la discoteca sarebbe stata deserta, eccetto i corpi carbonizzati che non ballavano più. Ma il neon avrebbe continuato a lampeggiare.

Me l'ero aspettata così. Già, Milano è una città di pazzi e di cani. Mi ero sbagliato di grosso. Non era un neon. Era abbigliata come una bambinetta leziosa, quella a cui tiri le trecce per farti notare. E aveva infatti treccine vivacizzate da fermagli a forma di pupazzetti. Non era un tragico neon, oh no, magari. Era una bambina.

La bambina aveva sessant'anni.

"Ciao signore." Aveva una vocetta stridula e grottesca. La voce di un comico fallito che quando racconta una barzelletta vecchia quanto lui, per illudersi di essere un attore "fa le voci" di tutti i personaggi della storiella. Dilatandola, rendendola più patetica. Un suicidio commesso con crudeltà.

Ero diventato di ghiaccio. Il ghiaccio sciolto della bottiglia di grappa di pere si era ricreato addosso a me. "Ciao signore," ripeté in attesa di una mia risposta. Era meno alta e meno possente dei genitori. Magra, ossuta, slavata, con i capelli nerissimi probabilmente tinti. Se c'era una bellezza su quel volto, se n'era andata insieme alla bontà, diluita negli occhi azzurri come sciacquatura di detersivo.

"Ciao Branka. Io mi chiamo Lazzaro, cioè... Totem."

"E il cane come si chiama?" chiese Branka distogliendo fortunatamente lo sguardo da me e abbassandolo sul cane ex ringhioso accucciato ai miei piedi. Esitai.

"Eilcanecomesichiama?" Lo ripeté così, tutto attaccato, come se si fosse trattato di uno scioglilingua. Poi, improvvisamente, trovando più divertente ciò che aveva appena detto, scoppiò in una risata acuta.

"Non ha ancora un nome. Tu quanti anni hai, Branka?"

Assunse un'espressione pensosa, poi iniziò a contare gli anni che aveva, indugiando, come se non li ricordasse bene, su ogni dito: "uuuno, duuue, treee, quaattro..." Per arrivare a sessanta ci avrebbe messo almeno tre quarti d'ora.

Così la interruppi: "I tuoi genitori mi dicono che fai cose molto, molto brutte..."

"Comesichiamailcane?"

"Che tiri sassi ai bambini e che fai male agli animali..."

"Comesichiamailcane?"

"Jordy. Ti piace?"

"Posso accarezzarlo?"

"No."

"Posso dargli una polpetta?"

"Come mai giri con in tasca delle polpette?"

"Le dò agli animali. Ne vuoi una?"

Mi piacevano molto le polpette, ma pensai ai piccioni stecchiti a centinaia e rifiutai.

"No grazie. Chi prepara le polpette?"

"Io. Sono molto brava sai. Le preparo tutte da sola e poi le dò agli animali."

"E agli animali piacciono?"

"All'inizio sì, poi non più..." e ridacchiò soddisfatta. "...hanno mal di pancia quegli ingordi. Si rotolano per terra con la bua. Resto lì a guardarli finché si muovono. È meglio che la tivù. Poi quando non si muovono più vado via."

"E cosa ci metti nelle polpette?"

"È un segreto. Te lo dico se ne assaggi una. Assaggiala assaggiala assaggiala assaggiala..."

Mi versai un dito di grappa di pere.

"Sei un ubriacone?" chiese con una voce tutta miele.

Io detesto il miele.

"Senti Branka. È vero che hai vinto un premio di bontà? Chi te l'ha dato? È vero oppure è una bugia?"

"È vero, è vero, è vero, è vero, è vero... Vuoi una polpetta... aspetta, ti faccio vedere."

Cavò dalla tasca del grembiule una medaglia rotonda che cinquant'anni prima doveva essere stata dorata e me la porse. Lessi ad alta voce: "Angiolotta d'oro. I bimbi buoni 1939".

I suoi genitori non mi avevano mentito, non del tutto: Branka aveva sì vinto un premio di bontà, ma negli anni trenta. In cinquant'anni aveva avuto il tempo di trasformarsi in un'autentica carogna. Ovviamente era pazza. Ma pazzi erano di sicuro anche i suoi genitori. Il nobile Alioscia e l'ignobile Nives. Loro, che da quando la bambina era piccola, avevano coltivato la sua e la loro follia. Da cinquant'anni la trattavano come una bambina di dieci appena compiuti.

L'assurdo era che nel micromondo – la stanza di mia nonna in cui io, Alioscia, Nives e Branka ci eravamo incontrati – loro avevano ragione e io avevo torto. Se su quattro persone in una stanza, tre sostengono la stessa follia, il quarto, anche se dice la verità, è numericamente inferiore. Emarginato. Ha torto. Per questo sostengo da quando sono nato che "non conta la quantità, conta la qualità". Se, comunque, avessi detto ad Alioscia e a Nives: "Vostra figlia ha sessant'anni", mi avrebbero risposto: "Lei è completamente pazzo".

E avrebbero avuto ragione. Cercavo una storia? L'avevo trovata. Il titolo avrebbe potuto essere *Il brutto della democrazia*. In quella stanza ero un emarginato. Fuori, per fortuna, c'era via Washington e il resto del mondo. Fuori, sulla strada, avrei avuto ragione io. Sentii il bisogno impellente di uscire di lì, di portare fuori il cane di Jordy a fare pipì. Invece rimasi, affascinato dal male, dalla follia e dalla loro perversa verità.

"Senti Branka, dammi una polpetta."

Fece per mettersi una mano in tasca, poi un'espressione "furbetta" illuminò il suo viso scialbo e ci ripensò: "Te la dò, se mi prometti di mangiarla subito!"

Non ebbi difficoltà a prometterlo. Tanto, non avevo mai mantenuto una promessa in vita mia. Contavo di far analizzare chimicamente la polpetta da qualcuno e poi, se fosse stata avvelenata, avrei chiamato uno psichiatra, un vero psichiatra e l'equivalente del commissario Maigret della protezione degli animali. Forse anche un vero poliziotto. Branka, in fondo, ora voleva avvelenare anche me.

"Non mi fido signore, fai giurin giuretta."

"Giurin giuretta."

"Tieni. La polpetta mangiala in un boccone. Gnam gnam."

Afferrai la polpetta mentre Branka, velocissima, si riprendeva la sua medaglia d'oro di bontà che avevo lasciato sulla scrivania vicino alla bottiglia di grappa di pere. Altrettanto velocemente aprii un cassetto e ci lasciai scivolare dentro la polpetta.

"Bugiardo, bugiardo," gridò Branka e mi saltò al collo.

Aveva dita forti ed era insospettabilmente robusta. Così, infischiandomene del fatto che non bisogna picchiare i bambini perché non è educativo, né far valere la propria forza sulle persone vicine a una "certa età", le infilai una gomitata all'altezza del fegato. Si accasciò al suolo iniziando a tossire e a sputacchiare. Il cane, rincuorato, le addentò il grembiulino. Mi rialzai massaggiandomi la gola poi, vedendo che non si rialzava, mi accostai a lei preoccupato. Rialzò la testa di colpo e tentò di mordermi lo scroto. Le tirai una ginocchiata al mento facendole battere i denti a vuoto.

Se aveva un pregio, consisteva nel fatto di essere una buona incassatrice. Afferrò un candelabro d'argento e si buttò alla carica. Il cane iniziò ad abbaiare. Schivai e le feci uno sgambetto per cui rovinò oltre me, nella camera da letto di mia nonna. Non feci in tempo a girarmi che chiuse dietro di sé la porta. Rimasi immobile aspettando una sua reazione. Il silenzio. Nessuna reazione. Probabilmente aspettava, nascosta di là in qualche parte, che io facessi la prima mossa, che entrassi per poi aggredirmi.

Il cane era agitatissimo. Avrei potuto chiamare la portinaia per farmi aiutare. Bella fine per un ex eroe farsi aiutare da una portinaia. Cosa avrebbe detto Pogliaghi se l'avesse saputo? No. Dovevo cavarmela da solo. Aprii la maniglia con un piede. La porta era aperta. La stanza buia. L'interruttore della luce, maledizione, era all'interno della stanza. E Branka aveva il grande vantaggio di essersi abituata al buio come i gatti. Come i gatti! Stavo pensando di lanciarle dentro il cane di Jordy. Poi ebbi un sussulto di dignità e mi lanciai nella stanza con un urlo di guerra giapponese.

Mi beccai il candelabro sulla spalla e volai sul letto matrimoniale che mia nonna aveva comperato, forse, per via del sesso della terza età. Branka mi fu addosso. Le sparai un cazzotto alla cieca e finalmente si placò. Mi rialzai e corsi ad accendere la luce. Quando mi girai non era più lì. Era sparita. Forse dietro a una tenda? No. Scostai la tenda ma non c'era. Si era infilata sotto al letto. Da lì, infatti, provenne la sua voce. Il letto parlante. Ansimava. Il letto parlante ansimava soffocato dai cuscini. Stavo impazzendo anch'io.

"Non sono cattiva io. Ero tanto buona. Buona, brava e ubbidiente."

"E che mangi tanta pappa," pensai. Mia madre infatti, quando ero piccolo, prima di darmi il bacio della buona notte mi faceva recitare a guisa di preghierina: "Caro Gesù, fammi crescere buono, bravo, ubbidiente e che mangi tanta pappa". Non ero cresciuto né buono, né bravo, né ubbidiente. In compenso avevo mangiato tanta pappa, ma soprattutto avevo bevuto un sacco di birra. Che ora stavo per vomitare sul letto di mia nonna, colto da un accesso di tosse nervosa.

Il letto riprese la sua litania: "Non sono cattiva. Sono buona buona buona. Solo che papà e mamma sono un po' suonati".

"Senti chi parla," risposi ormai definitivamente infantilizzato.

"Chi lo dice sa di esserlo," ribadì lei in perfetto stile bambinetta.

"Okay. Vieni fuori e parliamone. Giuro che non ti picchio."

"Bugiardo. Fai giurin giuretta."

"Giurin giuretta."

"Senti, esco e ti racconto una cosa se mi prometti che non mi farai del male."

"Guarda che hai cominciato tu. Comunque, se ci tieni, giurin giuretta."

Uscì. Sgattaiolò fuori, mi scrutò con diffidenza. Poi riprese a parlare: "Non sono cattiva. Non sono tanto cattiva. Uccido solo gli animali. Tanto poi vanno in paradiso".

"Be', è questa la verità che mi dovevi raccontare? Io la sapevo già."

"No, è un'altra cosa. Ma questa volta non è stata colpa mia. Vedi, io non dormo tanto di notte. Sto sveglia e allora vado in giro. Stanotte, una volta smesso di piovere, sono andata in un posto dove avevo visto un cane che..."

"Volevi mandare in paradiso."

"Sì, lo avevo curato da un pezzo. Sapevo dove andava a fare pipì. Così gli ho preparato una polpetta con dentro un po' di veleno, non tanto però, lo giuro, giurin giuretta. Ho preso una pagina di giornale e l'ho distesa sull'erba e ci ho appoggiato sopra la polpetta per essere sicura che il cane se ne accorgesse in mezzo a tutta l'erba. Sono rimasta lì ad aspettare. Solo che il cane non arrivava. È arrivato un signore tutto sporco. Lui si è accorto subito della polpetta, si è inginocchiato, l'ha annusata, poi se l'è mangiata in un boccone. Io ero lì a guardare, volevo avvertirlo, ma, sai... la mamma mi ha detto di non rivolgere mai la parola agli sconosciuti, così sono stata zitta. Dopo poco tempo è caduto con la faccia sulla pagina del giornale e non si è più mosso."

Oh cristo, l'aveva avvelenato.

"...Non volevo mandarlo in paradiso. Non l'ho fatto apposta. Giura che non lo dici a quelli del Premio di bontà. Non voglio che la signora Angiolotta mi tolga la medaglia di bambina più buona dell'anno." Scoppiò a piangere.

"D'accordo Branka, non dico niente a quelli del Premio di bontà. Però permetti che ti aiuti. Chiamo un signore e ti faccio parlare con lui."

"D'accordo," disse la vecchia bambina.

Mi si avvicinò sempre in lacrimoni. Stavo pensando a chi chiedere aiuto. A un poliziotto? Era un'assassina. A uno psichiatra? Era pazza. A Babbo Natale? Era una bambina. Branka imparava molto in fretta: mi colpì con una ginocchiata ai testicoli e mentre mi piegavo in due, corse via. Fuori dalla stanza di mia nonna. Fuori dalla casa di mia nonna. Fuori. Dove c'erano cani e barboni. Milano è una città di pazzi, di cani e di barboni.

E io ero lì, accasciato al suolo col cane di Jordy che mi leccava la faccia.

4.

Il pomeriggio era andato di traverso al giorno che aveva sputato fuori la sera. Antonello Caroli aveva il fiatone. Aveva corso senza voltarsi a vedere se il tipo con la siringa fosse ancora dietro di lui. Il fiato era quello che era, ma Caroli aveva paura dell'Aids. Poi, beccarselo così, senza neanche la consolazione di un rapporto sessuale, sarebbe stato il colmo della sfortuna.

Una volta arrivato in centro, Caroli finalmente si voltò. Del suo nemico nessuna traccia. Ignorava che dopo soli cinquanta metri di inseguimento, il suo nemico aveva deragliato ed era andato a morire in un vicolo. Così Caroli aveva corso solo tra la gente che si specchiava nelle vetrine di via Manzoni. C'erano anziane signore della buona borghesia. Appunto perché anziane e quindi giustificatamente arteriosclerotiche, non si erano accorte che via Manzoni non era più una delle strade più signorili di Milano, ma una via a cui gli anni, anziché rughe di decoro, avevano regalato American bar di dubbio gusto: Specialità panini alla piastra. Le anziane signore, sorrette da bastoni da passeggio, sembravano rabdomanti alla ricerca di sale da tè ma si dovevano accontentare di un panino alla pescatora: burro, acciughe, sgombri, pomodoro, maionese, brie, uno scampo e, crepi l'avarizia, una foglia di lattuga.

Le sale da tè rimaste nei paraggi, erano ormai vellutate sale d'attesa per menopause e gigolò.

Caroli era corso davanti a Palazzo Marino, ignorato sia dal sindaco sia dai consiglieri comunali, aveva arrancato di fianco alla Scala dove stazionava un pullman di giapponesi. Quando questi si accorsero che in pieno novembre Caroli sudava e perdeva dalla bocca una specie di bava, lo fotografarono immediatamente. Caroli rallentò in Galleria dove sfaccendati e faccendieri intasavano la sua via di fuga, passò davanti al bugigattolo dei venditori di tartufi e i miasmi del suo sudore prevalsero sui tartufi stessi, tant'è vero che un cane da tartufi sfuggì al guinzaglio del suo padrone e iniziò a puntare verso di lui.

Caroli superò la Rinascente, macroscopica boutique con la statura di un grande magazzino, poi, finalmente, in corso Vittorio Emanuele si preparò allo scatto finale che lo avrebbe condotto in salvo al traguardo del bar Tre Gazzelle. Ma poco prima del Tre Gazzelle, dal bar tabacchi Madonnina, sgusciò improvvisamente una figura asessuata, capelli corti e sporchi, un maglioncino beige e un loden striminzito, scarpe da tennis senza stringhe. Era la pazza di corso Vittorio Emanuele. Gironzolava per il centro storico bestemmiando ad alta voce, entrava nei bar che le offrivano bianchini in bicchieri di plastica purché andasse a berli altrove. Il suo alcolismo non riusciva a essere folcloristico. La "pazza di corso Vittorio Emanuele" non aveva una ubriachezza pittoresca. Al contrario, la sua eccentricità disgustosa diventava la norma. La norma di una banale degradazione.

I passanti "uomini" che la vedevano non riuscivano a sorriderne, né a tollerarla, né tantomeno a capirla. Per retaggi di stilnovismo, il fatto che un tempo fosse stata una donna la rendeva ancora più oscena. Un sorriso fatto con una bocca di denti marci. Caroli la urtò e la donna inciampando, iniziò a vomitare. Mentre percorreva i pochi metri che lo separavano dal bar Tre Gazzelle, Caroli pensò che se il suo amico Lazzaro l'avesse vista, gli sarebbe venuto uno dei suoi attacchi di tosse disgustosa. Così avrebbe vomitato anche lui, Antonello Caroli attore, e poi un altro e un altro ancora e corso Vittorio Emanuele sarebbe naufragato nel vomito.

Finalmente il bar Tre Gazzelle, a lato del cinema Corso, grande, elegantemente anonimo, con tavolini fuori sulla strada anche in pieno inverno per consentire ai non freddolosi di studiare il passaggio. Era ancora autunno e i tavolini erano tutti occupati. C'erano turisti un po' ridicoli, come sembrano tutti i turisti. Una ragazzona olandese con due polpacci enormi inguainati in fuseaux verde pisello, guardò Caroli con curiosità. Non era fascino, era sudore.

Altri tavolini erano occupati dai soliti presenzialisti dalle misteriose attività lavorative. Ragazzi tra i venti e i trent'anni senza una lira in tasca. La notte giravano di discoteca in discoteca sino a concludere, quando albeggiava, che "Milano mi ha stancato. È provinciale. A fine mese vado a New York". Erano i nuovi vitelloni, nulla facenti, talvolta però ibridati da cinquantenni sedicenti proprietari di agenzie per modelli, che studiavano il passaggio di giovani sederi sedicenni, con occhio professionale e anche un po' schifoso.

Caroli riconobbe il Conte. Il "Conte" era un ragazzo toscano che sosteneva appunto di essere un conte. Non diceva mai il cognome della famiglia perché affermava: "Sai, è molto importante. Non vorrei essere rapito". Altissimo, superava il metro e novanta di Caroli, magrissimo, elegantissimo, sempre senza un soldo, era costantemente alla ricerca di prestiti: "tanto, sai, adesso papà mi manda un vaglia da Firenze". Visto che lui cercava sempre prestiti e Caroli non aveva mai molti liquidi, la loro conoscenza era solo superficiale. Il Conte gli fece un cenno. Per chiedere un prestito a un Antonello Caroli tutto sudato, doveva essere proprio in cattive acque.

Caroli distolse lo sguardo e un paio di tavolini oltre il Conte vide la contessa. La contessa non aveva niente a che vedere col conte. In primo luogo lei era contessa veramente. In secondo luogo era miliardaria (ah, se il Conte l'avesse saputo) e in terzo luogo aveva una quarantina d'anni più del Conte.

Dall'ultima volta che Caroli l'aveva vista, quando lavorava per lei come segretario galante, aveva messo su qualche chilo. Tutti in rughe. I capelli erano sempre mogano, la pelliccia sempre negligentemente abbandonata su qualche sedia, il trucco aggressivo la rendeva inconsapevolmente somigliante a Sandokan, la tigre della Malesia. Vicino a lei un ragazzotto in blazer blu e bottoni dorati. Caroli riconobbe il blazer. Era stato suo. La contessa riciclava gli accessori per segretari.

Quando la contessa incontrò lo sguardo di Caroli, da donna di mondo qual era lo invitò al proprio tavolo.

"Antonello, caro, da quanto tempo... ti presento Fausto, il mio segretario..." Fausto arrossì. Doveva essere nuovo del mestiere. Fausto arrossiva, Caroli sudava, il Conte origliava.

"Sai Fausto, Antonello è stato al mio servizio qualche anno fa. Poi ci siamo lasciati... così... senza rancore. Ognuno per la sua strada. Ce l'hai ancora, Antonello, quell'orologio che ti ho regalato?"

"Sì, è a casa, Tara." Non era vero. Caroli aveva una sua dignità. Era un attore, non un gigolò. Aveva accettato l'orologio in dono, ma era corso subito a impegnarlo per investire il ricavato su un cavallo sicuro. Purtroppo Caroli era stato sicuro, il cavallo no.

"Ah, non hai più il mio orologino eh... l'avrai regalato a qualche sgualdrinella..." la contessa si inviperì sul suo chiodo fisso, "queste ragazzine: credono di essere desiderabili solo perché neonate. Puttane. Scusa Fausto."

Fausto era fucsia. La contessa aveva gridato "puttane" e tutte le passanti di sesso femminile si erano fermate a guardarla esterrefatte. "È pazza," disse una ragazza alla madre con la quale stava facendo shopping. La madre annuì e poi guardò in basso per accertarsi che nessuno avesse calpestato il suo pechinese al guinzaglio. Milano è una città di pazzi e di cani.

La contessa alzò ancora il tono della voce e disse a Caroli: "Antonello, voi attori siete sempre un po' in difficoltà. Che parte stai facendo adesso?"

"Il bidello."

"È un telefilm?"

"No. È una tragedia."

"Senti Antonello, sai che mi sei caro, lo accetteresti un prestito?"

Il Conte alla parola prestito drizzò le orecchie. Caroli no. Era un metro e novanta di allampanato, strambo, depresso, orgoglio offeso.

"No Tara. Non accetto. Non ne ho bisogno."

"Sciocco e ingrato. Chi credi di essere. Ti ho incontrato che eri su una strada..."

"Non è vero. Ho risposto a una tua inserzione su un giornale."

"Sì, cercavo un segretario giovane che sapesse l'inglese..."

"E che ballasse il tango."

"Be', e allora? Il mio annuncio diceva proprio così: Cercasi segretario, età 25-30, buona conoscenza dell'inglese. Ballo richiesto: tango. E tu, bugiardo, non sapevi l'inglese, né ballare il tango... Sai Fausto, questo attorucolo a cui sto parlando, quando l'ho assunto mi ha detto che ballava il tango alla francese... un bluff, capisci. Sa ballare solo in discoteca. Allunga quel suo muso lungo in su e in giù neanche a ritmo, agita i suoi piedoni e, per di più, suda come un cavallo. Sapessi le figure che mi ha fatto fare. Sempre depresso, pieno di problemi, essere o non essere. Ma non recita Amleto, sai Fausto, la sua più grande interpretazione è stata una pubblicità di un'acqua minerale pugliese, uno spot che andava in onda solo sulle tivù private di serie B. Un attore! Hai sentito la dizione? Ha la erre moscia e la voce nasale e impastata come se avesse bevuto. Invece è astemio. Un fallimento."

Caroli stava per rispondere con tutta la rabbia accumulata in trentaquattro anni di sfortuna, quando la pazza di corso Vittorio Emanuele sfilò loro davanti, parlando da sola ad alta voce. "Vecchia baldracca," disse, seguendo chissà quale suo etilico pensiero. Lo disse proprio davanti al tavolino della contessa.

Antonello Caroli la guardò, poi guardò la contessa, e molto compitamente commentò: "Vedo che vi hanno già presentate". Poi girò sui tacchi, spinse la porta di vetro del bar, vi entrò e fece una telefonata. Lazzaro non rispondeva, lasciò un messaggio sulla segreteria telefonica. Quel giorno, di buono gli aveva portato Carolina e di cattivo la contessa. Ma quel giorno non era finito.

Un tipo di statura leggermente inferiore alla media, ma tutto torace, gli si avvicinò. Indossava un giubbotto di pelle grigio di taglia extralarge, che però gli andava stretto. Il naso era stato rotto tante di quelle volte che si era quasi allungato. I capelli erano tagliati a spazzola, gli occhi metallici. Ma erano le spalle e i muscoli da culturista fanatico che compressi sotto il giubbotto grigio, lo facevano sembrare un elefante nano a grandezza naturale. Quello che restava dei lineamenti lasciava immaginare che prima di fare il punching-ball, doveva essere stato un bel ragazzo. Come se lo immaginano le lanciatrici del peso. Erano gli occhi, più che i muscoli, a manifestare violenza. Trattenuta nei muscoli, negli occhi no.

"Scusa, tu sei amico di Lazzaro Sant'Andrea?"

Caroli lo guardò dall'alto in basso. E notò un rigonfiamento, l'unico che non poteva essere né muscolo, né un'erezione. La forma ricordava vagamente il calcio di una pistola.

"Sei Caroli, no? Il cameriere mi ha detto che sei amico di Lazzaro. Anch'io sono un suo amico. Solo che l'ho perso di vista. E sai, il suo nome non c'è sull'elenco telefonico. Sai dove posso trovarlo?"

Caroli sapeva che Lazzaro aveva avuto un passato movimentato. Ora, se lui avesse parlato, avrebbe potuto avere anche un futuro movimentato.

"No. Guarda. Non so il suo indirizzo. Ci vediamo sempre qui e poi ognuno torna a casa per conto suo. Scusa, ma tu non facevi mica la comparsa in *Milano spara. La polizia ha le mani legate*?"

"No. Non ero io. Ma mi stai prendendo per il culo?"

"Figurati. Sai chi conosce bene Lazzaro? Là fuori c'è uno che si chiama Fausto, seduto al tavolo con una vecchia. Lui, mi pare, sia stato a casa di Lazzaro."

L'elefantino grigio si precipitò alla porta a vetri. Antonello uscì da un'altra porta a vetri laterale e si incamminò in direzione opposta. Quasi quasi a quel "muscoloide" preferiva il tossicomane del pomeriggio. Accelerando il passo cercò di trovare qualche motivo di consolazione. In fondo non aveva tutte quelle ragioni per essere depresso. Certo, era stato un po' sfortunato nel trancio di vita che aveva mangiato sinora. Ma in fondo era ancora quasi giovane. Quanta gente che a trentaquattro anni sembrava fallita, poi si era ripresa e aveva avuto un grande successo.

Già, quanta? Ci pensò sopra e non gli venne in mente nessuno. Però, dai, perché essere depresso? Aveva sì avuto un esaurimento nervoso per cui aveva iniziato a sudare anche coi piedi, ma poi in fondo ne era uscito. E quella volta che era caduto dalle scale e si era rotto solo una gamba? Be', avrebbe potuto morire no? E invece la vita era bella. La depressione evaporò. Finché Caroli, nello specchio principesco di una vetrina di un negozio di abbigliamento, non vide riflesso dietro di sé l'elefante: lo stava seguendo a narici dilatate.

Caroli iniziò a correre, tallonato per la seconda volta, in quella giornata di novembre. Era veloce, ma molto depresso.

Dopo una buona mezz'ora rannicchiato in posizione fetale, rinacqui. Altro che reincarnazione: il dolore si era trasformato in una nausea che a intermittenza pungolava la zona interessata, con conseguenze dolorose in tutto il resto del corpo.

C'era stato un momento nel mio delirio da ginocchiata nelle palle, in cui avevo temuto di perdere sangue dalla testa. Non riuscivo, per quanto nel limbo, a stabilire una connessione tra il colpo ai testicoli e il sangue alla testa. A meno che, come talvolta dicevo a me stesso, io non fossi una testa di c... Con la mano comunque volli accertare la verità: il presunto sangue era in realtà la saliva calda d'affetto del cane di Jordy che mi aveva leccato la fronte durante la mia semincoscienza.

Mi rialzai con uno scatto e corsi nella stanza da bagno. Per prima cosa mi lavai la fronte, poi mi guardai allo specchio. Ero sempre io. Insolente anche dopo il dolore. Soddisfatto dell'esame, mi lavai i denti usando uno spazzolino di mia nonna. Sai i germi! Giacché c'ero, mi lavai le orecchie e il collo. Ero indeciso se farmi anche il bagno. Avevo una mia teoria al proposito.

Le mattine in cui uscivo dai postumi di qualcosa, una sbronza, un amore, un'insonnia spesa a interrogarmi sul mio futuro, anziché rimanere a letto e cercare di recuperare, di mettere del sonno tra me e il mio problema, mi alzavo, mi vestivo e attraversavo a piedi Milano da un capo all'altro. Dalla mattina alla sera. Alla stanchezza viziosa di troppe birre, alla stanchezza dell'anima che non amava la interrogassi come in un telequiz, subentrava verso sera una nuova stanchezza. Una stanchezza sana, meticolosamente costruita a piccoli passi o a grandi falcate.

Così, una volta tornato a casa, ci immergevamo io e

la mia stanchezza in una vasca da bagno fumante. Ne uscivo solo io. La stanchezza era lì, annegata. Nella mia vita avevo fatto un sacco di volte il bagno. Ora però non sarebbe servito.

Presi in braccio il cane e uscii da quella stanza contaminata. I negozi di via Washington stavano chiudendo. La via, a tratti illuminata, era una bella via, a tratti. C'era del verde nell'aria e molto traffico. C'erano palazzi signorili infastiditi a intermittenza da caseggiati con scritte tipo Pensione Jolanda, un po' tristi e fuori luogo come "alberghi a ore" cantati da un'Edith Piaf stonata.

Cosa avrei dovuto fare ora? Chiamare la polizia, certo. Ma il mio ruolo era molto ambiguo. Avrei dovuto dichiarare di essermi spacciato per terapeuta, ma ero comunque colpevole. Colpevole di essere in minoranza, sia nei confronti dell'autorità costituita e del suo ordine, sia della follia fatta istituzione e del suo rigido disordine. Colpevole di essere sempre a cavallo del loro confine. Un cavallo bizzarro che perdeva le corse su cui scommettevo ma, inaspettatamente, vinceva altre corse in cui mi sarei immaginato sconfitto.

Branka non accettava la sua età anagrafica? Be', per questo neanch'io. Ero molto più giovane e molto più vecchio di quanto la fuga delle stagioni non stabilisse. Fuga, visto che ero scappato dall'infanzia perché non mi piaceva che mi infilassero in bocca un biberon. Ero fuggito dall'adolescenza perché la masturbazione mi sembrava egoismo e mi ero ritrovato in età adulta a bere birra a canna, come se fosse in un biberon, e a fare l'amore un po' per esuberanza e un po' per curiosità, come se fosse masturbazione.

Ero arrivato primo, e mentre aspettavo di essere raggiunto dagli altri, ero appassito. Ci sarebbe voluta un po' d'acqua, ma ormai bevevo birra. Branka non era mai cresciuta e quindi, per lei, il bene e il male erano lo stesso gioco. Giocava a nascondino e a seconda di chi la scopriva, la bontà o la cattiveria, pagava la penitenza adottandone il comportamento. Per quanto la riguardava era stata corretta. Per il resto del mondo, no.

Dovevo dirlo alla polizia. Fortunatamente la mia, da buona famiglia borghese, aveva avuto degli amici anche nella polizia. Mio padre era morto quando io ancora credevo alla storia che la morte fosse un lungo viaggio. Non è vero. Il viaggio è brevissimo. La morte è un picnic per il quale non sei mai attrezzato. Però, morendo, papà mi aveva lasciato gli amici di famiglia. Uno di questi, il commissario Olivieri, era nella Squadra mobile.

Aveva passato la sessantina, ma era ancora discretamente civettuolo, un principio di doppiomento e una testa, nel saliscendi del dubbio, lo facevano vagamente somigliare a una tartaruga elegante. La sua corazza dalle brutture era l'educazione, un'educazione quasi esasperata che nonostante il suo lavoro gli faceva dire anziché "drogata", povera ragazza, anziché "pappa" sfruttatore, anziché "figlio di puttana" farabutto. Più che a un poliziotto somigliava al medico di famiglia. Tant'è vero che le volte in cui veniva a trovarci, mi veniva istintivo chiedergli: "Si vuole lavare le mani?" Lo supponevo saggio come una tartaruga, perché come una tartaruga andava così piano da avere il tempo di riflettere su ogni suo passo.

Ecco, lui, in nome della vecchia amicizia familiare, avrebbe potuto ascoltare la storia. Del resto, nel passato, mi aveva già aiutato, vecchio tartarugone, a uscire da situazioni imbarazzanti. Era stato per un certo periodo di tempo in forza alla Squadra politica della polizia. Poi, più appropriatamente, era stato trasferito con aumento di grado alla omicidi. Era laureato in legge e in storia dell'arte. E il suo risolvere omicidi, era un po' come il restaurare con la giustizia l'opera d'arte di una vita deteriorata da una morte violenta. Ecco, avrei chiamato lui, il tartarugone, il tipo che, quando avevo diciassette anni, mi aveva spiegato che una calibro nove era un'arma da guerra e che quindi non poteva essere portata in giro in tempo di pace.

"Sì, ma io sono in guerra," gli avevo risposto e lui, tartaruga delle tartarughe, mi aveva detto: "Da questo momento, capitano, lei è in licenza". Mi aveva così evitato il riformatorio e nello stesso tempo salvato l'onore.

Il commissario Olivieri era la soluzione. Gli avrei telefonato non appena arrivato a casa. Casa mia resisteva elegantemente sopra un supermarket. Il supermarket stava chiudendo, qualche ritardatario ne usciva oberato di sacchetti. Con il cane di Jordy sempre in braccio mi fermai di fronte al mio portone. Il muso da squalo tozzo di un Espace era posteggiato arditamente metà sul marciapiede, metà sulla strada. Era un Espace che conoscevo bene. Al momento deserto. Sperai non si trattasse dello stesso Espace.

"Ciao Lazzaro." Era lui, l'Espace. E quindi era lei, Lela. Lela, Emanuela Beretta. Una coda di cavallo, due occhi vivissimi, un sorriso biancofregatura. Lela Beretta era pazza.

"Ciao Lazzaro."

"Ciao Lela. Come mai da queste parti? L'ultima volta che ti ho vista eri piena di cocaina e vuota d'amore per me. Ti sei ripresa?"

"Sì Lazzaro. Scusa per l'ultima volta."

Aveva un sorriso che, non conoscendola, ti sarebbe venuto voglia di scusarla. Ma io l'avevo conosciuta. Aveva il mento troppo pronunciato per essere bella, ma la conformazione del viso la rendeva peggio che bella: carina. E carina, è anche meglio di bella. La bellezza è cristallo. Lei era pongo. Si trasformava come volevi tu. Poi, purtroppo, scoprivi che si trasformava come voleva lei, capivi che solo lei aveva il controllo della sua anima di Das, solo lei, con quel musetto impertinente, inadatto a una donna di ventisette anni. Una gonna a fiori, stivali da cowboy, una camicia di pizzo.

Era bella nonostante tutto. Era bella nonostante lei.

"Bellino il cane... è il mio?"

"Il tuo?"

"Quello che abbiamo preso insieme al canile di Monza."

"Non dirmi che lo rivuoi. Ormai ha due anni... ed è *mio*."

"Certo che è tuo. Te l'ho regalato, ricordi?"

"E tu ricordi... o vuoi che ti faccia un riassunto... ci siamo conosciuti in una discoteca. All'Amnesie..."

"Tu eri lì per cuccare. Non ballavi neanche a pagarti."

"E tu eri lì col tuo ragazzo. Avevi un po' bevuto e un po' fumato."

"Tu invece avevi solo bevuto, ma tanto, e fumato sigari."

Non so perché, ma nonostante il cane in braccio, sentii il bisogno di accendermi un sigaro.

"Ancora Antico Toscano? Ma non cambi mai?"

"No, sono cambiato. Non aspetto più l'ascensore. Faccio le scale."

"Be', anche una volta facevi le scale, di corsa col fiatone, ma facevi le scale." Apparentemente non aveva sniffato. Quindi era solo saggezza.

"Già, Lela. Poi ci siamo visti e piaciuti in mezzo a quel casino di gente..."

"Tu mi hai chiesto se mi interessava entrare nella letteratura, visto che stavi cercando la protagonista femminile del tuo ultimo romanzo."

"Già e poi tu m'hai chiesto se avevo una ragazza..."

"E tu mi hai risposto che sì, avevi una ragazza, ma non mettevi limiti alla provvidenza divina."

"Vero. E tu mi hai detto che avevi un ragazzo..."

"Sono stata sincera anch'io."

"Col cavolo. Non mi hai detto che era un terrorista, psicopatico, gelosissimo, ricercato dall'Interpol. E per di più, presente in sala."

"Be', cosa conta. Poi c'è stata la nostra storia."

"Certo. Fino a quando lui non se ne è accorto e ha iniziato a cercarmi. Sai che situazione. Io non l'avevo mai visto e lui girava con la mia fotografia in mano e la pistola in tasca."

"Non pensavo tu avessi paura..."

"Non avevo paura. Questo era il grave. Ogni volta che sul metrò sorprendevo qualcuno mentre mi guardava, o almeno così mi pareva, con insistenza, gli tiravo un pugno nel fegato. Sai i grattacapi... Ho steso cinque o sei impiegati, un ingegnere e persino, giuro, un esorcista."

"Però ti piaceva quando venivo a prenderti tutte le sere con l'Espace e giravamo tutta Brera bevendo vino, tu, che bevevi solo birra..."

"E a te non piaceva quando ti telefonavo dieci volte al giorno, a casa tua, a Monza, anche quando non c'eri, giusto per sentirmi dire dai tuoi che stavi arrivando?"

"E allora perché?..."

"Perché cosa?"

"Perché abbiamo finito?"

"Non lo sai? Va bene, ti aggiorno Lela. Vedi, qui sotto casa mia, sino a due settimane fa c'era una gelateria.

Non c'è più. Hanno cambiato proprietario e la stanno ristrutturando. È durata quattro anni. Quattro anni della mia vita, quelli che credevo fossero il 'presente', l'immortalità della gelateria. Avevo rinunciato con difficoltà al passato. Mi accontentavo del presente. Un presente che durava da quattro anni. Avevo una ragazza e molte fidanzate perché credevo di avere il dono dell'ubiquità. La ragazza soffriva in silenzio e non parlava mai. Si chiamava Isabella. Era il presente. Come la gelateria. Mi stava accompagnando nel presente a cercare la mia autostrada. La tradivo, ma c'era, restava, come la gelateria..."

"Vuoi dire che poi sono arrivata io e... ed è stata tutta colpa mia?"

"No, figurati. È stata tutta colpa mia. Io credevo che certe cose fossero eterne. Non l'amore, al contrario, ma la resistenza. I ponti di corda dei film di Tarzan..."

"Ma non fanno più film di Tarzan... vero? E allora le corde cedono."

"Io non ho ceduto. Ha ceduto la situazione. Il tuo amico terrorista che mi cercava e che poteva essere chiunque..."

"E io che ho iniziato a drogarmi. Vuoi dire questo? L'avevo già fatto, lo sai, e avevo già smesso. Io ho il perfetto controllo di me. Posso sbandare, ma mi riprendo. Non era un vizio, era una voglia..."

"Certo. Per te. Ma per me che ti vedevo rimbambire... dimenticare tutto ciò che non fosse una sniffata, anteporre il tuo rimbambimento al nostro, posso chiamarlo così, amore."

"Sì, ma io non sono mai diventata una tossicodipendente!"

"No, certo. Tu sei una tossicodeficiente. Una brillante studentessa di architettura che ospita un terrorista in cantina, che si 'fa' per vederne l'effetto. Che prova tutto perché è certa di uscirne. Hai idea di quante persone ha assassinato il tuo esempio?"

"Anzi, io ho provato che si può uscirne..."

"Cazzate. Tu hai provato che tu puoi uscirne. Agli altri hai solo dimostrato che si può entrare."

"Sei diventato moralista?"

"No. Non è questo. È che quando tu ti eri rimbambita, io ti riportavo a casa e Isa se n'è accorta."

“Che ero rimbambita?”

“No. Che ti riaccompagnavo a casa. Così è finita. Tra me e te. E tra me e lei. Non solo, un giorno ero ubriaco, vuoi anche per la situazione, e sono andato a casa della mia prima fidanzata, una che frequentavo quando avevo sedici anni. Be', vi ho perse tutte e tre. Tre in una volta.”

“Mi spiace Lazzaro, ma...”

“Aspetta Lela. Tu hai inaugurato l'anno peggiore della mia vita. Il primo gennaio mi sono svegliato con una nevralgia al trigemino. Mai successo prima in vita mia. Lei, Isabella, mi ha accompagnato alla guardia medica, dal dentista. L'11 gennaio è morto il mio cane Cesare. Ce l'avevo da diciotto anni. Poi un giorno entro in un bar in cui eravamo stati insieme...”

“Io e te?”

“Io, te e Isabella. A due alla volta, naturalmente.”

Rise e mi piacque di nuovo. “Be', in questo bar, il Topo morto, una specie di pub, te lo ricordi? mi dicono che stanno chiudendo perché mancano i fondi. Metto i fondi. Per te. Per Isabella. Per i nostri ricordi. Dopo tre mesi il locale fallisce. Scopro che uno dei due soci spaccia. Ti sarebbe piaciuto. L'altro si eclissa. Il Topo morto diventa una prigione. Mi sveglio al mattino e me lo vedo davanti. Ora, tutti i miei amici hanno avuto l'esaurimento nervoso, io non l'avevo mai avuto. Mi viene. Perdo un sacco di soldi, un cane, un dente, Isabella e te. Mi trascino per una primavera. Accarezzo l'idea del suicidio, poi penso che dopo non potrei accarezzare nient'altro. E allora desisto. Improvvisamente torna il sole. Mi ero dimenticato che ci fosse, ma c'è. E tu non ci sei più.”

“Sono qui.”

“Dove sei? Non ti vedo.”

“Non scherzare Lazzaro. Sono qui per un motivo più grave che non le tue lamentele. Marzio è scappato.”

“Marzio? Marzio Palloni, terrorista, ex ospite della cantina di Lela Beretta, ora bloccato nelle prigioni inglesi. Stiamo parlando della stessa persona?”

“Sì. Mi ha telefonato non so da dove, e ha detto che mi ama ancora.”

“E allora?”

"Be', non lo voglio più. Gli ho detto: guarda Marzio, non posso stare con un assassino cocainomane, adesso basta. Tu non amavi me, ti piaceva il mio cognome, Beretta, perché ti ricordava una pistola. Sto con Lazzaro."

"Gli hai detto così?"

"Sì, perché?"

Era lì, appoggiata al suo Espace. Non la uccisi per pura curiosità, per vedere come sarebbe invecchiata.

"Te la sei presa Lazzaro?"

Mi baciò. Rise. Saltò sul suo Espace e se ne andò via. Per sempre. Così Marzio Palloni mi cercava di nuovo. Non avevo paura. Non di quel Palloni gonfiato. Anzi, dopo il male di Branka, la violenza di Palloni era come un calcio nello scroto di un cartone animato. E i cartoni animati non hanno scroto.

Palloni, che voglia di incontrarti e farla finita. Voglia di mostrare a Pogliaghi che sono ancora un eroe. Palloni, tu sei il male più abbordabile. Sei un mostro che non fa paura. Hai un miliardo di chili di muscoli costruiti in palestra (lo so perché me l'hanno raccontato), non ti ho mai visto in faccia Palloni, ma ti aspetto. Se vorrai combattere, farò su di te quello che non posso fare sul resto del mondo e allora sì, Palloni, tu avrai paura. Per ora ho paura io perché non ho più una pistola. E tu sì, di sicuro.

Sì Palloni, fatti vedere, fatti dare, non dico un volto, ma almeno una faccia. Vieni Palloni e pagherai il conto dei miei romanzi non pubblicati, dei miei amori impossibili, delle frustrazioni dei miei amici pazzi perché è "normale" che ci sia tu. Vieni Palloni e non avrò più la tosse né il vomito a vuoto, perché ci sarai tu su cui tossire e vomitare definitivamente. Vieni Palloni, killer neonazista, vieni e io, finalmente, tornerò a essere un eroe.

Lela se n'era andata. Le luci del supermarket continuavano a brillare. Io avevo in braccio un cane. Con un accurato colpo di chiave aprii la porta blindata e entrai in casa mia. Sembrava un piccolo museo. Mia madre era appassionata di antiquariato. Delacroix ci avrebbe disegnati, me e il cane, macchie in un dipinto apologetico. Il cane avrebbe morso Napoleone e io avrei sconfitto Palloni e i francesi.

Pescai nel frigo una lattina di birra. Riaccesi il sigaro e riparai il cane di Jordy in camera mia, mentre il mio cane abbaiava in cucina. Diedi equamente da mangiare a tutti e due. Poi ascoltai la segreteria telefonica: "Ciao. Qui l'agenzia Caremoli. Domani c'è un provino alla Bravo film, via Podgora 18. Cercano un manager 25-30 anni. Presentarsi elegante, è per la pubblicità di un preservativo". "Ehi, sono Antonello, sei tu? No, non ci sei. Va be' passo a casa tua." "Uuhei, sono ancora Antonello. Guarda che c'è uno che mi sta seguendo, ma credo ce l'abbia con te. Adesso arrivo." "Ciao Lazzaro, sono Jordy. Stasera sono fuori casa. Grazie di tutto e ci sentiamo domattina. Smack... volevo dire un bacio! Spero di conoscerti. Hai una bella voce." "Ciao Lazzaro, sono la mamma. La nonna sta bene. Ha chiesto solo dove hai nascosto il suo tranciasigari." "Lazzaro? Arrivo...", nessun messaggio, nessuna presentazione. Poteva essere Babbo Natale come Palloni. Ma se fosse stato Babbo natale sarebbe stato in anticipo. Guardai la segreteria. Era innocua. Ignorava tutto. Dicono che un giorno l'intelligenza dei computer supererà quella umana. Può darsi, ma non ne avrà il fisico.

Non potrai mai aspettarti da un computer più di quello che ti può dare un sorriso ironico, una lacrima furtiva, una lingua molesta, un capezzolo turgido, un'anima inquieta, una promessa per il futuro, la gioia di vivere, una voglia di fragola.

Io, che mi aspettavo sempre almeno qualcosa di tutto ciò, rimanevo in attesa rimpiangendo di non avere più una pistola.

Già, perché non era solo la gelateria ad avere le serrande abbassate, non solo, fortunatamente, il Topo morto, ma anche lo Jago bar di via Vespri Siciliani. Lo Jago bar era stato per me una sorta di freezer. Ci avevo lasciato a ibernarsi gli anni in cui ero un ragazzaccio. Ci avevo lasciato la calibro nove che non piaceva al commissario Olivieri. Ci avevo lasciato, in tanti cubetti di ghiaccio, l'acqua in cui era corsa la mia clandestinità. Non avevo più recuperato la pistola perché non mi era più servita. Tanto ero sicuro: se da un momento all'altro, il tempo dei coglioni e degli eroi fosse tornato, avrei potuto scongelarla senza difficoltà.

Poi un giorno ero passato in via Vespri Siciliani. Era proprio dietro casa mia, ma da tempo non vi sostavo più. Lo Jago bar aveva le saracinesche abbassate e un annuncio anonimo: Affittasi locale. L'interno che si intravvedeva attraverso le sbarre, era stato smantellato. Mi fece un effetto molto strano: quel locale coi suoi due biliardi, i suoi tavolini coperti di panno verde, era sempre affollato. Affollato da un campionario di umanità che altrove avresti definito incredibile, ma lì era al proprio posto.

C'era stato Gippo, un ricettatore poco più che ventenne sui centoquaranta chili, che ti procurava qualsiasi cosa di cui tu avessi avuto bisogno. Qualsiasi cosa di qualsiasi dimensione. Da un tavolo da ping pong a un televisore, a un costume da carnevale prelevato a una comparsa della Scala specializzata in opere kolossal. Gippo non era realmente disonesto. Più che un ricettatore, era in realtà un trovarobe. Solo che nessuno immaginava dove trovasse le robe. Si sedeva lì, in mezzo al bar, sul suo grosso sedere che gli faceva da trono, e giocherellando coi riccioli ribelli, concedeva udienza. E tutti, veramente tutti, prima o poi passavano di lì, di fronte a lui.

C'erano ex ragazzi del quartiere, pellicciai, bravi ragazzi, teppisti, giocatori incalliti, fotomodelle in declino, ragazze di buona famiglia che giocavano con trent'anni di ritardo alla *gioventù bruciata* di James Dean. C'erano adolescenti alle prime sbornie virili, ex picchiatori degli opposti estremismi, tutta gente che, aggregatasi nello Jago bar, dava al locale un'aria equivoca da Brera fuori zona. Ora non c'era più niente di tutto ciò. Chissà dove era migrato quello stormo di rapaci, di canarini e di uccelli del malaugurio. Via, lontano. Con la mia pistola.

Meno male che c'era Olivieri, il commissario di famiglia. Raccontargli di Branka sarebbe stato imbarazzante. La sua testa sarebbe rientrata e riuscita dal guscio, mentre avrebbe detto qualcosa del genere: "Benedetto figliolo". Ma per Palloni sarebbe stato diverso. Olivieri avrebbe apprezzato la mia segnalazione. L'avrebbe vista come una mia resa all'evidenza che la polizia era lui. Certo che, però, se ci fosse stato uno scontro sul piano fisico, Palloni avrebbe fatto di Olivieri tanti pettini di tartaruga. Mi era passato l'appetito. Era l'ora in cui la malinconia prevaleva sulla preoccupazione. Gelaterie chiuse. Amici volati via. Anche di Jordy in quel momento non mi importava più niente. Ora era solo un'estranea. Erano passate diverse ore da quando avevo sentito per la prima volta la sua voce dal bar di via Bartolomeo d'Alviano. Se avessi dormito per un mese di fila invece di poche ore e mi fossi affacciato al balcone di casa, avrei visto una città nuova, con nuove gelaterie, piena di piccioni morti. Tanto valeva che uscissi subito per vivere ancora un po', fin quando fosse stato possibile nella Milano che conoscevo. Nel mio presente. Pazienza per Caroli e Pogliaghi che stavano venendo lì: evidentemente non era destino che li incontrassi. L'ascensore era occupato. Odiavo gli ascensori occupati. Chissà quali imbecilli stava trasportando mentre io avevo un bisogno disperato di lui. L'ascensore si fermò al mio piano. Ne scesero Caroli e Pogliaghi. "Vi siete già presentati?"

Rientrammo in casa. Pogliaghi e Caroli in fondo si somigliavano: avevano tutti e due la faccia lunga. Pogliaghi guardava al metro e novanta di Caroli con chiara disapprovazione. Si annusavano come due cani maschi, un po' incuriositi e un po' competitivi. Purché non facessero pipì. Benvenuto, il bastardino regalo di Lela, iniziò a festeggiare i due ospiti. Da camera mia, il cane di Jordy abbaiava disperato la sua solitudine. Be', se Caroli e Pogliaghi non si erano ancora morsi, avrei potuto liberare anche il cane di Jordy. Uscì come un proiettile da camera mia e si precipitò a festeggiare Pogliaghi che aveva già conosciuto. Poi si accorse di Benvenuto e Benvenuto si accorse di lui. Si annusarono come Caroli e Pogliaghi. Nessuno morse nessuno. La serata non era così tragica come avevo avuto modo di sospettare.

"Sentite," propose Pogliaghi, "sono le nove. Andiamo a bere qualcosa in giro... conosco un posto."

"Dove vuoi, basta che non sia il Tre Gazzelle o il bar della Stazione centrale," concesse Caroli. Pogliaghi non si stupì della richiesta. I miei amici non si stupivano mai di niente.

"No, è un posto un po' fuori mano... molto naïf. Ci vanno i camionisti."

"Fai il camionista?" chiese Antonello Caroli a Pogliaghi.

"No..." ringhiò Pogliaghi, "faccio il taxista, cioè, farò il taxista tra un paio di giorni."

"Tutta un'altra categoria," intervenni.

"Io sono a piedi..." confessò Antonello Caroli che coi suoi piedi quel giorno era sopravvissuto a due inseguimenti, "e anche Lazzaro non ha la patente."

"Neanch'io sono in macchina. Sai, il taxi, un Mercedes, è nuovo e lo voglio inaugurare dopodomani. Comunque non c'è problema. Chiamiamo un taxi."

Il caffè Mariona bar tabacchi deluse parecchio Antonello Caroli. Durante il tragitto, Pogliaghi si era messo a conversare con il taxista sui problemi della categoria. Caroli non si aspettava comunque un posto così squallido. Anche Pogliaghi si accorse della desolazione sul viso dell'uomo che aveva appena ereditato come amico. "Visto da fuori è un po' triste, ma dentro è tutt'altra cosa," disse poco convinto. Ero contento di stare tra loro.

"Non preoccuparti Pogo, sai che amo lo squallore. Quando esco con una ragazza, meglio se un tipo snob, la prima volta la porto sempre in un bar dell'oratorio. Se non esce una seconda volta vuol dire che è superficiale..."

"Se esce una seconda volta vuol dire che è pazza," commentò Antonello Caroli scoppiando in una risata nasale che si spense subito. Faceva freddo.

Il bar tabacchi Mariona se non altro sarebbe stato riscaldato. Non appena entrammo, l'umore di Antonello Caroli migliorò sensibilmente. Le due tettemariona ai lati del bancone suggerivano abbondanze che colmavano le lacune di un bar senza attrattive. I loro quattro capezzoli, due a destra e due a sinistra, erano pulsanti e bastava premerli con lo sguardo per trasformare, agli occhi di Caroli, il locale semideserto in un carnevale brasiliano. Un sorriso pigro della barista più giovane salutò Pogliaghi: "Mama, guarda chi c'è".

"...'nasera" disse la Mariona adulta, leggermente ingelosita, non sapeva bene se della figlia o di Pogliaghi.

"Vi presento due miei amici, lui è Lazzaro e lui è Antonello."

"Antonello Caroli, attore," si presentò Caroli alle donne.

"Oh, attore..." disse la Mariona adulta puntando Caroli.

"Faccio un po' di cinema... un po' di pubblicità..."

"Si guadagna bene eh," esclamò la Mariona madre, venale e veniale.

"Be', mica tanto," si depresse Caroli con la stessa rapidità con cui si era entusiasmato.

"Io vorrei fare il cinema," intervenne la Mariona quindicenne.

"Ti piacciono i taxi?" Tentò di riguadagnare punti Pogliaghi. "Oggi il taxista è l'unico vero libero professionista. Gli altri, gli architetti e gli ingegneri, non hanno la stessa libertà di movimento... la stessa indipendenza."

Ero leggermente nauseato. A me le Mariona non piacevano molto. Trovavo tutto l'interessamento di Pogo e Antonello esagerato nei confronti di quegli amorfi oggetti di desiderio. Li lasciai lì a parlare di cinema e taxi e andai a sedermi a un tavolino senza tette. Piatto. Desolato. Un uomo di età indefinibile con un grembiule bianco si avvicinò a me scortato da un cagnolino. Ordinai una birra e l'uomo, con passo incerto, se ne tornò verso il banco. Le Mariona sbuffarono. L'uomo biascicò qualcosa a Pogliaghi e Caroli che mi raggiunsero al tavolino delusi.

"Cosa vi ha detto?"

"Che la figlia è fidanzata con un macellaio," rispose Pogo.

E Caroli aggiunse: "E ha detto che anche sua moglie è fidanzata col padrone della macelleria".

"Be', l'unico libero in famiglia è lui. Cosa aspettate ad approfittarne. Non è poi tanto brutto. Somiglia vagamente alle altre due." Non feci in tempo ad aspettare le loro rispostacce che un pensiero mi fulminò: "Ehi, Po-

go. Stamattina mi hai detto che ti piaceva una trifola. È quella?"
"Sì, perché?"
"Poi mi hai parlato di un barbone morto. Giusto?"
"Sì, aveva la testa appoggiata su una pagina di giornale e..."
"Oh cristo. È venuta qui."
"Chi?" chiese Caroli.
"Branka," risposi io.
"Una trifola?" si informò Pogo.
"No. Altro che trifola... Stamattina eri qui, giusto? Non hai mica visto una donna sulla sessantina vestita da bambina?"
"La contessa," intervenne Caroli.
"La contessa cosa?"
"La contessa ha quasi settant'anni e si veste da ventenne."
"Non ho detto vestita da ventenne. Ho detto vestita da bambina."
"Chi è la contessa?" si interessò Pogliaghi e mentre Caroli glielo spiegava corsi al banco. La sacra famiglia era lì. Erano immobili come statuine di presepe. "Un'altra birra?" chiese il padre.
"D'accordo. Stamattina avete per caso notato una signora sui sessant'anni con un abito da bambina e un grembiulino sporco?" Mariona padre abbassò lo sguardo sul proprio grembiule. Era molto sporco. Non era difficile immaginare che nessuno glielo lavava mai. E lui, del resto, si era dimenticato persino di averlo sempre indosso e non ricordava più l'utilità del suo straccio.
"No, non è venuta nessuna donna. Vengono poche donne qui," rispose stancamente.
"Cosa intendi dire... cosa insinui, mona," lo interruppe la Mariona madre. Il padre, come se non avesse sentito, mi versò la birra, prese per sé una bottiglia di cedro e cullandola amorevolmente dondolò sino a raggiungere il retro.
"Non so perché ho sposato quel fallito. Non si accorge di niente. Si cura solo del suo cane e del suo cedro. E poi pretende che una donna non si senta trascurata. È chiaro che faccio conversazione coi giovanotti qui dei

camion, ma mica per me, sa, per la mia bambina, vero Nina? Si chiama Esmeralda, ma la chiamo Nina."

Esmeralda non aveva l'aspetto di una che si chiami Esmeralda. Ma che aspetto ha, una che si chiama Esmeralda? E Nina era troppo corto. Di tre misure più piccolo. Nina non parlava molto. "È vero mama." Tutto quello che mama diceva era vero per Nina. Già, le somigliava. Era troppo pigra per non idolatrarla. Non appena avesse incontrato un ragazzo che fosse piaciuto a mama, se lo sarebbero spolpato tutte e due, Nina sarebbe rimasta incinta e mama sarebbe diventata "nona". Il padre di Nina non se ne sarebbe neanche accorto. La gente cominciò ad affluire al bar: ogni cosa, lì, aveva ritmi scanditi. Prima il deserto, ora una folla. Una folla maschia. Mariona madre mi spiegò, mentre la folla nascondeva alla mia vista il tavolino di Caroli e Pogliaghi: "Vengono sempre qui alle dieci. Sanno che a quest'ora mio marito va a dormire. Lui non ci sa fare con i clienti". Chissà dove erano nascosti prima che scoccassero le dieci. Acquattati nei prati ai margini della strada, addormentati nei camion, acquartierati in qualche altro bar con un occhio all'orologio e l'altro al ricordo di una scollatura.

Era vero, in quel locale non c'era nessuna donna. Neanche le Mariona madre e figlia erano donne, del resto. Erano due totem grotteschi, di una crudeltà pigra e inconsapevole, rozzi simulacri di donne, parodie di donne. Vitelli d'oro, o meglio, vacche sacre. E le dieci di sera erano l'ora di punta del culto. Tutta quella gente si avvicinava al bar e ordinava da bere. Le Mariona, leste, intascavano soldi e versavano da bere agitando le tette, lontane dal sesso e vicine a una forma di prostituzione non consumata. Almeno non lì. Mi feci largo e tornai al tavolino. Caroli stava raccontando: "... e così la contessa mi presentava a tutti come il suo segretario. Lavoravo part-time. Per esempio, una volta, eravamo a Sanremo e mi ha fatto spedire dei fiori al suo albergo. Ha voluto che firmassi il biglietto come 'Ranieri di Monaco'. Poi, quando sono tornato in albergo, appena mi ha visto in sala da pranzo, ha detto a gran voce perché tutti sentissero: 'Antonello, guarda cosa mi ha regalato quel matto di Ranieri, da quando non c'è più Grace, quel tricheco ha perso il senso della misura'. Un'altra volta eravamo a Portofino..."

"Andavate sempre in Liguria?"

"Spesso. Be', lì, in hotel, anziché come segretario mi spacciava come suo giovane corteggiatore. Voleva che le dicessi frasi tipo: Tara, stasera sei bellissima. Il barman aveva capito il gioco. Anche perché la contessa mi nutriva a consommé e io, quando lei russava nella sua stanza, scendevo dal barman a farmi preparare grossi panini..."

"Ti pagava a tassametro?" chiese Pogliaghi più che mai neotaxista.

"Mi pagava a cachet."

"Ossia?"

"Ossia, visto che con lei avevo sempre mal di testa e crisi depressive, mi pagava con cachet, pillole per il mal di testa, compresse tipo il Laroxil contro l'ansia, dei neurosedativi."

"Che vita," commentò Pogo, "guarda Antonello, io ho ventotto anni e tra due giorni farò il taxista..."

"Me l'hai già detto tre volte. Sei un po' stressato. Ho qui delle compresse di Lorans, un ansiolitico che ha come unico effetto collaterale la diarrea. Ne vuoi?"

"Ma va. Figurati. Piuttosto, ti va un bacardi tonic? È un toccasana. Quello che stavo cercando di dirti è che se tra due giorni mi metto a lavorare sodo, tra vent'anni mollo tutto, mi compro un appezzamento di terra in qualche paese sottosviluppato ma con un bel clima e non faccio più un cazzo dalla mattina alla sera."

"E chi ti lavora la terra?"

"Vuoi venire tu?"

Ormai Pogliaghi e Caroli erano in affari insieme. Esmeralda arrivò al nostro tavolo con un bacardi tonic, una birra per me e un caffè per Caroli. Pogo si scolò il suo bicchiere e la seguì tra la folla mentre tornava al bancone.

Entrarono dalla stessa porta da cui erano entrati tutti gli altri, ma il loro ingresso provocò una corrente d'aria che si tramutò in silenzio. Erano due tizi alti e grossi. Il più giovane tagliò la folla. Somigliava alla Mariona. Non come un fratello somiglia alla sorella, né come un tratto somatico somiglia a un tratto simile. Si somigliavano come il maschio di una specie somiglia alla femmina della stessa specie. Erano ottusamente destinati a riprodursi. L'uomo più anziano, altrettanto corpulento, aveva spinto il giovane in avanscoperta e ora pregustava il suo potere. Il ragazzone indossava pantaloni strettissimi che ne evidenziavano gli attributi maschili, e un dolcevita arancione con impresso a caratteri cubitali la G.A. di Giorgio Armani. Il più anziano esibiva un completo spigato con tanto di panciotto e catena d'oro. Sembravano i gestori di un tunnel dell'orrore al luna park.

Il giovane spintonò Pogliaghi. Mi ero sbagliato: il suo genere non era il tunnel degli orrori, era piuttosto l'autoscontro. Pogliaghi si girò con uno scatto nervoso. Il vecchio raggiunse il giovane e fianco a fianco chiusero Pogo il dritto tra le loro moli, in un tunnel dell'orrore. Gli avventori si erano dileguati. I due omoni dovevano essere la fine dello spettacolo delle dieci. "Esmeralda, Noemi, chiudete il bar che vi portiamo fuori." Il giovane doveva aver bevuto.

Caroli mi disse: "Scommetto che sono i macellai delle due Mariona. I loro fidanzati".

"Dai, diamo una mano a Pogliaghi." Ci alzammo ma fummo preceduti. Un camionista che aveva alzato il gomito, disse qualcosa a proposito della madre dei macellai. Quello più anziano ruppe l'assedio a Pogo e con una manona schiacciò la testa del camionista contro il banco del bar. L'uomo si accasciò. Pogliaghi, coi suoi provvidenziali camperos, colpì uno stinco del macellaio giovane che iniziò a saltellare urtando e rovesciando tavolini. Caroli ne approfittò e mise 34 anni di rabbia in un pugno. Il giovane stramazzò al suolo. Si rialzò sanguinante e caricò. Lo intercettai all'occhio: l'occhio di bue. Mi guardò un attimo con l'occhio sano e ne approfittai per colpirlo lì. La voce del vecchio macellaio sovrastò l'urlo del bue: "Adesso basta. Faccio una strage. Esmeralda, Noemi, andiamo via. Non voglio più che stiate qui".

Esmeralda e Noemi tacquero, per nulla impressionate. Dovevano aver già assistito a scene del genere. L'uomo prese da dietro al banco un bottiglione di vino senza etichetta. Il vino era rosso scuro, sembrava una enorme provetta di prelievo del sangue. Senza esitazioni, l'uomo spaccò il bottiglione sul banco del bar, incurante del vinaccio che gli inondava i pantaloni spigati. Pogliaghi schivò di misura il coccio gigante. Tutti i clienti fuggirono fuori, salutati dall'improvviso violento sopraggiungere della pioggia. Quasi un gong prima di un incontro mortale. Nel bar tabacchi Mariona, restavamo Pogo, Antonello Caroli e io: i buoni. Il vecchio e il giovane: i cattivi. Le due tettemariona: un pubblico annoiato. Presi una sedia come un domatore di leoni, ma anziché usarla nei confronti del vecchio, la infilai tra le fauci del giovane mettendolo definitivamente fuori combattimento. Poi, pensando che Pogliaghi si meritava ancora un eroe, dissi al vecchio: "Se non avesse iniziato a piovere, ti direi che ti aspetto fuori". Il vecchio rimase interdetto a riflettere sul significato delle mie parole. La pioggia incalzava, rumorosa come grandine. Le Mariona aspettavano un epilogo qualsiasi.

Come avrebbero potuto notare Branka, visto che lì i mostri erano di casa? E che differenza c'era tra Branka e quel vecchio enorme i cui pantaloni puzzavano di vino? E quanti ce n'erano come lui che, anziché avvelenare piccioni e barboni per lucida cattiveria infantile, erano pronti ogni sera a rischiare di uccidere qualcuno per caso e a caso? Era più cattiva Branka che amava assistere all'agonia delle creature, uomini o animali, per mandarli in paradiso, o questo grosso mostro vinoso che uccideva senza neanche accorgersene? O forse Marzio Palloni, killer cocainomane, che più che uccidere andava a caccia?

La situazione anziché esplodere da un momento all'altro si protraeva invece inspiegabilmente nel tempo. Tant'è vero che gli avventori, i clienti, i camionisti, gli ammiratori delle tettemariona, cominciarono a rientrare nel bar per vedere come sarebbe andata a finire quella sera. Erano bagnati di pioggia, ma curiosi. Rientrando, si disponevano ai lati, a distanza di sicurezza dalla furia del vecchio e abbastanza lontani anche da noi, per evitare che il vecchio pensasse che parteggiavano proprio per noi. Avremmo potuto stare lì per ore. Non ce ne fu bisogno. Dal retrobottega apparve un barcollante, pigro, angelo vendicatore. Si stagliò in mezzo a sua moglie e a sua figlia, le spintonò e soppesò la sua bottiglia di cedro ormai semivuota. Poi iniziò a calarla sulla testa del vecchio con le spalle appoggiate al bar. La bottiglia di cedro doveva essere più resistente del bottiglione di vino. Non si ruppe. Mariona padre colpì una volta, due, tre, quattro, cinque, mentre il vecchio di fronte a noi lasciava cadere il suo coccio e si abbandonava al suolo come al rallentatore. Mariona padre scavalcò il banco e continuò a colpire l'uomo, ogni volta per un motivo diverso. Colpendolo diceva ritmicamente: "Sono stufo. Stufo. Stufo. Stufo. Stufo". La bottiglia di cedro finalmente si ruppe e il sangue imporporò il macellaio macellato. Le due Mariona guardarono il loro marito e padre con occhi nuovi.

"Chiamiamo la polizia," suggerì Caroli.

"No, chiamiamo un taxi."

5.

Uscendo dal bagno caldo, prima di mettermi l'accappatoio, lanciai un'occhiata alla schiuma che sopravviveva nella vasca. Schiuma. Schiuma come birra. Le birre che avevo bevuto con Pogo e Caroli dopo essere fuggito da un fatto di sangue. Rosso. Su un taxi giallo. Giallo come la birra sotto la schiuma. Schiuma che produsse il dentifricio incontrando i miei denti sani e uno cariato. Schiuma come un accappatoio di spugna schiumoso. Giallo come birra. Birra di cui mi liberai pisciando in un water finalmente azzurro, iniettandovi pipì gialla come birra. Senza schiuma. Mi rasai con schiuma da barba azzurra come il water. Era una giornata schiumosa gialla e azzurra.

Mia madre non era ancora tornata dal Trentino. Lo notai dal fatto che in cucina non c'erano caffè bollente, panna, spremuta d'arancia e un paio di pillole che ingoiavo ignorandone l'utilità. Il colore delle pillole cambiava a seconda dei mali che mia madre voleva prevenire in me. Se ci fossero state pillole quella mattina, sarebbero state gialle e azzurre. Portai i cani fuori casa a fare pipì. Usai per il cane di Jordy collare e guinzaglio di un cane che avevo molto amato e che non c'era più. L'aria fredda mi rinfrancò. Benvenuto e il cane di Jordy avevano simpatizzato esattamente come Caroli e Pogliaghi. Pisciarono uno dietro l'altro contro un'edicola di via Lorenteggio. L'edicolante, una ragazza il cui fratello aveva perso una gamba in seguito alla bomba di piazza Fontana, secoli prima, vedendo i cani alzare la gamba non poté fare a meno di pensare al fratello. E si commosse. Una lacrima le cadde dagli occhi azzurri sul maglione giallo.

Era una giornata gialla e azzurra in cui avrei dovuto prendere delle decisioni. Prima di scendere avevo intenzionalmente ignorato i messaggi sulla segreteria telefonica. Ora, dopo un po' d'aria gialla e azzurra (chi ha detto che Milano è una città grigia?), ero in grado di affrontarli. Persi una buona mezz'ora nel convincere i cani a lasciarsi rimettere il guinzaglio e in quella mezz'ora la schiuma se ne andò. Non so dove. Forse ad attendermi in qualche bar. Ero fresco, nuovo, invincibile. Non tossivo più. Ero ancora giovane. Non come i bambini che in quel momento si trovavano nella scuola elementare prefabbricata, di fronte a me. No, certo, non ero giovane come loro. Ma rispetto a loro avevo dei vantaggi. Per prima cosa a una domanda di storia su cosa fosse Waterloo, avrei risposto senza incertezze che non era un'acqua tonica. E poi io, fortunatamente, non avevo il vizio dell'agnello.

Riportai i cani a casa e indugiai di fronte al telefono, indeciso se chiamare subito Jordy per dirle che le avrei riportato il cane. Quel giorno era però dedicato a Branka e al commissario Olivieri. Infilarci anche Jordy sarebbe stato sprecarla. Le avrei dato il cane, lei forse mi avrebbe ricambiato con un bacio su una guancia, e non ci saremmo più visti. Jordy meritava di più della restituzione del suo cagnolino e io ritenevo di meritare di più di un bacio sulla guancia. Così, invece di chiamare Jordy, telefonai in Questura e chiesi dell'interno del dottor Olivieri. Era la prima volta che lo chiamavo in ufficio, di solito chiamava lui per fare gli auguri di Natale. Mi rispose insospettito: Natale era ancora lontano. Anche la voce era da medico di famiglia: pacata, saggia, lenta, quasi irritante tanto rassicurava l'interlocutore.

Io avevo una fretta incredibile di raccontargli tutto per sgravarmi, per dividere la responsabilità della conoscenza di una storia atroce, e lui tergiversava: "E come sta la mamma... figliolo?" "La mamma sta bene ma..." "E come sta la nonna, quella cara originale signora." "È in Trentino," risposi immediatamente per tagliare corto. Me ne pentii subito. Non si poteva rispondere è "in Trentino" al dottor Olivieri senza che lui si sentisse in obbligo di replicare: "Ah, il Trentino. Levico. Canazei. Ci andavo sempre in gioventù. Ricordo i tramonti che arrossavano le montagne e ti facevano desiderare del vin brulé anche d'estate. La baita Segantini..."

"Mi scusi se la interrompo, ma avrei necessità di incontrarla il più presto possibile."

Olivieri lasciò il lirismo in montagna e tornò in città: "Di cosa si tratta?" Si ricordava evidentemente alcuni miei trascorsi nella Milano barricadiera degli anni settanta. Credo che li considerasse, da medico mancato qual era, una specie di malattia infantile. Temeva una mia ricaduta. Avrebbe potuto essermi fatale.

"Non è quello che pensa. Io non c'entro quasi per niente."

"Vuoi fare un salto qui da me, in Questura?"

"Mah, si tratta di una conversazione... come dire... privata. Non potrebbe suggerirmi qualche altro posto?"

"C'è un bar proprio qui, in via Fatebenefratelli, quasi di fronte alla Questura, di fianco alla casa in cui abita Alberoni, il sociologo, hai presente?"

"Sì. Ci metteranno una targa dopo che sarà morto. A che ora le andrebbe bene?"

"Diciamo intorno alle due. A quell'ora gli impiegati stanno finendo il caffè e poi se ne tornano in ufficio." Il commissario Olivieri era inguaribilmente ottimista e inconsapevolmente classista.

"Benissimo, ci sarò e... grazie." Riattaccai e mi cambiai d'abito. Sostituii ai jeans, pantaloni di flanella grigi, alla camicia scozzese una camicia bianca con le cifre, alla giacca di velluto senape un doppiopetto blu con bottoni dorati. Solo la cravatta la scelsi un po' kitsch: rappresentava dei canguri dalle cui sacche, anziché altri canguri, spuntavano gambe femminili addobbate con reggicalze. La cravatta era un regalo di Caroli. Un paltò cammello completò l'opera: sembravo un bravo ragazzo con una cravatta di cattivo gusto. Il "cattivo" in me, era enucleato solo nella cravatta. Per il resto ero "bravo", il tipo di ragazzo a cui le madri avrebbero concesso, se non le proprie figlie, almeno un appuntamento. Uscii di casa e i cani iniziarono ad abbaiare disperati. Visto il sangue e la birra della sera precedente, decisi di fare una passeggiata delle mie. Quelle maratone attraverso Milano che mi lasciavano alle spalle orrori ed errori del giorno prima. La sera mi sarei fatto uno dei miei bagni purificatori, e allora, allora sì avrei potuto telefonare a Jordy. Nel pomeriggio, dopo l'incontro con Olivieri, sarei passato a fare il provino per quella pubblicità di preservativi. Era da qualche anno che facevo anche il modello. Un lavoro di una tale sfarzosa provvisorietà che si adattava perfettamente a quello che pensavo della mia vita.

La pioggia della notte prima aveva lasciato le sue tracce a Milano. Grosse pozzanghere ai lati dei marciapiedi, milanesi pavidi ancora armati di ombrello sotto il braccio. Un senso di fresco un po' sporco. Persone che dal marciapiede alla seconda striscia pedonale erano costrette a fare un salto per evitare la pozzanghera. Un buon sessanta per cento di loro non saltava abbastanza in lungo. Gli autobus, lenti come se la pioggia li avesse appesantiti rallentandone i movimenti. Qualche marocchino che cercava di integrarsi col commercio, convinto che Milano fosse la città del commercio. E invece, come ormai sappiamo bene, Milano è una città di pazzi e di cani. Passai davanti al carcere di San Vittore, triste come un fortino costruito col lego da un bambino povero. Superai l'Università Cattolica dove anche le ragazze agnostiche dovevano sostenere l'esame di teologia. La pioggia donava loro. Quelle brutte erano infagottate, occultate, nascoste da palandrane, sciarpe, cappellini di lana. Quelle belle avevano stivali da amazzoni con cui entravano sicure nelle pozzanghere, incuranti delle brutte che "spruzzavano" al loro passaggio. Beate le ultime: le pozzanghere si saranno asciugate.

In certi momenti, in quelle camminate, avevo la sensazione che la città mi appartenesse, dai negozi appiccicati l'un l'altro in via Meravigli, alle banche, ai fast food di piazza Cordusio. Cristo, un giorno sarei anche salito fin sul Duomo e mi sarei arrampicato sulla Madonnina. Poi, dopo qualche ora, i pompieri sarebbero venuti a prendermi.

Arrivai in via Fatebenefratelli e individuai il bar di cui mi aveva parlato Olivieri. Era un bar enorme, uno di quei bar nati negli ultimi anni, il cui interno in rosa, azzurro tenue o verde annacquato, fa pensare a una stanza da bagno. Di lusso, ma da bagno. C'era in giro un architetto che aveva fatto tirocinio alla "Pozzi-Ginori-Water di tutti i colori". Ora doveva essere diventato improvvisamente di moda tra i baristi, in questi nuovi, lussuosi, anonimi bar, che se ti scappava la pipì non c'era bisogno di chiedere dove fosse la toilette. Bastava farla lì. Spazio, tanto, ce n'era.

Olivieri aveva avuto ragione. Era il momento del caffè. Nel bar enorme, dai piccoli tavolini circolari, stagnava ancora l'odore dei cibi. Una lista, una lunga pergamena appesa al muro, annunciava che era possibile scegliere tra ottanta tipi di panini elaboratissimi. Un senso di nausea mi colse. Ma non ero impreparato. Dietro un bancone lungo come una fermata di metropolitana, dei baristi in gilet bordeaux si davano da fare come in una catena di montaggio. Erano di tutte le taglie e di tutte le età. Ordinai controvoglia una birra in bottiglia e un panino alla "mugika". Mentre il barista lo riscaldava, una zaffata di prelibatezze completò il mio serbatoio di nausea. Lo mangiai a naso tappato, sperando che Olivieri arrivasse presto e che, soprattutto, avesse già mangiato e quindi ordinasse solo un caffè. Arrivò che del panino restavano solo le briciole in un tovagliolino di carta ormai unto. Olivieri entrò nel bar col suo borsalino che ne evidenziava la non eccelsa statura, col suo montone che lo gonfiava oltre misura, col suo dopobarba il cui aroma sfidava e vinceva insalate russe e alici marinate. Olivieri si muoveva come un indossatore. Non ne aveva certo l'aspetto fisico, ma l'inconscia ricercatezza nell'addobbarsi, se gli toglieva centimetri, ne accresceva il fascino. Era un gentiluomo d'altri tempi. Un medico di campagna, magari titolato, un pelo, giusto un pelo sopra le righe. E sempre pieno di accessori. L'accendino d'argento massiccio, il portafoglio di coccodrillo, la stilografica stile secolo scorso, una matita in legno di ciliegio. Se si fosse infilato addosso al posto del montone, un loden verde, sarebbe sembrato un albero di Natale. Eppure riusciva a essere discreto anche nell'ostentazione.

Mi vide e mi venne incontro: "Ah, Lazzaro... scusa il ritardo. Mi stavo occupando dell'omicidio di una mondana. Povera infelice..."

Olivieri avrebbe definito "povero infelice" anche l'assassino della mondana. Avrebbe definito infelice anche Jack lo squartatore. Per lui, nella tragedia c'era sempre un principio di redenzione.

"Buongiorno dottor Olivieri," lo salutò il cameriere col gilet più bello. Doveva essere il padrone. "Le preparo due o tre crostini col salmone e una bella Guinness scura..."

"Grazie Aldo. E tu Lazzaro cosa prendi?"

"Lo stesso per me, grazie."

"E allora, figliolo, spiegami, qual è il tuo problema?"

"Solo dopo che il suo amico Aldo ci avrà portato tartine e birre. Detesto essere interrotto."

"Sempre il solito impulsivo, eh Lazzaro." Olivieri addentò una tartina e una sottilissima fettina di salmone gli finì sulla cravatta di seta. Arrossì. Ah, ah, lo avevo colto in fallo. Adesso, finalmente, aveva una macchia anche lui. Sia pure solo sulla cravatta. Non era più impeccabile. Non poteva più giudicarmi. Iniziai a raccontargli la storia. La mia inserzione sul giornale, i motivi, l'incontro con Alioscia e Nives, ma soprattutto l'incontro con Branka e la sua confessione. Man mano che il racconto procedeva, la testa di Olivieri andava continuamente su e giù. Entrava e usciva dal guscio come avevo previsto. Il suo sguardo passava dalla mia cravatta ai miei occhi, alle mie unghie. Controllava, forse, che non ci fosse dello sporco anche lì. Le unghie sono lo specchio dell'anima. Poi abbassò lo sguardo. "Se vuole guardarmi le unghie dei piedi me lo dica, così mi tolgo le scarpe."

La testa uscì dal guscio. "Non scherzare Lazzaro, tu, spacciandoti per dottore, hai violato la legge. Mi rendo conto che il tono dell'annuncio era scherzoso, ma tu non hai idea di quanti annunci del genere nascondono, se non evasori fiscali, casi più gravi di truffe e talvolta di prostituzione."

"Senta, io le sto raccontando di un omicidio e di un caso di follia collettiva e lei mi parla delle mie colpe?"

"Vedi Lazzaro, io cerco di aiutarti. Se tu sporgessi denuncia, è mio dovere avvertirti che andresti incontro a certe tue responsabilità. Tu non sei cattivo. Sei incauto. Da sempre."

"Io in questa storia sono il buono e..."

"Ti aiuterò, Lazzaro. Mi hai detto che quella coppia ti ha lasciato un indirizzo. Controlleremo oggi stesso, io e te. Io, in forma diciamo non ufficiale, in nome dell'amicizia che mi lega alla tua famiglia."

"La ringrazio, ma qui non si tratta solo di proteggere me. Qui si tratta di accertare se la storia di Branka è vera. Ha avvelenato dei piccioni, poi un barbone e credo ci abbia preso gusto... Le ho raccontato tutto per non avere nessun piccione e nessun barbone sulla coscienza."

"Dunque mi dicevi che Branka ha vinto un premio di bontà. Controlleremo. In che anno?"

"Nel 1939, quando Joyce pubblicò *Finnegans Wake*."

"Sai che tu mi stupisci, Lazzaro?"

"Certe volte mi stupisco da solo."

"Sai cosa diceva Longanesi? 'Cercavano la rivoluzione e scoprirono l'agiatezza.' Tu Lazzaro, hai l'agiatezza e continui a scoprire rivoluzioni una dopo l'altra. Di che cosa vivi adesso? Lo scorso Natale, quando ci siamo sentiti l'ultima volta, mi pare collaborassi con un periodico. È ancora così?"

"È fallito!"

"E adesso cosa fai?"

"Collaboro con altri periodici in fallimento. Faccio il fotomodello (lei dovrebbe apprezzare), insegno kendo due volte la settimana in una palestra di Porta Vittoria e..."

"In pratica non fai niente!"

"Be', più che altro direi che ho fatto di tutto," risposi seccato.

"Non te la prendere Lazzaro. Io ti ho seguito in questi anni. A distanza, ma ti ho seguito. Tu sei fortunato, ti sei potuto permettere l'insofferenza alle costrizioni, ai lavori magari banali, alle fasi della vita: infanzia, adolescenza, maturità. Avevi del denaro di famiglia! Ogni anarchico dovrebbe potere essere ricco, così non metterebbe più le bombe. Salvo eccezioni. Tu non le hai mai messe, ti sono tutte scoppiate in tasca. Eppure sei fortunato: sei giovane. Io sono costretto dall'età a essere saggio..."

"Non ci credo. Lei deve essere nato saggio."

"No, Lazzaro. Pensa, in gioventù avrei voluto fare l'indossatore!"

"Be', in un certo qual modo ci è riuscito, no?"

"Cosa intendi dire?"

"Che lei indossa le macchie di salmone come nessun altro."

Olivieri si guardò la macchia. Poi la camicia. "Sai Lazzaro, indosso una camicia color salmone. In fondo sono in nuance."

Via Pontevetero è tra Brera e Garibaldi. Brera il quartiere degli artisti e Garibaldi il quartiere dei garibaldini. Ci sono negozi di tutti i tipi e con tutti i tipi di prezzi. Alcuni negozietti vendono bigiotteria a peso d'oro, altri negozi d'oreficeria sopravvivono solo grazie a Natale e a San Valentino.

La casa era un palazzo antico, trascurato al punto da sembrare solo vecchio. Se un restauratore se ne fosse occupato, avrebbe potuto diventare signorile. Ma dopo che nel '45 era passata la guerra, nessun restauratore era passato. Almeno non da lì. Non c'era portineria, solo un portone semiaperto di legno tarlato. Spingendolo, nella speranza che se si fosse rovesciato non l'avrebbe fatto verso l'esterno, entrammo in un rettangolo angusto. Un bidone della spazzatura, antico anche lui, delle scale a chiocciola. Tagliati fuori dal traffico, tagliati fuori dal mondo. Il primo piano era apparentemente disabitato. Al secondo, avevamo il fiatone, due campanelli. Sul primo la scritta: Studio Solaz. Suonammo. Solaz non c'era. Chiunque fosse. Sull'altro campanello la scritta Gilda. "Mi ricorda *amado mio,*" disse ansimando Olivieri che pensava al passato forse più di me, anche perché aveva più passato da ricordare. Nessuna risposta. Ci incamminammo in fila indiana verso il terzo piano. "Scommetto che al terzo piano ci sarà scritto Casablanca e che ci abita il fantasma di Ingrid Bergman." Al terzo piano uno dei due portoni era sfondato, ma delle assi incrociate a X spiegavano educatamente che non si poteva entrare. Sull'altro lato del pianerottolo, incredibile, finalmente la scritta: Miagostovich. E non solo, il citofono anziché il campanello.

"Parli lei," dissi a Olivieri. Olivieri riprese fiato. Avevamo fatto solo tre piani, ma così ripidi, da valerne otto. "Un attimo. Ho più di sessant'anni." Tossì educatamente in un fazzoletto con le sue iniziali ricamate e premette il tasto del citofono.

"Chi è?" rispose una voce che mi ricordava qualcosa.

"Sono il commissario Olivieri della Squadra mobile di Milano, signora. Avrei necessità di conferire con lei."

"Un attimo. Apro." Il portone si aprì e ci presentò altre scale. Questa volta fortunatamente non a chiocciola. Oltre le scale, un edificio, nascosto nel palazzo, come una bambolina russa all'interno di una bambola russa più grande. Sembrava una serra. Il premio di una caccia al tesoro. Da una porticina della serra sbucò una testa: Branka. Mi vide e sorrise a Olivieri: "Commissario, finalmente è arrivato".

"Finalmente?" chiese Olivieri. Ero diventato di ghiaccio. Branka non aveva più la sua vocetta stridula da finta bambina. Aveva la voce di una persona gentile sui sessant'anni.

"Finalmente sì. Ho sporto denuncia la settimana scorsa. Dei malintenzionati hanno cercato di forzare la porta. Controlli dietro di lei il portone. Sa, qui vivono i miei genitori ottantenni, io mi occupo di loro, ma purtroppo non sono sempre in casa. Sono un po'... parlo piano... non vorrei che sentissero... come dire, un po' arteriosclerotici. Ma ho visto i segni del tentativo di effrazione e allora ho pensato bene di avvisare la polizia. Non pensavo che scomodassero un commissario..."

Scansai Branka ed entrai nella serra. Seduti su un divano, non più forti, non più nobili, Alioscia e Nives erano ipnotizzati da un televisore a colori che trasmetteva cartoni animati giapponesi.

"Ehi, ma che modi," disse Branka. Olivieri mi seguì. Si tolse il cappello, varcò la soglia e salutò Alioscia e Nives. I due vecchi non lo degnarono di uno sguardo.

"È lei?" mi chiese Olivieri.

"Certo che è lei. Certo che sono loro." Branka mi guardò pensosa poi, improvvisamente si illuminò: "Ah, la riconosco. Lei è quel giovanotto che è venuto qui la settimana scorsa per affittare un appartamento e che mi ha fatto un sacco di domande. Un po' indiscreto eh", mi disse quasi materna.

"Ma razza di troia, e i piccioni..."

"Lazzaro, controllati. Mi scusi signora," intervenne Olivieri, "che linguaggio, giovanotto. Come ti permetti... e poi, quali piccioni?"

Stavo per parlare quando Olivieri, con dita insospettabilmente d'acciaio, fece pressione sul mio braccio. Poi, sempre educatamente, chiese al mostro, al lupo travestito da nonna: "Mi scusi signora... dice che questo ragazzo è venuto qui per affittare un appartamento dello stabile. E perché si è rivolto a lei?"

"Mi stupisco che me lo chieda commissario. L'ho scritto nella denuncia che ho presentato una settimana fa. Io sono proprietaria di questo stabile."

"Cristo, spegnete quel televisore," gridai. I vecchi sul divano parvero spaventati.

Branka mi guardò sgranando gli occhi: "Ma commissario, quest'uomo è pazzo. Ora è così volgare e prepotente. Qualche giorno fa invece, era così gentile. Gli ho offerto anche un tè e ha voluto, quasi facendo conversazione, che gli raccontassi tutta la storia della mia vita..."

"Lo scusi signora. È un po' nervoso. Togliamo il disturbo. Le farò sapere quando avremo rintracciato i responsabili del tentativo di effrazione, e grazie ancora."

"Si figuri commissario. La ringrazio..." indugiò titubante, poi mi fissò, "...per quanto mi stupisca della presenza di questo signore... qui, con una persona distinta ed elegante come lei."

"Mi scusi signora, ma lei ha vinto un premio di bontà?"

"Oh sì, ma tanti anni fa. Ero una bambina. Mi pare nei primi anni quaranta... Come fa a saperlo?... Ah, sì, immagino che glielo abbia detto questo giovanotto. Lo avevo raccontato a lui. Sa, sembrava così educato e così interessato a sapere la storia di questa casa e di questa famiglia."

"Mi scusi ancora, signora. Vieni Lazzaro, andiamo." Olivieri si girò. In quel momento Branka ne approfittò e mi mostrò la lingua. Richiuse la porta un attimo prima che potessi prenderla a pugni. Scendemmo le scale senza più dire una parola. Quando arrivammo al piano terra, a fianco del bidone della spazzatura, Olivieri si girò verso di me e mi guardò a lungo. Non guardava più le unghie, guardava me.

"Lazzaro. Se ieri è morto veramente un barbone, farò in modo di avere i risultati dell'autopsia..."

"Se non l'hanno già buttato via," risposi tristemente guardando il bidone della spazzatura.

"E spero per te che risulti sia stato veramente avvelenato da parathion..."

"Lei non mi crede." Era una constatazione.

"Io ti voglio bene Lazzaro..."

"In nome dell'amicizia che lega le nostre due famiglie, vero? Ma ora lei non mi crederebbe, neanche se le giurassi su questo bidone di spazzatura che dico la verità. Lei pensa che io sia pazzo..."

"Pazzo no, originale direi. Nel passato Lazzaro, tu hai avuto grossi problemi comportamentali. Sei stato espulso dal liceo. Hai probabilmente un esaurimento nervoso e... mi spiace aprire una ferita già aperta, un tempo bevevi molto..."

"Dio, sapevo che ci saremmo arrivati. Per lei, quello che non è la Norma è, per forza, l'Aida. Ogni mio amico ha avuto un esaurimento nervoso, e ogni essere umano ha esagerato in qualche periodo con qualcosa. Se non con l'alcol, se non con la droga, con la routine. Con le certezze. Anche lei esagera coi suoi maledetti: 'figliolo', e la sua saggezza, saggezza da Confucio in edizione economica. Mi scusi, nel suo caso, edizione numerata, o di lusso. Vuole la verità commissario Olivieri, la vuole? Nessuno oserebbe mentire di fronte a un bidone della spazzatura. Quello che le ho raccontato è vero. Non sono un 'povero infelice' come lei si immagina siano le prostitute e gli assassini. Sono invece infelice in certi momenti, ma in altri sono entusiasta. Esattamente come una prostituta e un assassino. Esattamente come lei."

"Non alzare la voce, ti prego."

"Ah sì, mi prega adesso. Dopo che si è bevuto le parole di quel mostro solo perché era gentile. Solo perché aveva un presente. Solo perché non aveva un passato, almeno per lei. Sa che ho voglia di prenderla a calci?"

Olivieri mi schiaffeggiò. Lo fece da medico che vuole sedare una crisi isterica. Solo che non avevo avuto una crisi isterica. Scelse il momento sbagliato. Lui, un uomo che stimavo perché rappresentava il limite umano di un mondo di eccessi, aveva ecceduto.

Gli piazzai un cazzotto sul naso. Si accasciò vicino al bidone della spazzatura.

Rimorso. Era poi rimorso? O avevo invece, giustamente abbandonato due bidoni della spazzatura uno vicino all'altro, uno pieno di bottiglie vuote, di bucce di banana, di cartoni di latte, di residui di caffè, e l'altro pieno di buoni sentimenti, di educazione, di cultura, di citazioni, di onestà? Tutti e due bidoni della spazzatura in quanto pieni di cose già usate e ormai inutili. Ma tutti e due, in quanto bidoni, impossibilitati a capire.

Cos'è il rimorso? La paura della responsabilità di ciò che hai fatto o le manette a un attimo vissuto perché vivo? Il rimorso è una tomba su cui piangere lacrime di coccodrillo. Il rimorso è in Florida. Eravamo a Milano. Una Milano pazzesca e cagnesca. Una Milano universale coi suoi rumori di clacson, urla e risate. Una città di cui avevo preso a pugni l'autorità costituita. La mia specialità è sempre stata, del resto, passare dalla parte della ragione a quella del torto.

Vieni Jordy. Dove sei? Ricominciamo tutto daccapo, da quando ho trovato per strada il tuo cane. Prima che conoscessi Branka. Prima che sapessi che Marzio Palloni era nuovamente in giro. Quando avevo un futuro e, forse, quel futuro potevi essere tu. Un messaggio lasciato, anziché in una bottiglia, sulla medaglietta del collare di un bastardino. Ora è quasi troppo tardi, Jordy. Ho compiuto gesti estremi e l'unico posto in cui possa nascondermi è in un casting per una pubblicità di preservativi. La Chiesa non approverebbe? Ma la Chiesa che ne sa di quello che veramente ha fatto Dio, proprio lui, una volta finite le sue avventure nella Bibbia e nel Vangelo?

Il Vanni gridava in Piazza del Duomo, attorniato da curiosi e giapponesi. La gente che era stata seduta sulle gradinate antistanti la cattedrale, si era alzata in piedi per vedere meglio. Vanni aveva due spalle spropositate e due occhi come fari scuri, le gambe un po' arcuate ma robustissime. Dei jeans, un piumino. Sembrava pazzo. Gridava frasi apparentemente senza senso: "E voi che vi fate la lampada per sembrare abbronzati... Pirla. Il mondo non è un tavolo da ping pong... Io sono stato licenziato... Pirla. Meglio così. Fare l'impiegato. Io ho fatto il liceo... Mi sono iscritto all'Università. Mio padre? Lui è lì, tranquillo in Liguria. E mia madre mi dice sempre 'Vanni'. Vanni vuoi una penna? Chiedila a Le Pen. Cosa vi fate la lampada?" Vaneggiava.

Qualcuno era spaventato, qualcuno, molto meno intelligente di Vanni, rideva. I giapponesi fotografavano. Fotografavano Vanni, così come avevano fotografato un paio di madonnari, un mangiatore di fuoco, le proprie mogli sullo sfondo del Duomo e attorniate da piccioni, Antonello Caroli tutto sudato nel primo pomeriggio. Il Vanni era al centro dell'attenzione. Farneticava, ogni tanto se ne rendeva conto e sdrammatizzava dicendo una battuta: "Non sono pazzo. I pazzi non sanno di essere pazzi. Io invece so di essere pazzo". Non era sempre così. In genere, dopo una mezz'ora si tranquillizzava e si ricordava di non essere pazzo. Aveva 29 anni. Sino ai diciotto non aveva avuto problemi, o perlomeno non problemi che lo facessero additare come pazzo. Sino alle scuole medie era stato una specie di primo della classe. Poi, alla fine delle medie, per una di quelle iniziative idiote dei quotidiani del pomeriggio, in seguito ai suoi risultati scolastici era finito sul giornale, insieme a molti altri, come "pagella d'oro". Ovviamente tutti i suoi amici avevano cominciato a prenderlo in giro.

Il Vanni era andato al liceo e lì non era più stato pagella d'oro. Aveva un umorismo paradossale e aveva recitato in una rappresentazione scolastica scritta diretta e interpretata dal suo amico e coetaneo Lazzaro Sant'Andrea. La commedia era tratta dall'*Eneide* di Virgilio e si intitolava effettivamente *E...neide?* La trama era più o meno così: c'era Virgilio che stava per distruggere l'*Eneide*, come, forse, è storicamente successo. Enea lo interrompeva chiedendogli il motivo del suo gesto. Virgilio rispondeva che stava per farlo perché si era reso conto di aver scritto un'opera agiografica nei confronti dell'Impero Romano. Lui, si preferiva come autore delle *Bucoliche* e delle *Georgiche*. A questo punto Virgilio insieme a Enea ripercorrevano, nella commedia di Lazzaro, il corso dell'*Eneide* cercando di raddrizzare il comportamento piratesco di Enea, nobilitandolo. Enea, il personaggio, sfuggiva al suo autore Virgilio. Così Virgilio, rendendosi conto di aver mentito ai contemporanei e forse ai posteri, decideva di farla finita e di distruggere l'opera che meno lo rappresentava.

Lazzaro faceva la parte di Enea. Virgilio lo faceva un certo Andrea Mezzasalma e Vanni aveva fatto la parte di Turno, visto da Lazzaro come un burino ciociaro, il campione dei latini. Erano gli anni in cui la politica premiava il teatro nelle scuole. Al Piccolo Teatro c'era *L'opera da tre soldi*, in quel liceo avevano messo su una commedia con due lire. Strehler aveva assistito alla rappresentazione e aveva applaudito Vanni, pagella d'oro, nei panni di Turno. Vanni ne era stato felice. Non era più pagella d'oro. Era, momentaneamente, un attore. Caratterista, ma attore. Poi Lazzaro era stato allontanato dal liceo. Vanni, senza regista, non aveva retto alla sua ex pagella d'oro. Aveva avuto un esaurimento nervoso. Davanti a casa sua, in viale Bezzi, scorreva il traffico esasperato della circonvallazione. Non solo, dietro casa sua stavano smantellando un edificio per costruirvi un residence. Vanni cercava di dormire, ex pagella d'oro diciottenne. E invece niente. Ogni due minuti un tonfo. Un buum da poeta futurista, una gru che irrispettosa del suo sonno lasciava cadere macerie rumorosamente, come gocce d'acqua che gli perforavano il cervello. E poi il buum diventava tapum-pum-pum e il Vanni che voleva dormire, chiudeva gli occhi e strizzava il cuscino.

La diagnosi era stata schizofrenia. Vanni aveva girovagato per notti pisciando nelle cabine telefoniche. Quando tornava a casa guardava sua madre: suo padre se n'era andato. E sua madre pensava che fosse diventato pazzo. E Vanni non era pazzo, non più di sua madre che gli voleva bene anche se non era più una pagella d'oro. Ma i lavori in corso per la costruzione del residence continuarono, per Vanni e per sua madre. E ogni giorno i mattoni continuavano ritmicamente a cadere. Vanni, stufo di essere pazzo, un giorno decise di guarire e smise di fissare il vuoto. I vicini di casa, che lo avevano dapprima disprezzato, poi compatito e infine temuto, pensarono che fosse tornato normale. E normale voleva dire uguale a loro. Vanni li aveva capiti perché era più intelligente di loro e ormai gridava solo in Piazza del Duomo. Non era pazzo, no certo. Era solo un uomo troppo sensibile e intelligente che ogni tanto diceva, stupidamente in pubblico, quello che gli passava per la testa.

E i piccioni? I piccioni pensavano di essere solo dei piccioni. I piccioni intorno al Vanni non pensavano di morire. Avevano guglie e fotografi che li immortalavano sulle braccia dei bambini. I piccioni sarebbero morti avvelenati, tutti, come muore la città, invece che uno a uno, piazza a piazza. E in paradiso, guarda caso, avrebbero trasportato su ali di piccione tanti altri morti, coreografici e inutili come piccioni, la cui agonia sarebbe stata osservata da un solo testimone privilegiato. Vanni tirò un calcio a un piccione. Lo mancò e il piccione scappò via seguito da altri e altri ancora. Lontano dal becchime avvelenato.

Era imbarazzante per me incontrare Vanni in Piazza del Duomo. Quando vi sostava per arringare la folla, non era più il Vanni che conoscevo. Così lo guardavo di sfuggita e, se il suo sguardo incontrava il mio, con inconscia vigliaccheria tiravo diritto, non lo salutavo, rinnegandolo. Lui mi fissava in modo che i suoi occhi registrassero il tradimento e poi riprendeva il suo esagitato comizio. Bastava incontrarlo mezz'ora dopo, in un posto che non fosse quella piazza, e Vanni cambiava atteggiamento. Non aveva più sconclusionate certezze contro le lampade a raggi UVA. Diventava insicuro, quasi pavido, nei confronti della gente. "Hai visto Lazzaro come mi ha guardato male quel signore?" Poi cambiava di nuovo atteggiamento e solo quando ricordava il passato che ci accomunava, prima che lui appiccicasse la sua pagella d'oro sul tetto del residence, tornava 'normale'. Brillante, entusiasta, felice come un bambino che ha ritrovato il suo giocattolo preferito che riteneva di aver perduto per sempre. Conoscevo Vanni dai tempi delle elementari. Lo avevo preso in giro per la sua pagella d'oro. Avevamo trascorso molte estati insieme in un Kinderheim a Bellamonte, in Trentino. Ci eravamo persi di vista all'inizio della sua crisi, quando il residence era ancora soltanto un progetto. Ci eravamo ritrovati per caso, anni dopo, quando ormai le fasi acute si manifestavano solo episodicamente in Piazza del Duomo. Vanni non era pazzo. Era solo il più pazzo di noi. Più pazzo di me, di Pogliaghi, di Caroli, di Olivieri... Nessuno di noi aveva però il coraggio di esporre la propria follia in Piazza del Duomo.

Ero stato un pazzo a colpire Olivieri. Ora, l'unico riscatto adeguato sarebbe stato compiere il mio dovere, quello che quel giorno ci si aspettava da me. E in quel giorno ci si aspettava che partecipassi a un provino, un casting per una pubblicità di una marca di preservativi. Avrei fatto il provino e poi mi sarei assunto le mie responsabilità. Come forma di espiazione nei confronti di Vanni, avrei riconosciuto Vanni anche quando non fosse stato lui. Avrei detto "Ciao Vanni" anche a degli sconosciuti, che mi avrebbero fissato come se fossi stato pazzo. Oltrepassai il Palazzo di Giustizia, un edificio smargiasso, edificato in piena esuberanza fascista. "Palazzo di Giustizia" pensai e mi tornò in mente Olivieri allineato col bidone dell'immondizia. Lui e il bidone: i due guardiani dell'antro di Branka. Branka, in casa di mia nonna, aveva evidentemente recitato il delirio, come a casa sua aveva recitato la lucidità. Mi voleva incastrare per il suo delitto come sfoggio estremo di cattiveria, così i suoi genitori avevano recitato dapprima la sofferenza nobile e poi l'alienato rimbambimento. Tra poco sarei stato in via Podgora dove avrei recitato, con un sorriso di repertorio, entusiasmo e fiducia in un preservativo. Ecco, per smascherare Branka avrei dovuto scoprire in quale momento "recitasse" di più. Poi l'avrei costretta, modificandone il copione, a isolare il momento in cui recitava di meno, in cui era più se stessa. Allora avrei affondato il colpo e l'avrei costretta a venire allo scoperto di fronte a un testimone. Già, ma quale testimone? I miei amici non erano propriamente attendibili. Né il Pogliaghi taxista, né l'Antonello attore, né il Vanni oratore. Il mio unico testimone attendibile lo avevo preso a pugni. Il cane di Jordy, in quanto cane, non parlava, e quindi non poteva raccontare quello a cui aveva assistito nello studio del dottor Totem. Avrei dovuto trovare un testimone che non fosse né un pazzo, né un cane.

Via Podgora è una strada elegante e silenziosa di Porta Vittoria. La Bravo Film ha la sua sede naturale in fondo al cortile di un palazzo prestigioso, alveare di lusso per notai. Interrompe lo sciame di studi notarili la presenza di uno studio andrologico all'avanguardia. L'impotenza non è più un problema. Chiunque varchi il portone finge di andare dal notaio. Anche i notai con problemi erettivi, che si recano allo studio andrologico, fingono di andare dal notaio. L'impotenza non è più un problema. L'ammissione della propria impotenza, sì. Mi diressi deciso verso il cortile, superando un signore in cappotto di cammello che stava di sicuro andando dal notaio. Sulla porta il cartellino BRAVO FILM e, appiccicato a questo, un altro cartellino adesivo di un color mela acerba con la scritta SPINGERE. Il motto degli stitici.

Spinsi. Il casting era agli sgoccioli. C'erano solo due persone prima di me. Un bamboccione alto coi capelli lunghi mostrava il suo "book" a una modella per niente impressionata. Sbirciai alle loro spalle. In alcune foto il bamboccione montava un cavallo con un'espressione intensa. Il cavallo. In un'altra sorrideva, il bamboccione, saltando la corda in palestra, in una terza assumeva un'aria pensosa.

"È incredibile come certe facce anonime si trasformino grazie a un bravo fotografo. È un altro dei trucchi della vita. L'immagine che si fa immaginazione. Vedi un cavallo e pensi libertà. L'altro giorno ho visto in centro una parata di carabinieri in alta uniforme, a cavallo. La gente che li guardava era impressionata. Riacquistava fiducia nella legge. I carabinieri alti, su cavalli alti, in alta uniforme. Qualcuno tra il pubblico si è probabilmente anche commosso. L'ordine a cavallo. Be', improvvisamente, un cavallo ha risposto a un richiamo fisiologico e ha iniziato a seminare feci dietro il suo trotto. Il carabiniere non ne sapeva niente e continuava il suo dondolio impettito, marziale. Ma la gente... la gente era tutta con gli occhi lì... sotto la coda del cavallo. Una specie di fiaba di Pollicino, ma più volgare. Forse anche ridicola. Ma soprattutto destabilizzante: l'ordine non era più in sella, usciva a blocchi dal sedere del cavallo."

Il bamboccione passò dall'espressione seccata, che aveva assunto quando avevo commentato la sua fotogenia, a un'espressione ottusamente disgustata. Avrei voluto scattargli una foto. La ragazza, che aveva inizialmente accolto il mio intervento con un sorriso, lo spense a poco a poco sino a diventare quasi malinconica. Si riprese con un battito di ciglia: "È una bella storia. Triste ma bella. È vera?"

"Inventata dalla prima all'ultima parola."

Rise. Le avevo restituito un temporaneo assetto di allegria. Solo che avevo mentito "questa" volta. La storia era vera e recente, ma anch'io mi aggrappai all'allegria della ragazza. Era l'unico salvagente in quella Milano di pozzanghere. Il dopopioggia avrebbe visto asciugarsi anche il sangue del macellaio, probabilmente morto la sera prima. Ma la pioggia, fuori di lì, c'era ancora. Certo non scendeva più dal cielo. Ma era lì, agli angoli dei marciapiedi, sui pantaloni di chi veniva spruzzato da un'automobile, negli abiti della notte prima indossati nuovamente da chi non si cambiava tutti i giorni. Era lì, nelle lacrime di chi avrebbe pianto, nella saliva di chi avrebbe sputato anche in quel nuovo pomeriggio. E tutte queste cose, dalle pozzanghere alla saliva, non erano che un racconto. Il racconto della pioggia della sera prima. E tutti i racconti sono sempre un po' tristi. Sia quelli sul cielo che quelli sul sedere dei cavalli. Quando la risata della ragazza morì, le dissi: "Mi chiamo Lazzaro Sant'Andrea e tu?"

Stava per rispondermi quando da una porticina sbucò una testa che disse: "Sessantaquattro". La ragazza controllò il talloncino che teneva in mano e disse: "Sono io". Poi seguì la testa dietro la porticina.

"Bel nome," le gridai mentre scompariva. Il bamboccione era il numero 65. Io controllai lo scontrino che avevo ritirato, l'ultimo rimasto sul tavolino all'ingresso. Era inesorabilmente il numero 66. I cartoncini servivano a stabilire l'ordine di precedenza per sostenere il provino. Aspettammo in silenzio, io e il bamboccione, per un buon quarto d'ora. Lui si rimirava in fotografia. Io mi guardavo le scarpe. Finalmente 64 uscì e, mentre 65 entrava, la intercettai: "Hai un quarto d'ora? Ti racconto la storia della mia vita. È piena di colpi di scena".

"Non posso. Devo scappare. Corro a casa a prendere la valigia e poi devo volare a Londra per un servizio."

"Quanto ci resti?"

"Se l'agenzia mi fa sapere che mi hanno presa per questo lavoro, torno a fine settimana. Si gira lunedì prossimo. Sennò sto via tutto il mese. Ho un'amica che vive a Londra."

Pescai di tasca un mio biglietto da visita e glielo diedi. Lo fissò e poi alzò gli occhi. Erano occhi scuri sul viso chiaro, incorniciato da lunghi capelli scuri: "Ti chiami dottor Totem?"

"Scusa, ho sbagliato biglietto. Senti, qui non ne ho altri. Lasciami il tuo numero."

"Di Londra? Mi vuoi chiamare lì?"

"Se va avanti così, ti seguo a Londra. In questi ultimi giorni, per me Milano è invivibile." Non mentivo. Si convinse, mi scribacchiò un lungo numero dietro un biglietto scaduto del tram e uscì all'aperto coi jeans, gli stivali, il giubbotto di pelle e il mio salvagente. Dopo che se ne fu andata rimasi lì a ricordarla con l'acquolina in bocca. Forse anche l'acquolina era un rimasuglio della pioggia, un retaggio della notte precedente e allora voleva dire che anche la pioggia qualcosa di buono aveva portato.

Ero rimasto lì, imbambolato a fissare la porta da cui

se n'era andata e non avevo ancora letto il biglietto del tram sul quale aveva scritto la combinazione per avere accesso alla sua vita. Il numero di telefono c'era: 00441-1512239. Il nome si era dimenticata di scriverlo. Avrebbe potuto chiamarsi Jordy? Avrebbe potuto addirittura essere la stessa Jordy che perdeva cani e cuori innamorati dietro la sua scia? Per ora di lei sapevo solamente che in un pomeriggio di novembre in cui Lazzaro Sant'Andrea, eroe immaturo, aveva avuto bisogno di qualcuno da chiamare per nome, con tenerezza, lei, per un quarto d'ora, si era chiamata sessantaquattro.

Il provino fu il solito provino: delle voci ti pregavano con ostentata cordialità di mettere i piedi dove due strisce di adesivo, incontrandosi, formavano una X. Un riflettore ti abbagliava come un sogno di gloria. Una gloria artificiale, addomesticata, destinata a durare ancora meno dello "spazio di un mattino". Destinata a durare lo spazio di uno spot. Poi una voce prevaleva sulle altre e iniziava a interrogarti, sempre con quella subdola cordialità. "Come ti chiami? Di che agenzia sei? Che lavori hai fatto ultimamente? Cosa fai nella vita oltre al fotomodello? Dove sei andato in vacanza l'estate scorsa? Ti piace più il mare o la montagna?" Queste ultime domande sarebbero dovute servire a sciogliert, a renderti più spontaneo anche se banale. Tanto a nessuno lì, tantomeno alla voce suprema, fregava molto se preferivi il mare alla montagna. Ogni tanto, quando mi ponevano domande del genere, per sdrammatizzare il terzo grado della loro indagine sulla mia telegenia, cercavo di essere spiritoso. Me ne pentivo immediatamente. Avrei potuto dire boutades irresistibili e la voce mi avrebbe concesso quel risolino di svogliata accondiscendenza di solito riservata a un bambino petulante che insiste per raccontarti, male, una barzelletta che sai già da trent'anni. Fortunatamente passammo, senza eccessivi preamboli, alla fase tecnica del provino: "Girati lentamente, col profilo verso destra... ecco, ora torna a guardare in macchina e mostra, sempre lentamente, l'altro profilo. Torna a guardare in macchina. Fai un bel sorriso. No, non così. Più spontaneo..." E più fingevi, più ti veniva spontaneo.

"Senti, ti spiego la situazione. Tu e la tua ragazza state litigando. Lei ti dice che dopo l'ultima volta non si sente... più sicura. Tu allora fai un bel sorriso e... ah scusa, hai belle mani? È un requisito necessario per questo spot. Fammi vedere le mani..."

"Meno male che ti servono belle mani. Quando mi hanno detto che era uno spot per un profilattico, temevo che bisognasse mostrare il..."

"Okay. Non male. Tu adesso fingi di avere in mano un preservativo, sollevalo, guarda in macchina e sorridi dicendo: 'D'ora in poi sarai sicura'."

Disgustoso. Uscii dal portone e incappai in un notaio imbarazzatissimo. Credevo di abbandonare il riflettore per ritrovare la luce del giorno e invece era calata una cappa di buio. Ero stanco. Era tutto il giorno che camminavo smaltendo le tossine della birra e delle mie responsabilità. Forse Olivieri mi stava facendo cercare da qualche volante, forse Marzio Palloni, povero cane rabbioso, aveva convinto Lela a dargli il mio indirizzo, forse Branka mi stava aspettando per offrirmi del tè avvelenato in quelle tazzine lillipuziane che sono i servizi da tè in miniatura nei giochi delle bambine leziose. Non me ne importava comunque più di niente. Sarei tornato a casa e mi sarei fatto il bagno.

6.

"Credevo che tu fossi morto." Attraverso la schiuma in cui stavo naufragando, le parole erano arrivate ovattate come se provenissero da un altro mondo, né migliore né peggiore, semplicemente un altro, o come se avessi avuto nuvole di bagnoschiuma nelle orecchie. "È mezz'ora che sono in casa, ma solo adesso sono entrata in bagno... e tu mi vuoi far venire un colpo... pensavo ti fossi sentito male... con la tua abitudine di stare due ore nella vasca." Riaprii faticosamente gli occhi: ero nudo, ma protetto alla vista della voce (la vista della voce?) da una coperta d'acqua tiepida. Che fosse ancora lei, la voce che mi aveva ordinato di mostrarle il profilo e di sorriderle spontaneamente? No, questa era un'altra voce, più musicale, anche se sottotono come la filodiffusione nello studio di un dentista. "Se ti togliessi quel sapone dalle orecchie, probabilmente riusciresti a sentire cosa ti sto dicendo." Obbedii in un tiepido, un tempo caldo, torpore.

"La nonna sta bene... si lamenta ma sta bene. Dice che la stanno avvelenando, ma è ingrassata. Avrà fatto indigestione di antidoti. Mi ha raccomandato di dirti di non fare entrare estranei in casa sua, come se fosse possibile, dopo che ha invitato le comunità religiose di ogni credo ad andare a trovarla per acquisire da lei la sua profonda saggezza. Mentre dormivi nella vasca, ti ho detto mille volte che è pericoloso, mi sono permessa di ascoltare la tua segreteria telefonica. Una certa Jordy voleva notizie di te e del suo cane. Dice che richiamerà. Tranquillizzala sul suo cane, povero amore com'è bruttino... Ah, poi c'è un messaggio per me del dottor Olivieri, l'amico di papà. Te lo ricordi, Lazzaro, papà ti portava sempre allo zoo col dottor Olivieri, presumo si divertissero un mondo quei due... Mi è sembrato agitato... Lui di solito chiede come sta la nonna anche alla segreteria telefonica. Ah, poi ha telefonato Pogliaghi, non era un tuo amico del liceo, quel ragazzo che indossava sempre jeans stranissimi, incrostati come se si fosse rotolato nella sabbia?... Se ti degni di uscire dalle acque ti preparo la cena, immagino che tu abbia stravizziato in questi giorni..."

Mi girai a fatica a guardare il turbante alla Valentina Cortese, la vestaglia azzurra e i due bastardini che ai lati della donna sembravano levrieri. "Ciao mamma."

Il tempo. Il tempo era tutto quello che mi serviva. Ne avevo ancora un po' disponibile. Per il momento Olivieri non aveva preso provvedimenti nei miei confronti. Preferiva parlarne prima con mia madre "in nome della vecchia amicizia"... Mia madre mi avrebbe firmato la giustificazione e io sarei potuto tornare a scuola. Senonché io non andavo più a scuola perché il tempo era passato. Ma era passato senza avvisarci, così continuavamo tutti ad aspettare la maturità per crescere. Io, mia madre, mia nonna, Branka, Palloni, Lela. E

Olivieri che giocava a fare il preside. Della maturità ce ne saremmo accorti solo quando si fosse manifestata: ogni cosa a suo tempo, come neve a Natale. Solo che non sempre a Natale nevica. Il nostro Natale era stato senza neve, così non ci eravamo accorti di lui. Ci eravamo scambiati regali, avevamo allestito presepi, ma senza neve non ci eravamo resi conto che Natale era passato. E ora eravamo di nuovo quasi in dicembre e pioveva.

Telefonai a Pogliaghi. Aveva la voce stanca, ma accettò di vedermi. Telefonai a Jordy: "Salió hace tiempo. ¿Quiere dejar un recado?"[1] Telefonai a Vanni per farmi perdonare, da me stesso, non da lui, di aver fatto finta di non conoscerlo. Non c'era. Telefonai infine a casa di Olivieri.

"Pronto," era la sua voce.

"Dottor Olivieri, sono Lazzaro. Volevo scusarmi per averla colpita. Ero sotto tensione. In ogni caso io non c'entro col barbone morto. E tutto quello che le ho raccontato è vero... Non mi interrompa, cercherò di dimostraglielo, ho solo bisogno di tempo. Ho tanto bisogno di tempo."

"Figliolo..."

Riattaccai leggermente sollevato. Non si chiama "figliolo" una persona che si sta per far arrestare. Per quanto Olivieri fosse il genere d'uomo che avrebbe chiamato "briccone" il cervello dell'anonima sequestri. Era un uomo giusto, ma con un linguaggio inadeguato alle circostanze. Assisteva ogni giorno a bassezze, ma cercava quadrifogli tra i rifiuti, tra le siringhe, tra i barboni che una polpetta avvelenata aveva mandato in paradiso. Polpetta! La polpetta che Branka mi voleva far divorare (gnam gnam) il giorno prima era chiusa in un cassetto dello studio del dottor Totem. Era il mio testimone di carne, aglio, prezzemolo, veleno. L'avrei mostrata a Olivieri. Aveva certo, sulla crosta, le impronte di Branka oltre alle mie. Pogliaghi citofonò. Lo feci salire. Salutò mia madre che non vedeva da anni. "Ciao

[1] È uscita da un po'. Vuole lasciare un messaggio?

Duilio, come sei cambiato." Non era vero, Pogliaghi era identico per fortuna, anzi, quella sera era addirittura regredito. Il viso era una maschera bianca in cui i brufoli rossi come coriandoli pulsavano però come globuli impazziti. Gli occhi erano lucidi, ma Pogliaghi non era commosso.

"Non stai bene?"

"No, guarda, sono stato male tutto il giorno. Ieri notte quando sono tornato a casa mi sono bevuto un bicchierone di latte caldo. Mi è rimasto sullo stomaco."

"Non saranno stati quei quindici bacardi tonic che ti sei scolato dopo la fuga dal bar Mariona?"

"Scherzi? Sai che l'alcol lo reggo benissimo! È il latte che fa acidità..."

Mia madre captò queste ultime parole e commentò professionalmente: "Guarda Duilio che il latte toglie l'acidità".

"Di solito, mamma, e alle persone normali..."

"È vero signora, a me il latte fa venire acidità."

Ero disposto a credergli. Lo convinsi poi ad accompagnarmi fino all'appartamento di mia nonna. Aprii il cassetto e trovai la polpetta. "Che schifo Lazzaro. Tieni le polpette 'vecchie' chiuse nei cassetti?" Pogliaghi era mio amico. Gli raccontai tutto. Di Alioscia e Nives, di Branka e dello spettro ipernutrito di Marzio Palloni che si aggirava, muscoloso ectoplasma vendicativo, nella Milano eletta sua riserva di caccia. Pogliaghi non si stupì. Mi raccontò del "suo" barbone del giorno prima con dovizia di particolari. Poi mi suggerì: "Senti Lazzaro, i due vecchi pazzi ti hanno lasciato il loro vero indirizzo. Forse è altrettanto vero l'altro indirizzo, quello dell'organizzazione del Premio di bontà. Proviamo a cercare sull'elenco del telefono. Io faccio A-L, tu M-Z".

Trovammo il nome sulle Pagine gialle: ANGIOLOTTA D'ORO. LA BIMBA PIÙ BUONA, e un telefono. L'indirizzo corrispondeva a quello del biglietto che mi avevano scritto i due Miagostovich. Sul loro biglietto non c'era nessun numero telefonico, ma Branka il suo premio di bontà l'aveva vinto nel '39 e, forse, nel '39 nessuno telefonava ai Premi di bontà. Bastava scrivergli, le poste sotto il fascismo pare che funzionassero a meraviglia. O almeno così raccontavano fascisti e postini nostalgici.

Angiolotta Lavarini doveva essere molto anziana se nel '39, lei, donna adulta, aveva premiato Branka che allora era una bambina. Il suo concorso era sopravvissuto al fascismo, ai liberatori, al neorealismo, alla dolce vita, agli anni di piombo. Era lì, incastonato nelle Pagine gialle, sotto gli occhi di tutti. Era sopravvissuto forse, perché nessuno si era accorto che esistesse. Non era stato spazzato via dal vento della storia, perché fuori dalla storia viveva. Non era stato stanato dai partigiani perché le sue protagoniste col sorrisetto angelico e le crinoline bionde potevano propagandare con la stessa leziosa indifferenza qualsiasi impero, repubblica, rivoluzione, guerra civile. Angiolotta Lavarini, premiando la bontà, si era costruita un bunker di buoni sentimenti a proteggerla dalla vera vita. Era probabilmente scampata a una, forse a due, guerre mondiali perché le guerre si intraprendono per motivi economici, e la bontà, invece, non ha prezzo, non suscita quindi nessun interesse tra i belligeranti. Solo quando la guerra è finita e anche i vincitori si leccano le ferite, e si pensa di costruire proprio lì, dove adesso ci sono le macerie antiestetiche, un monumento che le ricordi, un supermarket, per esempio, che impedisca di dimenticare, allora l'immagine della bontà torna utile. I vincitori schiaffano le bambine buone e belle in prima fila, in seconda ci mettono quelle buone e brutte, allineate e sorridenti su un manifesto con la scritta: RICOSTRUIAMO. Solo che a Angiolotta Lavarini, probabilmente novantenne, una bambina buona era sfuggita, sgusciata dalle sue mani inguantate in un gioco di pizzi da lei stessa creato all'uncinetto. Branka aveva sorriso nel '39, Angiolotta d'oro dell'anno in cui Mussolini intendeva dichiarare la guerra, ma non farla. Aveva sorriso anche un anno dopo, nel suo infantile giugno del '40, quando Mussolini dichiarò guerra. Poi, forse perché i suoi sorrisi erano coincisi con la guerra, una volta che la guerra era finita il sorriso si era trasformato in ghigno e le poste avevano smesso di funzionare. Niente più lettere a Gesù Bambino. Solo lettere anonime che per quanto arrivassero in ritardo, avevano sempre l'effetto sperato. La sua bontà, i suoi sorrisi, si erano esauriti durante la guerra. In tempo di pace non ne aveva più.

Poteva essere una spiegazione logica o era solo il delirio di due amici di fronte a una polpetta avvelenata da mangiare una sola volta. La nostra equidistanza da quella palla di carne ci dimostrava che non eravamo abbastanza buoni da toccare la polpetta zuccherosa, né abbastanza cattivi da prendere in mano la polpetta avvelenata. Né abbastanza coraggiosi, da quel momento in poi, per toccare con le dita una qualsiasi anonima, forse innocua, polpetta, senza pensare all'oggetto come a una bomba a mano.

"Vuoi toccarla, Pogo?"

"Non ci penso nemmeno. Va bene che è di ieri, ma non ti sembra che sia troppo nera... Se te la metti in mezzo alla fronte... sembra l'occhio di un ciclope."

"L'occhio di un ciclope cieco, vuoi dire. Guardala, non ha nessuna luce. Non sembra né vecchia né antica. Fa piuttosto pensare che ci sia sempre stata. Nascosta, in attesa del momento in cui saltar fuori..."

"Dal tuo cassetto! Senti, mi passi quella bottiglia di grappa di pere?"

"Serviti pure, tanto non è latte. Sono le undici. Dici che possiamo telefonare a questa Angiolotta Lavarini, o pensi che la svegliamo?"

"Mah. I vecchi dormono poco. Io farei un tentativo. Senti, ti spiace accendere tutte le luci, anche quelle del bagno?"

"D'accordo. Ma, hai per caso paura?"

"Non diciamo cazzate. È solo che non mi piace come mi guarda questa polpetta."

Il telefono di casa Lavarini continuava a squillare. La donna, sempre che fosse in casa, doveva essere, oltre che buona, anche un po' sorda. Il segnale di libero, ascoltato a lungo, finiva per somigliare a un lamento insicuro, indeciso, tra silenzi e singhiozzo. Poi finalmente: "Pronto..." Non era una voce assonnata, era una voce d'uomo. Pur essendo di una potenza baritonale, emergeva a stonare un malcelato falsetto. "Pronto... casa Lavarini. Chi parla?" Il "pronto" era stato deciso, virile, il "casa Lavarini" giocosamente femmineo. Mi immaginavo il mio misterioso interlocutore come un uomo grasso, con una parrucca settecentesca, che saltellava nudo in un bosco senza alcun pensiero se non quello di raccogliere pigne.

"Buona sera, mi scusi l'ora. Mi chiamo Lazzaro Sant'Andrea e sono un giornalista. Gradirei sapere se mi è possibile intervistare al più presto la signora Angiolotta..."

"Signorina Angiolotta," puntualizzò il ninfo.

"...Lavarini, la fondatrice del premio Angiolotta d'oro."

"La fondatrice? È impossibile. Sta sottoterra..." coperta di pigne pensai, "...Se vuole le passo la figlia, la signorina Angiolotta..." Dopo alcuni interminabili minuti una voce femminile rispose: "Sì? Sono Angiolotta Lavarini," era la garrula voce di una persona anziana. "Finalmente la stampa si interessa di nuovo al Premio. Ci crede se le dico che negli ultimi anni sono stata praticamente ignorata? E la mia povera mamma poi... Quando nei necrologi scrivo qualcosa per l'anniversario della sua morte, mi accorgo che è stata proprio dimenticata. La pagina del giornale è piena di necrologi di persone insignificanti: 'Tragicamente scomparsi' dicono loro. Figuriamoci. Così imparano a guidare così veloce. Ben gli sta. E i suicidi poi... 'Chi è causa del suo mal pianga se stesso'. Anche quelli camuffati da 'Tragica scomparsa'. E i fiori al cimitero alla mia povera mamma?... Li porto solo io e qualche Angiolotta riconoscente, e allora sa cosa faccio quando vado al cimitero Monumentale? – ridacchiò – tolgo i fiori dalle altre tombe e li metto a lei..."

Alla faccia della bontà. L'Angiolotta d'oro non era un angelo, era una gigantesca polpetta avvelenata, cotta a forma di bambina e poi verniciata d'oro per ingannare le coscienze dei puri. Dei vivi e dei morti. Nei cimiteri, per quanti fiori ci siano, non è mai primavera.

"Appunto signora. Vorrei scrivere un lungo pezzo su sua madre per mettere in giusto risalto i suoi meriti. Quando possiamo incontrarci?"

"Senta, io domani mattina verso mezzogiorno sono al Teatro Nazionale. C'è una conferenza stampa per la presentazione di una pièce. Poi, naturalmente, ci sarà offerta una colazione informale. La volta scorsa era pasta e fagioli... Se vuole raggiungerci lì, sarò lieta, dopo mangiato, di raccontarle ogni cosa sul Premio... Allora la aspetto, caro..." Riattaccò.

"Ebbene?" chiese Pogliaghi, dopo che gli ebbi riferito la proposta, "ti piace la pasta e fagioli?"

Il bar Magenta a mezzanotte era gonfio di varia umanità. La birreria storica era stata per qualche anno ricettacolo di gente "fuori", secondo una definizione inelegante e imprecisa. La gente "fuori" una volta entrata nel bar Magenta diventava automaticamente gente "dentro". Fuori restavano solo quelli che non entravano nel bar Magenta perché lo immaginavano come le prime nuvole del paradiso artificiale. Il locale era vasto e molto suggestivo. I baristi non facevano servizio ai tavoli e ogni volta era una lunga fila alla cassa, assediata da marinai di una città senza mare, da sirene femministe che guai se toccavi loro la coda, da piccoli spacciatori e da finti rivoluzionari che aspettavano lì che il mondo cambiasse. Invece era cambiato il bar Magenta. Dopo qualche piccolo, timido tentativo, il resto del mondo si era fatto coraggio ed era entrato al Magenta. Lo aveva inondato di presenze eterogenee, poliziotti e fotomodelle americane, studenti universitari e commesse, fotografi e compagnie di solare innocuità. I proprietari avevano aumentato i prezzi. La rivoluzione era fallita. Il tempio era stato sconsacrato. Tutti, proprio tutti, almeno una volta nella vita mettevano piede al Magenta. Le ragazze alla pari tedesche posavano i loro grossi sederi sulle ginocchia di liceali della scuola americana di Milano. Il locale era diventato più vivo proprio perché di mille vite si nutriva. Il pavimento era moquettato di cicche di sigarette e mozziconi dei miei sigari. I posacenere non esistevano più da quando, nel 1910, all'apertura qualcuno se li era fregati tutti. Il locale era affollato come l'uscita di sicurezza di un cinema in fiamme.

Al Magenta, da mezzanotte, si poteva sostare per tutta la vita in attesa di andarsene altrove. Al Magenta potevi incontrare o rincontrare chiunque. Bastava fare lo scontrino a una cassa mastodontica e antiquata, ritirare una bottiglia di Ceres e usarla come pila per girare tra i tavoli occupati illuminando improvvisamente una buona ragione per trascorrere il resto della serata lì. Vanni era a un tavolino intento a insidiare due bionde. Dovette dire qualcosa di sbagliato perché le bionde si alzarono, se ne andarono e ci lasciarono le sedie libere.

"Ciao Vanni. Ti ricordi Pogliaghi? Era al liceo con noi in un'altra sezione. Ti vado a prendere una birra." Lasciai soli Vanni e Pogliaghi. Quando un quarto d'ora dopo, annaspando tra la folla, li raggiunsi, erano in piena conversazione.

"Hai visto, Pogliaghi, come mi hanno guardato quei due? Hanno delle brutte facce."

"Hai ragione, hanno delle facce che non mi piacciono per niente."

"Secondo te, io piaccio alle ragazze?"

"Cosa vuoi che ne sappia?"

"Ce n'è una che abita nel mio palazzo che quando dobbiamo prendere l'ascensore insieme, scappa su per le scale."

"E tu?"

"Io la inseguo. Voglio sempre vedere se corre più veloce di me coi tacchi. Io una volta ero molto veloce. Ho vinto una gara di velocità a Bellamonte. Senza tacchi, però."

"Be', nella corsa per le scale non conta la velocità. Conta dove appoggi i tacchi."

"È vero. Io, per sicurezza, mi tolgo sempre le scarpe e corro scalzo."

"E le scarpe?"

"Poi scendo con l'ascensore a riprendermele. Secondo te, le piaccio?"

"Boh, bisogna vedere..."

"È vero. Sai, forse pensa che mi puzzino i piedi... Ah, Lazzaro. Grazie per la birra. Te ne vado a prendere una io." Vanni si alzò, sollevò le sue larghe spalle e si incamminò apparentemente indifferente tra la folla, girandosi ogni tanto all'improvviso per accertarsi che nessuno lo guardasse "male".

"Che fisico gli è venuto," commentò Pogo.

"Pensa che di me ha paura. Da piccolo, qualche volta l'ho pestato e adesso che ha una forza erculea, è ancora convinto che possa suonargliele."

"Pazzesco," disse Pogo.

"Te ne sei accorto?"

"Di cosa?"

"Che è diventato pazzo. A diciott'anni, dopo un esaurimento nervoso, gli hanno diagnosticato la schizofrenia... e adesso, a mio parere, è quasi guarito... salvo..."

"Pazzo Vanni? Ma a me è sembrato che fosse normalissimo." Solo Pogliaghi poteva trovare il comportamento di Vanni normalissimo.

Chissà quante storie analoghe si stavano consumando insieme alle birre, negli altri tavolini. Un indovinello: abbiamo tre amici. Il primo usa comprare dei jeans, immergersi in mare a gennaio coi jeans appena comprati, uscire dall'acqua dopo aver tentato di camminarci sopra e rotolarsi nella sabbia per portarsi via coi jeans un pezzo di spiaggia. Un ricordo umido. Un'iniziazione sabbiosa. Da domani farà il taxista. Il secondo amico ama, invece, inseguire le ragazze sulle scale. Lo fa per conquistarle. È un sistema da uomo delle caverne, solo che a quei tempi non c'erano le scale. Pensa che tutti lo guardino "male". Probabilmente non è vero, a parte le ragazze che insegue per le scale. Ogni tanto va in Piazza del Duomo e parla ai piccioni come faceva San Francesco. No, San Francesco parlava ai lupi. Già, ma dove lo trovi un lupo in Piazza del Duomo? Il terzo amico si crede il più intelligente dei tre. A dire il vero, ogni volta che entra in una stanza qualsiasi si sente sempre il più intelligente tra i presenti. Specialmente se la stanza è piena di gente. Se la stanza è vuota, fa di tutto per riempirla perché ha paura di restare solo. Arriva a comportarsi da deficiente purché la stanza si riempia. Magari di assassini. Domanda: chi dei tre amici è il "pazzo"? E nei tavoli vicini? E dietro la cassa del bar Magenta? E davanti alla cassa, in quella fila interminabile, in quella coda da spaccio russo? Chi era il protagonista, quella sera, al bar Magenta? Ognuno, a ogni tavolo, era protagonista della storia che stava raccontando. "Sono stata al cinema sabato sera. Era tutto pieno. Figurati che mi sono dovuta sedere per terra." Povera graziosa spettatrice, protagonista di una serata al cinema col sedere per terra. Meno male che c'era la moquette. Protagonisti gli attori dello schermo? Figurati, cosa ne sanno loro, che nascono dalla luce di un proiettore, delle peripezie del tuo sedere alla ricerca di una posizione meno scomoda. È stato il tuo sedere il vero eroe di quella sera, e di questa in cui stai raccontando la tua serata al cinema a degli amici che non c'erano. Ti alzi anche tu, vai alla cassa a fare lo scontrino per un'altra birra.

"Lazzaro, hai visto quella trifola che si è appena alzata? Hai visto che culo?"

"Gli manca la parola."

"Se Vanni la vede, si toglie subito le scarpe. Meno male che qui non ci sono scale."

"Già, né piccioni, né barboni. Se non ci fossero le scale e Piazza del Duomo, Vanni sarebbe normale. E se non ci fossero piccioni e barboni, anche Branka non sarebbe un'assassina. Metti in un ospedale psichiatrico un maniaco che ha ucciso trentasette bambine con le trecce, e si comporterà benissimo. Dopo qualche anno lo considereranno guarito e lo lasceranno uscire. Solo allora si accorgeranno che si è comportato bene perché lì, dov'era, non c'erano bambine con le trecce. Non appena fuori, prima o poi, incontrerà la trentottesima bambina con le trecce e allora... Purtroppo 'fuori' è pieno di scale, anche scale mobili, figurati, di 'piazze del Duomo'... Fuori è pieno di piccioni, di barboni e di bambine con le trecce. Ho il sospetto che anche io e te, Pogo, siamo pazzi... solo che noi ci tratteniamo."

Vanni tornò con tre birre: ne teneva due con le mani e la terza infilata sotto l'ascella come un gigantesco termometro: "C'era uno che mi guardava male".

Gli presi la birra da sotto l'ascella e tirai una lunga sorsata. Poi, lentamente, mi accesi un sigaro e più dottor Totem che mai gli dissi: "Vanni, devi smetterla di pensare che tutti ti guardino male. Non è vero".

"Questa volta è vero. Mi ha guardato male."

"Dai, nessuno ti ha guardato male," gli dissi irritato, guardandolo male.

"Sì che mi ha guardato male." Vanni si girò e iniziò a esplorare gli occhi della folla mentre io alzavo gli occhi al cielo. Pogliaghi si stava occupando della sua birra.

"Hai ragione, Lazzaro," disse Vanni visibilmente

sollevato, "nessuno sta guardando male me. Sta guardando male te!" Seguii il suo sguardo finché nella ressa non isolai una figura tuttotorace. Aveva capelli a spazzola e il naso rotto. Il giubbotto di pelle grigia di cui mi aveva parlato Caroli, non riusciva a mimetizzarsi tra due modelle di colore.

Marzio Palloni era lì. Lo vedevo in faccia per la prima volta. Il mio nemico. Mi alzai strattonando Pogliaghi: "Dai, andiamo, qui tra poco ci scappa il morto".

"Anche qui?" chiese Pogo che pensava al sangue del bar tabacchi Mariona. Si alzò e mi seguì. Era una fuga impossibile. Sembrava di camminare nelle sabbie mobili. Il Magenta era così pieno che i miei "permesso" non venivano ascoltati. Eravamo imprigionati da carne umana. Da gente che aspettava compatta, una muraglia cinese fuori zona, che si liberassero i tavolini. Era un picchetto dilatato. Ogni volta che qualcuno si spostava a fatica per farti passare, ti trovavi davanti un altro muro di folla. Fortunatamente Marzio Palloni era nelle nostre stesse condizioni. Non guadagnava terreno inseguendoci. Sgomitava, imprecava e si teneva una mano all'altezza del fegato dove, sicuramente, teneva la sua licenza di caccia. Carica.

Prendemmo Vanni e lo usammo come ariete per sfondare la folla. Da un tavolo vicino sentii un: "Ciao Lazzaro". Occhieggiai verso Enrico, un altro amico. Al Magenta ci si incontrava tutti prima o poi. Enrico aveva un viso da putto incorniciato da barba e capelli che lo collocavano nell'immaginario tra Ercole paffuto e Bacco giovane. Era sbronzo. Nessun aiuto quindi da quel settore. "Scusami Enrico, vado un po' di fretta." Enrico abbassò lo sguardo sulla birra che restava nel suo boccale da litro. Vanni si stava divertendo un mondo a sfondare la folla. Lui ignorava l'esistenza di Palloni. Non era a conoscenza di quella parte del mio passato prossimo. Stava vivendo il presente. E nel presente si sentiva una locomotiva: "È in arrivo sul binario otto il diretto Magenta-Milano. Pistaaa", gridava tornato bambino. Quando faceva lo stesso gioco da bambino, nessuno si era mai sognato di pensare che fosse pazzo. E neanche adesso, forse. Pensavano che fosse semplicemente molto ubriaco.

Pur essendo aggrappato a Vanni non perdevo di vista Palloni. Il gigantesco banco del bar era a forma di ferro di cavallo. Circumspintonando ci stavamo avvicinando, ma troppo lentamente, all'uscita. Marzio Palloni si gettò, si tuffò tra la folla per raggiungerci. Volò sul tavolino di Enrico rovesciandogli la birra che restava nella caraffa. Enrico alzò gli occhi arrossati su Palloni e gli disse: "Lo hai fatto apposta?" "Sì," rispose Marzio il belligerante (nel vostro nome il vostro destino). Enrico si alzò. Era un metro e ottantasette. Aveva un po' di pancetta e gli mancavano i muscoli di Palloni, ma in piedi, vendicativo, sembrava un dio vikingo. Assestò uno schiaffone a Palloni. Palloni, schiumando, volò di nuovo, questa volta all'indietro, su un gruppo di ragazzi permalosi. Iniziarono a pestarlo di santa ragione. Palloni aveva i jeans troppo stretti per estrarre la pistola. Si difese utilizzando tutti i colpi scorretti che aveva imparato da quando era al mondo. La birra aveva però anestetizzato i suoi assalitori. Accusavano i colpi, ma non sentivano, al momento, dolore fisico e perciò tornavano alla carica. Un tipo mingherlino, non avendo armi a portata di mano, cavò dall'ultima tasca della giacca una stilografica e iniziò a trafiggerlo col pennino d'oro.

Pogo, Vanni e io guardavamo affascinati lo spettacolo. "Bello, sembra una corrida."

"Non mi piacciono le corride."

"Neanche a me. L'altra sera ho visto *Sangue e arena* su una tivù privata e mi sono addormentato."

Non c'era più bisogno di tagliare la folla per raggiungere l'uscita. Ora era la folla che ci faceva scansare, allontanandosi da dove ci ostruiva la strada, per avvicinarsi al luogo dello spettacolo. Anche le allieve delle suore Marcelline, con le gonne scozzesi e il trucco leggero, riscoprivano istinti sanguinari seppelliti in profondità come l'invidia del pene, e volevano un posto in prima fila. In poco tempo Marzio Palloni sparì alla nostra vista, circondato da spettatori. Non c'era più fila alla cassa: erano tutti lì. L'accesso all'uscita era deserto. "Direi che ce ne possiamo andare." La via era libera e quindi uscimmo a riveder le stelle.

A Milano, di notte, c'è il mare. È un mare di persone che, nascoste dall'oscurità, nuotano da un locale all'altro per pescare o per farsi pescare, un po' esche, un po' squali disinvolti e impacciati. È un mare di guai, nelle bische volanti di piazza Tirana, dove un dado e una pallottola rimediano sempre un buco di troppo. È un mare in burrasca alla disperata, frenetica ricerca del divertimento prima che faccia giorno. È un mare di equivoci in cui i travestiti brasiliani si spacciano per ex ballerine Oba Oba, ostentando, anziché la voce delle sirene, baritonali listini dei prezzi. È un mare che a tratti può apparire deserto e ti sembra che non ci sia in giro nessuno, ma sai che è profondo come l'oceano e, come l'oceano, abitato. È un mare in cui potresti perderti se non ci fossero le luci dei locali aperti a farti da faro, se non ci fossero finestre illuminate anche in palazzi quasi completamente addormentati, come a dirti che a Milano le case dormono con un occhio solo. E poi ci sono i fari delle auto che dragano la città per mettere a fuoco una tentazione. I buchi dei dadi, dei proiettili, delle siringhe, delle narici da dove esce muco ed entra cocaina, i buchi del corpo umano eletti a custodi del piacere della carne. Da tutti questi buchi, di notte a Milano, fuoriesce l'acqua, da tutti questi buchi, al mattino, l'acqua rientra e nessuno ha il coraggio di ricordare che a Milano, di notte, c'è il mare.

Pogliaghi navigava sicuro con l'auto di suo padre. Il taxi lo avrebbe inaugurato solo tra ventiquattro ore. Giravamo senza una meta precisa io, lui e Vanni sprofondato nel sedile posteriore. Dopo esserci allontanati dal Magenta avevamo gironzolato nel più completo silenzio. Finalmente Pogliaghi si decise a parlare: "Sai Lazzaro, sono due giorni che ci siamo rincontrati e tutti e due i giorni hanno avuto lo stesso epilogo: un bar. E un fatto di sangue. Sono così tutte le sere, quando si esce con te?..."

"Senti Pogo. Oggi non ho avuto tempo di leggere i giornali. Ti spiace se passiamo in corso Buenos Aires, lì c'è un'edicola che è aperta tutta la notte."

Vanni si risvegliò dal suo stato catatonico e propose: "Poi possiamo andare a vedere le puttane?"

"Quali puttane?" intervenne Pogliaghi, "ormai sono

tutti travestiti. Chissà dove sono finite le puttane. In strada ce ne sono solo di orribili. In viale Misurata ne ho visto una che avrà avuto almeno sessant'anni, lo stesso in via Washington. Faceva una tristezza... grassa, sfatta, sembrava un'operaia in una fabbrica di protesi per mutilati di guerra. Che squallore. Io non sono mai andato con una puttana, ma l'idea di accostare il piacere con quel rudere, ti fa rivalutare i sostenitori della masturbazione."

"Io una volta sono andato con una puttana," intervenne Vanni, "ma non ci torno più di sicuro. Starnutiva continuamente, avevo paura che mi attaccasse l'influenza. Figurati che si è soffiata il naso col reggiseno."

Fui colto da uno dei miei attacchi di disgusto con conseguente tosse e conati. Cercavo di coprire i conati aumentando il volume alla tosse.

"Vuoi un fazzoletto..." chiese Pogo.

"O un reggiseno," infierì Vanni.

La birra galoppava nel mio stomaco, intenzionata a uscirvi dalla cavità orale. Mi ripresi a fatica concentrando la mia attenzione sull'edicola di corso Buenos Aires che nel frattempo avevamo raggiunto. Scesi dall'auto e acquistai tre quotidiani. L'unico altro cliente dell'edicola, in quel momento, era un signore distinto che studiava le incellofanate promesse delle riviste pornografiche esposte in bell'ordine. Mi fermai a guardarlo, incuriosito dalla serietà con cui il suo sguardo vagava tra nere e svedesi. Se la pornografia ha qualcosa di buono, è che non è razzista. Non c'era bramosia nello sguardo dell'uomo, valutava le copertine con lo stesso atteggiamento che avrebbe tenuto nello scegliere il colore di una moquette o della carta da parati.

"Desidera qualcos'altro?" mi chiese l'edicolante richiamando su di me l'attenzione del pornografo tappezziere. I nostri occhi si incontrarono. L'uomo aveva occhi da pesce, ma già, a Milano di notte c'è il mare.

"Topolino," dissi. Non leggevo Topolino neanche quando ero bambino. Lo avevo sempre ritenuto una lettura da bambini, ma adesso, il fatto di scegliere la pubblicazione più asessuata di tutta l'editoria (Topolino e Minnie sono topi casti. Niente a che vedere con le coniglìette di Play boy), mi allontanava mille miglia agli occhi del giornalaio, dal suo altro cliente notturno. L'edicolante e il tappezziere mi guardarono con un'aria di compatimento. Chi compra Topolino alle tre di notte è un ipocrita. Mi allontanai dall'edicola il più velocemente possibile.

"Ce n'hai messo di tempo," commentò Pogo. Passai Topolino a Vanni. Vanni mi guardò incuriosito. Distolsi lo sguardo. Pogliaghi aveva fatto un posteggio di fortuna, ma non sembrava intenzionato a ripartire. Iniziammo perciò a sfogliare i giornali.

La morte del barbone era in cronaca cittadina. Lessi l'articolo freneticamente e scoprii che anche un altro barbone era deceduto alla Stazione centrale. Cercavo qualche accenno a un'autopsia, ma l'articolista si lanciava in una denuncia dickensiana su una civiltà industriale, ai cui margini si muore di solitudine. Altro che solitudine. E se fosse stata Branka ad avvelenare anche l'altro barbone? Il quotidiano dava più spazio ai piccioni di quanto non ne avesse dato ai barboni. Ma in fondo, i piccioni occupavano più spazio perché erano di più. Quello che l'autore dell'articolo ignorava, era che mentre i piccioni potevano volare via, lontano dal veleno di Branka, i barboni non sapevano volare.

Non. I piccioni venivano fotografati, i barboni *non* venivano fotografati, perché i turisti *non* volevano sporcare i negativi.

"Ehi Lazzaro, guarda qui," Pogliaghi mi passò il suo giornale. Il titolo annunciava: "Ammazza a bottigliate l'amante della moglie. Dramma della gelosia alle porte di Milano. Giulio Mariona, cinquantadue anni, gestore del bar tabacchi Mariona..." Il pezzo non menzionava la rissa. C'era una foto di Giulio Mariona. Era un Giulio Mariona con vent'anni di meno e con qualche illusione di più. Non c'erano, evidentemente, foto più recenti. Nessuno, negli ultimi vent'anni, si era preso la briga di fotografarlo. Era solo un barbone con un bar tabacchi. In un'altra foto, moglie e figlia con tette che sembravano sul punto di entrare in un altro articolo, accennavano un sorriso.

"Hai visto Pogo? Le tue principesse l'hanno presa bene." Pogo scaldò il motore. Un freddo insostenibile, uscito da uno spiffero della notizia, si era diffuso nello scheletro, nel cuore dell'auto.

“Dove andiamo adesso?” chiese Vanni.

“Hai ancora voglia di vedere le puttane? Benissimo, ma dove?”

“Facciamo un giro...”

“Pogo, ti spiacerebbe passare un attimo in via Pontevetero?”

“Dove abita Branka?”

“Sì, lì sotto. Voglio solo vedere la casa di Branka di nuovo. Può darsi che con voi due mi faccia un altro effetto, che da un incubo si trasformi in un sonno agitato. Tanto, tra poco è mattino. Poi se ti fa piacere potremo andare a vedere le puttane, e guarda, mi voglio sbilanciare, possiamo anche andare a suonare i citofoni di tutti i palazzi che vuoi e poi scappar via. È fesso, ma può darsi che sia ancora divertente.”

La casa di via Pontevetero aveva il portone solo accostato. “È aperto!”

“Forse è sempre aperto, qui. Branka non può avere paura di nulla e di nessuno.” Scendemmo tutti e tre. Feci entrare Vanni per primo. Era l'unico a non avere paura perché ignorava la storia. Ci ritrovammo davanti al bidone. Nessuno di noi aveva intenzione di salire le scale. L'atrio era deserto. Stranamente dal portone semiaperto non era entrato nessuno, né un ladro, né un drogato, né uno zingaro, né tantomeno un barbone in cerca di riparo. Era quasi come se il popolo clandestino della notte in cerca di bottino o di un tetto, sapesse che lì, in quella casa, la porta aperta poteva essere una trappola mortale.

Un miagolio disperato e improvviso ci paralizzò graffiando il silenzio. Il suono veniva dal bidone. Vanni sollevò il coperchio e un gattino terrorizzato annaspò verso la luce. Lo sollevai dai rifiuti in cui sarebbe morto soffocato e lo condussi fuori, all'aperto, seguito da Vanni e Pogliaghi.

“È stata sicuramente Branka. Voleva che morisse lì.”

Vanni mi prese il gatto di braccio e mi chiese: “Posso tenerlo?”

“Certo, gli hai salvato la vita. È tuo.”

Avevamo tutti una dannata fretta di andarcene da lì. Vanni carezzava il gatto sul sedile posteriore. Non aveva più voglia di andare a vedere le puttane, né di suonare campanelli. Il gatto lo scrutava con impaurita riconoscenza. "Non mi guarda male," constatò Vanni felice.

Pogo sbadigliò: "Andiamo a casa?"

Passammo per via Washington davanti alla casa di mia nonna. Lì, di fronte, sostava una puttana. Le passammo davanti e, nonostante la velocità dell'auto e la mia innegabile miopia, riuscii a guardarla in faccia. Con un giubbotto di pelliccia sintetica, le labbra rosse, le calze a rete e una minigonna di gomma, riusciva a dimostrare una cinquantina d'anni. Quaranta in più di quanti se ne fosse attribuiti il giorno prima. Branka si prostituiva, grottesca implacabile sentinella del mio studio.

7.

La storia del Teatro Nazionale si poteva condensare in tre periodi. Il primo era stato quello della sua giovinezza, prima della guerra. Vi si allestivano operette e incontri di boxe. Certo, i due generi di spettacolo facevano a pugni, ma nella fenomenologia del divertimento, tirando un cazzotto alla tempia di un marito asfissiante, si poteva ottenere una *Vedova allegra*. Il secondo periodo era stato di decadenza. L'operetta agonizzava. Nessuno, dopo la guerra, ne voleva più sapere di gente che menava le mani e il Teatro Nazionale si trasformò in Cinema Nazionale. Uno spreco, anche perché, essendo stato progettato architettonicamente come teatro, il Nazionale da cinema appariva pomposo, faraonico, ma in netto declino. Come i lustrini di un abito da sera per l'ultimo dell'anno, indossato il Capodanno di cinquant'anni dopo. Negli anni settanta, il Nazionale era un cinema di seconda visione. Allora, le sale cinematografiche si dividevano nelle seguenti categorie: i cinema di prima visione, che orbitavano nel centro storico di Milano, le sale di "proseguimento prima visione", potenziali cinema di prima visione, ma leggermente decentrati. Le "seconde visioni" erano il primo passo verso il degrado. Sale un tempo prestigiose, ma un po' lasciate andare, pulite certo, ma niente più tacchi, solo pattine. Completavano le categorie i "cinema d'essai", che negli anni settanta erano frequentatissimi, e infine le famigerate "altre visioni". Le "altre visioni" erano sale scalcagnate, periferiche, alcuni giorni semideserte, in altri sovraffollate dai patiti di Franco e Ciccio e di Maciste.

In alcuni cinema si poteva addirittura assistere a un doppio spettacolo, due film al prezzo di uno: il primo di Maciste, il secondo di Franco e Ciccio. Alcuni cinema monospettacolo, per non subire i colpi bassi della concorrenza, proiettavano il genere ibridato: Franco e Ciccio contro Maciste. Ogni sala combatteva con le unghie e coi denti per la propria sopravvivenza. Mentre nelle strade di Milano si combatteva una sorta di guerra civile, tra cariche della polizia, cubetti di porfido, sanbabilini e katanga (i taxisti si rifiutavano di accompagnare i clienti in certe "piazze"), la guerra tra i cinema era meno cruenta. I grandi proprietari possedevano più cinema di diverse visioni, una specie di diversificazione del capitale di celluloide. I piccoli cinema ricorrevano ai sotterfugi: il Cittanova, in fondo a via Giambellino, proiettava pellicole pruriginose per quei tempi e vietate ai minori di diciotto anni, permettendo poi l'accesso alla sala buia e presumibilmente peccaminosa anche a spettatori che avevano diciott'anni in due. Nel '71, dopo che PierPaolo Pasolini aveva firmato il suo *Decamerone*, il Cittanova, la città dei balocchi dei bambini arrapati, fu invaso da pellicole del genere medievalmammellesco dai titoli significativi: *Leva lo diavolo tuo da lo mio inferno*, *Quel gran pezzo dell'Ubalda tutta nuda e tutta calda*, *E si salvò solo l'Aretino Pietro con una mano davanti e l'altra dietro*. Erano in realtà film innocui. C'erano doppi sensi, cinture di castità, Edwige Fenech non ancora Lady D ma piuttosto Lady Chatterley, Pippo Franco non ancora Pasquino di satira politica a ventiquattro pollici e venticinque sbadigli. Carmelo Bene faceva il cattivo nei western all'italiana, Giovanni Paolo II lavorava ancora come apprendista nella bottega di un orefice. Il vento del '68, che negli anni settanta avrebbe scatenato uragani nelle strade rovesciando auto e tabù, al cinema, nei cinema tipo il Cittanova, si limitava a sollevare gonne di popppute attricette per la gioia dei grandi e dei piccini.

Avevo frequentato il Cittanova per tutta la durata delle scuole medie. Mai da solo. Non era un vizio solitario. Al contrario, era una tappa di socializzazione nella crescita. Un po' come le lezioni di catechismo, ma molto, molto più divertente. Ogni tanto prendevo qualche fregatura. Ricordo un film *Confessioni di una ninfomane*. Avevo tredici anni e non stavo più nella pelle. Io e i miei compagni di classe, forse c'era anche Vanni, arrivammo al Cittanova due ore prima che iniziasse il primo spettacolo. Pagammo il biglietto ed entrammo in sala. Il pubblico era prevalentemente composto di spettatori dai nove ai sedici anni: fumavano tutti smodatamente per poi gettare i mozziconi ancora accesi sulle file più avanti e concludere lo spettacolo con l'happening di una rissa. In fondo era cultura. Esistevano però gli infiltrati: vecchi omosessuali solitari, i famosi "culi solitari" che tentavano qualche mano morta.

Confessioni di una ninfomane fu una delle prime delusioni della mia vita. Il film era spagnolo ed era stato girato sotto il moraleggiante regime di Francisco Franco. Non si vedeva un tubo. Il massimo era una scollatura. Ogniqualvolta la presunta ninfomane baciava un torero, si sentiva una canzonetta che diceva "Fuego, fuego, fuego" e tutto finiva lì. Altro che fuego. Acqua. I distributori italiani del film avevano intitolato *Confessioni di una ninfomane* una pellicola che originariamente si intitolava, con tutta probabilità, *Besos a Sevilla*, per gabbare il pubblico del cinema Cittanova di via Giambellino. Il secondo grande bidone del Cittanova fu l'ultimo film a cui assistetti. Il titolo questa volta era: *Le isole dell'amore*. Accorremmo in massa speranzosi, fantasticando di dimostrazioni pratiche dei riti della fertilità e invece... *Le isole dell'amore* era un documentario, con tanto di voce fuori campo, sulla vita quotidiana alle Hawaii, con particolare riferimento alla flora e alla fauna. Al termine dello spettacolo i miei coetanei e io capimmo insieme di essere diventati improvvisamente grandi. Avevamo infatti assimilato il concetto di "fregatura".

Quanti anni erano passati? Ora il Cittanova era diventato un cinema a luci rosse. Molti cinema di "Altre visioni", che non avevano voluto o saputo imitarne la sorte, non esistevano più. Persino gli inarrivabili cinema di "Prima visione" si erano assottigliati; i "Proseguimenti" e le "Seconde visioni" erano scomparsi. Lo Zenith, una sala di "Proseguimento" sull'elegante corso Vercelli, si era trasformato in una libreria delle Edizioni Paoline. La televisione aveva avvelenato i cinema così come Branka avvelenava piccioni e barboni. Il Nazionale aveva compiuto nel '78 un coraggioso ritorno alle origini: era di nuovo un Teatro. E prestigioso per di più. Del suo passato conservava le operette, ma solo a Natale. Per il resto dell'anno ospitava le più acclamate compagnie di prosa, i musical di Garinei e Giovannini e i recital delle sofisticate interpreti della canzone d'autore. Nell'atrio, una statua in bronzo di Mauro Rota, pioniere del teatro, fatta erigere da Giordano Rota, attuale proprietario, un sensibilissimo settantenne che aveva amato suo padre e il Teatro, al punto di fonderli e di lasciare quella statua, che somigliava del resto anche a lui, lì nel Teatro Nazionale di nuovo glorioso.

Le conferenze stampa e le conseguenti pasta e fagioli, per la prima milanese di uno spettacolo, facevano parte di un'abile politica tra il mecenatismo e la mondanità. La pasta e fagioli era, tra l'altro, preparata personalmente da Giancarla Rota, figlia di Giordano, nipote della statua di Mauro ed efficente Ufficio Stampa del Teatro, nonché padrona di casa.

Arrivai al Nazionale che la conferenza stampa era già iniziata. Il foyer era diviso in due schieramenti: da una parte interpreti, regista e famiglia Rota, dall'altra, ai lati di una tavolata da castello medievale, critici teatrali, giornalisti, addetti ai lavori e quella consueta maggioranza di persone dalle professioni più impensabili, accomunate nel calderone di pasta e fagioli delle pubbliche relazioni. Avevo già partecipato a un paio di quelle pasta e fagioli, l'alternativa era trippa, in virtù delle mie collaborazioni giornalistiche e avevo avuto modo di conoscere tra gli altri, organizzatori di concorsi di bellezza, amici di famiglia, ex cantanti liriche, conferenzieri, scrocconi, amanti del teatro e della pasta e fagioli. Il regista e l'attore protagonista avevano già aperto le danze, spiegando i motivi della loro rilettura di Pirandello. "Se qualcuno di voi ha delle domande da fare?..." Il gran ballo: molti critici teatrali sono, se non commediografi mancati, almeno attori mancati. Un gigione che scriveva su un importante quotidiano, prima di porre la sua domanda si esibì in una caleidoscopica variazione sul tema, con birignao, giochi di parole, citazioni, ricordi d'infanzia suoi, ricordi d'infanzia di Pirandello. Gli altri critici erano visibilmente seccati un po' perché, in fondo, erano lì per mangiare, un po' perché il delirio del collega sottraeva tempo ai loro propri futuri deliri. Qualcuno prendeva appunti, qualcun'altro, convinto di non essere osservato, si infilava le dita nel naso per estrarre un pelo, il motore del mondo, il centro dell'universo, o per lo meno del proprio universo, in quella mattina dedicata a Pirandello e alla pasta e fagioli. Il pelo fu estratto sotto gli occhi di molti testimoni. I camerieri in giacca bianca, che tra poco avrebbero servito la pasta e fagioli, non perdevano una scenetta dello spettacolo degli intellettuali affamati e sozzoni che si agitavano sulle proprie sedie, ignari di essere osservati, manifestando appetito, insofferenza, adulazione, volgarità.

I camerieri erano tutti giovani. La sera prestavano servizio al bar del teatro, ma il giorno non erano più una categoria: erano individui. Alcuni di loro studiavano, altri avevano progetti grandiosi. Quel che trapelava dai loro sguardi era la certezza che nessuno di loro avrebbe fatto il critico teatrale. Nessuno di loro si sarebbe ridotto così. I ragazzi in giacca bianca che quel mattino erano camerieri, vedevano chiaramente lo spettro del marasma senile incombere sui commensali. Era uno spettro che alla classica iconografia del fantasma rappresentato come un lenzuolo bianco, sostituiva l'immagine del fantasma visto come tovaglia. La smisurata tovaglia a quadrettoni bianchi e rossi su cui, tra poco, sarebbe stata servita la pasta e fagioli fumante. L'impazienza degli intervistatori non poteva essere solo dettata dalla fame. Erano, nella maggior parte, dei casi critici. Ben pasciuti. Se qualcuno di loro aveva un aspetto segaligno, non era certo dovuto alla scarsa alimentazione. Probabilmente era un tumore covato da quelle nullità che si sentivano tanto autorevoli.

Dio che pensieri orrendi mi erano passati per la mente. La cattiveria di Branka era forse diventata contagiosa? Perché sentivo anch'io quell'insano impulso di avvelenare il pentolone di pasta e fagioli? Invidia per quegli uomini arrivati? Erano di sicuro arrivati in quanto si erano seduti, ma bastava questo a rendermi così impietoso? In realtà stavo anch'io, probabilmente, facendo il critico. Loro guardavano e giudicavano Pirandello. Io guardavo e giudicavo loro. I camerieri guardavano e giudicavano loro e me. Tutti in attesa di un evento risolutivo, del giudizio universale sulla pasta e fagioli. La conferenza stampa finì con un applauso. Attori e regista si eclissarono mentre i camerieri cominciarono a riempire i piatti di plastica con l'apocalittica pietanza.

Non mi fu difficile individuare Angiolotta Lavarini, anche se non l'avevo mai vista prima. Era una donna sui sessantacinque anni, coi capelli tinti, una magrezza impressionante e un abitino marinaresco ingentilito da un fiore di seta bianco. C'erano altre signore nella sala, ma nessun'altra di loro, al momento di mettersi a tavola, aveva estratto dalla propria borsa un naso di cartone da Pinocchio e se lo era applicato al viso, complice un elastico azzurrino. E allora capii. Capii perché avevo tanto odiato gli uomini presenti in quella sala. Li avevo odiati al punto di fingere con me stesso di disprezzarli. Ma non li avevo disprezzati. Li avevo odiati perché li invidiavo. Invidiavo la loro estraneità ai miei problemi. Li avevo odiati perché non potevo accusarli di niente. Avrei voluto essere come loro. Avrei voluto essere loro. Avrei voluto potermi concentrare su Pirandello, sulla pasta e fagioli, su un pelo del mio naso. E invece vedevo il naso di cartone alla Pinocchio come un'altra manifestazione dell'orrore. Loro no. Ridacchiavano alle spalle di Angiolotta Lavarini dandosi di gomito. A loro, quel naso provocava ilarità, a me faceva paura. L'unico a non ridere della donna col naso di Pinocchio era il suo interlocutore, il critico del più venduto quotidiano milanese. L'uomo non rideva per educazione. Assecondava, anzi, Angiolotta con visibile imbarazzo. I critici di quotidiani meno venduti, in quel momento cominciarono a ridere di lui.

Raggiunsi la coppia insolita, e presi posto al fianco di Angiolotta Lavarini. Era l'unico posto libero. Angiolotta stava dicendo al suo violaceo commensale: "Così la società 'Amici di Collodi' mi ha nominata madrina della manifestazione e mi ha omaggiato con cento nasi di cartone per le mie bambine, solo per le finaliste, sia chiaro, comunque guardi che io leggo sempre le sue recensioni e mi piacciono molto anche se devo farle un appunto. Perché non parla mai delle marionette di Gianni Colla? Anche quello è teatro, birbone! In ogni caso non le serbo rancore, anzi, sa cosa ho deciso di fare?..."

L'uomo era preoccupatissimo: "C... cosa?"

"Le regalo un naso di Pinocchio." Frugò nella borsa e porse un altro naso all'uomo ormai color bordeaux.

"Grazie, ma non posso accettare."

"Ma si figuri, non faccia il bambino. È un dono fatto col cuore. Su da bravo, se lo metta."

Il giornalista non sapeva più che pesci pigliare. Prese quindi il naso di cartone e se lo infilò per la punta, nel taschino della giacca del gessato. "Grazie mille. Questo me lo metto a casa." Lo disse con lo stesso tono con cui avrebbe potuto dire: "Grazie, me la fumo dopo".

"Come vuole. Contento lei..."

"Signorina Lavarini..."

"Sì?" Angiolotta si girò verso di me e ruotando la testa nella mia direzione mi infilò la punta del naso nell'occhio. "Oh, mi dispiace. Come sono sbadata... si è fatto male?"

"No. Mi ha fatto male, ma è cosa da poco. Sono Lazzaro Sant'Andrea, le ho telefonato ieri sera per quell'intervista su sua madre e il Premio di bontà."

"Ah, sì, ricordo. Sa che lei è un bel giovine..."

"Me lo dicono tutti. Dove e quando potrei avere il piacere di intervistarla?"

"Senta, mi lasci mangiare la pasta e fagioli, poi potremo andare in un posto tranquillo... Se crede, anche a casa mia. Lì conservo gli annali dalla fondazione del premio fino a oggi. Ho anche le schede di tutte le Angiolotte premiate dalla mia povera mamma. Sa che si chiamava Angiolotta anche lei? E così mia nonna. E indovini come si chiamava la mia povera bisnonna?"

"Angiolotta," azzardai.

"No. Cinzia." Parve delusa dalle sue stesse parole. Angiolotta Lavarini era probabilmente pazza come Branka, ma meno pericolosa. A dispetto del Premio di bontà che organizzava, doveva essere una donna "cattiva". Arida, logorroica, accentratrice, disposta a uccidere chi non riconoscesse la sua infinita bontà. Solo che la sua "cattiveria" era inconsapevole. Mentre la cattiveria di Branka era compiaciuta, coltivata seminando veleno a volatili e disadattati. Si somigliavano fisicamente per quanto Angiolotta apparisse più fragile di Branka. Erano tutte e due pelle e ossa, ma le ossa di Branka evocavano in realtà le ossa dei teschi delle sue vittime.

Il critico panciuto credeva di essersela cavata quando Angiolotta puntò il proprio naso, come un indice accusatore, verso di lui. "Le piace Pinocchio, dottore?"

"Be' certo che sì. Collodi ha ravvivato con la propria inventiva la letteratura pedagogica e..."

"Ma lo conosce bene, lei, Collodi? Quando ha letto Pinocchio?"

"Mah, saranno cinquant'anni."

Angiolotta lo fulminò con lo sguardo. Il principe dei critici cercò di giustificarsi: "Cinquant'anni fa l'ho letto per la prima volta. Poi però, l'ho riletto".

Angiolotta era implacabile: "E cos'altro ha letto di Collodi?"

L'ignoranza si manifestò col mutismo. "Lo sapevo. Lo sapevo. Ha letto solo Pinocchio. Come quasi tutti. Mi meraviglio che con la sua posizione lei sia così sprovveduto. E *Giannettino*, del 1877, allora, non le dice niente? E *Minuzzolo*, quel capolavoro del 1878... Cos'è, cacca?"

Il critico abbassò gli occhi sul proprio piatto come se lì, tra le cotiche, vi fosse la risposta. Angiolotta lo ignorò. Intervenni prima che interrogasse me: "Signorina, guardi che la pasta e fagioli le si fredda".

"Grazie giovanotto. Lei sì che è sensibile." Piegò la testa e tuffò il naso di cartone nella pasta e fagioli. Poi, col naso inzaccherato, iniziò a mangiare voracemente senza dire più una sola parola. In compenso le altre cinquanta voci dei compagni di tavolata si sovrapponevano tra loro. I bicchieri non tintinnavano unicamente perché erano di plastica, ma le voci emettevano discorsi come note: "Hai letto *The social life of Monkeys and Apes*? L'ha pubblicato nel '32 Solly Zuckerman. È il risultato delle sue ricerche sulla vita sociale delle scimmie dello Zoo di Londra."

"In cosa consiste?"

"Sostiene la teoria freudiana: pare che le scimmie non pensino altro che a scopare." Una risatina gutturale da un quarantenne con la barba curata, la giacca di tweed e la bocca piena. Rischiava di strozzarsi. E ancora: "Vedi, un'abitudine è una specie di automa del subconscio. Quando il bambino impara a camminare, deve fare uno sforzo tremendo a ogni passo. Poi subentra il robot e procede automaticamente. Questo vale per tutte le capacità che si acquisiscono nel corso della vita. Dalla guida automobilistica, all'uso del computer, all'apprendimento di una lingua straniera".

"Anche a scopare," intervenne Tarzan, l'uomo scimmia che aveva il chiodo fisso.

"Le pause dell'uomo dal fiore in bocca, sono ricchissime come 'comunicati interstiziali' riempibili con l'interpretazione delle reazioni dei personaggi."

"Gli autori di teatro sono delle puttane. Pensa a Roger Boyle, prima realista, poi consigliere fidato di Cromwell e infine fautore del ritorno del re. Lo hanno fatto conte, per questo."

Ognuno dava stura alle proprie cognizioni. Una jam-session di citazioni, una parata di pensieri alati paradossalmente appesantiti da parolacce: cultura e culo. Soprattutto cultura. Ogni commensale voleva dimostrare con la propria erudita eloquenza di essersi meritato la pasta e fagioli. Il naso di cartone di Angiolotta era ormai per metà inzuppato, con il conseguente gocciolante effetto di un becco bicolore. Aveva mangiato in silenzio mentre gli altri parlavano. Aveva vuotato il piatto con diligente, maniacale meticolosità, usando il naso di Pinocchio come palliativo del bavaglino che non poteva più mettersi per sopraggiunti limiti di età. Un bavaglino l'avrebbe resa infantile agli occhi degli altri. Il naso di Pinocchio invece ne sanciva l'eccentricità e forse, secondo Angiolotta Lavarini, una persona eccentrica poteva permettersi atteggiamenti infantili senza consentire a nessuno di pensare che, in certi inzaccherati momenti nasali, il suo cervello funzionasse come quello di una bambina di dieci anni un po' immatura per la sua età. Ma il piano di Angiolotta funzionò per metà, come per metà il suo naso era diventato marrone e quasi liquido. Il naso bavaglino era perciò condannato a un mezzo fiasco: gocce di pasta e fagioli colarono dal naso sul fiore bianco appuntato al vestito. Fuoriuscivano dal naso senza narici come muco in una parodia di raffreddore. Il fiore divenne marrone come sangue vecchio, e Angiolotta si arrese e si cavò l'appendice inservibile.

"Che pasticciona," si disse a gran voce con odio. Angiolotta Lavarini aveva dunque il vizio dell'agnello. Contrariamente a quanto dovrebbe accadere, col vino era finita anche l'allegria. Certo, alla tavolata sarebbe bastato ordinare altre bottiglie, ma nessuno degli ubriaconi presenti voleva ammettere di esserlo, e così l'euforia del mezzogiorno non più innaffiata, si era trasformata, alle due del pomeriggio, in una latente sonnacchiosa depressione collettiva. Nessuno parlava più né di Pirandello né di organi genitali. Gli sguardi, un po' lucidi, cadevano con ritmata insistenza sugli orologi. Il momento, durato due ore, era finito. I pochi che non si arresero subito, cercarono di protrarre la fine accettando grappe e amari dai giovani camerieri, sempre più disgustati. Il rito dell'amaro alla fine del convivio, del resto, era già di per sé illuminante: dopo le risate, la crapula, le parole, cosa restava? L'amaro in bocca. Una metafora alle erbe sulla fine di TUTTO, a cominciare dal pranzo. Improvvisamente i presenti scoprirono di avere fretta e sciamarono al di là della statua di bronzo del commendator Mauro Rota, fuori dal Teatro Nazionale. Gli isolati gruppetti rimasti, rendevano la tavolata simile a un sorriso sdentato.

"L'accompagno a casa, signorina?"

"Grazie. Lei è in macchina? No? Neanch'io. Prendiamo un taxi." Angiolotta si alzò e solo allora mi resi conto che aveva bevuto. Era malferma sulle gambe quando mi porse il braccio. Accanto al suo piatto, vicino al naso di Pinocchio, una decina di bicchieri di carta con tracce di vino. Angiolotta aveva probabilmente riempito inizialmente tutti i bicchieri che era riuscita a razziare e poi se li era scolati a uno a uno, in silenzio, quando l'attenzione generale aveva abbandonato il suo naso posticcio. Era stata molto abile: non appena si era infilata il suo tributo a Pinocchio, tutti gli occhi erano stati per lei, poi, dopo un'ora, visto che non si levava la protesi, la sala si era abituata a lei al punto da dimenticarsene e Angiolotta, protetta dal suo appariscente anonimato, aveva potuto ubriacarsi di nascosto, indisturbata. Subdola, astuta, viziosa come un agnello.

"C'è un posteggio di taxi, proprio qui fuori, in piazza Piemonte," la scortai sperando sino all'ultimo che su un taxi ci fosse Pogliaghi. Ma Pogliaghi avrebbe iniziato la sua nuova vita di taxista solo il giorno successivo. Così rimasi solo con lei. Diede l'indirizzo di Ripa Ticinese, sull'Alzaia Naviglio Grande e il taxi giallo partì. Il taxista era una nuca muta. Non disse una parola, forse perché perdeva i capelli e solo le vittorie rendono ciarlieri. Se i Navigli, la notte, hanno un aspetto magico, è solo perché il buio li nasconde. Alle due e mezza del pomeriggio le birrerie sono chiuse, i cabarettisti addormentati, le ragazze meno innamorate, il sole mogio è un insulto alle acque fetide e agonizzanti. Chissà dov'era l'acqua fresca delle cartoline? Oltrepassammo un barcone che faceva da dependance a un locale dalle saracinesche abbassate. A sera il locale sarebbe stato riaperto, il barcone sarebbe stato illuminato. Nessuno ci sarebbe salito perché eravamo in novembre, ma con le luci, dall'interno del pub, quel barcone ti avrebbe permesso di fantasticare sulla risalita del Mississippi partendo da lì. Ma ora, dal taxi, Ripa Ticinese deserta sembrava una necropoli. A Milano non c'erano più veri milanesi. Erano tutti etruschi. Pagai il taxista e finalmente riuscii a vederlo in faccia.

Angiolotta Lavarini sgusciò dal sedile, conquistò un precario equilibrio e disse "Apriti sesamo", a un portone fatiscente. La seguii. Un cortile, scale anche lì, come a casa di Branka. Fu una salita faticosa. La scala era stretta e visto che Angiolotta arrancava davanti a me, ogni tanto ero costretto a spingerla in alto, facendo leva sul suo ossuto sedere. Abitava in una casa di ringhiera, quelle case che sono tanto belle e fanno venire tanta nostalgia solo nelle canzoni popolari in dialetto milanese. Bussò con insistenza a una porta a vetri. Una figura obesa fece capolino e la porta si aprì. L'uomo aveva una trentina d'anni, dei capelli appiccicati sulla testa da sembrare un parrucchino comprato ai saldi, occhialoni con la montatura nera e lenti spesse, la pelle come crème caramel.

"Oh signorina Angiolotta... Finalmente di ritorno." Una frase falsa, forzata, da eunuco d'operetta, da recita di beneficenza. Angiolotta Lavarini, infatti, ignorò le formalità e per riacquistare l'equilibrio si aggrappò alla camicia del pancione, lo attirò a sé e si congiunsero in un bacio di lingue aritmiche. Frenetica quella di Angiolotta, semi-immobile quella del suo partner. Non si stavano baciando, si limitavano a boccheggiare. Angiolotta si staccò con uno schiocco da ventosa dal contatto carnale e mi annunciò, con la lingua serenamente impastata: "Vado a cambiarmi, mi sono sporcata tutta". Si ritirò inciampando in un logoro tappeto persiano. L'appartamento recava le tracce di un lusso perduto. Oggetti pregevoli, ma datati, statuine Capodimonte, Limoges accomunati a paccottiglia, rendevano la casa simile alla bottega di un rigattiere. L'argenteria di epoche diverse correggeva il quadro in un deposito di ricettatore. Le stampe erotiche, gli ex voto, una pergamena autografa di D'Annunzio, *Il delitto di un prete che uccide la serva a colpi di rasoio* in un'incisione popolare italiana dei primi anni del novecento, depistavano ulteriormente il visitatore. Ed eravamo solo all'ingresso.

"Si accomodi. Io sono Agostino, il segretario della signorina."

"Come Caroli con la contessa," pensai. Milano è una città di pazzi, di cani e di segretari.

"La signorina è tanto buona... mi ha praticamente raccolto. Studiavo un po' svogliatamente, quando l'ho conosciuta. Ho capito che la vita che avevo condotto sino a quel momento era vuota... inutile... senza prospettive... Poi ho visto la signorina Angiolotta e mi sono sentito, come dire, illuminato..."

"Vi siete conosciuti a Lourdes, per caso?"

"Ah, lei ironizza, eh! Magari pensa che io sia un volgare mantenuto che vive alle spalle di una vecchia pazza, per impedirle che butti via in ceri alla memoria della madre quello che resta del suo patrimonio?"

"Ma scusi, lei prima di abbandonare gli studi, che corsi seguiva? Lettura del pensiero, forse?"

"Non raccolgo il suo sarcasmo. Angiolotta ha dedicato la propria vita al proseguimento della missione di sua madre, la signora Angiolotta. Io ho dedicato la mia vita a lei. Ma scusi, lei è il giornalista che la signorina doveva incontrare oggi a mezzogiorno, vero? Per quale giornale ha detto che scrive?"

"Il Tordo, una nuova rivista di Franco Maria Ricci. Si rivolge a un target di ornitologi e di critici letterari."

Agostino fece spallucce evidenziando la presenza della canottiera sotto la camicia bianca trasparente. Angiolotta rientrò avvolta in una vestaglia color ciclamino. Gocce d'acqua le colavano sul viso. Doveva aver immerso la faccia in un lavandino come terapia d'urto.

"Lazzaro, se mi vuol seguire nello studio, sono pronta a rispondere alle sue domande."

Seguendola, pestai intenzionalmente un piede ad Agostino. Lo studio, al contrario dell'ingresso, aveva un solo elemento decorativo: fotografie. Fotografie che partivano dagli anni venti per arrivare a un Agostino fine anni ottanta. I soggetti ritratti erano, nella maggioranza dei casi, bambine. Angiolotte smunte o paffute, figlie della guerra e nonne di Barbie, zie di Carlo, e nipoti di Alice nel paese delle meraviglie. Un campionario di boccucce dischiuse, di sorrisi mesti o radiosi. Le cornici erano coetanee dei soggetti ritratti. Tutte più o meno della medesima dimensione. Tra tutte, però, campeggiava un ritratto fotografico di grandezza naturale. Era una donna, lo si capiva perché indossava abiti femminili. Il naso schiacciato, un faccione imponente su un corpo magro, una testa spropositata, sopracciglia folte e occhi strabuzzati e carnivori. Bocche più che occhi. Fauci.

"Sembra una foto, vero? Non lo è. Ci è cascato anche lei. Questa è mamma."

"Mammamia," dissi.

"No. Mia mamma. È un suo ritratto. Gliel'ha fatto un pittore bravissimo. È morto suicida. Si è buttato dal Duomo."

Avevo freddo nonostante indossassi ancora il cappotto. Nessuno, del resto, mi aveva proposto di togliermelo per appenderlo a un attaccapanni, ma probabilmente in quella casa i cappotti non si appendevano: si impiccavano. Estrassi comunque dalla tasca della mia giacca nera di panno, un registratore. Angiolotta ordinò ad Agostino di portarci qualcosa da bere. Le chiesi se potevo fumare il sigaro. A permesso accordato mi sedetti su una poltrona di pelle e l'intervista iniziò.

"Sì, mia madre era una donna eccezionale. Papà non l'ho conosciuto. È morto che la mamma mi aspettava. Io non mi sono sposata perché ho scelto di dedicare la mia vita a lei. Eravamo molto corteggiate tutte e due, sa? Gli uomini ai nostri piedi... ma noi no. Dure, inflessibili. Non avevamo tempo per il matrimonio. Mia madre fondò il premio 'Angiolotta d'oro' che era ancora giovane, in onore di mia nonna. Decise di premiare le bambine buone e sfortunate. Riuscì a raccogliere fondi, prima dai fascisti, poi dagli antifascisti. No, non si è mai interessata di politica. A lei interessava solo premiare, cercare di aiutare anche economicamente le bambine meritevoli. Era una donna che sapeva essere anche energica. Guai se qualcuno non l'aiutava. Era forte, sicura, perché sapeva di essere nel giusto. Non permetteva a nessuno di prenderla per il naso..." dicendo ciò, Angiolotta si toccò l'inesistente naso di Pinocchio a un palmo dalle sue vere narici, poi riprese: "...Nel 1960 purtroppo mancò. Fu un dolore terribile per me. Indigestione. Si può morire di indigestione? Mamma aveva solo un difetto. Era molto golosa. Le piacevano i cannoncini. Ne andava matta. Li ordinava per telefono alle Tre Marie. Allora abitavamo in viale Piave. Ne ordinava più di quanti riuscisse a mangiarne. Un giorno si sforzò e li mangiò tutti, e addio mamma..." Angiolotta sospirò, ma provenendo da lei, il sospiro sembrò un peto. "...Dopo la morte di mamma non ho più potuto abitare di fronte alla pasticceria, causa della sua morte. Così ho deciso di cambiare casa. Mamma aveva comprato diversi appartamenti, le piaceva l'idea di avere molte case. Giusto qualche mese prima di morire, aveva acquistato in diversi stabili. Era di mentalità contadina in quanto voleva la terra, ma era anche aggiornata e sulla terra preferiva avere un tetto. Riusciva a essere pratica nonostante la sua sensibilità. Pensava a tante case, anche per le Angiolotte d'oro senza futuro. Una santa. Così ho deciso di abbandonare viale Piave e trasferirmi qui. Questa è una casa in cui mamma è vissuta prima di avere fortuna. Certo, c'erano degli inquilini che ho dovuto sfrattare, ma quando mi sono stabilita qui, ho fatto in modo che in questa casa dall'apparenza modesta, ci fossero tutti gli oggetti più cari a mia madre. Quelli di valore reale e quelli di valore affettivo. Ninnoli, immaginette, vasi, tutto. Poi ho deciso di continuarne la missione e dal '65 a oggi il Premio Angiolotta d'oro è tutto sulle mie spalle. Non ho più potuto contare sulle conoscenze di mamma, gli anni erano passati. Come dice la Vanoni: 'La musica è finita, gli amici se ne vanno'..."

"Califano," interruppi.

"Come?"

"Califano ha scritto le parole. La Vanoni l'ha solo cantata. Senta signorina, lei mi ha detto di conservare ancora l'archivio delle Angiolotte d'oro premiate da sua madre. Mi sarebbe molto utile consultarne una parte. Sarei orientato sulle Angiolotte d'oro degli anni a cavallo tra i trenta e i quaranta... Anni difficili per l'istituzione di un premio di bontà..."

"Le interessa qualche anno in particolare?"

"Tra il '38 e il '42, se fosse possibile."

"Vedrò cosa posso fare. Mi scusi, vado di là a cercare. Nel frattempo, se vuole dare un'occhiata alla mia attività. Ho qui un album. Agostino, caro, portami l'album '65-'88 per favore."

Agostino mi lanciò un'occhiata torva e mi porse un album di pelle. La pelle sembrava essere appartenuta al medesimo animale che aveva contribuito, a modo suo, ad abbellire la poltrona su cui ero seduto. E così le abatjour e le tende e i posacenere e tutto in quella stanza. La materia prima, l'animale spellato, era stato probabilmente enorme... preistorico... un mammouth. Angiolotta sparì nuovamente. Agostino mi guardava storto. Se la sua pelle fosse stata meno tremolante, se ne sarebbe potuto ottenere un ottimo portaombrelli. Iniziai a sfogliare l'album sotto lo sguardo vigile di Agostino.

Cinzia Dese, di Ospitaletto Euganeo. Angiolotta d'oro 1965. Motivazione: Assiste la sorella epilettica. Aiuta la madre (sofferente di cuore) nelle faccende di casa e studia sino a tarda ora di sera per ottenere buoni voti a scuola. Cristina Dagnino di Sestri Levante. Angiolotta d'oro 1966. Motivazione: Di anni nove, ha saputo coraggiosamente togliere dalle fiamme le due sorelle gemelle e lo zio paralitico, e portarli fuori dalla casa incendiatasi. Nina Fuson Ortolani di Fasano del Garda. Angiolotta d'oro 1967. Motivazione: Assiste meritoriamente il fratello cerebroleso e nei pochi istanti liberi si dedica anche alle cure di un altro bambino cerebroleso figlio dei vicini di casa della nonna.

"Moribonda" aggiunsi tra me e me. Lo stupore cresceva. Angiolotta premiava il merito e la sfiga. C'era un compiacimento morboso nell'aggiungere mongoloide a mongoloide. C'era qualcosa di laido, non nei bambini premiati, quanto nel criterio dell'Angiolotta premiante. Come se il libro *Cuore* in copertina avesse riportato un cuore vero e sanguinolento. Mi sforzai di seguitare a leggere.

Annina Elmi di Borgo a Buggiano. Angiolotta d'oro 1972. Motivazione: Rimasta orfana di padre, assiste pazientemente la mamma claudicante e il fratello asmatico perché la nonna (malaticcia) deve curare la sorellina malata di cuore. Giuseppina Carli di Rovereto: aiuta sempre la mamma nell'accudire i sette fratellini minori e ha fattivamente aiutato il padre privo degli arti superiori a dipingere i suoi quadri con i piedi per realizzare delle cartoline. Dina Panucci di Crotone. Angiolotta d'oro 1975. Motivazione: Ha offerto la pelle della sua gamba sinistra per il trapianto del fratellino che si era ustionato giocando con una tanica di benzina del cugino benzinaio emigrato in Svizzera. Giannina Morazzoni di Lodi. Angiolotta d'oro 1986. Motivazione: accompagna la madre cieca (per un precoce diabete) a fare la spesa e assiste lo zio materno (calabrese) nella gestione di una giostra, senza per questo trascurare gli studi.

Incredibile. Quello che avevo appena letto era anche razzista. Usava "emigrato" e "calabrese" come aggravanti e quindi, nella sua retorica distorta, come titoli di merito. Non c'era "carità cristiana" nell'enunciazione delle disgrazie. C'era piuttosto il Guinness dei primati. Alla bambina più buona del mondo si misurava la lunghezza delle cicatrici. Non più incredibile: orribile. E chiarificatore. Se Branka era stata premiata per la sofferenza che aveva vissuto in dieci anni di vita, era plausibilissimo che la sofferenza si fosse trasformata, dopo cinquant'anni, in odio, in follia distruttrice. Stavo cominciando a preferire Branka ad Angiolotta Lavarini e a sua madre Angiolotta senior, latifondista di case di ringhiera. Delle donne terribili. Delle Erinni che contrabbandavano il dolore per virtù, il cilicio per aureola. Che schifo! I deliri di Vanni, al confronto, erano saggi di Bertrand Russel. Il taxi di Pogo, un tram chiamato desiderio. Il disadattamento di Antonello Caroli, la prima pietra di un pilastro della società. Quanto a me... perché avevo rifiutato di adeguarmi, di crescere, di invecchiare? Perché mi dibattevo tra lavori "artistici" protetto da una rendita estinguibile? Forse perché non avevo sofferto come Angiolotta si aspettava che uno dovesse soffrire? Ma lei, che credeva di poter stabilire le misure del merito e del dolore, che ne sapeva di Vanni, di Pogo, di Caroli, di me e dei cani randagi solo perché abbandonati a se stessi? Non puoi appiccicare una medaglia alla sofferenza. Se per caso sbagli e gliela infili nella carne, soffre di più. Che ne sapeva degli articoli che avevo smesso di scrivere sui giornali perché venendo tagliati da benefattori, cominciavano a sanguinare dai moncherini? Che ne sapeva della "cattiveria" che germina dall'ingiustizia anche genetica? Che ne sapeva?

In quel momento decisi di avvelenarla. Guardai Agostino che se ne accorse e distolse il suo sguardo. Gettai la cenere del sigaro per terra e mi alzai. La mia attenzione era catalizzata da una foto in bianco e nero alla parete. Una bambina con vaporosi capelli chiari, le labbra socchiuse, morbide, presumibilmente illanguidite dal rossetto. Sembrava una puttana. La puttana di un catalogo per pedofili. Anche la bontà, per Angiolotta, aveva il suo glamour. Conoscevo la bambina ritratta nella foto: erano gli stessi lineamenti, di dieci anni più giovani, di una ragazza che si era buttata sotto il metrò due giorni prima. Staccai foto e cornice dal muro. Agostino cercò di intervenire. Gli piantai una ginocchiata nei testicoli e si accasciò. Cercò di rimettersi sulle ginocchia e allora, con la mano libera, presi il grosso album di Angiolotte d'oro e glielo picchiai in testa. Il peso di cinquant'anni di bontà. Crollò definitivamente in una cacofonia di canottiera sul tappeto.

Angiolotta si materializzò sbalordita.

"È svenuto. Provi a fargli la respirazione bocca a bocca," le suggerii.

Angiolotta si piegò e le tirai un calcio nel sedere, raccolsi la cartelletta che le era caduta di mano e me ne appropriai. Poi corsi fuori, giù dalle scale, nel cortile deserto e sulla strada già più animata. Non c'erano taxi. Iniziai a correre. Via, lontano dall'orrore, con l'album e la foto sottobraccio. Schivai un cane addormentato sul marciapiede. Passai davanti al barcone e lo scelsi come water: ci vomitai dentro. Angiolotta era stata una soluzione alle mie nausee immotivate. Finalmente non vomitavo più a vuoto. Il vomito era liquido, birra e sangue delle vittime della bontà e della cattiveria. Mi ripresi e riuscii a distogliere lo sguardo dal mio lascito. Non mi apparteneva più. Ero momentaneamente sgravato. Bello, quasi, avrei potuto andare a un provino. Magari, con un po' di fortuna, dopo essermi mostrato di profilo, dopo avere esibito le mani, avrei potuto conoscere una donna che non fosse una carnefice o una vittima.

8.

Dalle acque del Naviglio non vedevo passare il cadavere del mio nemico. Eppure le istruzioni erano chiare: "Siediti sulla riva del fiume e aspetta..." Niente. Forse perché non le avevo seguite alla lettera e invece di sedermi sulla riva del fiume, mi ero inginocchiato su un barcone in disuso. "...E vedrai passare il cadavere del tuo nemico." La città brulicava di cadaveri, e di miei nemici vivi, ma nessuno passava di lì.

"Il tuo peggior nemico sei tu stesso." Posto che questa frase – che mi avevano ripetuto nel corso degli anni persone diverse, ma accomunabili dal fatto che mi amavano di un amore offensivo – fosse quella giusta, mi sarei dovuto gettare in acqua, tanto era bassa, fare il 'morto' e galleggiando, con un po' di introspezione, avrei visto passare il cadavere del mio nemico. Ma l'acqua era fredda e sporca, e io avevo bisogno di calore e pulizia.

Così, con l'album e la cartelletta sotto braccio, mi rialzai faticosamente, abbandonai il barcone e cercai le luci di un pub che si stesse svegliando dal pisolino pomeridiano. Non avevo ancora avuto modo di dare un'occhiata al fascicolo su Branka. Non avevo ancora scoperto perché nel '39 una giuria disumana l'avesse ritenuta "Angiolotta d'oro" di quell'anno. Come mia radicata abitudine avevo fatto le cose sbagliate: nella fuga da casa Lavarini avevo "rubato" infrangendo uno dei Dieci comandamenti. Non ricordo quale, in quanto l'ordine di "apparizione" delle cose da "Non fare" l'avevo svogliatamente memorizzato ai tempi della Prima comunione. Avevo poi dato un liberatorio calcio nel sedere alla padrona di casa e, quel che è peggio, le avevo fornito le mie vere generalità. Lazzaro Sant'Andrea: coglione! Angiolotta Lavarini, se mi avesse denunciato, avrebbe avuto tutta la solidarietà del commissario Olivieri. Dovevo prevenirla chiamando Olivieri, prima che si rivolgesse alla polizia, e il mio nome, Onorato come direbbe Balzac, comparisse su qualche monitor in via Fatebenefratelli, per gli amici: Questura.

Il bar era un buco bianco e profondo: un bancone di metallo popolato da una fila di bianchini, anziani rumorosi e alticci, sigarette senza filtro del Monopolio di Stato, qualche bestemmia, le pareti nude imbiancate di fresco, un po' corsia d'ospedale un po' cooperativa dei "Semper alegher", sempre allegri. Che tristezza. Dietro il bancone un giovane uomo annoiato e una donna bassissima in pullover giallo, con la permanente, sulla sessantina, con un sorriso contagioso. Ordinai una birra. Il giovanotto si liberò dall'abulia ed esibì un sorriso identico a quello della signora, tanto identico che intuii, benché somaticamente non si somigliassero, che dovevano essere madre e figlio.

"Finalmente qualcuno che ordina una birra. Qui non vanno altro che bianchini. Da tre settimane siamo la nuova gestione e non ho versato che bianchini. Il massimo della vita, qua, è un bianco con uno spruzzo di Campari. Ma non andrà avanti così a lungo, sa, erano abituati male da quelli che c'erano prima di noi. Persone anziane. Guardi lì in fondo: ho fatto mettere un videogioco..."

L'uomo parlava ad alta voce, ma era completamente ignorato dagli avventori. Guardai oltre i bevitori di bianchini e vidi, in un angolo, la sagoma di un videogame, bellamente ignorato dalla comunità. "Be', le ci vorrà del tempo, se sono tutti vecchi clienti." Anche lui aveva bisogno di tempo.

"Ma che tempo e tempo. Alzerò i prezzi, metterò lì un paio di altri videogiochi. Lì in fondo c'è anche una saletta dove giocano a carte, be', proibirò l'uso delle carte..."

"E servirà solo clienti ariani..."

"Scusi?"

"No, niente, scherzavo. Senta, mi darebbe un paio di gettoni?"

"Del videogioco?" chiese speranzoso.

"No, del telefono, per favore." Coi gettoni in mano tagliai la folla e raggiunsi il telefono a lato del videogame. Chiamai casa. Nessuno, se si eccettua la mia irritante voce registrata che trasudava un'arrogante cordialità: "...e lasciate un messaggio dopo il segnale acustico. Okay?!" Non mi lasciai nessun messaggio. Mi feci coraggio e chiamai in Questura chiedendo del dottor Olivieri. Dopo un lunghissimo minuto, la sua voce familiare – era o non era un amico di famiglia? – mi rispose imperturbabile.

"Ah sei tu Lazzaro. Ho qui tua madre, seduta di fronte a me. Vuoi che te la passi?"

"Mia madre è in ostaggio?"

"Hai sempre voglia di scherzare. Guarda che stavolta non è il caso... No, non ce l'ho con te per quel nostro piccolo diverbio... non si preoccupi signora, poi le spiego... Il fatto è, Lazzaro, che proprio questo pomeriggio una povera senza tetto è stata rinvenuta agonizzante. Le hanno fatto la lavanda gastrica... è una povera alcolizzata. Non è ancora in grado di reggere una conversazione, ma farfugliava qualcosa a proposito di un bottiglione di vino che le era stato donato da una donna. Mi sono insospettito e ora... diciamo che sono più propenso a crederti di quanto lo fossi ieri pomeriggio. Vorrei incontrarti prima che tu commetta qualche imprudenza...”

“Si liberi di mia madre e sono da lei.”

“Non adesso, d'accordo. Diciamo alle venti al bar di ieri pomeriggio...”

“Perfetto. Non so come scusarmi per ieri, ma...”

“Non scusarti adesso. Ti scuserai alle venti. Mi raccomando.”

Riagganciai euforico. Altro che bidone della spazzatura. Olivieri era un saggio. Ero fiero di lui. Per questo, forse, lo avevo picchiato: perché non sempre ero fiero di me. Olivieri era il depositario di una salomonica ricerca della giustizia, camuffata da scetticismo borghese. Da grande, ma ero già grande, avrei voluto essere come lui. Ecco, forse, un po' più bello. “E alto,” avrebbe concluso Pogliaghi. Olivieri era il contrario del Vecchio della montagna. Era il vecchio della città. Come il primo sguinzagliava i suoi ASSASSINI, il secondo sguinzagliava i suoi poliziotti. Il primo era ismaelita, il secondo milanese. Il primo incitava all'uso dell'hashish, il secondo aveva smesso di fumare.

Mi accesi un sigaro: sapeva di incenso. I vecchi sbevazzoni mi diventarono simpatici. Il bar si trasformò. Non sembrava più un verme bianco trafitto da uno stuzzicadenti. Non era più rigido, non aveva più il rigor mortis. Si accontentava della cirrosi epatica. Mi scoprii a sorridere e, guardandomi in uno specchio, constatai che somigliavo al barista e a sua madre.

“Un giro di bianco per tutti e per me un'altra birra.” Mi avvicinai al banco e sussurrai all'orecchio del barista: “Non li butti fuori, li trovo divini...”

La madre del barman, curiosa come una scimmia, pretese che parlassi anche nel suo orecchio. Per tirare le otto c'era ancora un sacco di tempo. La donna smontò dalla pedana dietro il banco e mi raggiunse. Doveva essere alta non più di un metro e quaranta. Aveva l'accento francese di Peter Sellers nei film dell'ispettore Clouseau.

“Lei è francese, vero?”

“Di Bisceglie. Ma a sei anni mi sono trasferita in Francia coi miei genitori. Mi sono sposata lì, ma poi ho voluto che mio figlio nascesse in Italia.”

"Non le piaceva la Francia?"
"Oh sì, tanto, ma mio marito aveva lavorato coi nazisti a Vichy, et alors..."
"Non ha l'aria di un'ex collaborazionista..."
"Neanche mio marito. Lui a Vichy cambiava le gomme..."
"Ai collaborazionisti?"
"A tutti. Lui cambiava le gomme e basta. Poi è morto."
"È rimasta vedova giovane..."
"Oh sì. Una tragédie comique. Mio marito aveva la passione delle moto. Bon, gli è scoppiata una gomma in curva..."
"Mi dispiace."
"A me non tanto. Era un tale stronzo," rise.

Dio che donna. Era l'opposto di Angiolotta, come Olivieri lo era del Vecchio della montagna. Mi dedicai a lei per tutto il tempo che mi separava dall'ora dell'appuntamento. Accettò, dietro mia insistenza, l'offerta di un paio di Pernod. Li bevve senz'acqua né ghiaccio. La sua eccentricità era radiosa. Le raccontai di Jordy e di 64. Mi diede un paio di consigli pruriginosi su come comportarmi con le ragazze che perdono i cani o che partono per Londra, deliziosamente inaccettabili. Doveva aver letto De Sade, o forse se lo era solo immaginato. Parlammo di tutti. Di lei, di me, di Dio.

"Una volta credevo di più, sai mon jeune ami, in Dio intendo, naturalmente. Ero convinta che anche quel fesso di mio marito continuasse a correre in moto e a riparare gomme da qualche parte. Poi, nel '69, l'uomo è andato sulla luna. Ho seguito tutta la trasmissione in tivù. Mi aspettavo di vederlo comparire sullo schermo, mio marito intendo, da un momento all'altro, sperando che non fosse ubriaco. Sai che figura. Lo avrebbero visto tutti. Mi dicevo: adesso Totò, lo chiamavo Totò, compare improvvisamente e si fa subito riconoscere. E invece niente. Niente, capisci? La luna e l'Apollo e basta. Neanche un angelo, non dico Dio in persona, ma almeno un angelo... Rien de rien. Allora mi sono detta: sulla luna non c'è nessuno, d'acord, nel cielo vicino alla luna nemmeno. Se è così per tutto il cielo, tu dimmi, dove si è nascosto Dio? Cos'è, un bambino che gioca a nascondino? Gesù Bambino, sì, ma c'è un limite... E in quel momento mi sono un po' spaventata. Ho avuto paura, non per me, per Totò. Chissà dove sarà finito. Era stronzo ma non cattivo. Dio è cattivo se non esiste. Chi crede di essere: il trucco? C'è ma non si vede!?"

Se quella donna piccola, col suo golfino giallo come il Pernod, con la sua gonna di colore indefinito, che non avvelenava piccioni, che non premiava l'infelicità, che non incorniciava le pagelle d'oro di Vanni, fosse stata solo un po' più anziana, avrei potuto pensare che era lei, la Mamma di Dio. E lo avrebbe bonariamente rimproverato, perché invece di fare il suo dovere, perdeva tempo giocando a nascondino. Invece Minouche, questo è il nome della donna, aveva un figlio che faceva il barista e che voleva rimpiazzare gli avvinazzati con dei giochi elettronici. Non l'avrei voluta come madre, preferivo la mia, ma prima di lasciare quel bar cooperativa per raggiungere Olivieri, le chiesi se, dove, come e quando avrei potuto rivederla. Minouche sfoggiò il suo sorriso migliore mentre mi scriveva sul retro di un tovagliolino di carta il suo numero di telefono di casa.

Se un millepiedi avesse mille mani e cinquecento di queste mani sollevassero cinquecento cornette del telefono, mentre le restanti cinquecento componessero dei numeri telefonici, ci si sarebbe potuti fare una vaga idea di cosa Fabrizio Borsani doveva ascoltare quotidianamente nel suo ufficio. Un millepiedi al telefono con cinquecento bocche che dicevano "Pronto..." Le bocche, oltre tutto, non parlavano simultaneamente, facendo sì che il "Pronto" non fosse compatto, aggregante, aristocraticamente proletario come il vecchio "El pueblo unido jamás será vencido", che Fabrizio intonava nelle manifestazioni, dieci, quindici anni prima guardando il sedere della "compagna" nella fila davanti a lui per nulla spaventata dalle cariche della polizia. No, il pronto non era corale. Suonava spezzettato, aritmico, ossessivo. Mentre una bocca diceva "pro", una seconda diceva "to". Subito dopo si sentiva una "n" fuori tempo, seguita da un "ton-pro-t" e a quel punto Fabrizio Borsani si sentiva come se gli stessero praticando l'agopuntura con dei chiodi da falegname. Il millepiedi lo stava crocifiggendo giorno dopo giorno, eppure lui non poteva liberarsene perché le cinquecento bocche che dicevano "pronto" nel suo ufficio, non erano bocche da sfamare. Erano bocche che sfamavano. Sfamavano lui.

A essere sinceri, e Fabrizio Borsani lo era molto di rado, le bocche non erano proprio cinquecento. Saranno state al massimo una trentina. Ma trenta bocche scatenate su trenta telefoni, sembrava si moltiplicassero, prolificando altri vermi sotto forma di fili del telefono. L'idea era venuta allo zio di Fabrizio, il fratello minore di sua madre. Un giorno gli aveva detto: "Fabrizio, hai trentadue anni, è ora che ti trovi un lavoro".

Fabrizio aveva replicato: "Ma zio, io un lavoro ce l'ho già".

Lo zio, un cinquantenne ricco e di buon senso, padano e "arrivato" come testimoniava un rotolo di pancia sul corpo magro, aveva guardato quel suo nipote biondastro, con gli occhi azzurri e assonnati e quel suo mento aguzzo, puntuto, che a Milano si chiama "la basletta".

"Tu lavori un paio di palle. Torni a casa al mattino alle quattro, se va bene, accendi il televisore a tutto volume infischiandotene di tua madre e di tuo padre che dormono nella stanza accanto. Ti alzi alle due del pomeriggio e ti lamenti se non è pronto. Poi ti vesti e scappi in sala corse a perderti le mutande su qualche brocco su cui punti solo tu..."

"Per forza. Se scommetto su un favorito non lo pagano un cacchio. Eppoi io lavoro: faccio il fotografo. Certo, non faccio la cronaca. Devo girare per tutti i locali la notte, per fare uno scoop."

"E come fai lo scoop se esci senza macchina fotografica?"

"Prima vado a studiare il terreno. Un paparazzo deve aver fiuto."

"Se hai fiuto per le foto come hai fiuto per i cavalli, è meglio che ti spari. Guarda le delusioni che hai dato a tua madre. Invece di studiare eri sempre preso con la politica... poi ti sei bucato... hai smesso, certo... solo che dopo hai cominciato a bere, sei diventato alcolizzato... hai smesso anche questa volta ma solo perché avevi il fegato a brandelli. Quindi... cos'è successo, non mi ricordo più... Ah, sei andato in India... proprio in India c'era bisogno di andare per conoscere quella Simona lì..."

"Zio, cazzo, non parlar male di Simona."

"Il cuore sanguina ancora, eh? Be', quando sei andato a vivere con Simona i tuoi hanno tirato un sospiro di sollievo. Hanno detto: 'meglio una femminista un po' mignotta che'..."

"Zio!"

"Be', scusa... meglio una femminista che il vizio... e invece... hai smesso con la politica... con la droga... con l'alcol... e hai smesso anche con lei. Sì, lo so che lei ti ha detto che il 'rapporto' era in crisi e che voleva restare un po' per conto suo... e tu ti sei fatto buttare fuori di casa senza dire una parola..."

"Come senza dire una parola? Le ho detto: parliamone."

"Sì, bamba, ma glielo hai detto al citofono, dopo che ti aveva buttato fuori casa, trattenendosi il *tuo* stereo, i *tuoi* mobili, la *tua* macchina..."

Fabrizio aveva avuto la tentazione di andarsene, di piantare lì quel suo zio a far le prediche alla nebbia. Solo che aveva bisogno di un prestito. Così era rimasto lì muto. A quantificare il prezzo del suo silenzio.

"...Dopo Simona un po' di vita randagia... come un barbone... dormire a casa di amici... citofonare a Simona... laurà minga, mai lavorare... Per fortuna hai conosciuto in quell'agenzia fotogiornalistica quel tuo amico Lazzaro. Lui, sì, è un bravo ragazzo. Ti ha convinto a tornare a casa. Per un po' hai rigato diritto. Facevi le foto, di giorno come tutti i cristiani... ma poi ha scoperto la dolce vita il 'compagno' Fabrizio: discoteche, cavalli... almeno vincesse qualche volta. Macché, perde sempre. La sera, verso le undici, esce, si fa prestare i soldi per la benzina, entra gratis nei locali con la tessera dell'agenzia per la quale non lavora più, abborda qualche sgallettata... ché le brave ragazze alle tre di notte dormono, e le dice: Sai che sei carina? Dovresti fare la fotomodella. Io faccio il fotografo di moda. Ballista! Tu le uniche foto di cui ti intendi, sono i fotofinish del galoppo."

Fabrizio aveva scalpitato. Come un cavallo. Poi aveva detto: "Senti zio, avrei bisogno di un mezzo milione in prestito... devo restituirli entro domani a certa gente che non scherza. Se non glieli dò..."

"Fatteli prestare da Lazzaro."

"Gli devo già due milioni..."

"Da quel tuo amico strambo, come si chiama, ah Vanni."

"No! Fossi pazzo!"

Lo zio lo aveva guardato fingendo di pensarci sopra, poi aveva assunto un'aria ispirata e aveva simulato di essere arrivato a una conclusione, alla quale in realtà, era arrivato almeno un mese prima quando aveva aperto la "rivista"...

"Vedi, Fabrizio, io i soldi te li posso dare. Solo, in cambio, tu dovresti..."

La rivista era il millepiedi. Uno stanzone, trenta telefoni, una stanza più piccola e uno sgabuzzino per una segretaria. Lo zio di Fabrizio non faceva l'editore. Faceva "l'abbonante". Anzi il reclutatore di abbonanti, o meglio ancora, il reclutatore di reclutatori di abbonanti. Un po' contorto, ma funzionava così. La "rivista" esisteva veramente. La testata era "Polizia domani". Fabrizio ignorava chi ci scrivesse sopra e di che cosa parlasse perché non l'aveva mai letta, solo distrattamente sfogliata.

Lo zio di Fabrizio, che cambiava con estrema disinvoltura genere d'affari, era amico di qualche grosso papavero in Questura. La rivista veniva distribuita gratuitamente tramite spedizione in abbonamento postale a poliziotti, figli di poliziotti, simpatizzanti di poliziotti. Aveva scarsa tiratura, specialmente a causa dell'esiguo numero dei simpatizzanti di poliziotti. Allo zio di Fabrizio era venuta un'idea: aprire una serie di filiali della rivista prendendo in affitto enormi appartamenti in stabili, se non cadenti, almeno claudicanti e assumere tramite inserzione un numero enorme di "telefonisti" pescando tra le folte file dei disoccupati. L'inserzione prometteva introiti consoni allo spirito d'iniziativa degli interessati.

Gli interessati, che variavano dai pensionati ai laureati senza lavoro, venivano così istruiti: "Cercate sull'elenco telefonico e sulle pagine gialle. Sceglietevi una lista di nomi..."
"A caso?" chiedeva qualcuno.
"...Be', prima provate coi Dott., con gli Ing., con gli Arch. e coi Rag. Poi passate ai geometri, alle ditte, alle piccole società. Quando avrete esaurite quelle, telefonate a casaccio."
"Solo a Milano?"
"Lei è molto giovane e ingenuo. No, in tutta Italia."
"Ma così non finiremo mai..."
"Bravo, vedo che ha centrato il punto. Quando telefonate dite più o meno così, le varianti sono a vostra discrezione: 'Buongiorno. Parlo con la ditta Persichetti e figlio? Potrei parlare col signor Persichetti'?"
"E se non c'è?"
"Fatevi passare il figlio. Poi dite: 'Buongiorno signor Persichetti. Siamo della rivista ‹Polizia domani›, una pubblicazione a cura delle forze dell'ordine. Stiamo facendo una vantaggiosa campagna di abbonamenti. La rivista è mensile. I proventi vanno a beneficio dei figli dei poliziotti caduti in servizio. Servono poi per procurare un fondo di solidarietà per i nostri ragazzi. Vuole contribuire?' Siate persuasivi, cortesi, ma autoritari. Fate la voce da poliziotti... Fate capire al signor X che l'abbonamento costa centomila lire, ma se è così generoso da fare un'offerta..."
"E se il signor X non vuole contribuire?"
"Uno che si chiama signor X, preferisce mantenere buoni rapporti con la polizia. In ogni caso fategli capire che una mano lava l'altra. Penserà che abbonandosi potrete fargli togliere fastidiose multe."
"E possiamo veramente?"
"Certo che no. O per lo meno, per potere possiamo, ma solo in casi di abbonamenti da Socio 'Sostenitore'... Se facessimo togliere *noi* le multe a tutti, come crede che la prenderebbero quelli della rivista 'Vigili domani'!"
"Ah. Perché c'è anche una rivista che si chiama 'Vigili domani'?"
"Non me ne parli. È la concorrenza!!! Ricordate: la

parola polizia suscita sempre qualche senso di colpa e qualche apprensione. Ogni signor X preferirebbe avere qualche amico nella polizia. Fategli capire che questo amico siete voi."

"Ma è legale?"

"Né più né meno che le assicurazioni. Anche le assicurazioni illustrano i vantaggi e poi cercano di non pagare i rimborsi. Non sono io. È la vita. Usate psicologia spicciola. Se il signor X è preoccupato, siate più autoritari. Se invece ha una voce da uomo di mondo, marciate con la storia delle multe e del fondo per i nostri ragazzi."

"E se risponde il mostro di Firenze?" chiese il solito spiritoso.

"Be', lui, per il momento ha sospeso l'abbonamento."

Fabrizio Borsani era stato nominato direttore di filiale. Sui suoi biglietti da visita, quelli che distribuiva all'Amnesie, al Plastic, all'Hollywood o al Nephenta nelle sue scorribande notturne, aveva però fatto stampare in rilievo la dicitura: Fabrizio Borsani. ART DIRECTOR. Suonava meglio. I primi tempi non erano stati poi tanto brutti. Si sentiva effettivamente un Art Director. Il direttore della commedia dell'Arte. Un canovaccio e via... Fabrizio diventava regista di trenta improvvisatori al telefono. Aveva persino una segretaria carina e un po' volgare. Non somigliava per niente a Simona, e questo per lui era ormai un grosso pregio. I sorrisi scarlatti della ragazza destinata a lui, suscitavano l'invidia dei telefonisti e Fabrizio Borsani se ne pasceva finendo per credere a quello che aveva fatto stampare sui biglietti da visita.

Poi, un giorno, si era innamorato. Gli capitava spesso e ogni volta, dopo Simona, era un amore breve e totale. Non si era innamorato di Esther, la sua segretaria. No. Sarebbe stato troppo "normale" per un uomo che si immedesimava nell'eroe di tutti i telefilm a cui assisteva nel cuore della notte su Telecity. Si era innamorato di una ragazza che faceva la parrucchiera in un salone di bellezza di fronte al suo ufficio. Era una ragazza alta, mora, con labbra carnose e il mento leggermente allungato. Un mento come quello di Fabrizio, ma ingentilito dalla femminilità. Aveva fatto di tutto per conoscerla. Le aveva mandato fiori in negozio, l'aveva pedinata per studiarne gli orari e farsi trovare lì, dovunque lei fosse, come se lui si fosse trovato nello stesso luogo alla stessa ora, per caso. O per destino. Destino, perché quando aveva scoperto che anche lei si chiamava Simona, aveva capito che era il suo vero amore.

Aveva fatto di tutto per conquistarla. Le aveva raccontato balle incredibili chiamando Lazzaro come testimone. Le aveva detto di esser stato fotografo di guerra, ex di Stefania di Monaco, ospite di Castro all'Avana. E gli occhioni scuri di Simona si erano bevuto tutto. Forse. In ogni caso Simona aveva lasciato il suo ragazzo, un tipo di poche parole, per Fabrizio Borsani che di parole ne aveva a miliardi. Poi, un mattino, appena svegliatosi, Fabrizio capì che si era disamorato contemporaneamente di Simona e di "Polizia domani". La madre di Simona lo detestava perché lui era più vecchio di dodici anni e poi aveva il vizio del gioco.

Fabrizio, infatti, spesso prelevava dalla cassa i soldi per le sue eccessive puntate dicendosi, per giustificazione, che in fondo erano soldi suoi. Ed erano in parte, soldi suoi. Ma lo restavano per poco. Aveva dovuto promettere a Simona che avrebbe smesso di giocare. Glielo prometteva ogni giorno mentendole e sapendo di mentire. Così finì per detestarla perché lei lo faceva sentire un bugiardo. La sala corse, tra l'altro, era proprio sotto la filiale di "Polizia domani", di fronte al negozio di Simona. Così, ogni qualvolta lui scendeva a giocare, intuiva gli occhi di lei appiccicati alle vetrine del negozio di parrucchiere, pronti a giudicarlo. E adesso, in quel momento, mentre il millepiedi composto da trenta imbecilli stava telefonando a mezza Italia, evocando in Fabrizio Borsani il rumore più carezzevole della sala corse, capì che non appena la tortura di quel giorno fosse finita, sarebbe sceso a dire a Simona che anche tra loro era tutto finito.

Naturalmente, stavo raggiungendo il bar di via Fatebenefratelli a piedi. Era un'altra delle mie camminate purificatrici. Quella sera bisognava espellere con la fatica, l'incontro con Angiolotta, le birre bevute con Minouche e l'effluvio di anice che emanavano i suoi bicchieri di Pernod. Non era un compito particolarmente arduo, in quanto i miei timori erano stati sedati dall'ultima telefonata a Olivieri e dall'enorme beffarda fiducia in Dio che l'agnosticismo lunare della donna avevano lasciato in me. E quindi potevo camminare a testa alta e non rispettare i semafori, senza per questo sentirmi Caino.

Non è impossibile arrivare puntuali anche se ci si sposta a piedi. Basta partire prima. Quando mi avevano ritirato la patente, avevo imparato a camminare per la seconda volta. Era stato solo apparentemente più facile di quando avevo nove, dieci mesi di vita. Le distanze sembravano enormi, i vicoli infidi, le scorciatoie piste false. Poi, a poco a poco, avevo acquistato sicurezza, fiducia nei miei piedi, appendici che fino a quel momento avevo trascurato, un po' perché erano all'estremità, e un po' perché nessuno mi aveva mai detto: che bei piedi hai! E io avevo bisogno di gratificazioni continue per non sentirmi l'uomo coi più brutti piedi del pianeta.

Ero probabilmente un insicuro. Se non di me, dei miei piedi che, in fondo, mi appartenevano per caso. I miei piedi erano insicuri, pieni di problemi. Avrei dovuto mandarli dallo psicologo dei piedi: il podologo. Invece li avevo ignorati, avevo finto che non ci fossero né loro né i buchi nei calzini. Da quando avevo imparato a camminare per la seconda volta, invece, ero arrivato non solo ad accettare il fatto che i piedi avessero una personalità che armonizzava col resto di me stesso, ma addirittura ad amare i miei piedi senza per questo sconfinare nel feticismo. Avevo scoperto che i miei piedi mi potevano portare in luoghi meravigliosi e allontanare dal luogo del delitto. Avevo scoperto che potevo utilizzare i miei piedi anche per prendere a calci nel sedere Angiolotta Lavarini e il suo mondo di sadica bontà. Adesso, poi, i miei piedi mi stavano conducendo verso la certificazione della mia estraneità a un incubo che durava da tre giorni.

Tra breve tutto si sarebbe chiarito e io avrei potuto riprendere a... Riprendere cosa? Riprendere a sostenere provini per spot televisivi. Riprendere a vivere per scelta in un limbo, perché ritenevo che l'integrazione fosse l'inferno. Mi ero aspettato tante cose dalla vita. In fondo erano anche arrivate, ma senza avvisarmi in tempo. Mi avevano colto quasi sempre impreparato. Se cadevano dal cielo, o ero troppo avanti o troppo indietro per raccoglierle e cullarle. Non ero mai stato sotto di loro, forse per paura che mi cadessero in testa. Avevo commesso tanti di quegli errori, che ormai io e i miei errori eravamo diventati una grande famiglia. Sino a tre giorni prima vivevo in un pigro presente di eccessi, in attesa di qualcosa, che so, una stella cometa che mi spiegasse esattamente dove dovessi andare. Lì c'era il mio futuro.

Invece di Stella, era arrivata Branka, e forse, grazie a lei che mi aveva di nuovo gettato in un campo di battaglia, potevo verificare quanto fosse rimasto di me in quel tipo col cappotto di cammello col bavero alzato per fare il "fatale", che camminava ad andatura sostenuta guardando le commesse invece che le vetrine, ripromettendosi di ripassare in quei negozi non appena tutto fosse finito.

Un lungo concerto di clacson impazziti si faceva sempre più vicino. Non poteva trattarsi di un ingorgo perché il rumore si spostava a velocità elevata. Doveva trattarsi probabilmente di un matrimonio. Qualcuno si era appena sposato e lo stava annunciando a tutta la città. Mi fermai davanti alle strisce pedonali, in attesa che sfilassero le auto in festa: a giudicare dal sonoro, sarebbero sfrecciate, di lì a poco, da dietro l'angolo di una via di cui non riuscivo a leggere il nome. Alle mie spalle un uomo intabarrato in un loden grigio, cercava inutilmente di convincere il suo cane che aveva fatto abbastanza pipì e che era ora di tornare a casa. Il cane era un pechinese, l'uomo un europeo. Era alto, massiccio e odorava di tabacco da pipa. Stava infatti fumando la pipa. Mi accesi un sigaro per solidarietà. Il pechinese approfittava di un aborto di giardino, del verde incompiuto a ridosso del marciapiede, per assaporare la sua dose serotina di libertà. Dev'essere una scocciatura essere un pechinese, con tutti che ti vogliono prendere in braccio. È una situazione abbastanza analoga a quella dei neonati con gli occhi azzurri. Solo che i neonati crescono, i pechinesi mai. Sull'altro lato del marciapiede, una figura femminile impellicciata si stava facendo trainare da un cane altrettanto peloso. Se non fosse stato per il guinzaglio che li divideva gerarchicamente, li si sarebbe potuti ritenere della stessa razza. Il cagnone tirava come un ossesso, mentre la donna lo assecondava. L'europeo col loden, rinunciando all'adulazione, chiamò imperioso il suo pechinese che si voltò verso il suo padrone, ma non lo vide. Vide invece il cagnone sull'altro marciapiede, e colto da un irresistibile desiderio di annusargli il sedere, attraversò le strisce pedonali mentre l'auto dello sposo girava l'angolo.

Un'auto della polizia sopraggiungeva da un'altra direzione. L'uomo in loden inseguì con un'agilità insospettabile il cagnolino sulle strisce. L'auto dello sposo, una Cadillac probabilmente presa in affitto, mancò per un pelo, è il caso di dirlo, il pechinese e centrò invece, in pieno, il suo padrone. Il loden grigio volò qualche metro più in là. Lo sposo, colto dal panico, non si sognò neppure di fermarsi per soccorrere la sua vittima. Tirò diritto. Il corteo degli invitati svoltò l'angolo in quel momento. Non avendo assistito all'incidente, continuarono a strombazzare giocosi seguendo l'auto dello sposo. I poliziotti invece, inserirono la sirena e si accodarono agli invitati inseguendo l'auto dello sposo: clacson più sirena della polizia più sirena dell'ambulanza che i poliziotti dovevano aver chiamato via radio.

La cosa più agghiacciante era l'ignoranza dei testimoni. Ignoravano l'omicidio colposo e l'omissione di soccorso e continuavano a pigiare i loro clacson, convinti che polizia e ambulanza dietro di loro, si stessero recando in un altro luogo e stessero percorrendo, solo per puro caso, la stessa strada. Mi avvicinai ai lettighieri: "È morto?" Non ebbero il tempo di rispondere, caricarono l'uomo in loden e si allontanarono a sirene spiegate. Il pechinese era scomparso. Era andato ad arricchire le file dei cani senza padrone. Rimasi nei paraggi a cercarlo per un buon quarto d'ora, ma si era volatilizzato, come si erano volatilizzati la donna in pelliccia e il suo cagnone peloso. Non l'avevo vista in faccia, ma per un solo momento lungo come un brivido, ebbi la certezza che quella donna era Branka.

Arrivai all'appuntamento con Olivieri in leggero ritardo. Il bar aveva un'aria di imminente smobilitazione. Un cameriere stava lavando il pavimento. Un cliente solitario si dilungava su un gigantesco Negroni sotto gli sguardi esasperati dei baristi che avevano voglia di tornare a casa. Non c'erano più nelle vetrinette focaccine farcite, tramezzini plastificati. Il locale semideserto sembrava, per contrasto, più umano. La folla affamata che vi si riuniva a mezzogiorno, riempiva quel bar in modo esagitato, spersonalizzante. L'unico cliente rimasto quella sera, era invece persona, individuo, ubriaco.

"Un altro Negroni, per favore."

"Ingegnere ci scusi, ma stiamo chiudendo."

"Ma non chiudete alle nove, di solito?"

"Sì ingegnere, ma stasera c'è la partita. A lei non piace il calcio?"

"No." All'ingegnere piaceva il Negroni.

"Mi scusi, mi darebbe una Guinness?"

"Be', veramente staremmo chiudendo, ma se la beve in fretta... a lei non piace il calcio?"

"No. Poi sto aspettando il dottor Olivieri della Squadra mobile." Calcai sulla "Squadra mobile" in modo che se Olivieri avesse ritardato, avrei potuto contare su un'altra Guinness. L'ingegnere era un omone che superava il metro e novantacinque. Portava i capelli tagliati a spazzola, aveva occhiali di metallo, un dolcevita gigante fuori moda, dilatato da una pancia che sembrava la testa di una piovra, come se la immaginano Cecil B. De Mille e Carlo Rambaldi. Il cappotto aperto, era un sipario nero. L'ingegnere era a un tempo teatrale e cinematografico. Dopo una decina di minuti, lui e io, accomunati dal fatto di essere detestati da tutti i camerieri presenti, finimmo col simpatizzare.

"Mi chiamo Sergio," mi disse col suo vocione impastato.

"E io Lazzaro," risposi con eccessivo entusiasmo. Il tempo di un altro Negroni e di un'altra Guinness e saremmo diventati amici per la pelle. Un altro giro ancora e avremmo progettato di passare insieme tutti i Capodanno della nostra vita. La nostra amicizia sarebbe durata, una volta usciti dal bar, il tempo che impiega un fiammifero acceso a bruciare le dita che lo reggono troppo a lungo. Però volevo restare in quel bar ad attendere Olivieri, e Sergio era il mio unico alleato contro cinque baristi e due squadre di calcio.

Alla terza Guinness, erano le otto e quaranta, mi resi conto di aver commesso un errore: Sergio aveva una sbronza logorroica. Parlava. Parlava di cantieri, di birre danesi imbottigliate nel bergamasco, di come fosse difficile reperire camicie della sua misura già confezionate. "L'unica è farmele fare su misura," si toccò lo stomaco dilatato.

"Certo, e se ci facessi ricamare sopra le iniziali sembrerebbero l'insegna di un supermercato. Come ti chiami di cognome?"

"Gallavresi."

"Perfetto, neanche l'avessi saputo. G.S. Paghi due e porti via tre." Scoppiò in una risata fanciullesca. Ero sicuro che da quella sera in poi, a ogni suo amico occasionale avrebbe propinato questa battuta ormai memorizzata nel repertorio: "autoironia sul mio pancione".

Alle nove i baristi si erano rassegnati a seguire la partita per radio. Avevano abbassato le clère per metà, ma non avevano avuto il coraggio di buttarci fuori in quanto ritenevano che, visto che attendevo il commissario Olivieri, anch'io dovessi avere a che fare con la polizia, e poi Sergio l'ingegnere gigante avrebbe potuto benissimo essere Serpico. Quel che era peggio in Sergio, consisteva nel suo parlare a scatti, frasi brevi a cui faceva seguire una domanda. "Io, anche se ho già passato i quarantacinque anni, vivo ancora con mia madre. E tu?" E ancora: "Guarda, volevo posteggiare, ma davanti a casa mia era ferma un'auto su cui una coppietta pomiciava. Ti è mai capitato?" Rispondevo a monosillabi, riflettendo. Dunque Sergio aveva più di quarantacinque anni. Era alto oltre il metro e novantacinque, viveva solo con la madre e detestava le coppiette che si scambiavano effusioni in macchina. Se fossimo stati a Firenze, avrei potuto giurare che il "Mostro" era senz'altro lui. I miei pensieri venivano comunque continuamente interrotti da quel suo assillante "E tu?"

Sergio era appiccicoso e il peggio era, considerando la sua mole, che avercelo appiccicato addosso significava morire schiacciati. Dalle sue brevi frasi usciva l'autoritratto di un quarantacinquenne onanista, amante delle donne dalle gambe tornite, appassionato cultore di cocktails, intollerante nei confronti di preti, marocchini e omosessuali, non necessariamente in questo ordine. Il suo odio per gli omosessuali mi diede l'idea del modo con cui liberarmene. Estrassi dalla tasca della giacca il portafoglio, lo aprii, facendo intravvedere, come per caso, la foto di un uomo robusto, sulla sessantina, pelato, con gli occhi azzurri e l'espressione furibonda.

"Chi è?" chiese Sergio.

"Il mio ragazzo. Io sono gay. E tu?"

Sergio trangugiò quello che restava del suo ultimo Negroni, si scusò perché aveva un appuntamento di cui si era completamente dimenticato, pagò il conto e uscì a cercare un altro bar che fosse aperto alle nove, in quella zona di uffici, poliziotti ed eterosessuali. Il trucco dell'omosessuale funzionava sempre. Lo avevo già sperimentato per sbarazzarmi di compagnie non gradite. L'unico rischio consisteva nell'usarlo con un omosessuale latente. Non te ne liberavi più. I camerieri non avevano più fretta di andarsene. La radio era bollente. Il tempo di chiudere la baracca e di tornare a casa e la partita sarebbe finita. Tanto valeva ascoltarla lì.

Riaprii il portafoglio. Guardai la foto dell'uomo collerico, e avvicinandomela alle labbra stampai un bacione sulla fronte alta di Eugenio. Gliela avevo scattata io quella foto. Eugenio, quel giorno, era a casa mia a riparare il televisore. Sapeva riparare tutto anche se era un Export manager. Era stato il miglior amico di mio padre (conosceva Olivieri naturalmente) nonché suo socio in affari. Quando mio padre era morto, Eugenio aveva sentito il dovere di occuparsi di me. Da quando avevo sei anni lo vedevo quasi tutti i giorni. Era l'uomo più onesto e testardo che avessi mai conosciuto. Parlava sei lingue e aveva girato il mondo. Non avevo mai saputo niente della sua vita "sessuale": era tutto ufficio, Hong Kong e me. Solo che ogni tanto dalle nostre conversazioni emergevano indizi. Io gli dicevo: "Quest'estate voglio andare in Texas", e lui: "Se passi per Houston ti posso far ospitare da una mia vecchia cara amica, Betty Athanasiou, l'ufficio stampa del Governatore". A Parigi si chiamava Chantal, a Londra Becky, in Andalusia

Asunción, a Brisbane Carol. Finalmente avevo capito perché viaggiasse tanto. Quand'ero piccolo ed Eugenio mi sgridava, avevo un po' paura di lui. Mi sembrava enorme, così pelato e massiccio, con gli occhi azzurri che perforavano le mie bugie. A dieci anni, durante una lite, ruppi un braccio a mia nonna. Piansi metà pomeriggio per il rimorso e l'altra metà per paura aspettando l'arrivo di Eugenio, in camera mia. Verso sera Eugenio arrivò. Non disse una parola, entrò in camera, si sfilò la cintura dai pantaloni e mi scudisciò come nell'ammutinamento del Bounty. Solo che lui mi colpiva al sedere.

Qualche mese dopo gli capitò per le mani un disegno con cui avevo abbellito il mio diario scolastico pieno di note di biasimo: Lazzaro è svogliato. Copia i compiti e infastidisce le ragazzine delle classi accanto... Lazzaro qui, Lazzaro là. Le note me le firmava lui. Il disegno era molto elementare (ero alle elementari, in fondo) rappresentava un bambino stile Gian Burrasca inseguito da una figura più grossa e pelata con una frusta in mano. Eugenio fu molto colpito da quel disegno e da quel giorno non si tolse più la cintura. Il ricordo di quella prima e unica scudisciata, trasformò la paura in rispetto, il rispetto divenne col tempo affetto filiale e amicizia.

Crescendo, le mie manchevolezze crebbero con me. Si ingigantirono. Il bambino ribelle correva il rischio di diventare un terrorista, passò accanto al burrone dell'alcolismo per colpa delle gare esibizionistiche 'a chi beve di più' e fu espulso dal liceo. Rischiò la galera. Eugenio, ogniqualvolta riteneva che la colpa fosse mia, non veniva più nella mia cameretta. Mi convocava nel suo ufficio. Una corsa in metrò, allora non andavo ancora a piedi, raggiungevo una palazzina un po' fuori mano, oltrepassavo un corridoio di porte a vetri dietro cui gli impiegati battevano a macchina guardando l'orologio, dietro cui progettisti facevano progetti un po' per la ditta e un po' sulla propria vita e, finalmente, raggiungevo l'ufficio di Eugenio. Una porta a vetri più grande, isolata acusticamente, un bianco mobile bar circolare, una scrivania lunghissima ingombra di oggetti, telex, tagliacarte, biglietti da visita con ideogrammi cinesi, un'ametista su cui viveva una tartarughina d'argento come fermacarte. Li toccavo nervosamente.

Eugenio non diceva una parola. Aspettava che fossi io a parlare. E io mi parlavo addosso, dicevo più di quel che sapesse: la pistola nascosta dietro la libreria, i miei poker di quindicenne con quarantenni poco raccomandabili, le mie vigliaccherie. Terminata la mia totale confessione, iniziava a parlare. Poi, in genere, andavamo fuori a cena e io assolto e con lui vicino, mi sentivo molto uomo. Se ero sbronzo di whisky, Eugenio mi chiedeva alla fine del pasto se desiderassi un whisky. Rispondevo sempre di no. A Eugenio potevo raccontare cose che non avrei raccontato a mio padre perché era mio padre, e che non avrei raccontato a mia madre perché ne avrebbe sofferto. Lui era mio amico. Amigo, avrebbe detto John Wayne. Mi difendeva quando mi attaccavano e quando ero nel giusto, combatteva anche le istituzioni che aveva difeso così strenuamente dal mio nichilismo guascone.

Crescendo di statura mi accorsi che era basso. Un metro e settanta, tarchiato, erculeo. Non ci eravamo mai baciati anche se tutti e due ne avevamo avuto voglia. Preferivamo, dai miei quattordici anni a oggi, una stretta di mano. Quando arrivavano a Milano dei suoi ospiti stranieri, me li faceva scarrozzare tutto il giorno e io, liceale, mi sentivo un businessman. Una volta che a Montecatini Terme venni fermato dalla polizia, Eugenio macinò i chilometri che ci separavano e garantì per me, che avevo torto marcio, tirandomi ancora una volta fuori dai guai. Se avessi ammazzato qualcuno, non mi sarei costituito. Per espiare sarei andato al suo ufficio.

Il giorno della foto, Eugenio stava riparando il televisore. Gli sbucai alle spalle con una Polaroid e gli dissi: "Ti voglio fare una foto per quando non ci sarai più". Eugenio si toccò le palle e mi rispose: "Fuck you". Era lui che mi aveva insegnato l'inglese. Poi sorrise e, benché non gli piacesse essere fotografato, iniziai a fargli foto su foto. Non mi piacevano quelle che stavo facendo: rappresentavano un Eugenio sorridente e arrendevole. I pochi fili che aveva sul cranio pelato al posto dei capelli, erano quasi bianchi. Cristo, sembrava un vecchio. E lui non poteva essere così. A quel punto decisi di fare una delle cose che avevano il potere di irritarlo. Dissi a mia madre che era presente: "Mamma, vai di là e non rompermi i coglioni".

Eugenio si indurì. Gli occhi diventarono due fessure azzurre e, mentre stava gridandomi: "Cretino, vedi di rispettare tua madre", scattai la foto. La foto che avevo nel portafoglio e che mi aveva liberato da Sergio. Eugenio aveva il potere di tirarmi fuori dalle situazioni imbarazzanti, anche in fotografia. Purtroppo, in quei giorni, Eugenio era a Colonia per una Fiera internazionale, altrimenti invece che da Olivieri sarei andato da lui. In ogni caso erano già le nove e un quarto e Olivieri non si era ancora presentato. Branka era probabilmente in giro e di Olivieri nemmeno l'ombra. Avevo aspettato anche troppo. Mi avvicinai alla cassa chiedendo del mio conto. "Già fatto. Ha pagato tutto l'ingegnere." Salutai e mi risposero sorridendo, soddisfatti del fatto che me ne stessi finalmente andando. Giusto per scocciare un po', chiesi all'uomo dietro la cassa: "Mi scusi, ha il recapito dell'ingegnere? Vorrei ringraziarlo e..."

"Mi dispiace. Non ce l'abbiamo. So solo che a Milano vive in un residence. È a Milano durante la settimana per lavoro. Altrimenti vive a *Firenze*."

I poliziotti che piantonavano la Questura mi squadrarono sospettosi come tutti i poliziotti in mia presenza. Erano giovani, somigliavano anonimamente ai baristi del bar che avevo appena lasciato. Parlai io per primo: "Scusate, sono un amico del commissario Olivieri della Squadra mobile...", i poliziotti smisero di pensare che fossi un terrorista, "...avevamo appuntamento nel bar lì di fronte. Più di un'ora e mezzo fa. È per caso già uscito?"

"Purtroppo il dottor Olivieri è stato ricoverato d'urgenza alle sette di stasera."

"È stato avvelenato?!" Gridai con tanta forza che i due poliziotti saltarono all'indietro. Il primo dei due che ritrovò l'equilibrio mi guardò di nuovo sospettoso.

"No. Perché avrebbe dovuto essere avvelenato? Lei come si chiama? Favorisca un documento."

Nervosissimo aprii di nuovo il portafogli. Guardarono la foto di Eugenio, ma su di loro non fece nessun effetto. Finalmente, da una tasca interna, riuscii a estrarre a fatica il tesserino di giornalista pubblicista che da tempo utilizzavo solo in circostanze analoghe a questa. Rinunciarono a fare dei controlli e tornarono cortesi, più malleabili, seppure irrigiditi in una specie di posizione di 'attenti'. Mi raddrizzai anch'io. Ero di qualche centimetro più alto di loro.

"Cosa gli è successo?"

"Una colica renale. Fitte insopportabili al basso ventre. L'hanno portato via con l'ambulanza."

"Capisco. Scusate. Telefonerò alla famiglia per avere notizie. Grazie di tutto. Riposo." Mi allontanai nel buio. Una colica renale. Una colica renale proprio adesso che avevo bisogno di lui. Quando avevo bisogno di Eugenio, lui non aveva mai una colica renale. Gli avevo fatto venire l'ulcera, è vero, ma una colica renale mai. Proprio ora che Olivieri aveva cominciato a credermi e aveva probabilmente scoperto qualcosa di Branka, gli era sembrato il momento di farsi venire una colica renale. Olivieri, così saggio, così misurato anche nelle malattie, così controllato anche negli acciacchi, un uomo che, se raffreddato, si soffiava il naso con tanto fair play... lui, che al massimo accusava una cefalea cronica... lui, beccarsi qualcosa di chiassoso, quasi volgare, come una colica renale. Quale sarebbe stato il suo prossimo passo? Diarrea? Il mondo andava a rotoli. Di carta igienica.

E io ero lì, solo, daccapo senza nessuna prova concreta della duplice natura di Branka. Se l'avessi fotografata la sera prima mentre si prostituiva, avrei avuto in mano qualcosa oltre alla polpetta. Una foto. Non sarebbe bastata una mia polaroid. Ci voleva un pedinamento fotografico. Ci voleva un professionista. Qualcuno che fosse anche mio amico e che potesse spendere una notte alle costole ossute di Branka. Il nome mi venne immediatamente: "Fabrizio bel servizio".

Fabrizio Borsani, ex fotografo d'agenzia. Essendo stabilito che in ogni storia, con i debiti chiaroscuri, ci sono i buoni e i cattivi, decisi di aumentare, almeno numericamente, i buoni nella storia che stavo vivendo, conscio del fatto che i buoni nella mia storia erano i pazzi e i cani, mentre i cattivi erano Branka, Angiolotta, anch'esse pazze del resto. Restavano poi Marzio Palloni, che non aveva sufficiente talento, né cervello per essere pazzo, e Agostino che era solo un grasso parassita, un gigolò visto nello specchio deformante di un luna park.

Ai buoni, Pogo, Vanni, Caroli, avrei ora aggiunto, chiamandolo in causa, Fabrizio chiamandolo a casa.

Simona aveva pianto. Fabrizio si era intenerito: "Vedi Simona, non è che io ti voglia lasciare. Lo faccio per te. La situazione è insostenibile. Tua madre non mi può vedere. Me l'hai detto tu che tutte le sere ti fa una testa così affinché mi lasci".

Simona voleva replicare, ma i singhiozzi erano stati sostituiti dal "singhiozzo" e le riusciva difficile portare a termine un discorso coerente.

Fabrizio si sentiva un verme. Un po' più piccolo e molto, molto più simpatico del millepiedi nel suo ufficio. Erano nella camera da letto di Fabrizio. Il letto sfatto alle nove di sera, testimoniava che avevano appena fatto l'amore. Fabrizio avrebbe voluto dirglielo prima di farlo che la storia, dopo un anno di vita, moriva lì, poi ci aveva ripensato... Simona era così bella... e aveva deciso di dirglielo dopo. "Sono un porco," pensò, "...oltre che un verme."

"Se... se... senti... Fabrizio, non mi importa niente di... di quello che di... di... dice mia madre. Mi sono accorta di volerti veramente bene... e ho deciso di vivere con te."

Fabrizio, che si era appena sentito un verme e un porco, avrebbe ora voluto sentirsi un canguro. Per saltare via. "Ma Simona, cazzo, sai che vivo con i miei genitori... la cosa non è fattibile..."

"Non subito forse, ma io lavoro, tu lavori... potremmo cercare qualcosa in affitto..."

"Dio," pensò Fabrizio, "adesso mi parla di una mansarda, con tante viole..." Le voleva bene, ma non la desiderava più perché la possedeva già. Una verità atroce che almeno Fabrizio aveva il coraggio di ammettere.

Nessuno dei due fumava, quindi nessuno dei due si accese una sigaretta.

"Vedi Simona..."

"No, aspetta tu, Fabrizio. So che hai fatto tante cose che io non ho fatto. Me le racconti sempre. Il Nicaragua, quando i proiettili ti fischiavano sopra la testa. Il ballo della Croce Rossa quando hai limonato con Stefania di Monaco. Quella volta che Photo ha preferito il tuo servizio a uno di Hamilton... quando nel '68 eri a Parigi davanti all'Università della Sorbona... (Fabrizio nel '68 aveva tredici anni ed era alla Bovisa in classe seconda media)... Ecco, io so che tu sei anche tutto questo, ma io... voglio restarti vicino... Impedirti di vender te stesso ai cavalli..., aiutarti quando delle volte piangi senza un motivo..."

Nessuno dei due parlava più. L'unico suono proveniva dal televisore acceso, davanti al letto. Fabrizio lasciava sempre il televisore acceso. Sia che facesse l'amore, sia che facesse un bilancio su se stesso. La tivù stava trasmettendo una situation comedy americana. Delle risate preregistrate provenienti dal video rivelarono in quel momento la propria artificiosità. A Fabrizio venne da piangere. Veramente.

Il telefono squillò. Fabrizio coprì con il lenzuolo le nudità di Simona come se il telefono, risvegliandosi, potesse vederla.

"Pronto," disse con quella sua voce nasale.

"Sono Lazzaro. Ho bisogno di te e della macchina fotografica che ti ho prestato cinque anni fa. Sono al Bistrot di via Meravigli."

"Vengo subito."

"Davvero vieni? Incredibile."

"D'accordo Lazzaro, vengo solo!"

"Vieni pure con chi vuoi, basta che porti la macchina fotografica."

"Sì. Solo. Solo. Ho capito."

"Cosa hai capito? Ah, io ho capito. C'è Simona lì. D'accordo, vieni solo."

Fabrizio venne solo. Da via Fatebenefratelli avevo raggiunto, dopo una camminata di riflessione, via Meravigli. Il Bistrot non era un nome indovinato per quel locale. Bistrot evoca fumo, Jean Gabin, Simenon. Al Bistrot, di bistrot c'era solo il nome. Il locale occupava due piani. Al primo ospitava un bancone con pizze al trancio elaboratissime: al caviale, al salmone, ai tartufi, opere di uno chef toscano, un omone che aveva fatto il cuoco nei ristoranti di mezza Europa. Aveva una moglie botticelliana di mezza età, un cane microscopico di nome Camillo, una quindicina di camerieri e un locale arredato in rosso e grigio, frequentato da ragazzi di buona famiglia, paninari, avvocati, studenti danarosi, miliardari tirchi. Al piano superiore c'erano i tavolini. Dabbasso solo sgabelli per una sveltina di pizza. Ci potevi ordinare Coca Cola, come vini d'annata. Ma in ogni caso faceva la sua figura. La sera stava aperto sino all'una. In dieci anni di vita non c'era mai stato un ubriaco al Bistrot. A parte me.

Per motivi che sarebbe lungo raccontare, in quel locale non mi chiamavano Lazzaro. Mi chiamavano Joe. La spiegazione poteva essere che tempo addietro ero solito portarvi le modelle americane che soggiornavano in una pensione poco distante, in via Ansperto. Ne avevo conosciuta una in discoteca. Una breve passione ed era dovuta ripartire improvvisamente per New York. Aveva lasciato un messaggio per me a una sua compagna di stanza e avevo cominciato a uscire con la sua compagna di stanza. Così a Carey, si era sostituita Heather, a Heather Jana, a Jana, imbarazzante dirlo, una certa Samantha che si faceva chiamare Sam, col risultato che quando la ricordavo, pensavo sempre al vecchio Sam. Così si creano le leggende.

Erano tutte molto simpatiche. Poi volavano via. In aereo. Non conoscevano la malizia e per questo, dopo un po' le consideravi dei buoni amici di sesso femminile. Per loro, il sesso non aveva mai le connotazioni morbose che la cultura cattolica del 'peccato' vi carica per godderselo di più. Macché. Per loro il sesso era gioco, ma anche sport. Un po' "Love you" scritto su un tovagliolino di carta, un po' ginnastica aerobica. Dopo aver fatto l'amore, niente dubbi, sensi di colpa, né progetti per il futuro. Solo un cappuccino, alle due di notte, e magari una bella pizza se c'era un locale con la cucina aperta.

In ogni caso, nessuno negli ultimi tre anni al Bistrot, mi aveva mai chiesto come mi chiamassi veramente. In quel posto, seduto a quel tavolo di marmo grigio, con una lattina di birra su un posabicchieri rosso, mi chiamavo Joe.

9.

Fabrizio venne solo ma, fortunatamente, solo con la mia macchina fotografica. Gliel'avevo prestata quando l'avevo conosciuto cinque anni prima. Non la riconobbi immediatamente, forse perché ormai era diventata più sua che mia. È vero che ci sono cose che pur pagandole, non possiedi mai e la Canon ne era un chiaro esempio. Io l'avevo pagata, ma la macchina fotografica era cresciuta con Fabrizio. A quel punto avrei anche potuto regalargliela. Non l'avevo fatto solo perché ero sicuro che nel caso Fabrizio l'avesse considerata definitivamente sua, l'avrebbe impegnata al Monte di Pietà per poi investire il ricavato su qualche cavallo sicuro, col risultato che la Canon non sarebbe più appartenuta a nessuno dei due. Invece, così, ballonzolava al suo collo, giocosa come una creatura di cinque anni. Aveva un occhio solo, quello dell'obiettivo, ma per il resto era ben conservata.

Non si sarebbe potuto dire lo stesso di Fabrizio. Sfoggiava una barba di due giorni, indispensabile accessorio fascinoso nell'iconografia del bello e dannato. Non era tanto bello, con quegli occhi che sembravano stropicciati, con quel dolcevita ruggine con cerniera dallo zip dorato, con quella giacca informale marrone scuro, i pantaloni dello stesso colore così larghi da sembrare una gonna pantalone, una cintura color crema annodata intorno alla giacca. Sembrava indossasse un saio. Non era all'ultima moda, era addirittura in anticipo sui tempi. Su un braccio reggeva un impermeabile consapevolmente stazzonato.

Non appena mi vide, sparò un sorriso come fosse un flash, poi prese posto davanti a me. Un cameriere, sollecito, corse a rapporto. Eravamo gli unici clienti al piano superiore e Fabrizio, ormai astemio, ordinò un succo di frutta alla pera dentro a mezzo bicchiere di latte freddo: "È la bevanda delle fotomodelle" si affrettò a spiegare al cameriere del tutto indifferente. Soppesai la mia lattina di birra. Era ancora mezza piena. Negli ultimi due giorni, complici Pogliaghi e gli avvenimenti, avevo bevuto troppo. Quel giorno poi, con le Guinness offerte dal Mostro di Firenze, avevò rischiato l'ubriachezza.

Fortunatamente la camminata da via Fatebenefratelli a via Meravigli, con un freddo pungente e vendicativo, aveva gettato acqua sul fuoco, e il calore artificiale dell'alcol si era ormai rarefatto.

Al Bistrot, durante l'attesa di Fabrizio, avevo ordinato un'altra birra solo per pigrizia e abitudine. Non avevo nessuna voglia di birra. Tra l'altro, durante l'attesa, mi ero sforzato di non sbirciare nella cartellina che avevo rubato a casa Angiolotta, le motivazioni del Premio di bontà 1939. Avevo dato un'occhiata ad altre annate, ritrovando storie analoghe a quelle che avevo letto nel pomeriggio. Il 1939, l'anno in cui Branka aveva vinto il Premio di bontà, me lo ero tenuto per ultimo. Come i bambini che aprono per ultimo il regalo di Natale da cui si aspettano di più. Più gioia, più risarcimento per i danni che l'infanzia arreca loro, che si tratti di un morbillo, di un fratellino inaspettato che li scalza dal trono di cocco di mamma, dell'impossibilità di mostrare agli ospiti dei genitori i progressi della crescita del pisellino rispetto a quello dei propri compagni di gioco. Il regalo migliore, l'ultimo, si rivela poi, in genere, una delusione e i bambini piangono, i genitori si irritano non riuscendo a capacitarsi per le lacrime dopo tutti i soldi spesi, ma non sanno, perché non si ricordano più, che non c'è al mondo abbastanza carta da regalo per impacchettare i desideri di un bambino.

Mi ero sforzato di non 'aprire' subito il 1939, l'anno di Branka, anche per non restarne deluso. Avrei voluto trovare nelle poche righe che spiegavano perché quell'anno il premio fosse stato assegnato a lei, anche la risposta al voltafaccia della natura di Branka. Così, nel frattempo, centellinando una birra che non ne voleva sapere di essere bevuta da me, avevo atteso Fabrizio Borsani. Ora, che me lo trovavo davanti agghindato in stile alta moda, vestito come un incrocio tra San Francesco e il lupo, guardando quelle guance quasi paffute, spruzzate di peluria bionda, non potevo fare a meno di pensare quanto fosse cambiato dal nostro primo incontro di cinque anni prima. Allora era molto magro, la barba sempre incolta ma per disperazione più che per civetteria, con dei blue jeans scoloriti e una felpa dal colletto liso. Era il suo primo giorno di fotografo all'Agenzia fotogiornalistica Ambrogio Lurani. Io ero già lì da un paio di settimane. Agenzia fotogiornalistica, evoca nei disinformati, uffici spaziosi, scrivanie chilometriche, accessori fantascientifici, segretarie bellissime e un po' ninfomani, filo diretto con tutto il mondo.

La realtà da Lurani era un po' diversa. Ambrogio Lurani era un pioniere del fotogiornalismo del dopoguerra. Allora, da giovane fotografo, aveva stretto amicizia con tutti quelli che sarebbero diventati i potenti trent'anni dopo. Editori, cantanti lirici, giornalisti best seller, campioni sportivi, Sophie, Gine e neorealisti. Ambrogio Lurani nel 1946 si esprimeva solo in milanese. Non aveva mai imparato a esprimersi in altro idioma. Era ingrassato, aveva perso i capelli con filosofia, quasi fosse una penitenza da pagare per essere diventato ricco. Era stato un pioniere: in un primo tempo lui, poi i suoi fotografi, avevano scritto con le loro foto la storia d'Italia, del Giro d'Italia, di Miss Italia, della Banca d'Italia. Avevano registrato gli avvenimenti importanti e meno importanti, arricchendo un archivio ormai sterminato e in continuo ampliamento.

Ambrogio Lurani si circondava di giovani. Perché li poteva pagare meno. Li sguinzagliava su e giù per la penisola a scattare foto di ogni tipo, a ogni tipo di avvenimento, fosse il processo a un uxoricida di Palermo o a Franco Zeffirelli, mano nella mano con Romeo, mentre Giulietta era al trucco. Appena le foto erano pronte, entravano in azione i venditori, inspiegabilmente chiamati i "produttori" dell'Agenzia Lurani. Erano anche loro giovani, magari non molto abili nel fare grandi foto, ma avevano la parlantina sciolta. I produttori facevano il giro delle varie redazioni, vendendo le foto dell'Agenzia. Se la foto veniva venduta, il fotografo aveva diritto al cinquanta per cento del ricavato. Il resto spettava all'Agenzia.

Ambrogio Lurani era stato un grand'uomo e, come tutti i grandi uomini, decisamente originale. Aveva in pari misura umanità e cinismo, vis comica e profonda serietà. Se ti spediva a un Galà della Croce Rossa, ti istruiva su come bisognava fotografare i presenti, affinché le foto fossero vendute a prezzi gratificanti. "Allora, vai là da Carolina di Monaco e le dici: 'fà vedè i tett', mostra le tette." Naturalmente, non tutti i suggerimenti di Lurani venivano accettati dai suoi fotografi. Lurani amava il vino rosso e la cucina pesante. La sede dell'Agenzia sembrava una ditta di traslochi o il magazzino di un salumiere. Cinquecento metri quadri in un vecchio stabile di via Venini, scrivanie improvvisate, muri da riverniciare, dalle travi alle pareti pendevano salumi. Vicino alla fotocopiatrice si poteva notare una damigiana di vino. L'arredamento dell'Agenzia era essenzialmente umano: una ventina di fotografi con storie molto diverse tra loro, una segretaria grassissima di origine argentina a cui Lurani pizzicava il sedere senza malizia prima che lei gli gridasse: "Puerco!" Un campionario di varia umanità: da un fotografo romagnolo che l'estate faceva le foto a mamme e bambini sulle spiagge di Bellaria o Igea Marina e l'inverno si occupava di "cronaca", a un argentino, raccomandato neanche a dirlo dalla segretaria, che si spacciava per desaparecido, e poi fotografi per passione, per ambizione, per necessità.

Lurani, nel tardo pomeriggio, dopo qualche bicchiere di vino, cercava "bei servissi" per il giorno seguente. Alcuni li pescava da piccoli fatti di cronaca, due righe sui quotidiani, altri se li inventava. I fotografi tremavano quando Lurani esclamava improvvisamente: "và che bel servissi", guarda che bel servizio. I "bei servissi" il più delle volte si rivelavano viaggi snervanti su per mulattiere impraticabili alla ricerca del "Presepe del montanaro". Un "bel servissi" che nessuna redazione avrebbe poi acquistato. Fabrizio Borsani, appena arrivato all'Agenzia, reduce dalla convivenza con la sua prima Simona, senza soldi, senza casa, senza più dignità, venne immediatamente soprannominato da Ambrogio Lurani: 'Fabrissi bel servissi', Fabrizio bel servizio.

Nonostante l'alta opinione che Fabrizio aveva delle proprie foto, Lurani gli ripeteva ferendolo nel morale già trafitto: "Ti te set minga bun de fotografà", tu non sei capace di fotografare. Così gli affidava dei "bei servissi" di quarta categoria: la tombola degli anziani al Pio Albergo Trivulzio, più noto col nome di Baggina, le foto dell'uomo che aveva vinto il concorso per i "Baffi più lunghi d'Italia", un essere sopravvissuto al paleolitico, che si era fatto crescere i baffi perché nessuno prestasse più attenzione ai suoi occhi vuoti. Fabrizio fotografava di tutto dimagrendo a vista d'occhio. Non mangiava, piluccava in attesa che Lurani lo pagasse a fine mese.

Il giorno in cui conobbi Fabrizio, la prima cosa che mi disse fu: "Senti, ho lasciato il portafoglio a casa. Non potresti, per caso, prestarmi tremila lire per le sigarette?" Gliele prestai, ignorando che aveva smesso di fumare da un pezzo. Io, che non ero un grande fotografo – non che Fabrizio lo fosse, ma almeno lui ne era convinto – mi occupavo allora dei testi che accompagnavano i servizi fotografici. Ero, in fondo, un didascalista. Scrivevo didascalie dilatate. Trame di racconti ricchi di promesse, sia che parlassero del Presepe del montanaro, che della tombola degli anziani o dell'uomo dai baffi più lunghi d'Italia. I testi e le foto facevano il giro delle redazioni finché il servizio non veniva acquistato. A questo punto, un redattore qualsiasi del giornale acquirente riscriveva un articolo sulla falsariga del mio, fingendo di aver visitato personalmente il Presepe del montanaro, giocato a tombola con gli ospiti del Pio Albergo Trivulzio, misurato i baffi dell'uomo che se li era fatti crescere con tanta dedizione. In altre parole, io e i fotografi vivevamo, i giornalisti si limitavano a scrivere. Era un lavoro strano, un po' gratificante e un po' umiliante. Gratificante in quanto ogni giorno da un Presepe, da una tombola, da un paio di baffi, ti inventavi il presente, e umiliante perché un altro, comprandoti il servizio, acquistava anche i tuoi ricordi, le tue balle, le tue emozioni e firmandole le faceva sue.

Lurani mi mise in coppia con Fabrizio e con lui, dal mattino alla sera, inseguivamo avvenimenti. Fabrizio non faceva altro che parlarmi di Simona. "E allora ho detto a Simona, senti, il nostro rapporto è libero, no? Be', dove sei andata ieri sera? Non è che voglio limitare la tua libertà, solo che mi interessa sapere dove sei stata ieri sera mentre io ero qui ad aspettarti come un pirla, brutta zozza?" Tutto quello che avevo scoperto di Fabrizio dopo una settimana dal nostro primo incontro si poteva riassumere nel ritratto di un ragazzo sempre più sparuto, senza una lira, perennemente in cerca di prestiti, che continuava a raccontare storie su Simona con la quale aveva vissuto, dipingendola ora come Madre Teresa di Calcutta, ora come la più scafata dispensatrice di piacere a pagamento. Simona diventava di volta in volta mistica, carnale, eterea, etèra... Non piangeva Fabrizio nel suo straziante dolore, si limitava a parlare di lei con la sua voce nasale, come se le lacrime, anziché calargli dagli occhi, gli si fossero infilate nel naso ostruendoglielo. Era insopportabile. Non eravamo ancora amici perché non ce n'era stato il tempo. Il tempo che vivevamo insieme era prerogativa del suo lamentoso monologo su Simona, che lui aveva molto amato e che io, pur non conoscendola, stavo incominciando a odiare. Forse Fabrizio, che traboccava ancora d'amore per lei, non riuscendo a odiarla personalmente, aveva deciso di odiarla attraverso me. Di odiarla per interposta persona.

Dal lunedì al venerdì Fabrizio mi parlò incessantemente di Simona. Il sabato lo incontrai in Agenzia. Non c'erano "bei servissi" da fare, così Lurani decise di utilizzarlo per fargli prelevare dalla cantina dell'Agenzia un barilotto di vino da trasportarsi, dopo tre piani di scale senza ascensore, al centro della camera oscura, quel giorno inutilizzata.

Fabrizio non mangiava da una settimana, era molto debole, ma non se la sentiva di ammetterlo neanche con se stesso. I soldi che aveva incettato, li aveva investiti in rami di orchidee che aveva fatto mandare a Simona senza biglietto. Scese le scale. Arrivò in cantina, sollevò il barilotto con le poche forze che gli erano rimaste e risalì faticosamente le scale. Appoggiò il vino ai piedi di Lurani, deferente come un re Magio e quindi svenne. Cercammo di soccorrerlo, ma non riprendeva conoscenza. Così chiamammo un medico che certificò lo stato di denutrizione di Fabrizio. Lurani lo costrinse a ingolfarsi coi salumi che pendevano dalle travi dell'Agenzia. Io gli feci un prestito a patto che mi raccontasse tutto, proprio tutto, non solo il suo amore per Simona. Divenimmo amici. Lo convinsi a tornare a vivere coi suoi, a frequentare le amiche delle mie amiche, a recuperare la vanità perduta che per lui significava ormai sopravvivenza. Mangiò, ingrassò, accantonò Simona. E iniziò a mentire. Visto che il suo passato prossimo era troppo doloroso, se ne inventò uno. Coltivò la fabulazione, sostituendo elaborazioni immaginarie ai fatti del passato che non si sentiva di ricordare. Quando uscivamo con qualche ragazza, posava a uomo vissuto, a eroe stanco: "Be', guarda, quand'ero in Cile e fotografavo gli orrori del regime di Pinochet, per un certo periodo ho deciso di imbracciare il fucile. Sono rimasto lì un paio d'anni. Poi, cosa vuoi, ho capito che quella non era la mia guerra e sono tornato in Italia. A Pisa".

"A Pisa?" chiedeva la ragazza di turno che pur non avendo creduto a una parola, ormai era curiosa di sapere il legame tra Pisa e Santiago.

"Sì, a Pisa, vero Lazzaro?" Annuivo. "E a Pisa, guardando per ore la torre mi chiedevo: quando cadrà, la rimetteranno in piedi diritta o le lasceranno sempre una certa pendenza, per via dei turisti?"

A quel punto intervenivo: "Secondo me la sostituiranno con un'enorme supposta, pendente, così, ogni volta che si scioglierà, cronometreranno il tempo impiegato e, col risultato ottenuto, stabiliranno nuove unità di misura temporali. Altro che secondi, minuti, ore, stagioni... Supposte. Glicerina. E il tempo non passa, si scioglie". Il tempo si era sciolto e Fabrizio era cambiato solo fisicamente. Si era un po', come dire, inchiattito a causa degli psicofarmaci prescrittigli da una neurologa. Non aveva più abbandonato la menzogna. Lurani nel frattempo era morto e tutti avevano abbandonato l'Agenzia dopo aver assistito al suo funerale, in un torrido agosto. Fabrizio si era arricchito col nuovo lavoro, impoverito ai cavalli, aveva conosciuto Eugenio, mia madre, Vanni, Caroli, il mio mondo frequentato dalle ragazze borghesi e dai diseredati che avevo il potere di calamitare, ma non aveva rinunciato a mentire, un po' per gioco, un po' per abitudine, un po' perché inventare era più bello che riflettere, un po' perché una "storia" è meno cruda di un bilancio.

In un primo tempo non aveva accettato nemmeno il proprio nome. "Fabrizio Borsani non mi sembra un nome da fotografo. Cosa ne dici Lazzaro?"

"Be', fai come vuoi."

"Ecco, questa è un'idea. Mi chiamerò Fabrizio Bo."

Fabrizio fece stampare 300 biglietti da visita intestati a:

Fabrizio Bo. Free lance photographer. Si presentava a tutti come Fabrizio Bo. Durante un concerto dove era andato come fotografo, era riuscito a distribuire i suoi biglietti da visita a delle avvenenti fanciulle veronesi. Si era prodotto con loro nel suo racconto: "Quando facevo le foto a Nashville" e le ragazze avevano sgranato gli occhioni invitandolo ad andare a trovarle. Fabrizio attese un paio di mesi finché, in occasione di uno spettacolo all'Arena di Verona, chiamò le ragazze dicendo loro: "Arrivo". Verona era vicina e Simona ormai lontana. Fabrizio raggiunse Verona col suo Maggiolone giallo, scese in una pensione più che dignitosa e da lì telefonò alle tre Marie invitandole a raggiungerlo. Poi, esausto, si addormentò.

Le ragazze, dopo una mezz'ora, irruppero vistose nella hall minuscola e pulita del suo albergo e chiesero garrule a un vecchio portiere che le mangiava cogli occhi, perché i denti non li aveva quasi più, "Scusi sior, è arrivato il signor Bo?"

L'uomo aveva scorso la lista degli arrivi, quel giorno numerosi a causa della manifestazione musicale che aveva attirato a Verona un pubblico eterogeneo: "No. Me spiase, ma no gh'è nissun signor Boh".

"No. Non Boh. Bo!" avevano ribattuto le ragazze ancora speranzose. "B come Bologna, O come ostrega."

Il portiere tornò a consultare il registro senza convinzione, ma con molta gentilezza ispirata dalla libidine: "No. Niente, putee".

Le ragazze se n'erano andate deluse da un piccolo albergo e da un grande fotografo che era stato a Nashville. "Maria, in che Stato è Nashville che non mi ricordo?"

"Boh."

Fabrizio si era svegliato e aveva telefonato nuovamente alle ragazze che nel frattempo erano andate all'Arena. Parlò con tre madri senza alcun risultato. Scese nella hall e chiese al portiere se qualcuno avesse chiesto di lui. L'uomo, senza mentire, negò. Fabrizio, col suo Maggiolone giallo rientrò a Milano, dopo averle vanamente cercate nella folla oceanica del concerto. Un paio di giorni dopo scoprì, telefonando, non senza orgogliosa esitazione, alle ragazze che lo avevano bidonato, che il signor Bo gli aveva giocato un brutto tiro. Da quel giorno tornò a chiamarsi Fabrizio Borsani, gettando alle ortiche, o meglio mandando in mona, quello che restava dei trecento biglietti da visita dell'ineffabile, inafferrabile, Fabrizio Bo.

E adesso Borsani si era seduto davanti a me. Perfetto nel suo similsaio a dimostrare che l'abito non fa il monaco.

"Guarda Lazzaro, non ne posso più di Simona. Non so come farglielo capire."

"Hai provato a dirle la verità?"

"Cioè? Che voglio mollarla?"

"No. La verità verità. Che sono tutte balle quelle che le hai raccontato fino adesso. Il Nicaragua, Stefania di Monaco."

Fabrizio si corrucciò. Si era talmente assuefatto a se stesso, che pensava che anch'io fossi un personaggio inventato. Che anch'io facessi parte delle storie che raccontava. Si toccò il saio come per accertarsi della sua attuale identità, poi fu costretto ad ammettere: "Be', sai, i primi tempi... però poi, in fondo, cosa vuoi... Simona non è adatta a me".

Gli afferrai il braccio adagiato sul tavolino. Un "braccio di ferro" con un insensibile. "Ah sì? Simona non è adatta?! Non l'hai ancora capito che nessuna Simona è adatta a te, stronzo, e che il mondo è pieno di Simone che appena ti conoscono non si rendono conto di quanto stronzo tu possa essere!" Ero arrabbiato con Fabrizio, non tanto per i soldi che mi doveva da anni, quanto per come si comportava con Simona, la sua seconda Simona, l'unica sua Simona che avessi conosciuto.

Tanto la prima Simona era stata per me un'ossessione, quanto questa seconda Simona che mi aveva presentato era viva, positiva, innamorata di lui. Se Fabrizio l'avesse lasciata, sarebbe irrimediabilmente incappato in una terza Simona. E chissà come sarebbe stata.

"Mi hai chiamato qui per parlarmi di Simona?"

"No. Per niente. Sono nei casini e tu puoi aiutarmi. Hai un debito con me."

"Alludi a quel milione e ottocento..."

"Due milioni!"

"Ah già, due milioni. Alludi a quei due milioncini?"
"Non milioncini, milioni. Non voglio soldi. E neanche la macchina. Voglio solo che stasera tu scatti alcune foto per me..."
"Che genere di foto?"
"Cosa vuoi dire, che ti rifiuti?"
"No. Tutt'altro. Solo voglio sapere che genere di foto. Al chiuso. All'aperto. Col teleobiettivo."
Dio come lo odiavo quando faceva il professionista. Si era completamente dimenticato di Simona per immedesimarsi nella parte del fotografo rotto a tutte le esperienze. Come sua abitudine, riusciva a cambiare umore da un momento all'altro. Era arrivato disponibile, e ora me lo ritrovavo spocchioso. La sua personalità subiva continue trasformazioni, metamorfosi, ribaltamenti. Il dottor Jekyll e mister Bo. Cambiava continuamente e, forse proprio per questo, scattava foto, aspettandosi che gli altri si comportassero come lui, che cambiassero continuamente, che si trasformassero di secondo in secondo. Ogniqualvolta immortalava qualcuno pretendeva di eternarne il sorriso perché, almeno quello, restasse, non cambiasse. Rimanesse lì, eterno, sulla foto, non soggetto a cambiamenti. Gli raccontai tutto degli ultimi tre giorni e il suo sorriso si spense gradualmente, sostituito da un interesse professionale.
"Ma questo è uno scoop!"
"Piantala coi tuoi scoop. Ti rendi conto delle cose di cui ti sto parlando? Ti sto offrendo la possibilità di vivere un'avventura *vera*, capisci, *vera*! Una storia che potrai raccontare mostrando la relativa documentazione fotografica!"
"Be', l'ho sempre fatto."
"Capirai. Esibivi le copertine di Time, sostenendo di averle fotografate tu, e poi coprivi col pollice, ai lati, il nome del *vero* autore della fotografia." Fabrizio fece per alzarsi, bello, gonfio, ricco anche, se non fosse stato per tutti quei cavalli che non arrivavano mai primi. "Non vuoi farlo per me perché pensi che abbia bevuto? Fallo per te. Cinque anni fa, quando ti ho conosciuto, dormivi dove capitava e giravi sempre con la stessa camicia. Non te ne fregava più niente di niente, tanto meno di te stesso. Eri, sei stato un barbone. Come le vittime di

Branka. Se non mi aiuti, sai quanta gente come te corre il rischio di finire avvelenata?"

In quel momento due missionari mormoni, provenienti dal piano inferiore, si stagliarono sulla scala. Erano tutti e due sui venti, venticinque anni, capelli corti, aria da bravi ragazzi, occhi disposti a entusiasmarsi alla vista di ogni cosa del creato, da un uccellino a una pizza, a un bicchiere di latte. Indossavano completi blu come i loro occhi, camicie candide come le loro coscienze. Sulle giacche scure, nemmeno una traccia di forfora. Solo un cartellino all'altezza del taschino che li qualificava come l'ANZIANO JONES e l'ANZIANO COLE della "Chiesa di Gesù Cristo e dei Santi degli ultimi giorni". Almeno così riuscii a leggere mentre ci passavano accanto diretti a un tavolino alle nostre spalle.

"...I barboni non sono come i Mormoni. Non sempre è una scelta. I Mormoni credono che Gesù Cristo prima di fermarsi a Eboli sia passato dal Texas. Credono che la Bibbia sia il primo western. I barboni non credono più neanche in cose così. Non si sentono una comunità. Sono individui. Diversi, sozzi in genere, ma diversi. Sai perché nessuno ascolta le loro storie individuali, vuoi saperlo? Perché puzzano. Anche tu puzzavi quando ti ho conosciuto. Oh no, non di sporcizia. Ti lavavi appena potevi. Sai di cosa puzzavi? Di Simona. Eri pregno di Simona dalle ascelle al cervello. Bell'amico che sei se mi lasci qui, così, in mezzo a questo casino."

Fabrizio si riscosse: "Lazzaro. Non parlarmi così. Io sono tuo amico. Non volevo venire a fare le foto a questa Branka solo perché pensavo che non fosse importante. Credevo fosse uno dei tuoi soliti stupidi scherzi, tipo quella volta quando mi hai fatto fotografare il Vanni dicendomi che dalla foto ne avresti voluto ricavare un poster per la sua campagna elettorale..."

"Allora me le fai queste foto? Dovrebbe piacerti. Si tratta di curare tutta la notte via Washington dove Branka si prostituisce."

"E nel caso non la trovassimo lì, di fronte a casa sua in via..."

"Sì, lì."

Fabrizio si rassegnò. Poi si entusiasmò. Quindi entrò nella parte. Si stropicciò ulteriormente gli occhi con le dita, tastò la mia macchina fotografica come ad accertarsi di essere ancora un fotografo, e infine si alzò, più che disposto a collaborare. Scendemmo le scale del Bistrot, mentre un coro di "ciao Joe" salutava la mia uscita e "Fabrissi" moriva d'invidia contenuta. Non ricambiai il saluto, non realizzando in tempo che fosse rivolto a me. Quella sera non ero Joe.

Era troppo presto forse, per Branka. In via Washington la prostituzione è concentrata nella fila di alberghi a ore che vedono sfilare, giorno e notte, coppie fisicamente inammissibili nel Pianeta Sesso. Proprio per questo si vedono lì, in via Washington, amanti, ragazze paciose e senza età, pance, pancere e insegne tristi con luci non molto convinte né convincenti.

Dopo aver superato sul Maggiolone giallo di Fabrizio una serie di "Pensioni..." finalmente l'auto si arrestò di fronte al condominio in cui viveva mia nonna. Il palazzo era illuminato a intermittenza. La strada buia, costellata da alberi su cui pisciavano cani e ubriachi. Fabrizio posteggiò a fianco della fermata dell'autobus con scarsa convinzione. Forse a causa delle birre che avevo bevuto durante la giornata, mi ero sprofondato nel sedile ingombro di diapositive di modelle e rischiai di addormentarmi, scivolando sempre più giù, verso il tappetino. L'immagine di Fabrizio coi capelli folti e il profilo pieno e pendulo, finiva col somigliare sempre più a quella di un gufo. Gli autobus di città ci sfioravano ogni venti, venticinque minuti con un colpo di clacson e qualche bestemmia. Piombai in un sonno part-time, quando le gomitate di Fabrizio mi richiamarono al presente. Stavo facendo un mezzo sogno orribile per metà. Un noto maniaco omicida, nel sogno con il volto di Agostino, uccideva le proprie vittime scegliendole tra i barboni e i miei amici, dopodiché ne tranciava un piede e lo seppelliva.

Ero arrivato, sempre nel sogno, alla dodicesima vittima, quando Fabrizio mi risvegliò con violenza. Riprendendo conoscenza gli chiesi: "Che numero hai di scarpe?"

"Quarantatré, perché?"

"No, niente, dicevo così per dire."

"Guarda lì."

Guardai. Sembrava Branka, ma non poteva essere Branka. Era troppo vecchia e troppo giovane contemporaneamente. Comunque non si era cambiata dalla sera prima. Indossava gli stessi abiti. Fabrizio scattò discretamente due foto. Le auto si fermavano, la scrutavano e sgommavano via. Non doveva avere molti clienti. Gli uomini che cercavano un travestito, trovavano una donna che si credeva bambina travestita da travestito. Fabrizio si stava annoiando quanto più i clienti si facevano rari. Scattò ancora un paio di foto e poi, nonostante le mie proteste, accese il motore per tornarsene a casa. Lo trattenni mentre un'altra auto si fermava di fronte a Branka. Fabrizio, svogliatamente, scattò la sua ultima foto.

Branka tentennava a salire sull'auto del suo unico estimatore. L'estimatore aprì la portiera della sua Lancia Delta e scese sporcando il suo anonimato nel contatto col marciapiede sotto un lampione. Ormai era contaminato e visibile. Agostino cercò di caricare Branka sulla sua auto. Branka non sembrava convinta. Patteggiò col suo compratore. Agostino, per la mole, incombeva su di lei. I suoi occhialoni spessi e neri che sembravano due televisori anni sessanta prima dell'avvento del colore, celavano probabilmente il suo sguardo lascivo. Branka patteggiò, disgustata, lei, vecchia, da quel giovane cultore di cosce datate. Fabrizio scattò un'altra foto. Branka salì sull'auto.

Come un vento improvviso, una rosa di pallettoni folgorò la portiera che Branka aveva appena chiuso. Agostino avviò l'auto. Un'altra falcidiata di pallettoni avvinghiò il portabagagli. Una terza si perse nel vuoto. Fabrizio, sbiancato in volto, inserì la chiave nel cruscotto. L'auto di Agostino era già lontana. I pallettoni no. Una quarta serie raggiunse il Maggiolone giallo. "Dovrebbero essere già finiti i colpi consentiti per legge," constatò, visto che suo zio era anche un cacciatore. "Dev'essere per forza un fucile a pompa," ribadì sgommando. Il colpo numero cinque sfiancò la carrozzeria, il colpo sei si perse sulla strada, il sette spronò Fabrizio a pigiare ancor più l'acceleratore. Il colpo otto divenne solo un'eco alla nostra fuga.

I fucili a pompa, una volta, sparavano otto colpi. Una volta, ora non più. Tranne qualche volta... ma adesso non erano vecchi fucili da caccia che sparavano pallini: era grandine. La conseguenza estrema della pioggia che aveva generato tutto. Gocce solide, assetate di sangue, che sfondavano i vetri, foravano le gomme, nella ricerca disperata del loro bersaglio principale: i volti da cancellare. Da disintegrare per farne degli impasti sanguinolenti, dei collages disarmonici, delle macchie di Rorschach in rosso acceso.

"Ha beccato una gomma," disse Fabrizio sudato nonostante fosse novembre. Riuscì a malapena a far mantenere alla vettura un equilibrio precario pigiando sull'acceleratore, mentre un pneumatico esalava l'ultimo respiro con forza. Come un atleta durante un esercizio di respirazione. Il Maggiolone traballava ubriaco. Non era dignitoso come mezzo di fuga e lo sarebbe stato ancor meno come carro funebre. Il sedile posteriore era cosparso di vetri infranti che cozzavano tra loro a ogni movimento ondulatorio – come di onda infranta – che la tenuta di strada, il volante sudato come le mani del guidatore, provocavano.

La nona rosa di pallettoni non era arrivata. Né Fabrizio né io ci eravamo girati a vedere chi ci stava bersagliando. Fabrizio, perché era impegnato a guidare, e io perché, per quante millanterie circolino anche con una gomma a terra, sulla nobiltà del vedere la morte in faccia, avevo preferito guardare avanti, fissare gli occhi, anziché sul volto della morte, sul culo della vita che correva precedendoci lungo la via Washington. Dopo qualche chilometro sismico, ci fermammo ormai sicuri di non essere più seguiti. Fabrizio posteggiò la sua auto singhiozzante senza dire una parola. Poi mi fissò e chiese: "Cos'è stato?" Che risposta avrei potuto dargli? Che non lo sapevo con certezza? Che avrebbe potuto essere stato il macellaio, macellato nel caffè Mariona, risorto per vendicarsi quando la pioggia era diventata grandine di piombo e vetri? Che l'assalitore si chiamava probabilmente Marzio Palloni, scampato al linciaggio nel Bar Magenta? O Angiolotta Lavarini gelosa di Agostino puttaniere con corpivendole sessantenni e infuriata con me perché le avevo rubato l'album dei ricordi della sua preziosa orchesca madre? Respirai profondamente, tossii e vomitai a vuoto perché quello che c'era da vomitare lo avevo già emesso nel pomeriggio.

Respirai di nuovo, intensamente, quindi risposi con fatalismo serafico: "È stato lo Zeitgeist".

"Chi?"

"Lo Zeitgeist. Lo spirito dei tempi. Ogni tempo ha il suo spirito. Ogni giorno ne è infestato. Chi credi che durante la Rivoluzione Francese abbia ghigliottinato tutti quei nobili? Gli ignobili? Ma va, è stato lo Zeitgeist! Ci ha sparato addosso lo spirito del nostro tempo. Del nostro tempo insieme questa sera."

"Tu sei pazzo."

"Certo. Sennò non sarei tuo amico. L'unica cosa certa è che non può essere stata Branka a spararci addosso, visto che anche lei o Agostino o forse entrambi erano i primi bersagli. Sai che esiste anche la 'sindrome del cecchino'. Una persona apparentemente normale si compra un fucile e spara, di solito dall'alto, a degli sconosciuti. Uccide a casaccio. Pare che in principio si avverta un senso di onnipotenza, poi ci si senta molto rilassati. Dovresti provarlo."

"Hai voglia di scherzare, eh?"

"No. Sono contento di essere vivo. Domani chiamerò una ragazza sconosciuta che perde cani come fazzoletti, perché qualcuno glieli raccolga. Oppure un'altra vista per pochi minuti che si chiama 64. È momentaneamente in Inghilterra, ma tornerà, sono sicuro. Non le conosco, ma posso conoscerle, capisci. Posso imprestarti ancora soldi. Magari di mia madre, ma io e lei siamo una famiglia unita. Posso. Posso ancora ubriacarmi se mi va. Milano è una città annebbiata dall'alcol. Sai quanti locali aperti ci sono a quest'ora?"

"Vuoi saperli tutti? Dunque, c'è il..."

"Non dirmelo. Non mi serve adesso. Ho la nausea. Domani. Ci andremo domani. Perché domani ci sarà comunque, ma domani ci saremo anche noi."

Fabrizio si rilassò come se avesse sparato a qualcuno da un tetto. Poi abbandonò il pensiero del domani e tornò al presente: "Senti, non avresti un centone da prestarmi per via dei danni? Lasciamo la macchina qui e prendiamo un taxi per tornare a casa".

"D'accordo, ma senti, da quando abbiamo posteggiato a quando mi hai avvisato che era arrivata Branka, mi ero appisolato. Quanto tempo era passato?"

"Mah, saranno state un paio d'ore. Perché?"

"Stavo sognando di un maniaco omicida che faceva fuori te, Vanni, Caroli e Pogliaghi, un mio compagno di liceo che non conosci."

"E allora?"

"Lo strano è che dopo avervi ucciso, vi tranciava un piede e lo seppelliva." Fabrizio si guardò le scarpe per un riflesso condizionato. Erano piene tutte e due. Si tranquillizzò. Continuai: "In due ore di sogno, oltre gli amici uccideva anche dei barboni. In tutto dodici persone".

"Dodici persone in due ore di sogno? Una vittima ogni dieci minuti, tra ammazzare, tranciare, scavare e seppellire. È infaticabile il tuo incubo. Un vero atleta."

"Già, ma non posso aver sognato consecutivamente per due ore. Posto che il sogno sia durato dieci minuti, deve aver fatto maledettamente in fretta a far tutto quel lavoro in così poco tempo."

"E allora, cosa vorresti dimostrare con questo?"

"Niente. Solo che Branka in tre giorni si è messa anche lei a uccidere a cottimo, febbrilmente. Possibile che abbia aspettato sessant'anni di sogno per uccidere improvvisamente in tre giorni di incubo?" Non potevo resistere oltre. Aprii l'album dell'Angiolotta d'oro e scelsi di sapere subito il perché nel 1939 Branka fosse stata insignita di un Premio di bontà.

"Angiolotta d'oro 1939. Branka Miagostovich. Trovatella. Viene adottata dall'ingegner Miagostovich e da sua moglie. È tanto buona coi genitori adottivi."

Dunque Alioscia e Nives avevano solo raccolto Branka e l'avevano adottata. La bontà era loro, non della bambina che rispetto alle altre Angiolotte si era limitata a voler bene ai genitori acquisiti. Non aveva salvato spastici da un incendio come una sua collega nel 1940. Né aveva offerto un proprio rene per un'altra bambina come aveva fatto l'Angiolotta d'oro del 1979. Non aveva operato sulle disgrazie proprie o altrui. Il perché fosse stata premiata rimaneva quindi un mistero che la madre di Angiolotta, la fondatrice del premio, si era portata nella tomba insieme a un trancio di Saint-Honoré. Questo cambiava tutto. Forse Branka non era mai stata così buona come il suo diploma di Angiolotta d'oro aveva lasciato credere. Forse aveva dovuto misurarsi con la sua presunta bontà, come Vanni aveva fatto con la maledetta "Pagella d'oro". Alioscia e Nives forse non ne erano semplicemente complici. Ne potevano essere addirittura gli istigatori. In questo caso erano loro i "cattivi" e lei solo un'esecutrice, né buona né cattiva, ma animata da una folle riconoscenza per chi le aveva dato un nome e una casa. Probabilmente Olivieri aveva scoperto qualche precedente che la sua colica renale gli aveva impedito di rivelarmi. Avrei chiamato la sua famiglia la mattina successiva. Fabrizio e io ci allontanammo dall'auto per dirigerci al più vicino posteggio di taxi. Eravamo vivi e pieni, ognuno di noi a modo suo, di buone intenzioni.

Il giorno in cui Pogliaghi cominciò a fare il taxista, Caroli si alzò presto per raggiungere l'Istituto tecnico in cui "recitava" la parte del bidello. Anche Vanni alle sette del mattino era già in piedi benché non avesse un luogo particolare in cui dirigersi, se si eccettua il grande palcoscenico di Piazza del Duomo. Persino Fabrizio Borsani si diresse a piedi, senza l'amato Maggiolone, verso il millepiedi che di lì a poco si sarebbe attaccato al telefono. Pogliaghi caricò il primo cliente della sua nuova vita di taxista verso le undici del mattino. Caroli si riscosse dalla depressione cronica solo al suono della campanella dell'intervallo. I corridoi si ripopolarono di studenti e Caroli, attorniato da alcuni di loro, raccontò aneddoti sulla vita di Cinecittà con la vaga, ma non spiacevole sensazione, che i ragazzi lo stessero prendendo un po' in giro.

Vanni rischiò di essere travolto da un tram. Un tentativo inconscio di suicidio? Un tram chiamato desiderio di farla finita? No. Non quel giorno. C'era il sole e il sole non guardava mai "male" il Vanni, e anche se lo avesse fatto, Vanni non se ne sarebbe potuto accorgere perché, tutte le volte che guardava il sole, doveva subito distogliere lo sguardo accecato. Fabrizio resistette tutta la mattina all'impulso di raccontare a tutta quella folla al telefono la sua "avventura" della notte precedente. Verso mezzogiorno cedette e ne narrò gli avvenimenti alla sua segretaria la quale, pur non credendo una parola del racconto, sorrise ammirata con quelle labbra su cui aveva voluto sperimentare un nuovo rossetto viola che le trasformava i lineamenti ruspanti in quelli di una ragazza acqua sapone e mirtilli. Dopo aver scaricato il suo primo cliente, Pogliaghi si fermò a un posteggio. Non era abituato alle levatacce e finì con l'addormentarsi per svegliarsi dopo una mezz'ora di sonno a causa dei clacson dei suoi neocolleghi che lo insultavano pesantemente, visto che impediva loro il passaggio. Pogliaghi, svegliandosi di soprassalto e trascinato dallo spirito di corpo che era entrato in lui, cominciò a suonare il clacson a sua volta finché non capì che gli altri taxisti stavano suonando a lui. Allora accese il motore e sparì, all'eco di "pirla", dalla vista degli altri conducenti, con la voglia matta di investire qualcuno.

La giornata aveva già molte ore di vita quando mi svegliai. Mi alzavo sempre, impegni permettendolo, intorno alle undici e mezza. La città era già attiva. Il giorno aveva già scelto come comportarsi. Qualunque cosa fosse accaduta, io non ne ero responsabile. Non avevo partecipato alla creazione di quel giorno. Non ero né Dio né il primo tramviere. La mia responsabilità era solo individuale. Non rispondevo di ciò che era avvenuto mentre dormivo e nemmeno delle conseguenze di ciò che era partito prima che io arrivassi in stazione. Rispondevo solo di me. E al telefono.

"Pronto? Sono Jordy. Dormivi?"

"No," sbadigliai.

"Non mentire. Si sente dalla voce. Scusa se ti ho svegliato, ma ieri sera quando ti ho telefonato per sapere del cane, mi ha risposto tua madre e mi ha detto che saresti rientrato tardi. Be', cosa mi dici?"

"Scusami tu. Sono tre giorni che voglio dirti un sacco di cose... e scusami ancora (sbadigliai) riesco solo a sbadigliare."

"Non importa. Ci sentiamo dopo. È meglio che ti chiami io perché a casa mia c'è una certa tensione. Sai, un maniaco... probabilmente..."

"È stato tagliato un piede a qualcuno?"

"No, che idee ti vengono in mente," rise, "solo che ti dicevo che probabilmente un maniaco ha telefonato l'altro ieri e dopo aver chiesto di me ha insultato la nostra cameriera venezuelana."

Dunque era venezuelana, non filippina: "Sì, forse è meglio che mi chiami tu. Chiamami eh, però. Mi sei mancata".

"Come ho fatto a mancarti se nemmeno ci conosciamo?"

"Proprio per questo mi sei mancata. In tutti questi anni."

"Non si direbbe. Sbadigli appena senti la mia voce. Comunque ti chiamo dopo."

"Senti, aspetta, lasciami fare un paio di sbadigli soli, e poi..." Inutile. Aveva già riattaccato. Non avrei più osato chiamarla per paura che la venezuelana, ex filippina, mi riconoscesse. Dovevo aspettare. E non potevo aspettare. Jordy aveva una voce argentina e una colf venezuelana. El nuevo mundo. Il futuro, dopo che mi fossi definitivamente liberato dalla putrescente bontà delle Angiolotte d'oro. Per prima cosa un bagno. Salutai i due cani e mi diressi deciso di fronte allo specchio. Acqua calda. La barba. Un po' di coccole ai due cani. Una cassetta di Sergio Caputo che nel mangianastri cantava swing a velocità supersonica per recuperare il tempo che era trascorso dalla morte di Fred Buscaglione.

C'era il sole fuori, e un po' anche dentro. Filtrava dai vetri per illuminare la schiuma nella vasca. Ero vicino alla verità. Poi sarebbe cominciata la routine della mia imprevedibilità. Non un giorno uguale all'altro, ma disperatamente, abitudinariamente, tutti i giorni diversi. Quante cose avevo trascurato? Avevo bisogno di una full-immersion nella consuetudine. Quella sera, qualunque cosa accadesse, sarei andato a Kendo. Il giorno dopo dalla psicologa per le "ripetizioni" di training autogeno: "Il mio corpo... le mie braccia, le mie gambe... sono piacevolmente calde, pesanti, rilassate".

Avevo voglia di vedere la dottoressa e di raccontarle

il sogno del maniaco che seppelliva i piedi. Oltre tutto, quell'immagine era emersa proprio durante una nostra seduta. Avevamo fatto la variazione di uno di quei giochetti di associazioni di idee a termini, che fanno anche i bambini prima di laurearsi. "Io dico una parola e tu dimmi subito la prima parola che ti viene in mente dopo aver sentito la mia."

"D'accordo." "Gatto – collo." "Rosso – palla." "Cozze – Omero."

"Omero?" chiese. "Cozze," risposi. Mi aveva guardato e aveva assunto un aspetto di divertita perplessità. Nonostante gli occhi chiari e i capelli chiari, qualcosa non le era chiaro. Scribacchiò degli appunti illeggibili che cercai di sbirciare. Era lei che mi aveva involontariamente ispirato l'idea di spacciarmi per il dottor Totem.

Riprendemmo il gioco. Era ancora abbastanza giovane, a parte qualche rughetta sotto gli occhi che avrebbe potuto anche essere di natura espressiva. "Pollo – callo." "Mamma – fragole." "Piede – maniaco."

"Perché maniaco con piede? Non mi è chiaro." Si vede che pollo e callo avevano per lei, invece, una palese correlazione.

"Boh, forse perché un maniaco mi dà l'idea di essere uno che ha le scarpe strette e vuole togliersele per liberare il piede."

Scribacchiò ancora qualcosa di indecifrabile, poi riprese: "Piede – omicida". Si interruppe e mi guardò fisso di nuovo, bella e preoccupata: "Cosa le fa pensare l'espressione maniaco-omicida?"

"A uno che uccide la gente, poi ne taglia un piede a cranio e lo sotterra."

"È strano. Interessante. La prima reazione comune alle parole 'maniaco-omicida' è generalmente esplicativa sul tipo: un pazzo che uccide. Lei no. Sente il bisogno di specificare che il maniaco omicida dopo aver ucciso tagli il piede della sua vittima come secondo gesto, e come terzo gesto lo sotterri."

L'ora della seduta era finita. La convinsi a scendere al bar. Al secondo gin tonic, che evidentemente non reggeva, divenne più ciarliera:

"È come se per lei l'espressione 'maniaco-omicida'

fosse 'normale' e un 'maniaco-omicida' una figura che appartiene alla quotidianità. Per questo, per 'caricare' le parole di eccezionalità, la sua immaginazione aggiunge il particolare del piede tranciato. Così, il maniaco-omicida è meno 'comune'. Ma anche così non le basta. Trova anche il particolare del piede tagliato, tutto sommato scontato, e allora per particolarizzare il suo 'maniaco-omicida' si sente obbligato ad aggiungere il dettaglio, per gli altri irrazionale, del piede sotterrato."

La guardai orgoglioso di lei e le offrii il terzo gin tonic, mentre cominciava a raccontarmi la storia della sua vita iniziando dal suo odio per le saliere.

Decisi comunque che non appena l'avessi rivista, le avrei raccontato tutta la storia di Branka, dei premi di bontà, di Vanni, della fabulazione in Fabrizio, della depressione congenita in Caroli, della taxifilia di Pogliaghi. Sperando solo che facesse sconti per comitive.

Immerso nella vasca pensavo a tutto ciò, mentre i musi di Benvenuto e del cane di Jordy si affacciavano a leccare la schiuma. Uscii dalla vasca sgocciolando, guardando con comprensione la mia "generosa" virilità che in posizione di riposo, con il pene a far da naso allo scroto, sembrava un mascherone del carnevale di Viareggio. Quei carri che dovrebbero suscitare entusiasmo o ilarità, esattamente come il pene, e invece sono lì a testimoniare di sicuro con la propria esistenza, che è solo un altro carnevale.

L'accappatoio giallo, la spremuta d'arancia rossa, il caffè nero. Un uomo come nuovo, seppur usato. In cucina, sul tavolo, un messaggio di mia madre: "Immagino che non tornerai per la seconda colazione. Hanno telefonato Jordy, Pogliaghi, Caroli e una certa Branka". Un vecchio uomo senza essere un uomo vecchio.

Telefonai a mia madre in ufficio. Occupato. Col 197 feci sbloccare e dopo un paio di minuti mia madre rispose: "Ah sei tu? Ha appena telefonato Eugenio. Torna domani".

Esultai. "Bene, mamma, cosa ti ha detto Branka?"

"Niente. Mi ha chiesto solo se c'eri. È un'altra delle tue fidanzate? Non si stancano di chiamare uno che non c'è mai? Torni stasera a cena? Intendo a mezzanotte, il dopo teatro."

L'ironia di mia madre era giustificata. La notte prima, rientrando a casa, l'avevo trovata sveglia, come lo era perennemente quando io ero fuori di casa e dall'utero. Tornavo, a casa intendo, quando mi faceva comodo allacciare di nuovo il cordone ombelicale come fosse una cintura di sicurezza. Dev'essere difficile educare un figlio. È meglio averne una dozzina in cui isolarne due, quello che rappresenta il tuo successo come genitore e quello che celebra il tuo fiasco. Io ero figlio unico. Mi dibattevo tra successo e fiasco. "Non ero un figlio modello, ma ero un figlio che faceva il modello," come ribadiva mia madre rasserenata dal fatto che i figli modello fossero così noiosi.

Comunque, in quel momento, non era particolarmente di buon umore. Olivieri doveva averle raccontato troppo, pur nel suo tentativo di minimizzare cazzotti e omicidi. "Senti, scusa, che voce aveva questa Branka?"

"Che voce vuoi che avesse? Era una voce. Né più né meno."

"Come una voce? Ogni voce ha qualche caratteristica che la distingue dalle altre."

"Io, per esempio, che voce ho?"

"Cosa c'entri tu, adesso? Tu hai una voce..."

"Allora?"

"Irritante. Allora che voce aveva Branka?"

"Te l'ho appena detto. Una voce. Non ci ho fatto troppo caso. Ah, aspetta, mi ha detto che il tuo numero di casa gliel'ha dato la portinaia della nonna. Mi è sembrato strano. Perché non glielo hai dato tu? Cosa voleva poi?"

"Che ne so. Non glielo hai chiesto. Non sono a casa oggi."

"Lo sospettavo. Se ritelefona Branka, cosa le chiedo?"

"Di descrivere la sua voce in due aggettivi." Riagganciai. Poi mi sarei scusato. Mi scusavo sempre, dopo. Telefonai al numero di casa Olivieri per informarmi sulla sua salute e sulle sue scoperte. La moglie mi rispose dopo una sfilza di convenevoli che "sì, grazie, è fuori pericolo; quel testone è riuscito a espellere il calcolo e vuole firmare per farsi dimettere dall'ospedale, ma io preferirei che ci restasse almeno una settimana. Ah, poi ha chiesto di te. Voleva sapere se avevi chiamato. Devo riferirgli qualcosa?"

No, non c'era niente che dovessi riferirgli. Era lui che doveva riferire a me le sue scoperte. Impiegai dieci minuti per convincerla che, a parte una colica renale e le solite nefandezze di cui suo marito si occupava per professione, non c'era niente, nulla lo giuro, che congiurasse per procurargli un'altra colica renale. La telefonata successiva sarebbe dovuta servire a rincuorare me.

Telefonai al numero dell'Inghilterra che 64 mi aveva lasciato prima di sparire. Avevo già composto il numero prima di rendermi conto che, chiunque avesse risposto, non avrei saputo di chi chiedere. Di Sessantaquattro? Di sixtyfour, visto che la chiamavo a Londra? "Hallo. Lazzaro's speaking..." riuscii a dire mentre dall'altro capo del filo, inaspettata, una voce diceva: "¿Quién es que habla? Yo no conozco a ningún Lazaro. ¿Qué quiere Usted?" Dio, non poteva essere la cameriera venezuelana di Jordy. Non a Londra, almeno. Eppure la voce sembrava la stessa. Riattaccai con decisione. Ma se neanche 64 rispondeva all'appello, non mi restava che attendere la telefonata di Jordy. Avrei voluto chiamare io, ma la certezza di incappare nella stessa venezuelana era una cappa scura che incombeva su di me come una futura pioggia invisibile, proveniente da nubi trasparenti. La pioggia minacciava il sole che sino a quel momento mi aveva illuso che quello fosse un altro giorno, invece che, semplicemente, il giorno dopo.

Il mio ultimo pasto risaliva al giorno prima. Pasta e fagioli. Quand'ero piccolo, mia madre per convincermi a mangiare la pasta e fagioli, mi aveva giurato che era il pasto preferito dai cow-boy. Da quel giorno avevo vinto la repulsione ad affondare il cucchiaio in quel liquido dal colore così poco invitante e avevo scoperto che la pasta e fagioli piaceva ai cow-boy probabilmente perché era buona. La pasta e fagioli era per me collegata a praterie in cui i cavalli non defecavano mai. Come i cow-boy, del resto. E i pellerossa. Come tutti nel West iconografico, per quanto avessi sospettato che almeno una volta, nel 1876, George Armstrong Custer accerchiato a Little Big Horn, se la fosse fatta addosso.

Mi ero mentito, naturalmente. Tutti, anche nel west, andavano di corpo. Anche Doc Hollyday e Wyatt Earp, in un angolo buio dell'OK Corral. Crescendo, avevo avuto molte disillusioni. Anche il West era un posto di merda. Se n'erano accorti tutti improvvisamente, spettatori e cinematografari. Per questo non si giravano più western. E se i bisonti fossero stati massacrati proprio perché insozzavano la prateria? E se il grande capo Toro Seduto avesse dovuto il proprio appellativo al fatto di assumere quella posizione per affrontare preparato i ripetuti attacchi di dissenteria? Era un po' come la storia che avevo raccontato a 64: basta che qualcosa esca dal sedere per non essere più presa sul serio. Da qui l'uso dell'espressione "stronzata" per indicare cosa di poco conto. I cow-boy che mangiavano la mia stessa pasta e fagioli, comunque, erano tutti eccezionalmente stitici. Questo sino al giorno prima. Dal pasto del Teatro Nazionale la pasta e fagioli, per me, non avrebbe più evocato praterie. Il ricordo del naso di cartone di Angiolotta oscenamente intinto, avrebbe sostituito i cow-boy.

Se la dottoressa... in vena di un altro "se io dico sole, tu cosa dici. Parla subito, non stare a pensarci", mi avesse detto: "pasta e fagioli", le avrei risposto "naso di carta". Lei avrebbe preso appunti su cui riflettere per tutta la vita. Era questo il punto: tutta la vita. Avevo creduto che la pasta e fagioli, per me, avrebbe significato cow-boy per sempre, e invece "sempre" si era sciolto in un piatto fumante. Ora pasta e fagioli voleva dire "naso di carta" ma quanto sarebbe durata l'eternità di "naso di carta"? E cosa sarebbe stato della pasta e fagioli dopo la mia morte? Meglio non pensarci. Il mondo, tanto, era pieno di spaghetti. Non sarebbe stata la stessa cosa, certo, per la mitologia, ma in fondo gli spaghetti western erano già esistiti.

Il problema, adesso, era mettere qualcosa sotto i denti. Avrei potuto aspettare mia madre e la telefonata di Jordy, ma sarei stato costretto a dare a mia madre troppe spiegazioni e a ridare a Jordy il suo cane che era l'unica cosa che ci tenesse uniti. A distanza, ma uniti. Così mi rivestii. Una camicia bianca con jabot, assolutamente fuori luogo e fuori tempo quel mattino, un paio di jeans, una giacca blu, una cravatta grigia raffigurante pali del telegrafo blu con fili viola. Un cappotto lungo e nero, col bavero rialzato, rayban da sole, la Shinai di bambù, una spada che poteva sembrare ai superficiali una canna da pesca, la sacca con l'hakama, i pantaloni e il kendogi, il costume da kendo. Credo che quella vestizione rappresentasse per me, quel mattino, l'equivalente del trucco per gli esseri di parvenza femminile: donne o travestiti. Mi infondeva sicurezza. Abbelliva le mie incertezze. Ero guerresco, sacrale ed eccentrico. Bello quasi. Per evitare che qualcuna mi tastasse il sedere sull'autobus, decisi come al solito di andare a piedi. Ma una volta uscito dalla portineria, fui costretto a rallentare l'andatura da colonizzatore con cui calpestavo strada dopo strada, solo per sentirle mie.

La gelateria era stata riaperta. Dopo due settimane di lavori forzati, le saracinesche si erano rialzate. Non ero mai riuscito ad affezionarmi al supermarket sotto casa, uscendo a destra. Era un supermarket che nel corso degli anni aveva cambiato troppi nomi per avere un'identità. Da Stella, il suo primo nome, un nome di donna, si era chiamato G.S., Giesse, una sigla, impersonale, anonimo, come le iniziali della vittima di uno stupro nelle pagine di cronaca nera, o come il diminutivo, il nickname, di un pilota di elicotteri in un telefilm americano: "Ehi, G.S., qui è la torre di controllo". La terza volta il supermarket era stato ribattezzato "Il Gigante" e questo era il suo appellativo attuale. Un nome da lottatore di catch, un film con James Dean e Rock Hudson prima che le rispettive antitetiche morti facessero un mito del primo e la vittima del proprio mito il secondo. Ogni volta che il nome cambiava, le insegne diventavano sempre più cubitali e luminose. E la notte, quando la strada era buia, restavano illuminate a ribadire, con chiassosa certezza, la propria presunta e presuntuosa immortalità di Gigante d'argilla, di Tour Eiffel di via Lorenteggio, di Colosso di Lodi, mito solo per i provinciali. Non potevi amarlo, ci potevi al massimo fare la spesa.

La gelateria era stata tutt'altra cosa. Un negozio rosso e bianco, che ispirava tenerezza, come punto di riferimento. Era stata gestita, nei suoi quattro anni di vita, da un ventinovenne che si era ritrovato trentatreenne dopo neanche un pugno d'estati. Si chiamava Pino e aveva una testa lunga a forma di banana. Di modi affettati da poter essere scambiati per effemminati, Pino – ma il primo anno aveva mentito a tutti sostenendo di chiamarsi GianMaria finché la madre, una calabrese orgogliosa, non lo aveva sbugiardato pubblicamente – non vendeva molti gelati. In compenso il locale era sempre pieno. Ci entravamo, scambiavamo due chiacchere, ci raccontavamo amori e balle, bevendo le birre che Pino comprava al supermarket a fianco, le poche volte che di giorno metteva il naso fuori dalla gelateria, per poi rivendercele a prezzo quintuplicato perché ci era caro, ma cari erano anche i suoi spostamenti. I suoi genitori abitavano a Barlassina, un paesino alle porte di Milano e i primi tempi, ogni notte verso l'una, l'ora di chiusura, Pino tornava a casa. Poi si era insinuato nelle nostre vite di ragazzi di zona. Lo invitavamo a turno a pranzo, a cena, a casa nostra. Pino (GianMaria il primo anno) attaccava con lo scotch il cartellino TORNO SUBITO alla porta del suo 'esercizio', lo chiamava così, mai gelateria, e si insediava a tavola conquistando i nostri genitori, così come aveva fatto con noi. Dal vitto passò all'alloggio accettando i nostri primi inviti a pernottare a casa dell'uno o dell'altro. Invito dopo invito, era finita che Pino non tornava più a Barlassina. Una volta alla settimana sua madre gli portava una valigia con la biancheria di ricambio. Gli eravamo tutti grati perché ci aveva fatto incontrare. Prima di lui, pur abitando tutti nel circondario, non ci eravamo mai conosciuti, separati dalle rispettive vite, dagli stati sociali, dagli stati civili. Invece, grazie a lui, in quella gelateria molte strade parallele si erano toccate.

Ognuno aveva poi convinto i propri amici estranei alla zona e alla gelateria, a recarvisi almeno una volta. E dopo gli amici erano arrivati gli amici degli amici. Il ghiaccio si era rotto e il gelato si era sciolto. La gelateria era diventata in breve una specie di Città del Sole, di Paese dei Campanelli, Tommaso per gli amici. Pino era riuscito, senza saperlo e senza volerlo, a creare un paese in città. Ognuno di noi viveva la propria vita, ma almeno una volta al giorno si recava in gelateria e raccontava a Pino la sua giornata, confrontandola col proprio passato, proiettandola verso il proprio futuro. Il locale era stretto a causa dei diciotto gusti di gelato che occupavano spazio, così il racconto, le confidenze fatte a Pino venivano ascoltate da tutti quelli che entravano e uscivano dalla gelateria. Non c'erano né ricchi né poveri. Il gelato non era una questione di soldi, era una questione di gusti. Le differenze riguardavano solo chi prediligeva il pistacchio rispetto alla stracciatella. Solo la birra era cara, ma Pino doveva pur quantificare il suo merito nel prelevarla da un supermarket asettico per trasferirla nella sua gelateria "umana", cinque metri più in là. Quando Pino metteva la sua testa a banana fuori dalla gelateria, sembrava una tartaruga che sporgesse il collo dal guscio. E tutti, del resto, pensavamo che Pino sarebbe diventato rugoso lì dentro.

Poi la sorpresa. Pino aveva venduto senza dir niente a nessuno. Era sparito lasciando il guscio vuoto e appeso al guscio il cartello "CHIUSO PER CAMBIO GESTIONE". Erano ormai quindici giorni che la gelateria era chiusa. Non avevo più visto nessuno degli altri frequentatori. Erano stati probabilmente inghiottiti dalla città. Ancora qualche giorno senza vederli e avremmo finito col darci del lei. Ognuno era tornato alla propria vita, ai propri amici, ai propri nemici, alla propria classe sociale. Il mondo era tornato meschino, non più maraschino. Amaro, non più amarena. Appannato, non più di panna. Il supermarket aveva vinto ancora una volta. Ora, poi, lo spettacolo che mi si presentava era avvilente: la nuova gestione della gelateria aveva cambiato arredamento. Niente più bianco e rosso, solo legno. Pavimento in legno chiaro, pareti di teak, decorazioni in bambù. Sembrava uno di quei pastifici in cui si vendono ravioli, pasta fresca e farina. Lo sconosciuto che aveva preso il posto di Pino, un cinquantenne stempiato con la giacca rossa da cameriere, aspettava il suo primo cliente. Non sarei stato io.

Oltrepassai il supermercato, arrivai in via Washington e pedinai a distanza un autobus della linea 60 che mi avrebbe portato, se vi fossi montato, al White Bear. Quando sparì dalla mia vista, tagliai per corso Vercelli e dopo un paio di piazze – in piazza Tommaseo le allieve delle suore Marcelline uscendo dal liceo occhieggiavano alla mia spada di bambù – arrivai in via Vincenzo Monti. La strada, signorilmente alberata, intitolata a Vincenzo Monti, uno dei poeti più pomposi e inutili della letteratura italiana, ha in realtà altri meriti che non il personaggio al quale è dedicata. Primo fra tutti, comincia in via Carducci dove sorge il bar Magenta, secondo, termina in piazza Sei Febbraio, di fronte alla Fiera, congiungendo in pratica due mondi agli antipodi: l'ozio e suo figlio il vizio al Magenta, l'operosità alla Fiera. Unico punto in comune è che sia al Magenta che alla Fiera a una cert'ora sono tutti ubriachi. Al Magenta si chiamano sbronzoni, in Fiera operatori. Via Monti è lunga e alberata, palazzi aristocratici orgogliosi della propria età avanzata si alternano a palazzine edificate per la nuova aristocrazia del denaro, altrettanto orgogliose della propria giovinezza. In una di queste palazzine che si affaccia sulla Vincenzo Monti, ma che ha il proprio numero civico in via Rovani, risiede il quartier generale di Silvio Berlusconi. Immagino che ne abbiate sentito parlare. Non ci sono poveri in via Vincenzo Monti, ma la strada non è roboante come il poeta, tutt'altro, è discreta, piena di self control nonostante i tram, addirittura convinta di trovarsi a Londra e che Vincenzo Monti sia solo lo pseudonimo di Lord Byron.

Qualcosa comunque stonava nella strada. Dai tram scendevano passeggere cosmopolite dirette alle Agenzie di modelle disseminate nel circondario. L'inglese è la lingua madre di via Vincenzo Monti, per questo i suoi abitanti credono si trovi in Inghilterra. Le ragazze, slavate come solo le modelle sanno essere quando non hanno trucco, guardavano dall'alto delle loro lunghe gambe una figura accovacciata al suolo. Era un barbone. No. Era un mendicante. Gli passai davanti: un uomo senza età, con un cane in grembo e un piattino vicino al proprio piede. Piede? Singolare. Aveva un piede solo. Un cartoncino scritto a mano in italiano e in inglese diceva: invalido. Rimasi come fulminato. Dovevo scoprire dove avessero seppellito il suo piede e come fosse sopravvissuto. Era lui, ne ero certo, l'unica vittima scampata al maniaco-omicida che avevo creato con la psicologa. Sembrava dormisse. Mi avvicinai chinandomi per guardargli il moncherino. Si destò di scatto, come se mi aspettasse. Mi abbrancò per la camicia a jabot e mi trasse a sé. Aveva denti incredibilmente bianchi e forti per essere un mendicante. Forse era l'unica cosa sua che gli restasse. Mi trascinò finché i suoi denti non furono all'altezza del mio collo. Non riuscii a opporre resistenza non avendo mantenuto l'equilibrio. Aspettavo il morso fatale quando la bocca dell'uomo si assestò contro il mio orecchio: "Volevi rubarmi i soldi eh, figlio di puttana..." Mi morse un orecchio e mi mise le mani al collo. Voleva vendicarsi di tutto su di me. La presa era forte, tra poco sarei crollato e lui mi avrebbe tranciato un piede per tenerselo, invece che seppellirlo. Riuscii a colpirlo con l'elsa della spada. Non lasciò la presa e gli mollai un cazzotto. Cedette. Perse i sensi picchiando la testa contro il muro. Mi tolsi i rayban da sole e glieli aggiustai sul viso, sperando che così, nel caso fosse morto, nessuno se ne sarebbe accorto.

10.

Antonello Caroli sedeva al White Bear addentando un toast in un punto preciso, dopo averlo studiato a lungo, in modo che la farcitura non gli finisse sulla camicia. Mangiava in piedi come un cavallo, visto che i tavolini erano tutti occupati, come del resto gli sgabelli. Un carciofino sfiorò il candore sintetico della sua camicia di popelin. Caroli si rese conto di averla scampata bella e allontanò dal proprio busto la mano che reggeva il toast, così che per raggiungere coi denti il pan carré bruciacchiato era costretto ad allungare il collo e a tenerlo obliquo, lontano dalle proprie spalle e dalla propria camicia. Se Lindsay Kemp fosse stato presente lo avrebbe subito scritturato. Ma Kemp non c'era e la mimica di Caroli fu bellamente ignorata nel locale strapieno come un toast troppo farcito.

Il White Bear era un luogo epifanico, situato al centro del triangolo dei bermuda delle indossatrici. Tre prestigiose Agenzie di modelle, poco distanti, richiamavano in quel bar, dal giorno della sua apertura, la variegata tribù dei cacciatori del Bello ed Effimero, animale per nulla in via d'estinzione. C'erano allieve del liceo linguistico delle Marcelline che consumavano al White il proprio lunch, perché era meta di mascelluti modelli americani dei quali avrebbero voluto approfondire la lingua e il linguaggio. C'erano consorterie di liberi professionisti sposati e con figli, ai quali la famiglia aveva risucchiato, forse, la linfa vitale al punto da renderli magri, essiccati, prosciugati da ogni altra cosa che non fosse la libidine. O spacconaggine. Il White Bear aveva un telefono sempre guasto ed era tappezzato di "composite", di cartoncini con foto, altezza, peso e colore degli occhi di gente d'oltre oceano. Sulle vetrate era raffigurato un orso bianco abbracciato a un bottiglione. La gente ignorava bellamente sia l'orso che il bottiglione per tuffare lo sguardo nell'oceano pacifico e mansueto di bellezze noiose. Ragazze con grosse clavicole scherzavano con ragazzi dai larghi sorrisi.

Caroli cercava di accostumarsi, di entrare a far parte del superfluo, diventato necessario. Si dondolava sulle gambe arcuate, con una flessibilità che a suo parere, richiamava un segnale indolentemente sessuale come una cerniera aperta. La gran parte dei piatti serviti sui tavolini era composta da insalata mista. Niente carne. Niente sangue. Rucola. Cetrioli. Pomodori. Cipolle (non baciarmi, adesso). Pinzimoni. Forse proprio perché c'era tutta quella carne formata da guance, tette, muscoli, natiche: solo carne, niente verdura. E la verdura in un mondo di carne viveva il suo trionfo solo nell'alimentazione. Caroli era alle prese con un toast. Ero sicuro di trovarlo lì. In quel posto, con gente che non parlava la sua lingua, si sentiva a suo agio. I fraintendimenti erano concessi. Antonello Caroli, il grande attore, comunicava con gente del Wisconsin come un sordomuto. Come Tarzan. Come il Conte di Montecristo: lo so che non c'entra, ma mi è venuto in mente. E quante cose venivano in mente al silenzio di Caroli? Lo raggiunsi.

"Ciao Antonello. Tutto a posto?"

"Sì grazie, e tu? Ho letto sul giornale che quella 'bestia' dell'altra sera è morta. Non sopporto la morte. È possibile che ogni volta che esco con te muoia qualcuno?"

"Perché? Quante altre volte è successo?"

Caroli ci pensò su, poi rispose: "Be', non mi viene in mente, ma c'è stato un morto".

"Uno solo? Sei rimasto indietro. L'altro ieri ho visto Vanni e Palloni, quel pazzo è stato massacrato al bar Magenta. Ieri, invece, è morto un tipo che portava a pisciare il suo cane, investito da un'auto. Il tipo, non il cane. E chissà quanta altra gente è morta nel frattempo. Tu vuoi fare l'attore, ma la morte non fa provini! Li prende sempre tutti."

"Guarda Lazzaro, io non ce la faccio più. Mollo l'insegnamento. Mi piacerebbe tornare a lavorare con te, ma so che non è più possibile. Io e te avremmo dovuto fare dei telefilm. Altro che Starsky and Hutch. In culo ad *Attenti a quei due*. Mi immagino già il titolo *Me and Ike*, oppure *Mike and I*, o ancora *My Ike and like*."

"Cosa vuol dire?"

"Non lo so, ma suona bene. Sai una cosa? Io rimpiango il tempo in cui lavoravamo insieme alla radio. Sì, lo so, era una radio privata del cacchio. Però... parlavamo... liberi..."

"È questo il punto Antonello, per quella radio noi avevamo fatto un grande programma solo perché non eravamo costretti a farlo."

"Già, ma ti ricordi?"

"Come no. È questo che mi dispiace. Tu, per me, sei un grande attore comico. Fai ridere, sei spiritoso se non hai un copione, o se non devi farlo. Ricordi alla radio, io conducevo quel programma, come si chiamava, ah sì, 'Passaporto per Milano: viaggio nel costume e nella cronaca'. Il programma era partito come una radiografia di Milano. Solo che non avevo ospiti. La radio non era abbastanza importante. E dopo cinque puntate avevo esaurito gli amici da invitare."

"E allora, va be', io ti ho fatto l'ospite. Solo che tu mi prendevi in giro."

"No. Non è vero. Mi limitavo a sfruttare le qualità comiche della tua depressione."

"Come?"

"Be', la prima volta ti ho presentato come Antonello Caroli attore, la seconda volta come Antonello Caroli pittore, la terza volta come Antonello Caroli fisioterapista, la quarta come Antonello Caroli astrologo..."

“Già, ma l’ultima volta mi hai presentato come Antonella Caroli.”

“Vero. La sorella di Antonello Caroli.”

“Solo che sai cosa c’era? Alla radio funzionava benissimo quando tu presentavi l’Angolo della posta di Antonello Caroli...”

“Sì. Ti ricordi? Io leggevo la tua vera posta. Le lettere di Selezione del Reader’s Digest: ‘Caro signore, le abbiamo già mandato diversi avvisi di pagamento. Certi che lei si sia inopinatamente scordato di mandarci il vaglia per le rate, speriamo che provveda subito, prima di essere costretti alla misura spiacevole, ma necessaria, di farle sequestrare i mobili’.”

“Non è questo. È che io quando mi sforzo, non faccio ridere. Anzi, a quel casting per animatori di quella tivù privata, quando ho raccontato quella barzelletta che ho scritto io, nessuno ha riso.”

“Per forza, perché non fa ridere.”

“No?”

“No.”

“Come no. Risentila. Allora, ci sono due uccellini sul ramo di un albero. Uno fa all’altro: Scappiamo, sotto ci sono i cacciatori. Il secondo uccellino fa al primo: Aspetta un attimo, vedo se sparano.”

“Non fa ridere, Antonello. Non fa ridere per niente.”

“Come, non fa ridere? Non l’hai capita. Allora due uccellini sono su un ramo... uno dice all’altro...”

“Senti, non puoi raccontare questa stronzata quando fai un provino. È peggio del teatro dell’assurdo. È l’assurdo del teatro.”

Caroli e io eravamo gli unici nel bar a parlare italiano. I baristi usavano parole come sandwich, drink, Manhattan (un cocktail), Negroni (un altro cocktail antirazzista). Antonello troneggiava su di me con il suo metro e novanta. Il toast era finito, riassunto da un tovagliolino di carta buttato in un cestino.

“Senti Antonello, perché non la pianti per un po’ di fare l’artista e ti trovi un altro lavoro, migliore di quanto lo sia il bidello? Non sei adatto.”

Caroli ordinò un altro toast farcito. L’introspezione gli dava appetito. Eravamo in un posto bellissimo, pieno di ragazze bellissime, ma sia lui che io pensavamo solo a noi. Caroli si massaggiò il mento meditabondo. I suoi occhi da cane bastonato cercavano una carezza. Anche contropelo. In quel tripudio di gente che mostrava l'un l'altro le foto del proprio "book", io e lui eravamo senza foto, senza la possibilità di mostrarci, di esibirci, in un momento che non fosse quello che stavamo vivendo. Entrambi ridotti al presente. Caroli mi studiò attentamente, poi disse, sovrastandomi ma senza toast: "Lazzaro, tu hai studiato. Io no. Ho letto solo due libri da quando mi è venuto quell'esaurimento nervoso. Il primo era *Le confessioni di Sant'Agostino*. Speravo di meglio. Ho letto solo due pagine. Il secondo è stato: *Bardot, Deneuve e Fonda* di Roger Vadim. Sai, i suoi ricordi di quelle donne..."

"Trifole," concessi.

"...Comunque sono arrivato solo a *Deneuve*. Non sono riuscito a finirlo."

"Vedi, queste sono le cose che dovresti raccontare quando fai un provino. Altro che le tue barzellette sugli uccellini."

"Ma l'hai capita quella sugli uccellini?"

"No. Non c'è niente da capire. Lo capisci? Oddio, immagino di no. Come nessuno capisce l'umorismo della tua barzelletta, se così si può chiamare, sugli uccellini, così tu non puoi capire i discorsi degli altri sulle tue barzellette e su di te."

Ballonzolavamo tutti e due. Parlavo di lui giusto per non parlare di me. Una barzelletta che non fa ridere è tragica. Ed è ancora più tragica se ridi solo tu. Caroli avrebbe pagato chissà che cosa per avere un composite. Non per vanità né per lavoro. Solo così, per testimoniare di esserci stato. Di aver vissuto. Per farsi appendere insieme agli altri su una parete di un bar che rischiava di sembrare un cimitero, affiggendo le foto di persone che, per quanto fossero tuttora vive, non erano più così vive come nel momento in cui le foto erano state scattate.

Ci guardammo a lungo, Caroli e io, finché lui non disse: "Credo che continuerò a fare l'attore. Comparsa se vuoi, ma attore. Quella volta che tu mi hai mandato a lavorare dal tuo amico Fabrizio, mi sono trovato malissimo. Immaginati. Telefonare a delle persone fingendo di essere della polizia per convincerli ad abbonarsi alla rivista "Polizia domani". C'era un sessantenne che aveva lavorato per un'azienda vinicola e che ogni volta che telefonava a qualcuno, a qualche sua vecchia conoscenza, diceva: Caro dottore, sì sono stato un po' in giro, ma ho ripreso a occuparmi del mio vecchio amore 'la rivista'. E diceva 'rivista' come se avesse inteso Macario, Dapporto, Nuto Navarrini, Wanda Osiris, le scale, le ballerine, non la 'rivista' come giornale squallido".

A Caroli arrivò il secondo toast. Lo consumò voracemente, poi s'inventò un appuntamento solo per farmi vedere che aveva qualcosa da fare altrove. Mentire agli amici è come mentire a se stessi. È inutile mentire agli estranei. Se ne fregano. Ogni bugia è un regalo, ed è inutile regalare a un estraneo la parte migliore di te, perché inventata. Non sa che farsene. Caroli fece per uscire dal White Bear, ciondolando dinoccolato. Nessuna modella, neanche la più stramba, una coi capelli biondi e rossi, lo degnò di uno sguardo. Così Antonello Caroli che era ormai sulla porta, tornò sui suoi passi.

"Mi piacerebbe sedermi, ma non c'è posto. Mi piacerebbe andare a un appuntamento, ma non ne ho. Capisci perché sono depresso? Sai da quando non faccio l'amore con una ragazza? Dall'estate scorsa."

"È stato bello, almeno?"

"No, faceva caldo. L'ho incontrata in piscina, al Lido, in agosto. Ora, una che incontri d'agosto in una piscina pubblica di Milano, ti aspetti che voglia scopare, no?"

"Non necessariamente. Magari vuole solo fare il bagno."

Caroli mi scrutò: "Come l'hai capito? La conosci? Lei voleva proprio solo rinfrescarsi. Mi sono avvicinato e ho cercato di farla ridere..."

"Non le avrai mica raccontato la barzelletta dei due uccellini sul ramo!"

"Sì. E lei ha riso."

"Ma allora era la tua anima gemella. L'unica a capire una barzelletta che fa ridere solo te perché l'hai scritta. E poi?"

"Poi le ho proposto di vederci la sera. Ha accettato. Milano era deserta e bollente, ma la sera c'è stato un temporale. E sai, a Milano, quando piove, piove. Eravamo bagnati fradici, così le ho proposto di andare a casa sua, visto che la mia era occupata. Be', anche casa sua era occupata e a questo punto le ho proposto un bar. Ci siamo andati, sai, quella cremeria in via Dante. Eravamo gli unici clienti. Sette camerieri, un sessantenne alla cassa coi capelli tinti di rosso e solo noi due come clienti. Le ho offerto un gelato, poi l'ho convinta a seguirmi alla toilette. Abbiamo fatto l'amore, lì, in piedi, mentre fuori diluviava e i camerieri aspettavano che uscissimo e pagassimo il conto per poter andarsene a casa."

"Com'è stato?" chiesi a Caroli che fissava la modella coi capelli ricci, in parte biondi e in parte rossi.

"Strano. Lei era alta un metro e mezzo. Io sono uno e novanta. La tenevo sollevata per le ascelle."

La modella coi capelli bicolore che Caroli aveva puntato, esibiva occhiali da sole ineccepibilmente neri. Probabilmente, lì sotto, aveva anche occhi, uno di un colore e l'altro di colore diverso, come certi cani di cui non ricordavo la razza e che non avevo mai visto personalmente, ma di cui mi avevano raccontato.

"Be', com'è finita?"

"Un disastro. Un po' la fatica di tenerla sollevata, era cicciottella, un po' il caldo accumulato nel pomeriggio, un po' l'eccitazione, ho cominciato a sudare. Ti sei mai accorto che ho una sudorazione eccessiva? Credo sia il nervosismo. Mi sentivo le gocce colare addosso e lei non si era depilata le ascelle. La toilette era praticamente allagata."

"Quello che si dice un bagno di sudore!"

"Ridi, tu," disse Caroli, ridendo lui. Aveva il potere di ridere sui suoi infortuni dopo che erano passati. La risata si spense. Era stata una risata fanciullesca e morì giovane.

"...Comunque siamo usciti poi bagnati fradici, sperando che i camerieri credessero che eravamo bagnati da prima. Quando abbiamo pagato il conto mi è sembrato di pagare una puttana. Stranissimo, se pensi che la puttana che stavo pagando erano i camerieri con i quali non avevo avuto rapporti."

"Vedi Antonello, anche questa non fa ridere, anzi è tristissima, ma è molto più bella di quella sui due uccellini. Ha un senso. Grottesco, romantico, malinconico, ma ha un senso. Perché non la racconti ai provini?"

Caroli era concentrato solo apparentemente sulla rossa bionda. Pensava ad altro. Infatti mi rispose: "Forse dovrei andare a New York. Certo non parlo la lingua..."

"Non è un'obiezione valida. Vacci. Fa' qualcosa. Neanche qui parli la lingua. In questo bar sono tutti americani e quindi è come se tu fossi a New York. Racconti barzellette che nessuno capisce, nemmeno io che pure sono tuo amico, sollevi ragazze per le ascelle e loro non escono con te una seconda volta, nonostante tu sia stato così delicato da non strappar loro le braccia. Prova a New York."

Caroli disse: "Vado a New York", e questa volta uscì definitivamente dal bar. Rimasi lì a guardare la bionda rossa che mi aveva lasciato in eredità visiva. Non potevo stabilire se anche lei ci avesse guardato, a causa delle lenti scure. Gli altri certamente no. Le studentesse guardavano i modelli, i modelli guardavano i loro book. Le modelle infilavano nasini all'insù nelle schiume dei cappuccini che facevano loro da dessert una volta finita l'insalata.

"Chissà come ha fatto a ottenere i capelli così," chiesi a un barista che non mi stava ascoltando, giusto per non sentirmi solo. La ragazza rispose ancor più miracolosamente in italiano: "Permanente ed hennè". Incredibile. Aveva sentito nonostante le voci, le tazzine, i tappi delle birre che saltavano, le risate, le lacrime e i rospi ingoiati come gettoni del telefono. Forse aveva ascoltato tutto il racconto dell'amore estivo di Caroli.

"Ho fatto la permanente. Poi un hennè. Quindi colpi di sole biondi e infine si cola un hennè meno carico."

"Riesce solo coi capelli, o va bene per tutto? Il colore della pelle, i sentimenti?" Sorrise. Aveva labbra rosa, la pelle bianca, gli occhiali neri, i capelli biondi e rossi. Era arrivato l'arcobaleno. La pioggia era finita. Con l'ultima morte. Osai: "Posso darti un casto bacio sulla guancia?"

Mi porse la guancia dicendo: "Casto, però". La baciai a tradimento sulla bocca, per trattenermi un po' del suo roseo lucidalabbra. *La vie en rose*. Erano giorni che non baciavo nessuno. Rispose al bacio. Nessuno se ne accorse. Ero felice. Un bacio immotivato e pieno di motivazioni. Jordy era una voce. Sessantaquattro un numero. Lei invece c'era. Era strana, ma c'era, lo sentivo cingendola. Forse avrei potuto portarmela in bagno, sollevarla per le ascelle. Non avremmo sudato, ne ero sicuro. Mi staccai da lei e la guardai: "Scommetto che non fai la dattilografa".

"No. Scrivo a mano."

Che bello poter scrivere a mano nella mano, con l'inchiostro che ti resta appiccicato ai polpastrelli come a uno scolaro pasticcione! "Dove ti eri nascosta fino a stamattina?"

"Lavoravo in Fiera. Scusa un attimo, vado in bagno."

Chiusi gli occhi un attimo, assalito da un dubbio atroce. Caroli, mentre mi stava raccontando il suo amplesso acrobatico, aveva fissato lei come stesse guardando nel vuoto. I modelli, i camerieri avevano ignorato il nostro bacio come non lo avessero visto. E se io l'avessi vista solo perché me l'ero inventata? Se me la fossi immaginata perché mi serviva in quel momento e, in quel momento, così non ce n'erano? Se anch'io, come Fabrizio, avessi subito il fascino della fabulazione compensativa? Aspettai qualche minuto a occhi chiusi, sperando che, una volta riaperti, l'avrei ritrovata lì davanti, bella e strana come me. Gli occhi chiusi, nel dubbio, erano una tortura. Faticavo nel non riaprirne almeno uno per sbirciare. Ormai, però, mi ero deciso a resistere anche all'impulso di una curiosità forse autolesionista, così serrai gli occhi ancora maggiormente, quasi sino a sentir male. Aspettai, al buio, il tempo ragionevole che avrebbe potuto impiegare, secondo i miei ciechi calcoli, per fare pipì, riassestarsi i fuseaux, ridarsi il rossetto e tornare da me. Quando il tempo fu scaduto, riaprii precipitosamente gli occhi. Non era ancora al mio ansioso cospetto. Lei non c'era. In compenso, dalla porta del White Bear, stava entrando Marzio Palloni. Indossava il giubbotto di pelle grigia di due sere prima. Un occhio gli era divenuto nero a causa delle botte, l'altro era azzurro. Proprio come quei cani di cui nemmeno adesso mi ricordavo il nome della razza. Ma ora avevo altro a cui pensare.

Palloni sembrava fosse imbarazzato in mezzo a quelle bellezze dei due sessi. Intimidito. Per la prima volta mi parve persino piccolo, nonostante i suoi muscoli. E bruttino e ridicolo coi suoi capelli a spazzola. Forse per questo era diventato "cattivo". Si sentiva inadeguato quando era inoffensivo. Marzio Palloni, il terrorista nero senza patria; forse era senza patria solo perché "spaesato". Rimpicciolito perché senza stile. Fautore di un livellamento delle classi perché privo di classe. Non feroce, solo estetofobo. L'occhio azzurro, timido e implorante, sperava che qualcuno si accorgesse di quanto era cattivo. Provai un improvviso moto di tenerezza nei suoi confronti. Era riuscito probabilmente a scoprire che frequentavo il White Bear interrogando Lela, la nostra ex fidanzata, oppure, forse, spremendo gli habitué del Tre Gazzelle, il bar in Galleria, in cui Caroli lo aveva incontrato. In fondo non era impossibile rintracciarmi. Per quanto cercassi di non avere impegni fissi, ero diventato, mio malgrado, abitudinario. Per anni fai le stesse cose rassicurato dal fatto che continueranno in eterno.

Poi, qualcosa cambia. Una donna se ne va. Cambi lavoro. Muore la zia. Scoppia la guerra. Per qualche tempo sei disorientato, poi, prima che tu te ne accorga, la tua vita ricomincia scandita da nuove abitudini. Anche non avere abitudini è un'abitudine. I luoghi, le persone intorno a te vengono solo sostituiti. La vita, la vita stessa, è un'abitudine. Per questo è così difficile accettare l'idea di dover morire. Marzio Palloni, anni prima, si era abituato all'idea di volermi ammazzare e non vi aveva più rinunciato. Era per lui una coperta calda d'inverno e una crema solare d'estate. Non era veramente "cattivo", crudele, violento. Ci si era solo abituato. Se avesse smesso di colpo, si sarebbe sentito svuotato, goffo cacciatore senza preda. Quasi quasi gli volevo bene. Ma lui era armato e abitudinario. Mi nascosi dietro una colonna di legno e, mentre si informava coi baristi, sgusciai alle sue spalle per sfuggirgli.

Avevo raccolto la sacca e lo spadone di bambù. Indugiai nella tentazione di colpirlo alle spalle. Sollevai la shinai come Toshiro Mifune poi, come Yukio Mishima, decisi di suicidarmi lasciandolo vivo e mi avvicinai alla porta. In quel momento una ragazza coi capelli biondi e rossi, che avevo molto desiderato, comparve dalla porta del bagno, a meno che non me la stessi immaginando. Disse qualcosa tipo: "Ehi", rivolta a me che me ne stavo andando. Marzio Palloni si girò verso di lei, poi seguì la direzione degli occhiali, visto che gli occhi erano invisibili, e si accorse di me. Mi ritrovai in strada e iniziai a correre. Forse la ragazza bionda e rossa esisteva realmente solo per me. Ma anche Palloni la vedeva e la sentiva, perché lui ormai si era abituato a vedere e sentire le sensazioni delle sue prede. Mi inseguì con le sue corte, robuste gambe, finalmente di nuovo a proprio agio.

La Fiera di Milano, vista dal di fuori, è un gigantesco semifreddo. Una torta gelato da conservare in freezer, un po' troppo compatta per essere appetitosa, coi suoi colori smorti e sovrapposti, un trancio verde mela, un altro trancio giallino crema, e poi "porte", cancelli, entrate. È un semifreddo infido: la gente, i visitatori, gli operatori economici, i turisti, le hostess, le standiste, i guardiani, vi si avvicinano come per assaggiarla, ma la Fiera li inghiotte improvvisamente. Li ingoia finché non si ritrovano nei padiglioni come Giona nella balena, e li risputa fuori spossati, all'ora di chiusura. Una torta gelato carnivora.

Avevo corso, reggendo la sacca sportiva con una mano e la spada di bambù nell'altra, senza mai fermarmi finché non avevo sentito i passi rumorosi di Palloni farsi pesanti e spegnersi in lontananza. Avevo corso zigzagando in modo che, se il mio inseguitore avesse deciso di spararmi alle spalle, gli avrei reso le cose più difficili. Imboccavo scorciatoie, allungatoie, per depistarlo. Volevo fargli credere di non avere una meta. Volevo si convincesse che ero molto meno abitudinario di quanto lui potesse pensare. Al White Bear non ero riuscito a colpirlo perché visto di spalle, non era un mio nemico. Un tempo avevo desiderato incontrarlo, ora non più. Desideravo semplicemente che sparisse dalla mia vita, così come vi era entrato. Non volevo che andasse in prigione. Prima o poi ne sarebbe comunque uscito, e se con un certo ingiustificato ottimismo potevo prevedere che gli dessero una trentina d'anni, me lo sarei ritrovato fra trent'anni ancora più incattivito, vendicativo, a corrermi dietro. Avrei avuto circa sessant'anni, e a quasi sessant'anni, con sigari, birre e rospi ingoiati, sarei stato sfiatato, lento, e per di più con la bocca piena non avrei nemmeno potuto gridare aiuto.

Speravo che Palloni cambiasse continente o sparisse oltre le colonne d'Ercole (gli sarebbe piaciuto per via del culturismo), o si facesse trappista o trapper, asceta o ascite che, come senz'altro non sapeva, è la raccolta di liquido sieroso libero nella cavità addominale. Un'ascissa, un ascensore, qualunque cosa, purché lontano da me. Respiravo affannosamente di fronte al cancello di Porta Meccanica. Praticai ripetuti esercizi di respirazione di fronte a un giovanotto che controllava le tessere espositori, le tessere visitatori, gli inviti per accedere al ventiquattresimo Expo, "Esposizione internazionale delle attrezzature e prodotti per il commercio e le attività turistiche". Non appena fui in grado di parlare, chiesi al ragazzo: "Scusa, dov'è l'Ufficio Stampa?" Mi indicò poco distante una scritta RECEPTION, seguii il suo sguardo e quando mi girai per ringraziarlo notai una sagoma nota, grigia e arrancante, in avvicinamento. Mi precipitai alla Reception. Signorine trilingui in divisa ti porgevano moduli da compilare per il censimento dell'Expo. Scelsi la meno brutta dopo un rapido calcolo. A scuola, quando ero molto piccolo, vigeva il giochetto moralistico nell'ora di religione, presieduta da una zitellaccia incolore, di porsi la domanda sollecitata dalla stessa insegnante: "Preferisci sposare una ragazza bella e cattiva, oppure una brutta ma buona?"

"Bella e cattiva," rispondevo senza esitare proprio perché, con sorrisetti angelici, la signorina di religione pretendeva che tu rispondessi: "brutta ma buona". Aveva fede sì, ma la sua era una fede senza fantasia, non prevedeva le altre gamme "Bella e buona", "Brutta e cattiva", "Piatta ma sexy". Secondo lei, solo la Madonna e le Sante potevano essere contemporaneamente belle e buone. Volendosi sbilanciare, ammetteva la bellezza in Maria Goretti che: "Morì per difendere la sua purezza". Per le altre, no. O erano belle e cattive, o brutte e buone. Probabilmente la pensava così perché si era accorta da un pezzo di essere brutta, e aveva deciso, per controbilanciare, di essere buona. Ora il punto era che tra le receptionist, ce n'erano almeno un paio più brutte di lei, circondate da altre di aspetto gradevole. Le due covavano probabilmente, si vedeva dagli sguardi che lanciavano alle altre, un'insana forma di invidia che le faceva malignare sulla rettitudine sessuale delle receptionist belle e sorridenti. Le due brutte, dicendo cattiverie, erano quindi cattive. Brutte e cattive, dunque. Qualcuna tra le belle sarà stata sicuramente cattiva quanto loro, ma non tutte, certo.

Scelsi la bella che così, a occhio e croce, mi sembrava fosse anche la più buona. "Senti, scusa, ho la tessera stampa ma, non ci crederai, c'è un tipo che mi insegue per farmi fuori. Non mi potresti evitare di compilare la pergamena che chiamate modulo e darmi subito una tesserina?"

"Non ci credo, infatti. Raccontala a un'altra."

"Volevo farlo, ma siete troppe e ho scelto te." Mi passò la tessera e persi qualche altro secondo prezioso a vederla spalancare un sorriso. Poi via, all'interno della Fiera. Adoravo la Fiera, era un posto incredibile. Vi bazzicavo appena potevo, un tempo, e vi entravo con mille sotterfugi quando ancora non avevo la tessera stampa. Avevo visitato "Fiere della Sicurezza" che esponevano casseforti, sistemi di allarme e porte blindate. Era una fiera frequentata prevalentemente da ladri e da poliziotti. Fiere del Giardinaggio, Fiere del Giocattolo, Borse internazionali del Turismo, Fiere Campionarie, tutte ospitate in quel gigantesco semifreddo. Perché lo avevo fatto? Semplice: le standiste. Ogni stand ne aveva al minimo una, certi arrivavano a dieci. I requisiti per diventare standista erano in genere un'età tra diciotto e trent'anni, bella presenza, conoscenza di un paio di lingue. Selezione naturale. Erano etère che non si vendevano. Si regalavano se riuscivi a conquistarle. C'era molta concorrenza è vero, ma tutte queste *belle* ragazze di *buona* famiglia erano insidiate da rappresentanti cinquantenni, da uomini d'affari con moglie e figli a casa, le cui frasi brillanti variavano dalla più diretta: "Signorina, verrebbe stasera a cena con me?" alla più retorica: "Ah, se avessi vent'anni meno", alla più banale e volgare: "Io ho cinquant'anni, ma sono giovane dentro e posso offrire cose che un giovane non può offrirle".

Le ragazze rispondevano di no in tutte le lingue. Qui intervenivo io. Le standiste non si fidavano di nessuno, neanche di me. Bisognava conquistarsi la loro *sfiducia*. Ci riuscivo benissimo. Da ogni Fiera uscivo con dieci numeri di telefono. Le sentivo tutti i giorni, per mesi, senza chiedere loro di vederle. Diventavo un confessore, il telefono amico. Mi raccontavano i loro esami e i loro fidanzati. Dopo qualche mese apparivo. Come nuovo, ma vecchio perché già conosciuto. Nei mesi di conversazione avevo scoperto tutte le cose che detestavano, e mi guardavo bene dal farle, e tutte le cose che amavano, e le facevo, arricchendole della mia personale interpretazione. Ci fidanzavamo l'un l'altra senza mai dircelo, senza ammetterlo. Così poteva durare per sempre. Magari amanti, ma soprattutto amici. In breve ero diventato noto all'Ente Fieristico col soprannome di "Topo da Fiera", o "El Clandestino". Solo lì ti poteva capitare di incontrare una ragazza che si chiamasse Jacqueline Kazniersky e abitasse a Monza, oppure Natasha Chpiliotoff e fosse di appena fuori Milano. Mille origini, mille storie diverse. La Fiera era il mio Orient Express. E se volevo una Daniela Rossi subito fuori dalla Fiera, c'era il metrò Amendola Fiera. Entravo in Fiera, magari preoccupato per il mio incerto futuro di outsider associato alla domanda: "Cosa farò un domani?" e ne uscivo entusiasta con l'unico alluzzante interrogativo. "Cosa farò stasera?"

Per questo non volevo invecchiare. Non volevo scoprirmi a chiedere un numero di telefono dicendo: "Ah, se avessi vent'anni meno". Se avessi vent'anni di meno avrei otto anni. Non durerà a lungo, ma per adesso è così. Palloni tra poco mi sarebbe stato nuovamente addosso. In Fiera non mi avrebbe trovato mai. Magari mi avrebbe anche visto, ma poi immediatamente perso. Il terreno io lo conoscevo bene, lui no. La Fiera era la mia giungla. Lui, nei padiglioni, era un becero turista che si improvvisa grande cacciatore di safari. Lo avrei atteso dove mi avrebbe fatto più comodo e poi lo avrei ghermito e affrontato lì, dopo averlo sfiancato. Quindi, sazio, sarei passato da Olivieri e io e lui insieme avremmo, finalmente uniti, opposto ai delitti di Branka la giustizia rappresentata da Olivieri e la nuova verità scoperta da me. Già, perché Branka non era né brutta ma buona, né bella ma cattiva. E neanche bella e buona, o brutta e cattiva. Branka era buona e cattiva. Come tutti noi.

Il padiglione diciannove era nel sottosuolo. Il venti al primo piano dello stesso edificio. Mancava il piano terra: uno dei misteri della Fiera. Li scartai entrambi perché "stare sotto" o "stare sopra" escludeva le vie di fuga sulla terra. Il padiglione diciotto, un nuovo edificio, era riservato all'Esposizione di macchine da caffè. Enormi macchinari che a un profano ricordavano certe sculture abnormi dei musei d'arte moderna. Andy Warhol era stato superato da una macchina per caffè. Il padiglione era vasto, gli stand macroscopici, le standiste invisibili dietro i macchinari. Era un ambiente freddo nonostante la striscia interminabile color rosso che fungeva da passatoia. Non c'era l'atmosfera del caffè, niente Brasile, niente carnevale, era squallido come una favela, questo sì, ma sembrava più un deposito di frigoriferi che qualsiasi altra cosa. Lo scartai. Come scartai il padiglione diciassette, la cui dicitura annunciava "Attrezzature per il commercio". Che orrore, non avevo la più pallida idea di cosa potesse significare, ma se il caffè era freddo, e quindi imbevibile d'autunno, era facile figurarsi il "genere" di gelo che avrebbero potuto generare in me le misteriose "Attrezzature per il commercio". Il padiglione sedici era poi da girone dantesco. Vi venivano puniti le "Bilance e Registratori di cassa". Passi per i registratori di cassa, i più voluminosi dei quali sembravano slot-machine, mentre i più contenuti, valigette diplomatiche ventiquattrore nere vivacizzate da qualche tasto bianco. Erano le bilance a essere spaventose. Enormi, da mattatoio, o più piccole ma dall'aria tagliente come ghigliottine portatili. Roba da rimpiangere il padiglione diciotto, quello del caffè. Gli operatori del settore "Bilance e Registratori di cassa" non avevano un'aria molto più allegra dei prodotti che trattavano. Anche le standiste, come da copione, sembravano frigide, severe. Mi allontanai anche dal "16".

Al di là del fatto emozionale, nei padiglioni che avevo appena lasciato alle mie spalle c'era troppo spazio. Palloni mi avrebbe subito "beccato". Cercavo qualcosa di più "caldo", di più "caotico", di più movimentato. Cercavo una folla in cui mimetizzarmi, per attenderlo. Al padiglione sette si svolgeva, sempre nell'ambito dell'Expo C.T., il Salone internazionale del gelato e della pasticceria. Tanto il "caffè" era freddo, quanto il "gelato" era caldo. Maestri gelatieri di tutta Italia presentavano specialità di gelato su temi di fantasia e su frutta tipica delle singole regioni. Alcune standiste, addobbate con costumi regionali, nonostante le tre lingue richieste per occupare il proprio ruolo, si riducevano a distribuire con ritmo frenetico palline di gelato a bambini, adulti, commendatori, puerpere, arabi, arancioni, neri, svizzeri, che si erano procurati il pass e si entusiasmavano alla vista del gelato come se non l'avessero mai assaggiato in vita loro. L'atmosfera era viva, da mercato delle pulci. Mi accodai a una fila e prima che Palloni ricomparisse, mi ritrovai in mano una coppetta di gelato che non avevo richiesto. La standista me lo aveva offerto meccanicamente, senza guardarmi in faccia, pronta a rituffare la sua attenzione al gelato successivo e io, altrettanto meccanicamente, mangiai il gelato di cui non avevo nessuna voglia. Nell'incavo del gomito reggevo la spada di bambù, con una mano il gelato e la borsa della palestra. Fu scomodo ma emblematico. Mi ero fermato a mangiare il gelato in quel padiglione perché era un'allegoria della gelateria sotto il mio palazzo. Magari, stando lì, avrei visto l'ectoplasma di Pino formarsi da una nuvola di vapore gelido. Pino non arrivò. Palloni neppure.

Ringraziai la dispensatrice di gelati che nemmeno se ne accorse e mi infilai, spintonando persone e rovesciando gelati, ai padiglioni 12, 13, 14/I, 14/II, 14/AB, tutti accomunati dalla dicitura "SIPRAL-EBE" dove Sipral stava per Salone Prodotti Alimentari, ed Ebe per Esposizione Bevande Europee. Una manna. I saloni contigui erano letteralmente affollati. Scolaresche in visita, ubriaconi rossi rossi che si fermavano di fronte alle standiste in minigonna che spillavano birra distribuendola gratis. Fotomodelle danesi sponsorizzavano aringhe di Copenhagen. Uno zampone gigantesco in polistirolo troneggiava su zamponi autentici che fanciulle angelicate tranciavano fetta su fetta, con eterei rassegnati sospiri. Il Colosseo, ai tempi di Caligola, non era mai stato così carnalmente trionfale. Suini invece di gladiatori. Mobilieri brianzoli in pieno baccanale. Dioniso e diochebella agli angeli della Fiera, le ragazze degli stand, quelle con tanta classe da far sentire a proprio agio i bifolchi. Sembrava che quel mondo non sarebbe mai stato distrutto, né da una guerra nucleare, né da una profezia di Nostradamus. Se gli altri padiglioni sembravano gironi dell'inferno, questo era l'inferno compiaciuto. Il paradiso come dovrebbe essere se valesse la pena di andarci. La ricompensa: "Sei stato buono?" "Abbastanza." "E allora goditela." "Qui, sulla terra? E la fine del mondo?" "Mettici un accento: è la fine del mondo."

Già, la Fiera era la fine del mondo. A un tempo volgare e aristocratica, con le caste provocanti standiste a fare da angeli tentatori e noi, il pubblico, gli operatori, i giornalisti, i curiosi, a fare da peccatori. Fuori poteva esserci ancora il sole, come avrebbe potuto cominciare a piovere, ma lì, dove eravamo, non ce ne saremmo accorti. C'erano luci artificiali e una frenesia contagiosa. Ci saremmo potuti credere immortali, eternati dalla voglia di vivere e invece, alle sei, una voce da diluvio universale avrebbe annunciato: "Ore diciotto. Chiusura dei padiglioni" e ce ne saremmo dovuti andare. Saremmo dovuti tornare all'esterno dove nessuno ti regalava birra e zampone, dove il tempo ci aspettava per annunciarci che era trascorso comunque, anche se noi non ce ne eravamo accorti. E come avremmo potuto recuperare il paradiso perduto? Aspettando il prossimo EXPO C.T. l'anno successivo e saremmo stati tutti noi, sopravvissuti, più vecchi di un anno.

Mi avvicinai a uno stand dove due ragazze che avrebbero potuto passare per gemelle, spillavano birra. Erano tutte e due miniature di donne. Quarant'anni in due. Tre metri e venti di statura in due. Quattro occhi azzurri in due. Un amore platonico a tre. "Mi date due birre per favore?"

"Due? Ma se sei solo!"

"Ne ordino due alla volta, così vi potete prendere una pausa più lunga. Scommetto che siete sorelle."

"Da cosa l'hai capito?"

"Avete i tratti somatici simili ed escludo che una di voi sia il fratello dell'altra."

"Sì, siamo sorellastre. Siamo figlie dello stesso padre e di due madri diverse."

"Io mi chiamo Giorgia," disse Anna.

"Io mi chiamo Anna," disse Giorgia.

"Mi state prendendo in giro. Tu che hai detto di chiamarti Anna, porti al collo una catenina d'oro da cui pende una lettera G, come Giorgia, in brillantini. E tu che mi hai detto di chiamarti Giorgia, sulla carta d'identità hai scritto Anna."

"Come fai a saperlo?" chiese Anna-Giorgia assumendo un'espressione preoccupata.

"Non lo sapevo. Ho tirato a indovinare."

Non erano né sorelle, né sorellastre, scoprii alla quarta birra, ormai dimentico di Palloni e di Branka. Erano due amiche che si somigliavano. Si frequentavano sin da piccole, quando le bambine dicono a tutti della propria migliore amica: "È mia sorella". Erano cresciute, non essendosi perse di vista non avevano smesso di mentire con gli estranei.

"E tu sei figlio unico?"

"No. Sono il mio fratello gemello, quello cattivo."

Lo stand di Giorgia e Anna era troppo esposto e non permetteva una buona visuale d'insieme del padiglione, così a malincuore fui costretto ad andarmene. Ci scambiammo i numeri di telefono. Anna volle scrivermi il numero di Giorgia, e Giorgia di conseguenza mi scrisse il numero di Anna. Uno dei due numeri aveva una cifra di troppo per essere vero. Perciò chiesi ad Anna e Giorgia: "Sono falsi, vero?"

"Naturalmente."

Palloni arrivò. Lo vidi arrivare da un osservatorio privilegiato: una scalinata che scendendo nel sottosuolo portava alla toilette. Era una scala molto frequentata, come avevo avuto modo di constatare nella mezz'ora che avevo trascorso lì. La birra gratuita era ancora più diuretica della birra a pagamento. Persone dal volto congestionato e dagli stomaci gonfi, correvano, si precipitavano giù per quelle scale. Prima di raggiungere il gradino che inaugurava la discesa, cercavano di mantenere una parvenza di equilibrio camminando eretti e a passi controllati. Poi, al primo gradino, la discesa diventava scomposta, febbrile, come le acque di una cascata. Correvano smodatamente come trascinati dalla propria vescica gonfia e trainante. Risalivano a passi lenti dopo qualche minuto, liberi, sollevati, incuranti o ignari delle eventuali macchie che si erano formate all'altezza dell'inguine sui loro pantaloni incontinenti.

Palloni mi passò davanti senza vedermi. Fischiai per richiamare la sua attenzione. Inutile. Non ero mai riuscito a fischiare in vita mia, né a far schioccare le dita, né a restare dello stesso umore per più di mezz'ora. Il mio fischio moriva in un sibilo. Così gridai: "Palloni". Palloni si girò verso di me e un bambino mi chiese: "Dove sono i palloni?" Non gli risposi e cominciai a scendere la scalinata di corsa. Palloni mi seguì, rallentai e quando mi fu abbastanza vicino, a metà delle scale, gli lanciai tra i piedi la spada di bambù. Ruzzolò sino alle toilettes. Un'inserviente con un grembiule azzurro, il seno flaccido, gli occhi gialli, se lo vide cadere davanti. Era un pezzo che non aveva un uomo ai suoi piedi, e forse per questo non lo aiutò ad alzarsi per prolungare quell'insperato evento. Le fui accanto. Sollevai un Palloni intontito e confidai alla signora in azzurro: "È inciampato. Deve aver bevuto troppa birra. Lo accompagno in bagno". La donna mi lanciò uno sguardo astioso, ma tacque. Mi caricai i muscoli di Palloni in spalla e lo lasciai cadere solo dopo essere entrato in una delle dieci stanzette, il cui unico arredamento era costituito da un water bianco nel quale infilai la testa di Palloni prima di tirare lo sciacquone. Riprese conoscenza. "Ti va di parlare?" Non rispose. Mi spintonò con la forza ritrovata ed estrasse il cannone da quel suo giubbotto vissuto. Avrei dovuto immaginarmelo. Palloni era così insensibile da non "sentire" nemmeno il dolore. "Dopo la caduta" avrebbe detto Arthur Miller. Quando muori in un gabinetto, non lo chiami più toilette, lo chiami cesso. Stavo per morire in un cesso. Che fine. Che ridimensionamento per l'eroismo se tutti gli eroi morissero nei cessi. I guerrafondai rimarrebbero senza personale. Gli industriali bellici si adeguerebbero: Pozzi-Ginori invece di Krupp. Fate l'amore, non fate la pipì. Mettete fiori nei vostri bidet. Un sit-in pacifista fatto sui water. Addio Jordy, di cui non conosco il volto. Addio 64 di cui non conosco il nome. Addio fantasma dai capelli biondi e rossi di cui non conosco nient'altro che la lingua. Addio Anna e Giorgia di cui so i numeri di telefono, ma sono falsi.

Chiusi gli occhi. L'ultima volta che li avevo chiusi, al White Bear, quando li avevo riaperti Palloni era comparso. Ora, forse, riaprendoli magari sarebbe scomparso. Era il momento di cominciare a credere in Dio seriamente. "Non ce la faccio." Riaprii gli occhi e Palloni c'era ancora, mi puntava la pistola ripetendo: "Non ce la faccio. Non ce la faccio proprio ad ammazzarti. Non ho mai ammazzato nessuno io".

La curiosità prese il posto del sollievo: "Ma se sei un terrorista ricercato dall'Interpol".

"Balle. Sono solo un bullo di paese. Ho frequentato degli estremisti. Ho partecipato anche a qualche pestaggio. Mi sarebbe piaciuto da matti diventare un terrorista, ma ho il terrore di ammazzare qualcuno. Ho fatto credere in giro di essere un terrorista per rimorchiare ragazze. Quando Lela mi teneva nascosto in cantina, in realtà non mi cercava nessuno. A parte mia madre. L'ho fatto credere a lei per rendermi interessante. Ci ho provato, ti giuro, a fare il terrorista, mi sono sforzato, ma non ci sono portato..."

"E l'Interpol?"

"Balle anche quelle. Sono stato un anno in Inghilterra, ma ho fatto il buttafuori in una spaghetteria. Sì, sono stato anche in galera, ma solo perché mi avevano beccato con della cocaina che spacciavo per arrotondare..."

"Ti dovrei presentare il mio amico Fabrizio. Potreste raccontarvi un sacco di balle e divenire così ottimi amici. Scusa, ti spiace abbassare la pistola? Non mi fa sentire a mio agio."

"Ah, sì, scusa."

"Senti. Ma perché mi volevi far fuori?"

"Per uccidere qualcuno veramente. Per diventare almeno un po' terrorista. Mi avevi portato via Lela. Credo che lei stesse con me solo perché le avevo raccontato un sacco di balle. Sai, è pazza!"

"Lo so, lo so. Ma allora perché ieri notte hai sparato con quel fucile a pallettoni?"

"Io? Ma se ieri notte sono rimasto a casa di mia madre, a Monza. Dopo tutte le botte che mi sono preso al Magenta, non avevo proprio voglia di uscire." Palloni trasudava sincerità da tutti i pori. "Non ti volevo veramente ammazzare, o meglio, ti volevo ammazzare, ma non perché ce l'abbia veramente con te. Volevo solo provare a me stesso che come potevo ammazzare te, così avrei potuto ammazzare anche gli altri, i morti che avevo inventato. Scusami se quasi ti ammazzavo. Avrei voluto, ma proprio non ce la faccio."

Una situazione incredibile. Io e lui ci fronteggiavamo ad adrenalina esaurita, ai due lati del water, non più nemici. Marzio Palloni non era più un toro, era un bue. "T'amo pio bove" avrei voluto dirgli abbracciandolo. Sembrava sinceramente pentito di avermi voluto ammazzare. In un'epoca di terroristi pentiti, lui si era pentito di non essere stato un vero terrorista, o il feroce Saladino, e aveva voluto cominciare con me, suo agnello sacrificale, per poter diventare un lupo. Ma Marzio Palloni non aveva né il vizio del lupo, né il vizio dell'agnello. Il suo unico vizio gli entrava dal naso sotto forma di cocaina e gli usciva dalla bocca sotto forma di balle. "Senti, se vuoi, ti prometto che racconterò in giro un sacco di bugie sul tuo conto. Dirò che sei freddo, spietato, senza cuore... lo dirò a tutti quelli che incontro."

Palloni mi guardò emozionato: "Davvero faresti questo per me?"

"Giuro." Mi abbracciò. Uscimmo insieme dal bagno. La porta era stretta, e imboccandola contemporaneamente ci ritrovammo incastrati in un contatto fisico. Con uno struscio più deciso mi liberai di lui. Un vecchietto che si stava lavando le mani in uno dei lavabi allineati vicino alle scale aveva assistito alla nostra ultima uscita. Mentre ci allontanavamo, borbottò alle nostre spalle, ma abbastanza forte per farcelo sentire: "Culattoni".

Uscii dalla Fiera con Marzio Palloni. Ci separammo con un certo imbarazzo: non eravamo più nemici e non avremmo mai potuto essere amici.

"Cosa farai? Per vivere, voglio dire."

"Non so. Potrei fare l'istruttore di body building o lo spacciatore." Su queste consolanti prospettive di un suo lavoro onesto, integrato nelle professioni emergenti sul finire degli anni ottanta, lo guardai andare via. Se non altro non avrebbe lavorato sui computer. Povero pollo, era rimasto al flipper ed era pieno di paure nel sentirsi inadeguato. Da quando quella storia era iniziata, avevo visto un macellaio-macellato e un terrorista terrorizzato, puniti entrambi dalle punizioni che abitualmente infliggevano. Ci doveva essere un disegno di giustizia in ciò. Se il paradosso fosse stato regola, come del resto spesso avviene, Branka sarebbe stata avvelenata da un piccione o da un barbone o da una creatura ibrida che nascondeva le ali sotto un vecchio cappotto sporco.

La sera mi aspettava fuori per regolare i conti. Mi allontanai dalla Fiera e raggiunsi una cabina telefonica da cui chiamai casa Olivieri. La moglie mi comunicò che il commissario sarebbe tornato a casa entro le diciannove. La ringraziai e fermai un taxi al volo. Il guidatore non era Pogliaghi. Non era mai lui. Dopo una mezz'ora di traffico raggiungemmo corso di Porta Nuova. Al 64/B, in fondo a un cortile, al primo piano, l'Agenzia di modelli Caremoli. Una porta a vetri a chiusura elettrica, un campanello che dovevi suonare per farti aprire: come in una gioielleria. Un corridoio intervallato da stanze in cui non ero mai entrato, un colore bianco dominante. Uno stanzone vasto con due scrivanie. Alle pareti contenitori di "composite" divisi per categorie. Uomini, donne, bambini, caratteristi. L'usa e getta del materiale umano da impiegare in pubblicità. Un ufficio ampio, allegro come una cucina americana, tappezzato di sorrisi. I quattro telefoni occupati in conversazioni poliglotte confermavano un'efficienza che faceva da diga al Kaos delle mille storie diverse dei protagonisti dei "composite". Una specie di cimitero senza lapidi costituito da foto di vivi, in salute e in bellezza. Avrei voluto una foto così sulla mia tomba. No, forse mi sarei fatto cremare. Meglio, mi sarei fatto cromare e così, tutto d'oro, avrei donato le mie spoglie al Museo Egizio di Torino.

Laura abbassò le cornette dei due telefoni con cui fissava i provini, dava conferme o smentite. "Lazzaro, ti hanno preso per quella pubblicità dei profilattici. Ti scrivo l'indirizzo dello studio. Il lavoro è per giovedì e venerdì prossimo." Non riuscivo a restare un fallito a lungo. Laura era sui quarant'anni struccata, e sui trenta truccata. Non avevamo mai avuto una conversazione che non fosse stata interrotta da qualche telefonata. Quando passavo in Agenzia, invece di dirle ciao, le dicevo: "Pronto". Per avere maggiori dettagli decisi di attendere che concludesse le telefonate. Bighellonai ispezionando i "composite". Quelli delle ragazze li conoscevo a memoria. Quelli degli uomini pure (vanità, il tuo nome è uomo). I bambini erano irritanti. Passai allo scaffale coi "composite" dei caratteristi, mi soffermai sugli anziani, i nonni degli spot in tivù, bellezze rugose e rassicuranti in trionfale declino biologico. Li passai in rassegna per cercare di immaginare con quale sorriso sarei invecchiato, finché lo sguardo non mi cadde su un viso che mi era diventato noto solo da qualche giorno e con un altro nome. Sulla foto si chiamava Attilio Verga. Attore, 188 cm. Nella mia vita, invece, aveva usato il nome di Alioscia Miagostovich, ingegnere e padre di Branka. Prelevai un paio dei suoi "composite" e corsi via mentre Laura al telefono diceva di no a qualcuno.

Il cadavere aveva una certa eleganza affettata. Non era un barbone. Lo si capiva subito. Era grasso, questo sì. E brutto, questo anche, ma giovane ed elegante. Era stato talmente imbottito di droga che, per uno come lui che non c'era abituato, la morte forse sarebbe sopraggiunta comunque. Ma non era morto per overdose. Dopo la botta in testa per cui era svenuto, si era ritrovato legato e con un fazzoletto profumato appallottolato in bocca per impedirgli di gridare. O di mentire. Quando aveva ripreso conoscenza non era riuscito a mettere a fuoco né la stanza, né la situazione, visto che i suoi occhietti miopi non potevano più contare sugli occhiali da vista che erano rotolati chissà dove. Non si era stupito più di tanto. Non era la prima volta che veniva legato come un salame. Le iniezioni invece lo preoccuparono, varianti di un gioco crudele ma innocuo che gli avevano trasmesso un'inquietudine così spessa da essere tagliata a fette. "Piove," aveva constatato prima di rendersi conto che la pioggia non poteva forare il soffitto, e che quindi non pioveva. Così era riuscito a focalizzare sopra la propria testa un pentolone di acciaio inox che rimpiazzava il cielo come dispensatore d'acqua. Al terzo pentolone d'acqua gelida e al primo baluginare della sega si pisciò addosso. Uno dei suoi ultimi pensieri coscienti fu, più o meno, il seguente: "Sono legato come un salame. E come un salame sarò tagliato a fette". Aveva ragione, una volta tanto. Non fu solo l'inquietudine a essere tagliata a fette. La sega fu posizionata quasi all'altezza della sua enorme coscia, e iniziò il suo lavoro monotono e sanguinario. La gamba si staccò dal resto del corpo e divenne affettata come la sua eleganza. Un tipo "distaccato" anche nel dolore. Il laccio emostatico che venne applicato al moncherino non servì a molto. Il sangue liberato inondò il pavimento e la gamba autarchica, inzuppando di rosso vischioso il pantalone di grisaglia grigia sin sotto al ginocchio, rendendolo simile a un calzone alla zuava. Morì così. Adesso sì era un cadavere. Ma per carità, non il cadavere di un barbone.

11.

Il dottor Olivieri mi venne ad aprire in giacca da camera. Avevo citofonato al suo bell'appartamento di viale Campania e mi aveva subito fatto salire senza chiedermi spiegazioni. Il pianerottolo era invaso da piante e quando Olivieri apparve in versione domestica, gli chiesi: "Scusi, perché non se le porta in casa?" a mo' di saluto.

"Non posso, Lazzaro. Non sono mie. Sono dell'amministrazione dello stabile. Ogni tanto spero che qualche fattorino ne rubi qualcuna, so che non dovrei dirlo. A me le piante non commuovono. Non queste, preferisco gli alberi. Mi ricordano la gioventù, quando coi compagni di scuola ci divertivamo a distinguere l'alburno dal durame. Tempi che non torneranno. Ho scelto un viale alberato in cui vivere, per ricordarmene. E la corteccia? Non trovi che la corteccia non sia solo apparenza?"

"Ci penserò. Come sta, a proposito, vecchia quercia?"

"Bene, grazie, sono riuscito a sbarazzarmi di quel calcolo fastidioso e ora sono convalescente. Volevo vederti ieri sera perché in seguito all'avvelenamento di quella povera disadattata ho messo in moto la macchina della verità che è il tempo. E proprio nel tempo andato ho scoperto alcune informazioni che hanno avvalorato il tuo racconto. Tu Lazzaro, non sei né un avvelenatore, né un bugiardo."

"Grazie."

"Entra, dai. Non stare qui sul pianerottolo. La vista di queste piante d'appartamento mi deprime." Mi fece strada e lo seguii per il corridoio. In tanti anni di "amicizia di famiglia" mi resi conto di non essere mai stato a casa sua. Avevo declinato gli inviti, quando ero un ragazzino, perché a differenza di alcune mie vecchie zie, Olivieri non mi avrebbe lasciato nessuna mancia. Non ricordavo nemmeno il volto di sua moglie che avevo visto, del resto, a un battesimo e a un funerale. Nonostante l'attaccamento al passato, l'ampio locale in cui ci accomodammo era privo di orpelli alla memoria. La stanza era quasi disadorna, essenziale, di un'eleganza sobria che lasciava maggior spazio all'uomo che non alla sua opera. Olivieri, i suoi ricordi non li appendeva alle pareti, preferiva raccontarli a tutti a voce per farli sopravvivere.

"Non vedo libri, biblioteche. È la prima cosa che guardo quando entro in una casa."

"Sono di là, in biblioteca."

"E i quadri, e le stampe? So che lei è un appassionato."

"Sono in un'altra stanza, nella mia piccola pinacoteca, se così posso immodestamente esprimermi." Olivieri aveva razionalizzato anche le sue passioni costruendovi intorno pareti che le isolassero, lasciandole incontaminate.

"E questa, che stanza è?"

"È la stanza della verità. La verità è nuda, no? Ecco, questa stanza mi fa da studio. Sono un funzionario di Pubblica sicurezza, ma mi picco soprattutto di essere un indagatore dell'animo umano, anche se attraverso le sue manifestazioni fisiche, corporee. I delitti. Quando mi siedo qui, rifletto. Non c'è nulla alle pareti che possa distrarmi. Le piante sono fuori sul pianerottolo, mia moglie legge Emily Dickinson in cucina. Qui sono solo."

Ecco cos'era quella stanza: l'egoteca. Il tempio dell'egocentrismo a fin di bene, un tempio senza altari, una chiesa senza altarini. Il monumento invisibile che un uomo, Olivieri, aveva edificato a ciò in cui credeva: la giustizia.

"Lei mi deve raccontare delle cose, e io devo raccontare delle cose a lei. Guardi qui." Gli porsi i "composite" del presunto padre di Branka. Li guardò con l'espressione dell'uomo che trova conferme.

"Questo Attilio Verga che si è spacciato per il padre di Branka, è in realtà un attore. Molti attori finiscono per alimentare il mondo degli spot pubblicitari. Quelli di spicco, per compensi macroscopici, gli altri, giusto per tirare avanti. Quando quest'uomo si è presentato a me, avevo constatato che aveva una voce tonda, da attore di prosa anteguerra che recita la parte del padre nobile. E avevo notato la differenza che esisteva tra lui e la signora Miagostovich che era invece volgare e, come dire, intronata, quasi alcolizzata. Non dovrei dirlo io, ma è così. Mi ha raccontato un sacco di bugie. Si è spacciato per l'ingegner Alioscia Miagostovich."

Olivieri mi interruppe: "Come tu, del resto, ti sei spacciato per il dottor Totem".

"Già, ma il dottor Totem l'ho inventato io, mentre l'ingegner Alioscia Miagostovich esiste, visto che ha adottato Branka quando era bambina..."

"Esisteva."

"Come, esisteva?"

"Esisteva. È morto da una ventina d'anni."

"Ma..."

"Aspetta Lazzaro. Sono imperdonabile, non ti ho offerto niente da bere. Gradisci una birra scura? Guinness, se non erro. Dovrei averne in frigo qualche bottiglia." Olivieri mi lasciò solo nella stanza della verità. Era chiaro che si stava divertendo da "pazzi". Pazzi? E se fosse stato pazzo anche lui? Complice insospettabile di una congiura di menti bacate dalla menzogna. Se avesse ammucchiato le bugie per metterle nella stanza della non verità? Se avesse avuto un'altra stanza con cella frigorifera in cui conservare i cadaveri dei piccioni e dei barboni? Tossii e vomitai a vuoto, in attesa di una birra scura. Olivieri armeggiava, forse, in cucina.

Non riuscii a resistere alla tentazione di percorrere a passi felpati il corridoio per riuscire a vedere l'arredamento di almeno una stanza. Avvicinai le mani a una maniglia aspettandomi qualsiasi cosa. Da una collezione di teste, a un cavallo di nome Donato a cui non avrei potuto guardare in bocca. Avevo bisogno di vedere un'altra stanza che non fosse quella della verità, per riacquistare fiducia in Olivieri. La stanza nuda in cui mi aveva condotto era una trappola. Olivieri era stato sincero: in quella stanza senza oggetti, ci si sentiva soli coi propri pensieri. No, non si era distratti, ma si poteva impazzire, aggrediti dai propri pensieri perché si era entrati nel loro territorio.

Abbassai la maniglia e spinsi la nuova porta. Niente orrori, solo una chaise longue foderata in pelle, un tavolo di marmo sgombro, due tavolinetti bassi a coquille d'oeuf, un altro tavolo Reggenza in mogano su cui abitava una cornice d'argento vuota. No, niente orrore, ma chissà che stanza era quella? La stanza della foto a nessuno? Stavo per uscire quando a un fianco della chaise longue notai la sagoma inconfondibile di un piede. Un piede tozzo, forse incancrenito. Era Olivieri, dunque, che tranciava piedi nei miei incubi? Quell'ultimo piede non aveva fatto in tempo a seppellirlo. La sua mano mi toccò una spalla. Mi girai di scatto.

"Lazzaro, ti senti bene? Scusami, avrei dovuto mostrarti casa mia, ma vedo che hai preso da solo l'iniziativa." Olivieri reggeva in mano un bicchiere colmo di birra scura. Il mio sguardo saettò dalla birra al piede. Olivieri lo seguì.

"Ti piace? Io lo trovo orrendo. È un telefono portatile a forma di piede umano. Lo ha disegnato un architetto di mia conoscenza e me l'ha regalato per Natale. Non sapevo dove metterlo e l'ho portato qui."

"Ma scusi, questa che stanza è?"

"È la stanza in cui metto gli oggetti che non so in quale altra stanza mettere. Casa mia è grande, ma stracolma. La chaise longue e i tavoli sono per una casa di campagna che mia moglie sta ristrutturando. La cornice d'argento è un regalo di Natale. Si può regalare una cornice d'argento a Natale?"

"Preferiva un panettone?"

Non rispose e mi precedette nel cammino verso la stanza della verità. Ci sedemmo su poltrone separate. Olivieri iniziò a parlare.

"Subito dopo che mi hai colpito, Lazzaro, dai, non scusarti adesso, non appena mi sono ripreso ho fatto la seguente considerazione: o mi hai colpito perché eri diventato veramente pazzo al punto da inventarti tutta quella storia, oppure mi avevi colpito perché, benedetto impulsivo, ti avevo provocato schiaffeggiandoti e non credendo a te che avevi detto la verità. Così ho risalito le scale per interrogare di nuovo la signorina Miagostovich. Prima di farlo, però, ho deciso di interrogare gli altri inquilini dello stabile sul comportamento di quella Branka."

"E allora?"

"Ricordi le altre targhette coi cognomi ai piani inferiori? Studio Solaz e Gilda. A Studio Solaz avevamo già suonato insieme e non aveva risposto nessuno. Così ho suonato a Gilda e indovina chi mi ha risposto?" Olivieri drammatizzava le sue scoperte spezzettando il racconto con domande retoriche.

"Glenn Ford?"

"No. Nessuno. Prima di interrogare nuovamente Branka, mi era necessario sapere qualcosa su di lei dai suoi coinquilini. Così sono tornato in Questura e ho fatto eseguire dei controlli dai quali è risultato che in quella casa non esiste alcun Studio Solaz, né tantomeno una Gilda. Quella casa non ha altri inquilini che Branka. Da decenni. Le targhette Studio Solaz e Gilda, erano invece recenti. Le ha fatte mettere lei..."

"Forse per non sentirsi sola... Si è convinto che è pazza?"

"Aspetta. Da successivi accertamenti compiuti quel pomeriggio, ho appreso che Branka Miagostovich è proprietaria di tutto lo stabile. I suoi genitori sono morti da qualche anno. E c'era stata una moria di barboni e di piccioni nei giorni precedenti. Allora mi sono detto che Branka aveva sì organizzato una commedia per coinvolgerti in una storia di morti, ma lo aveva fatto in modo puerile, seminando indizi, come il suo vero indirizzo che ti hanno lasciato i suoi falsi genitori, e il recapito del premio Angiolotta d'oro che aveva effettivamente ottenuto nel 1939. Oltre tutto Branka ha protratto la sua fragile commedia nonostante la mia presenza. Sembrava quasi si aspettasse una nostra visita per recitare, con la complicità dei suoi finti genitori, un copione che non avrebbe retto al primo controllo. Con te, come dottor Totem, ha recitato il primo atto, con me e con te in via Pontevetero, il secondo."

"E le morti?"

"Un prologo. Crudele finché vuoi, ma che serviva a dare una tragica consistenza alle sue interpretazioni. Branka voleva che tu, e di conseguenza poi tutti, scoprissimo il suo gioco. Branka ha costruito il suo castello di carte al solo scopo che tu, poi, glielo facessi cadere."

"In altre parole, ha ucciso per meritarsi una punizione. E poi ha inscenato il resto affinché io mi accorgessi di lei, e la punissi?"

"Possibile. Ma tutto è possibile. Ho cercato di isolare il probabile. Branka, forse, ci ha sfidato a giocare con lei."

"Credo che lei abbia ragione. Branka è un po' adulta e un po' bambina e probabilmente si sente una bambina 'grande'. Intendo dire che forse considera bambini anche me e lei, ma per sé ha scelto il ruolo di bambina più matura, più responsabile, di reginetta del gioco. Ha seminato indizi per darci un apparente vantaggio. Si è comportata come il bambino che, sapendo di essere più veloce di tutti i suoi compagni, per convincere i suoi amichetti a partecipare a una gara di corsa con lui, è costretto a concedere agli altri venti, trenta metri di prato prima di iniziare la corsa, per poi seguirli, raggiungerli e infine superarli. Ma il vantaggio che ci ha offerto è solo apparente, vero?"

"Già. L'unica cosa che possiamo provare, ora come ora, a meno che l'emarginata che è sopravvissuta al veleno non la identifichi, è che ci ha mentito sul fatto di avere i genitori ancora viventi. Potrebbe avere già ucciso centinaia di piccioni e decine di barboni, che ormai sono sottoterra da chissà quanto tempo e di cui sarebbe anacronistico richiedere l'autopsia. Sai chi è l'emarginata che è stata ricoverata ieri? L'avrai vista senz'altro. È una povera donna afflitta da turbe mentali aggravate da alcolismo cronico, che cammina su e giù per corso Vittorio Emanuele gridando oscenità ai passanti."

"La pazza di corso Vittorio Emanuele!"

"La conosci anche tu?"

"Sì purtroppo. La vedo quasi tutti i giorni e quando la vedo cambio marciapiede. È sporca, asessuata, rivoltante, ma soprattutto inquietante. È un'altra faccia di Milano. La città è malata, come forse lo sono tutte le città. Ci sono speculazioni, prostituzione minorile, lotte fratricide per un assessorato, emarginazione, droga, è banale, ma ci sono. Compromessi, mafie, indifferenza, cani abbandonati e amici senza futuro. Come in tutte le città, ma ogniqualvolta vedo la pazza di corso Vittorio Emanuele, me ne ricordo. È come se fosse lei l'unica a portare addosso i segni di un tumore che sta corrodendo tutto. Lei è una spia del tumore, è il segno vivente della peste invisibile. Un paio di mesi fa le sono quasi inciampato addosso. Io ero distratto, lei concentrata, rannicchiata per terra coi calzoni abbassati. Stava defecando in piazza Diaz in pieno giorno. L'ho quasi calpestata senza accorgermene, capisce, come avrei potuto calpestare le feci di un cane. Solo che era lei. Diventata feci. Credo che dovrei dirlo alla mia psicologa: è da qualche tempo che ho fissazioni escrementizie. Posso andare a lavarmi le mani?"

Olivieri annuì. Mi scortò sino alla stanza da bagno. Un bagno azzurro come il cielo delle cartoline. Feci pipì, niente escrementi. C'erano in giro abbastanza stronzi. Rientrai sgravato nella stanza della verità. "Mi scusi, mentre mi lavavo le mani, mi è venuto in mente che anche qualora la pazza potesse identificare Branka come la sua avvelenatrice, la sua testimonianza non sarebbe comunque attendibile. È così?"

"Infatti. E credo faccia parte del gioco di Branka. Lasciar sopravvivere un testimone a cui solo tu, e ora anch'io, crederemmo."

"C'è un'altra cosa però, dottor Olivieri, gli pseudogenitori di Branka mi hanno lasciato, sicuramente dietro suo ordine, anche l'indirizzo che fa capo al Premio di bontà istituito da Angiolotta Lavarini. È un particolare apparentemente superfluo al suo gioco. Avrebbe potuto evitarlo, se il suo intento era solo quello di accusarsi di delitti e poi sfidarmi a provarli. Ci deve essere un messaggio, una traccia, una sfida anche nel premio Angiolotta d'oro. Branka voleva che io, ma mi chiedo perché mai abbia scelto proprio me, mi occupassi anche del Premio, che scoprissi qualcosa di essenziale o di fuorviante, ma che faceva parte comunque del suo disegno."

Olivieri mi fissò pensoso. Poi, con la sua voce cantilenante, curata quasi come le sue unghie, disse: "Immagino che tu non abbia mai sentito parlare di Angiolotta Lavarini, la madre intendo. No. Non credo, sei troppo giovane. È morta nel 1960, all'incirca quando tu sei nato. Angiolotta Lavarini era una donna strana, affascinante e ripugnante a un tempo. Brutta, questo sì. Negli ultimi anni poi, pare che fosse diventata una specie di colosso, ma stando ai racconti di chi l'aveva frequentata, quel donnone emanava una carica di sensualità animalesca quasi irresistibile. È difficile crederlo guardandone le foto. Angiolotta Lavarini aveva istituito il suo Premio di bontà in piena era fascista. Era una donna dalle amicizie influenti al punto che è sopravvissuta nel lusso nonostante il cambio di regime, senza perdere né influenza né privilegi. Non appena ho sentito il nome "Angiolotta d'oro" collegato a Branka, mi si sono drizzate le orecchie. Circolavano voci sul suo conto. Malignità forse, ma non c'è fumo senza fuoco. Si diceva che Angiolotta Lavarini fosse una delle eminenze grigie della prostituzione..."

Vuotai la Guinness sperando che non mi andasse di traverso.

Olivieri riprese: "Ai tempi delle case chiuse, le tenutarie erano spesso soltanto tali: maîtresses o poco più. Le case erano in realtà di proprietà di uomini che avevano anche altre attività. Molti di loro non ne facevano un mistero, anzi, di fronte alle proposte abolizioniste della senatrice Merlin, si riunirono in comitati. Aluino Bianchi, un cremonese, nel 1928 tentò addirittura di creare un'unica società di tenutari italiani e francesi. In certe case, girava sottobanco cocaina proprio come oggi, ma l'istituzione, coi suoi controlli medici e coi suoi riti di iniziazione allo sfruttamento della propria virilità, entusiasmava gran parte dell'opinione pubblica maschile. La prostituzione era, se non proprio un servizio sociale, quantomeno un servizio socializzante. I riti fallici per diventare uomo. I padri ci portavano i figli e li affidavano per lo svezzamento meno traumatico possibile, a signorine che avevano già personalmente sperimentato. Io stesso..., ma lasciamo perdere. Molti ex tenutari, oggi sono diventati albergatori trasformandosi a tutti gli effetti in rispettabili cittadini. Be', anche allora si consideravano cittadini rispettabili che lavoravano in cooperazione con lo Stato. Altre 'case' avevano, oltre alla maîtresse e al proprietario 'ufficiali' altri padroni occulti che preferivano non figurare. Angiolotta Lavarini divenne una di questi intorno agli anni quaranta. In un primo tempo, negli anni trenta, non si era certo 'vergognata' della propria attività. Al contrario, aveva addirittura ricevuto onorificenze per le sue attività imprenditoriali al servizio della Patria. Nel 1935, l'Italia affrontò la sua terza guerra d'Africa. Al fronte i soldati furono seguiti, se non accompagnati, da legioni di ausiliarie del sesso. Mussolini invitò i tenutari d'ogni regione a organizzare bordelli in Africa e tra questi bianchi, il cremonese, che era tra l'altro un buon amico di Italo Balbo. Unica donna tra i casottieri, pare fosse proprio Angiolotta Lavarini, detta l'Immensa. Dopo il successo dell'operazione, Mussolini convocò a Palazzo Venezia tutti i tenutari che avevano aderito al suo invito e li fece 'commendatori'. Angiolotta era tra questi, anche se in seguito rinunciò al titolo quando il suo passato le parve troppo 'ingombrante'. Lusingata, ma anche imbarazzata dai vistosi successi nella sua attività imprenditoriale, Angiolotta Lavarini si era creata una parallela occupazione che le consentiva di figurare come persona di indubbia moralità: fondò il Premio di bontà Angiolotta d'oro. Se da un lato incentivava le madri a divenire 'puttane', mi si passi il termine, dall'altro coltivava delle 'sante' nelle figlie. Premiava le disgrazie con una punta di sadismo, ma con inossidabile rigore morale. Alle 'case' ufficiali alternò 'case' clandestine, in cui i fascisti sfogavano le loro più recondite fantasie che, altrove, non potevano venire assecondate. Per quel tanto di moralismo ufficiale che cementa ogni dittatura.

"Sono voci, Lazzaro, ricorda, voci dal passato, ma voci. In breve tempo Angiolotta surclassò ogni altro tenutario ufficiale, o clandestino che fosse. Organizzava orge in cui muli, nani, giornalisti, si accoppiavano, si triplicavano, si moltiplicavano, mantenendo un'immagine da grande mamma grazie al Premio di bontà. Pare che la sua florida sopravvivenza al cambio di regime, fosse dovuta in gran parte alla possibilità di ricattare i nuovi padroni di casa, che avevano comunque un passato."

"Ecco chi aveva veramente il vizio dell'agnello," commentai ad alta voce rivolto più a me stesso che a Olivieri. Da qualche tempo avevo preso l'abitudine di parlare da solo. Me lo avevano fatto notare e avevo risposto che stavo ripassando la parte. "Ma tu non fai l'attore" constatavano increduli. "Per forza, finché non so la parte..." Ma adesso era diverso. Non sapevo ancora la parte, ma conoscevo almeno il personaggio.

"Chi ha veramente il vizio dell'agnello?" chiese Olivieri, "...e poi cos'è il vizio dell'agnello?"

"La vecchia Angiolotta Lavarini aveva il vizio dell'agnello. Gestiva un lupanare, un luogo da lupi, ma premiava gli agnelli, i cuccioli, gli innocenti. Che ne è stato di Angiolotta Lavarini alla fine della guerra?"

Olivieri tornò didattico: "Dal 1943 al 1946 la maggior parte dei bordelli furono proibiti ai militari tedeschi prima, e anglosassoni poi, per motivi di sicurezza, non solo igienico sanitari. Le scritte VERBOTEN di fronte alle case di tolleranza furono sostituite dalle scritte OFF LIMITS. I militari non potevano entrare nei casini? Benissimo, le prostitute li avrebbero raggiunti per la strada. L'impero di Angiolotta sulle sue ragazze. I suoi salotti clandestini erano prudenzialmente chiusi per ferie, in attesa che si stabilisse chi fossero i vincitori definitivi, per poi assecondare i gusti più inconfessabili. Il Premio Angiolotta d'oro, invece, prosperò tra vincitori e vinti. Le bambine bionde ricordavano ai tedeschi le bambine ariane, e agli americani le ragazze del Sud Dakota. In ogni caso, sono sempre voci, Angiolotta aveva denunciato gli ebrei ai nazisti, e ora denunciava i nazisti agli americani il cui cognome finiva in 'stein'".

"Patriota di tutte le patrie. E poi?"

"Nel 1947 l'ONU ammainò la bandiera abrogazionista. Il sesso di Stato stava per finire. I paesi si adeguarono a poco a poco. In Italia ci vollero undici anni. In quegli undici anni, mentre i tenutari per sopravvivere fondarono l'AGA, Associazione Gerenti Autorizzati, Angiolotta, che aveva capito come sarebbe andata a finire, abbandonò progressivamente ogni sua casa chiusa ufficiale e si gettò nella beneficenza. Il 20 settembre 1958 i bordelli chiusero definitivamente. Angiolotta Lavarini, al contrario degli altri, si era preparata per tempo..."

"Era tornata vergine?"

"Un po' crudo, ma vero. Mentre molti tenutari divennero albergatori quasi per forza, lei, ritirandosi ufficialmente per tempo, investì in immobili. Comprò palazzi risparmiati dalla guerra un po' in tutta Italia. Da questo punto in poi, sono solo chiacchiere. C'è chi dice che Angiolotta riaprì le case chiuse utilizzando come personale proprio le ex bambine che aveva premiato anni addietro, contando sulla riconoscenza che le Angiolotte provavano ancora nei confronti di quella Mamma Lupa. In ogni caso, le voci restarono solo tali. Nessuno aveva interesse a che Angiolotta Lavarini fosse incriminata. Era una cittadina benemerita, e per di più, conosceva particolari imbarazzanti sui nuovi Padri della Patria, sui magistrati, su qualche prelato di stampo medievale."

"Come fa a sapere tutte queste cose?"

"Perché non appena ho collegato Branka al Premio di bontà Angiolotta d'oro, non ho potuto fare a meno di tornare indietro di una trentina d'anni. Allora ero giovane e meno scettico. Incappai in Angiolotta Lavarini a causa del suicidio di una ex Angiolotta d'oro. Prima di uccidersi, la povera disperata lasciò una lettera che coinvolgeva Angiolotta Lavarini. Andai a interrogarla. Era una donna orripilante, eppure carismatica. Mi fece capire che mai e poi mai avrebbe tollerato che una ex Angiolotta d'oro si desse alla prostituzione. Le credetti. O meglio, mi resi conto che era sincera in quanto la prostituzione rappresentava 'i suoi panni sporchi', mentre il Premio di bontà costituiva la sua aureola che si lucidava con cura. Non doveva aver approvato che una sua ex bambina, prostituendosi, anche se in un suo salotto, infrangesse la barriera che separava i suoi due mondi opposti. Quella donna divideva la sua vita in compartimenti stagni. Era immorale ma era anche moralista."

"Come se avesse due personalità indipendenti? Come se fosse contemporaneamente, ma separatamente, buona e cattiva?"

"Proprio così."

"Credo di cominciare a capire molte cose."

"Ah sì. Mi fa piacere. Io, in ogni caso, allora capii che la ragazza che si era uccisa aveva avuto a che fare con due Angiolotte. La prima l'incitava alla prostituzione e la seconda l'accusava di aver rinnegato il Premio di bontà. Ne parlai ai miei superiori per far incriminare Angiolotta Lavarini, consegnando la lettera e testimoniando le mie impressioni. La lettera sparì e le mie impressioni divennero i miei incubi; oggi sono solo i miei rimpianti. Angiolotta aveva troppi amici. I giornali parlavano di lei solo come di una gran dama dal cuore d'oro che viveva per la beneficienza. Angiolotta Lavarini morì nel '60. Quelli che sapevano tacquero, tirando un sospiro di sollievo. Altri se ne dimenticarono. Di Angiolotta Lavarini è rimasto un fulgido esempio e una leggenda sinistra."

"E una figlia. Angiolotta junior..."

"Già, l'ho conosciuta, non ha il temperamento della madre. Sono addirittura disposto a credere che ignori tutto quello che riguarda lo spirito commerciale della madre. È una brava donna, toccata, picchiata, ma brava. È molto 'rispettata', benvoluta, in parte per il Premio di bontà e in parte, forse, perché qualcuno ancora teme che lei riveli i segreti della madre."

"Cosa intende fare riguardo a Branka?"

"Mah, mi interesserebbe scoprire perché mai ha lasciato una traccia che porta al Premio di bontà... Ah, scusami... intendi dire per fermarla? Posso solo aspettare che la sua vittima mancata sia in grado di fare una dichiarazione sensata che la incrimini. Non posso nemmeno farla sorvegliare, adesso come adesso *io* non posso."

"Vuol dire che io sì."

"Certo che puoi, tanto io non ne so niente."

"Questa è la stanza della verità, eppure lei ha appena detto una bugia..."

"È vero. Ma sai, Lazzaro, in una stanza in cui aleggia soltanto la verità, una bugia sola è come una zanzara in una cella. Tiene compagnia."

"Adesso vado. Mi promette che un giorno, a sua discrezione, mi farà visitare casa sua stanza per stanza e poi mi spiegherà tutti i particolari dai telefoni a forma di piede, all'azzurro delle piastrelle del bagno, all'uso di ogni singolo coltello da cucina?"

"Promesso. E... Lazzaro..."

"Sì?" Mi aspettavo che mi dicesse qualcosa del genere: sii prudente.

"...Salutami la mamma, e ricordami alla nonna in Trentino." Educato. Fino all'ultimo.

Sotto il palazzo in cui abitava Olivieri, le insegne di un ristorante cinese sovrastavano una vetrina di specchi in cui draghi e ideogrammi in decalcomanie rosso acceso, garantivano al passante che si fermava a specchiarsi di non avere a che fare con una trattoria toscana. Mi guardai nella vetrina. Ero stanco, sciupato, dimagrito. La camicia bianca aveva lo jabot appassito. Un ricordo. Una stella alpina tra le pagine di un libro, non più un baldanzoso jabot. Le mie guance sembravano vecchi portafogli troppo usati, e ora vuoti, perché tutto finisce e i soldi finiscono per primi. Il pallore era riscattato da chiazze rossastre che denunciavano le troppe birre e i pasti improvvisati forniti al mio fegato.

Gli occhi erano stanchi e lucidi. Il ristorante era nuovo e io ero vecchio. Vecchio di quattro giorni. Reggevo ancora in mano la spada di bambù che avevo raccolto sulle scale della Fiera dopo aver cessato le ostilità con Palloni. La tenevo in mano da ore senza essermene neanche accorto. Olivieri, che sicuramente l'aveva notata, non aveva fatto domande. Strano. La mia spada di bambù era in genere il motore delle conversazioni. Ogni volta che la portavo con me, il silenzio veniva violato.

"Cos'è?" Chiedeva un bambino alla madre. E la madre a me: "Scusi, cos'è?" Io rispondevo e per un quarto d'ora di conversazione, madre e figlio pensavano che io fossi un grande guerriero. Se una ragazza graziosa mi chiedeva "Cos'è", la conversazione si protraeva oltre il quarto d'ora di educata mistificazione. Se la stessa ragazza graziosa non chiedeva niente, ma fissava la spada, ero io ad aprire la danza delle parole ormai diventate copione. "È una spada da kendo... ho visto che la stavi guardando." Oppure: "No, non è un simbolo fallico. È una spada da kendo... È il bastone della mia vecchiaia anche se sembra una canna da pesca". Frasi che trovavo divertenti solo quando potevo raccontarle a qualcuno. Se ci ripensavo, se me le dicevo da solo, invece diventavano tristi come ristoranti cinesi semideserti, in cui dieci cinesi imparentati tra loro, attendono il primo e forse unico cliente cinguettandogli frasi di cortesia, ponendogli domande come se avesse in mano una spada di bambù. Il ristorante era nuovo: Olivieri non era il tipo che andava ad abitare sopra un ristorante cinese. Né a una gelateria, del resto. Questa era la differenza tra lui e me.

Entrai nel locale. Due cinesi accorsero premurosi e mi indicarono, allargando le braccia, che qualsiasi tavolo avessi scelto sarei stato accontentato. Un terzo cinese stoppò nel mangianastri una cassetta del Festival di Sanremo dell'anno prima e la sostituì, per l'ospite gradito, con un nastro di musica inequivocabilmente cinese. Quel genere di nenia che più che alle Muraglie, a Marco Polo, a Sun Tze, a Li Po, a Bruce Lee, a Tu Fu, a Kung Fu, mi faceva sempre inspiegabilmente pensare a una gondola veneziana sul mare mosso. Un senso di romantico mal di mare. In realtà, ero entrato solo per fare qualche telefonata, ma non avrei certo potuto deludere i tre cinesi, così presi posto a un tavolo dietro un paravento di lacca e ordinai, controvoglia, sorridendo una parola sì e una parola no, le specialità della casa. I cinesi si chiamavano Luca, Matteo e Simone. Mi chiesero a che squadra tenessi e, secondo me, che tempo avrebbe fatto il giorno dopo. Avevano voglia di integrarsi e io ero disposto ad aiutarli. Per farlo parlammo animatamente di argomenti che in realtà non interessavano a nessuno di noi quattro. Dopo aver accettato l'offerta di un bicchierino di liquore di rose, nessun altro cliente era entrato nel frattempo, a stomaco pieno chiesi a Luca di indicarmi dove fosse la toilette. Mi ci accompagnò. Dovetti insistere perché rimanesse fuori. Quando ne uscii era ancora lì, davanti alla porta, premuroso come un innamorato con la madre dell'amata.

"Tutto bene?"

"Sì, grazie. L'ho fatta tutta. Scusi, mi potrebbe dare un paio di gettoni del telefono?" Chiamai mia madre, ma c'era la segreteria. Chiamai allora a casa di Fabrizio: "Pronto". "Pronto, chi parla?" Era una vocetta stridula, infantile, agghiacciante. La voce di Branka, forse?

"Branka, cosa fa a casa di Fabrizio? Cosa ne ha fatto di lui?"

La vocetta si trasformò nel gracchio abituale di "Fabrissi bel servissi". "Ma che Branka. Sono Fabrizio. Scusa Lazzaro, ma ho alterato la voce temendo mi chiamasse Simona. Non voglio parlarle. Non saprei cosa dirle!"

"Bel modo di affrontare i problemi. Senti, hai sviluppato quelle foto?"

"Sì, le ho in ufficio. Senti, non avresti un cinquanta da prestarmi? C'è un cavallino che è la fine del mondo. Se ce ne metti cento facciamo a metà."

"Nemmeno a parlarne."

"Non sai cosa perdi."

"No. Ma so cosa perderei: un bel centone. So cosa perdi tu quando giochi ai cavalli. Domani faccio un salto da te alla "rivista' a ritirare le foto. Salutami Simona." Riattaccai prima che finisse la prima parolaccia. Bene, avevo una foto con Branka passeggiatrice e la sua polpetta avvelenata chiusa in un cassetto. Era già qualcosa. Pagai il conto salutando Luca, Matteo e Simone che, non appena fui sulla soglia, riattaccò a tutto volume il Festival di Sanremo. Camminai sino al primo posteggio di taxi. Mi si presentavano due possibilità di scelta: la casa di Branka, o la casa di Angiolotta. Se Branka aveva voluto coinvolgere il Premio di bontà nella sua messa in scena, doveva esserci un buon delirante motivo. Angiolotta era sì pazza, ma non pericolosa come Branka. Sarebbe bastato, per circuirla, prometterle che avrei portato dei profiteroles sulla tomba della madre Angiolotta, la protettrice delle bambine e delle puttane. E l'ultima Lavarini avrebbe probabilmente dimenticato che l'avevo presa a calci nel sedere. La casa di Branka, da solo, mi incuteva timore. Avevo più paura dei suoi inquilini fantasma Gilda e Solaz, di quanto non ne avessi di lei. Per affrontarla avrei avuto bisogno di almeno un amico su cui contare, ma a quell'ora chissà dov'erano.

Così scelsi la terza alternativa. Tornai a casa. Non ascoltai i messaggi sulla segreteria telefonica, lessi un biglietto che mia madre mi aveva lasciato sul tavolo in cucina: "Eugenio è tornato. Voleva vederti. Poi, dato che non ti sei degnato di chiamare, ha invitato fuori a cena me, Benvenuto e quell'altro cane che, mi pare di capire, abbiamo adottato. Il roast beef è nel frigo. Mamma". Aprii il frigo, guardai il roast beef, poi optai per l'ultima birra. La bevetti nella vasca da bagno divertendomi ad aggiungere la schiuma della birra alla schiuma della vasca da bagno. Uscii che puzzavo di birra e magnolia. Mi lavai i denti finché non sanguinarono, usando violenza alle mie gengive, perché non avevo avuto il coraggio di affrontare Branka da solo. Uscendo dalla vasca stracolma gran parte dell'acqua era uscita con me. Rischiai di scivolare mentre mi infilavo il pigiama. Col pigiama sulla pelle umida e coi piedi bagnati mi sistemai sotto le coperte di una piazza e mezzo che quella notte avrei diviso con la mia vigliaccheria, la cui camicia da notte avevo chiamato buon senso. Corteggiai il buon senso avvicinandogli i miei piedi bagnati. Niente da fare. Si scansò, sempre che ci fosse stato, e coi piedi gocciolanti inumidii il lenzuolo.

Polluzione notturna. Non amavo il buon senso e non ne ero riamato. Mi sentivo impotente in quelle ore inutili, in cui avrei voluto che il sonno si prendesse ogni responsabilità. Mi stava venendo il vizio dell'agnello. Stavo diventando subdolo, ipocrita. Travestivo la paura in stanchezza. Il sonno dell'ingiusto nel riposo del guerriero. Avrei potuto fare qualcosa anche lì, da solo, per non sentirmi inutile? Avrei potuto accendere la tivù o masturbarmi. Ma erano tutti e due dei pessimi programmi. Così mi rialzai e freneticamente mi rivestii. Una polo blu elettrico, pantaloni di velluto beige a coste, una cintura sulla cui fibbia una testa di cavallo dorata, anziché al western, faceva pensare alla decapitazione, stivali sfrangiati che non mettevo mai perché mai sapevo quando metterli. Il montone. Da un cassetto della credenza in cucina recuperai della moneta che avvolsi in un fazzoletto di stoffa per non sentirmi completamente disarmato. Uscii a piedi, nella notte.

La gelateria era chiusa. Mi mancava veramente Pino il gelataio con la testa a forma di banana? Era stata veramente l'isola felice, quella gelateria, o forse non era stata altro che una repubblica delle banane? Eravamo veramente stati amici di Pino, o forse sentivamo la sua mancanza perché non avevamo, non avevo più nessuno da far morire d'invidia raccontandogli come io vivevo, mentre lui stava lì tutto il giorno ad ascoltare i miei, i nostri racconti morendo d'invidia? Ero buono o cattivo? Forse Pino aveva venduto solo perché si era stufato di ascoltare le mie, le nostre storie... e quando gli portavo qualche mio grande amore passeggero in gelateria, lo facevo per presentargliela o solo per testimoniargli che io vivevo, che avevo delle cose da raccontargli? Ero un verme, un bruco, oppure una farfalla? Di certo non un agnello. E, forse, mi bastava.

Un clacson suonò alle mie spalle. Pogliaghi scese dal taxi giallo, coi suoi brufoli e i suoi camperos, dicendo: "Lazzaro, cazzo, ti ho lasciato due messaggi su quel cazzo della tua segreteria telefonica. Non rispondeva nessuno e ho pensato di passare di persona. Sai, ho deciso di cambiare turno. È un giorno solo che faccio il 'primo', ma è troppo stressante. Domani provo col secondo turno. Non è che sia pentito di fare il taxista, però quasi quasi cambio lavoro. Magari vendo la licenza e apro un negozio di HiFi. Senti, lo faresti un salto al bar tabacchi Mariona? Il macellaio è morto, il padre è in galera. Ci sono quelle due trifole delle Mariona, per di più senza complicazioni. Ti va?"

"Non stasera, devo regolare un conto."

"Cazzo, da uomo vero. Vengo anch'io!"

"No. Guarda, accetterei volentieri. Sino a un'ora fa sarei arrivato a pregarti di accompagnarmi, di venire con me, ma adesso è diverso. Basta che tu mi dia uno strappo, poi devo fare da solo."

"Hai qualche problema?"

"Sì. Adesso, qui davanti a questa gelateria chiusa, per un attimo ho pensato di essere un verme... che siamo tutti vermi."

"Be', ti capisco. Ma forse è che certe volte, tra bassezze e trifolate, siamo tutti un po' vermi, no?"

"È vero, solo che stasera per provarmi che valgo qualcosa, voglio tentare di essere almeno un verme solitario. Se siamo in due o più, finisce che trovo giustificazioni a qualsiasi mio comportamento perché lo addebito alla specie. Voglio solo un passaggio."

"Dove andiamo?"

Infine scelsi il male maggiore. Casa di Branka. Casa di Bambola rotta. "Ti aspetto in auto," propose Pogliaghi, "se non scendi entro il trentun dicembre, non passiamo insieme il Capodanno... Dì, sei sicuro di non volere che salga anch'io?"

"Lo vorrei, eccome, ma se sali anche tu, non saprò mai se sarei salito anche da solo."

Pogo capì. Inaugurò un pacchetto di Stop senza filtro, da uomini veri, a suo polmonare parere, si accese una sigaretta e mi disse, quasi per salutarmi: "Sai, è solo un giorno che faccio il taxista, eppure qualcosa in me è già cambiato. Figurati che oggi non ho permesso a nessun passeggero di fumare in macchina. Ti rendi conto? Mi sto trasformando... è terribile."

"Non preoccuparti. L'auto non fa il monaco. Non è che tu stia cambiando, tu sei sempre lo stesso fumatore incallito. È solo che il taxi è il tuo nuovo giocattolo e non vuoi che ci giochino gli altri bambini, magari bruciandoti coi mozziconi il sedile posteriore."

"Dici?" chiese Pogo.

"Sì," gli risposi quasi paterno. Allora, come colto da un raptus, gettò la sigaretta accesa sul sedile posteriore della sua auto. Non appena un buco si evidenziò, spense col dito la cicca ancora accesa: "Tiè, tiè" gridò al sedile, "grazie Lazzaro. Sono libero!"

Senza altre parole mi lasciai alle spalle il mio scombinato amico, ex compagno di scuola, ex agente di Borsa, di lì a poco probabile ex taxista, ma con un sicuro avvenire di piromane, e mi diressi verso il portone come sempre socchiuso. Accanto al bidone riposava un barbone. Che Branka si portasse il lavoro a casa? No, l'uomo non era morto. Il suo riposo non era ancora eterno. Il petto sobbalzava ritmicamente, mentre l'uomo russava un sonno ubriaco. Era un alcolizzato entrato nella tana dell'agnello, solo perché la porta era aperta. Branka non lo aveva ancora avvelenato, o perché non l'aveva visto, oppure perché l'uomo si stava avvelenando da solo con vino scadente, mosca sbronza capitata sbandando nella peggior ragnatela.

Salii le scale. Suonai il campanello Studio Solaz, così per sentire un suono che non fosse quello dei battiti del mio cuore. Suonai anche da Gilda. Niente. Infine arrivai al simulacro di serra dove Branka viveva. La porta era aperta. Un invito. Se il portone dabbasso era un lasciapassare per emarginati, tossicodipendenti, zingari, ladri, postini, agenti del Club degli Editori in cerca di iscritti, questa porta aperta sui segreti della doppia vita di Branka, non poteva avere che un unico significato: Branka non voleva più nascondere nulla. Il gioco era finito perché lei aveva deciso che terminasse lì, dietro quella porta. Le due Branke si erano definitivamente ricongiunte. Mentire era inutile. Due menzogne ricompattavano la verità. Come sarebbe stata Branka senza recite? Giovane o vecchia? Crudele perché sconfitta, o magnanima perché vincitrice? Non lo seppi subito. Branka non c'era.

Sul divano fiorato, di fronte a un televisore acceso chissà da quanto, i presunti genitori di Branka dormivano. Il finto Alioscia e la falsa Nives avevano smesso di recitare. Erano morti. Almeno da tre giorni. La casa era pregna dell'odore dolciastro di un disinfettante. Contenitori spray, bombolette ormai vuote, erano state abbandonate un po' dovunque. Sulla tele, dentro un vaso da fiori, ai piedi del divano. Branka aveva sacrificato i suoi finti genitori avvelenandoli e, per santificare il suo gesto, sprovvista d'incenso, si era servita di deodorante. Attilio Verga, attore caratterista non era più. Così la finta Nives, il cui nome non volevo sapere affinché non diventasse "vera". Non riuscivo a decidermi ad abbandonare il cimitero delle bugie di Branka. La chiamai a gran voce, ma non apparve da nessuna delle altre stanze dalle porte aperte. Mi feci forza e varcai la soglia della stanza più vicina all'uscita. La luce era accesa. Sembrava una stanza in cui stessero lavorando dei tappezzieri. Nessun mobile, solo vecchi fogli di giornale un po' dappertutto. Che Branka volesse rinnovare l'appartamento arredandolo con altri cadaveri da spiaccicare sulle pareti? No. I giornali erano vecchi, ma non disposti casualmente nonostante il disordine. Erano loro l'arredamento della stanza: tappezzeria e pavimento. I fogli avevano un unico argomento: Angiolotta Lavarini madre, quelli meno recenti, Angiolotta Lavarini figlia, i ritagli più sporadici da riviste non ancora al macero. Avrei voluto fermarmi a leggerli, ma un messaggio non scritto rendeva i vecchi articoli alla stregua di un'accozzaglia di lettere dell'alfabeto disposte in ordine ormai privo di significato. Il messaggio che mi aveva lasciato diceva solo: "Angiolotta Lavarini". Branka probabilmente era già da lei col veleno che aveva accumulato in sessant'anni.

Scesi le scale di corsa, inciampai nel bidone che investì il vecchio ubriaco. Pogo il dritto era lì fuori, con gli occhi fissi sul buchetto nel suo sedile posteriore. Orgoglio e pentimento.

"Allora?"

"Allora due morti, e se non corriamo in Ripa Ticinese, tra poco un altro."

"Vuoi che chiamiamo la polizia?"

"Non adesso. Non sono sicuro. Se la mandiamo in Ripa Ticinese e non sta succedendo niente, ci trattengono per tutta la notte. Se li chiamiamo qui, dove i morti ci sono, ci trattengono anche domani mattina."

Pogliaghi non fece altre domande. Sfrecciò in silenzio tra sensi unici, schivò cani, disintegrò i chilometri che ci separavano dal Naviglio. Com'era diversa Ripa Ticinese dal pomeriggio prima. Luci sui locali, ombre sull'acqua gialla. La costiera amalfitana. C'era il mare, finalmente. Un mare scuro che s'innalzava dal Naviglio fino al cielo. Il barcone su cui avevo vomitato, era bello e spettrale come un vascello fantasma. Nessuno, dal calduccio dei pub, osava avventurarvisi, ma tutti lo guardavano aspettando che dopo l'inverno e la primavera arrivasse l'estate. Pogliaghi si fermò in seconda fila. "Scendi pure. Vado a cercarmi un posteggio e ti raggiungo."

È vero, era cambiato. La mentalità del guidatore, in un solo giorno aveva scavato un solco nella sua corazza di anarchia. Smontai e corsi in direzione di casa Lavarini. La casa di ringhiera, nel buio, sembrava l'isola misteriosa. Salii precipitosamente le scale. Sia Branka che Angiolotta vivevano in case senza ascensore, come se gradino per gradino i loro nidi fossero più facili da raggiungere. Per accedere alle loro tane dovevi fare le scale. Prendendo l'ascensore saresti arrivato a loro troppo in fretta, prima di riuscire ad abituarti all'idea che esistessero. Così, invece, la discesa all'inferno trasformata in salita ti dava l'illusione di avere scelto di incontrarle tu.

Salii gli scalini a due a due e mi ritrovai di fronte la porta a vetri. Quanti vetri in questa storia. Quanta falsa trasparenza. Qui la porta era chiusa a chiave. Con un pugno sfondai il vetro e raggiunta la chiave sulla serratura interna, incurante del sangue come non fosse mio, mi introdussi nel secondo antro della nottata.

"Non si bussa?" disse una voce che ormai conoscevo bene. Oltrepassai, sfiatato, il tappeto persiano le cui sfilacciature si ergevano come vermi all'amo. Superai l'ingresso con le sue bacheche, raggiunsi il bazaar, agguantai un elefante d'argento e lo serrai nel pugno prima di accedere allo studio di Angiolotta. Branka era ritta al centro della stanza, col fucile a pallettoni puntato nella mia direzione. Non era vestita né da bambina, né da accalappiauomini. Un tailleur sobrio come gli occhi non più spiritati, come quando era stata bambina tre giorni prima. Ai suoi piedi il corpo di Agostino a cui era stata asportata una gamba. Chissà dove avevano seppellito il suo piede. No, era lì, attaccato alla gamba monca qualche metro più in là. Per terra, immobile, anche Angiolotta Lavarini, proprio sotto il ritratto pantagruelico di sua madre. Il ritratto sovrastava ogni cosa: il fucile, il cadavere di Agostino, il corpo di Angiolotta, le foto delle Angiolotte d'oro nelle cornici dai vetri infranti. Schegge di vetro che in gran parte, adesso, componevano bizzarri disegni sul pavimento.

"Prego, Lazzaro, si accomodi."

"Grazie." Non c'era nessuna sedia che non fosse stata devastata da una furia apparentemente placatasi: "Dove mi devo sedere?"

"Sulla pancia di Agostino. Almeno che da morto serva a qualche cosa. Ha paura Lazzaro?"

"Adesso no."

Parve più infastidita che sorpresa: "Perché?"

"Perché lei non sparerà. Non è il suo genere. Lei usa il veleno, e alla sua età è difficile cambiare abitudini." Mi sedetti sulla pancia di Agostino, evitando di guardargli le gambe. Fissavo Branka. Branka sbatté le ciglia. Mi feci forza e continuai: "Lei non usa fucili. Ieri notte qualcuno ha tentato di spararle addosso proprio col fucile che sta impugnando. Hanno sparato o a lei, o ad Agostino, o forse a tutti e due. Ora Agostino, su cui sono seduto, è morto probabilmente per emorragia. Anche le armi da taglio non rientrano nel suo repertorio, lei dà morti dolci: il veleno. Forse ha orrore del sangue, vero?"

"Lo trovo volgare!"

"Come i piccioni?"

"I piccioni sono animali insignificanti. Ho rispetto solo dei piccioni viaggiatori. Sa che ho sentito dire che i piccioni sono portatori di salmonellosi..."

"Non lo sapevo. Ma lei non odia i piccioni, non più di quanto odii i barboni che ha avvelenato perché arrivassimo a lei..."

"È vero. Anche i barboni, in fondo, sono insignificanti. Se hanno delle personalità le nascondono sotto un mucchio di stracci. In fondo, eliminandoli, ho restituito loro la dignità. Mio malgrado ho fatto del bene. Ho cercato di essere cattiva, ma non ci sono riuscita."

"Be', devo riconoscere che ha fatto del suo meglio. Anch'io, questo pomeriggio, ho incontrato qualcuno che cercava di essere cattivo con scarsi risultati. Lei, se non altro, qualche vittima è riuscita a farla per obbligarmi a venire fin qui. A proposito di cattiveria, perché Angiolotta, ieri sera, ha cercato di ucciderla?"

"Non me. O meglio, non solo me. Ha sparato ad Agostino perché era gelosa di lui. Sono io che l'ho spinta a tanto. Sapevo che Agostino, il suo mantenuto, era un gerontofilo. Amava le donne sopra i sessanta con velleità sessuali. L'ho corteggiato di nascosto da Angiolotta. Gli ho mandato anche una mia fotografia nuda, l'ho invitato a raggiungermi in via Washington dove fingevo di battere, e quel povero maiale non ha resistito. Poi ho telefonato ad Angiolotta e l'ho informata del mio appuntamento col suo ganzo. Volevo che commettesse una follia. Volevo che la sua pazzia finalmente esplodesse e ci sono riuscita. Angiolotta ha tentato di spararci addosso. Ce la siamo cavata ma, quando Agostino è rientrato in casa, fingendo di coinvolgerlo in uno dei suoi giochetti erotici, Angiolotta lo ha voluto punire e gli ha tranciato la gamba lasciandolo poi morire dissanguato. Sono riuscita a farle commettere un omicidio che posso provare," disse raggiante.

Angiolotta mugugnò dal pavimento: "Non volevo ammazzarlo. Ho anche cercato di applicargli il laccio emostatico per frenare l'emorragia. Volevo solo tagliargli una gamba perché con una gamba sola non sarebbe più potuto scappare via da me".

Branka, col calcio del fucile colpì Angiolotta alla spalla. "Adesso non posso ucciderla, Lazzaro. Lei è il mio unico testimone." Benché Branka fosse in piedi e vincitrice, e Angiolotta a terra dolorante, i loro occhi si somigliavano come i loro profili. Si vedeva finalmente che erano sorelle.

"Perché ha voluto che sua sorella commettesse un omicidio?"

"Ah, ha capito che siamo sorelle. Lei mi piace. Vuol dire che l'ho scelta bene. Due settimane fa ho letto quel suo annuncio 'pazzesco'. Mi è piaciuto. Mi serviva qualcuno e ho deciso di tentare con lei, dottor Totem. Le ho mandato un finto cliente in avanscoperta. Ricorda quel suo aspirante paziente omosessuale che aveva scambiato il suo studio per uno squallido club privé di incontri omosessuali? Era un omosessuale, questo sì, ma era un detective privato che ho stipendiato per accertarmi che lei fosse l'uomo giusto. Poi ho ingaggiato i miei finti genitori e li ho mandati in avanscoperta. Un attore fallito troppo avanti con gli anni, che mi faceva una corte patetica per impossessarsi dei miei appartamenti. Ho molti appartamenti, sa, come mia sorella. Mia madre ce li ha lasciati in eredità. Ex case chiuse che non utilizzava più perché, nell'ultimo periodo della sua vita, preferiva che le sue lavoranti si prostituissero in villini anonimi in periferia."

"E la donna? La sua finta madre?"

"Poveraccia, un'alcolizzata che mi faceva le pulizie da vent'anni. Come ha recitato la parte di mia madre?" chiese Branka professionalmente interessata.

"Così, così. Era meno brava del suo finto padre. Si è attaccata alla bottiglia di grappa di pere."

"Lo avevo immaginato. Li ho pagati tutti e due perché continuassero a fingere anche il giorno dopo. Mi aspettavo la sua visita. Ho solo preteso che cambiassero il copione, che si fingessero dei vecchi rimbambiti, che la smentissero per coinvolgerla ancora di più emotivamente. Poi li ho avvelenati. Poveri piccioni. Non hanno sofferto, comunque non a lungo."

"Ma perché ha fatto tutto questo? Non le sarebbe bastato architettare il copione per costringere sua sorella a un omicidio passionale?"

"No. Avevo bisogno di qualcuno che mi scoprisse per poter distruggere mia sorella. Anni fa ho tentato con delle lettere anonime alla polizia. Dicevo in fondo la verità. Vede quel quadro che ritrae la mia vera madre, Angiolotta Lavarini? Il pittore che l'ha immortalata si è ufficialmente suicidato, in realtà lo ha eliminato mia sorella spingendolo giù dal Duomo dopo avergli dato appuntamento lì. Guardi ancora il ritratto di mia madre. È orribile, vero? Non il quadro, il ritratto è realistico, parlo proprio di mia madre. Sa che ufficialmente è morta di indigestione nel '60. Be', è stata mia sorella. Me lo ha confessato al funerale. Le ha tappato il naso e l'ha costretta a rimpinzarsi di bigné finché è morta soffocata. Nel delitto l'ha aiutata il pittore, uno dei mille amanti di mia madre, e del quale mia sorella si è sbarazzata subito dopo come le ho detto poc'anzi."

"Ma perché lo ha fatto?"

"Perché mia sorella odiava mia madre. Come me, del resto. Mia madre era una donna orrida, senza morale. Si ritrovò incinta di mia sorella e rinunciò ad abortire solo per poter ricattare l'uomo dal quale l'aveva avuta, un pezzo grosso del regime. Qualche anno dopo, mia madre rimase nuovamente incinta di un ingegnere iugoslavo, il mio vero padre. Era un uomo buono, ma dalla sessualità animalesca e, soprattutto, amico e tesoriere dei russi bianchi in esilio. Ricattò anche lui e lo costrinse ad adottarmi per avere un cappio in più con cui tenerlo sotto controllo. La mia madre adottiva mi ricevette di buon grado. Per lei, accettarmi, fu un'altra forma di ricatto nei confronti di mio padre. La mia vera madre lo ricattava con cattiveria, mia madre adottiva lo ricattò con la bontà. Poi, negli anni trenta, mia madre istituì il Premio di bontà Angiolotta d'oro, un po' per coprirsi le spalle, un po' per avvicinare le autorità con la scusa della beneficenza, per poi coinvolgerle nei suoi festini, da cui sarebbero uscite nuove vittime da spremere per salvaguardare la sua onorabilità. Nel 1939 Angiolotta decise di premiarmi con il suo maledetto premio, giusto per legarci, me e mio padre, ancora di più a lei. Un cordone ombelicale con cui, tirando, ci faceva muovere come due burattini. Ho tentato di denunciarla dopo la morte dei miei genitori adottivi, di denunciare il marcio di mia madre e gli omicidi di mia sorella, ma nessuno aveva interesse che tanto passato venisse alla luce. Troppi eredi di famiglie influenti e rispettabili sapevano che se non loro stessi, almeno i loro genitori erano stati coinvolti nell'abbraccio di quell'orchessa."

Branka indicò con la canna del fucile il ritratto alle sue spalle. Non resistette all'impulso e fece fuoco. I pallettoni dilaniarono la tronfia deità, la scurrile invulnerabilità del mostro alla parete. Angiolotta, da terra, gridò qualcosa poi si avventò coi denti sul polpaccio di Branka. Da dov'ero seduto, tirai un calcio in faccia ad Angiolotta: era destino che in un modo o nell'altro la prendessi sempre a calci.

"Grazie," disse Branka.

"Prego," risposi io, "vedo che ha rotto tutti i vetri delle Angiolotte incorniciate."

"Infatti... Le dispiace?"

"No. Si figuri. Ha detto che non mi vuole ammazzare, vero?"

"Certo che no. Volevo solo macchiarmi di cose per cui diventare, una volta scoperta, un mostro pubblico. Volevo diventare tanto importante quanto un terremoto, quanto un attentatore del Papa. Volevo essere ascoltata. Volevo essere creduta. Lei mi crede?"

"Certo."

"Faccia 'giurin giuretta'."

"Giurin giuretta."

"Grazie. Sono riuscita a essere abbastanza cattiva da togliermi di dosso quel maledetto Premio di bontà che mi ha appiccicato mia madre. Mi sono prostituita a sessant'anni, io che sono figlia di una donna che non ha mai voluto ammettere, nemmeno con se stessa, di non essere altro che una prostituta delle più sordide. Peggio di una prostituta. Una prostituta, in fondo, vende solo il suo corpo. Mia madre ci ha venduto tutti. Me, Angiolotta, i segreti, i sospiri, le scopate, i ricatti, l'innocenza, la colpevolezza. Sono riuscita a distruggere la cosa a cui teneva di più: il suo buon nome."

"Hai fatto bene," commentò Angiolotta rimettendosi in piedi con qualche difficoltà. Indossava un vestitino bianco macchiato di sangue: non si era cambiata d'abito dopo l'omicidio. "Anch'io la odiavo. Mi ha sempre tenuto nascosto tutto. Sapevo che aveva dei segreti che non voleva dividere con me. Sapevo che voleva più bene a tutte quelle bambine che premiava, di quanto ne volesse a me. La odiavo perché era la madre di tutte, anche la tua, ma la mia mai. La odiavo perché venivo invitata dappertutto solo perché ero sua figlia. Ero uscita da lei. Ho finto di volerle bene per anni e alla fine, quella vacca che non credeva in niente, ha cominciato a crederci veramente... Pensa che stupida... lei che si credeva tanto furba... Stava invecchiando, diventava tenera e da tenera faceva ancora più schifo. L'assecondavo: mamma qua, mamma là, e lei era tutta contenta. Ma io mentivo. Come Pinocchio. Solo che il naso non mi diventava lungo. Quando è morta ha cominciato a mancarmi. Tutti mi volevano bene, non avevo più lei a cui mentire...” Angiolotta si era ormai rialzata. Il naso (vero) le sanguinava. Sanguinava un po' dappertutto a causa dei tagli che i vetri sparsi per terra avevano prodotto sul suo corpo. “Sai cosa mi è spiaciuto di più Branka...”

“Cosa?”

Ormai le sorellastre mi ignoravano: era come se non ci fossi. La madre era morta definitivamente, sforacchiata in effige e dilaniata dall'odio delle figlie.

“Quello che mi è spiaciuto di più è stato che, quando mamma è morta, tutti si sono comportati con me come si erano comportati con lei. Adulazione e paura. Senza volerlo, ero diventata come lei. Ero diventata lei. Non mi interessavo personalmente dei bordelli, se ne occupava Agostino, povero caro, non avrei voluto che morisse. Ma io sapevo. Come lei. E quando mi invitavano da qualche parte, lasciavo cadere mezze frasi per cui tutti mi assecondavano. Gli innocenti per cortesia, i colpevoli per paura. Ho continuato a organizzare il premio Angiolotta d'oro perché anch'io mi chiamo Angiolotta. Non potevo cambiare, non potevo ribellarmi. Il nome è stato un regalo di mamma.”

Branka lasciò cadere il fucile e abbracciò la sorella divenendo materna, la madre che nessuna delle due aveva avuto. Angiolotta scoppiò a piangere, avvinghiata alla sorella. Mi rialzai dalla pancia di Agostino mentre Branka consolava Angiolotta che sino a mezz'ora prima aveva odiato. Le due vittime erano diventate carnefici e nessuno, sino a pochi giorni prima, se n'era accorto o se n'era voluto accorgere. Il vizio dell'agnello era di famiglia. Branka aveva ucciso, convinta di fare dell'eutanasia liberando dalla vita piccioni portatori di salmonellosi, e barboni senza identità. Aveva aggiunto alle sue vittime un vecchio attore fallito che, grazie al suo gesto, l'indomani sarebbe finito per la prima volta in prima pagina. Non si sentiva un'assassina. Angiolotta aveva ucciso la madre mostro per essere libera, un pittore di pochi scrupoli per non avere testimoni, l'unico amore della sua vita, Agostino, sfruttatore e gerontofilo, per gelosia. Nemmeno lei si sentiva un'assassina. La famiglia si era ricomposta, come alla fine di una bella storia strappalacrime. Tutto era finito per il meglio.

"Permesso?" Pogliaghi si materializzò. Guardò il cadavere di Agostino, le due donne abbracciate e disse: "Cazzo!"

Mi avvicinai a Branka e ad Angiolotta riconciliate e chiesi: "Posso chiamare la polizia?"

"Prego, faccia pure..." mi rispose Branka, "e... grazie di tutto."

Angiolotta districandosi tra lacrime di felicità dall'abbraccio protettivo della sorella insistette, per disobbligarsi, perché Pogliaghi e io accettassimo almeno un paio di nasi finti di cartone.

12.

Naturalmente trattandosi di un pomeriggio di novembre, non poteva essere il primo dell'anno. Eppure quel giorno, come ogni giorno "dopo", sembrava il primo gennaio. Un vago senso di malessere che partiva da regioni inesplorate dell'anima, inciampava nell'intestino arrotolato come una pompa e addormentato come un serpente allo zoo, provocando strani rumori che sembravano voler uscire dalla pancia evadendo dall'ombelico. Il malessere, una volta all'aperto, si espandeva nella stanza, poi fuori in strada, pigro e vischioso al punto da rallentare gli autobus, placido e ovattato al punto di smorzare il suono dei clacson e i rumori della città.

Il giorno dopo è sempre così. Il giorno dopo qualsiasi cosa. Un anno bisestile, una passione non corrisposta, una sbornia di liquore dolce. Non riesci ad abituarti all'idea di essere già al giorno dopo. Ti ritrovi nel primo pomeriggio del tuo primo di gennaio a metà novembre e ti accorgi di essere stonato, perché fuori tempo. Per gli *altri* è un giorno come un *altro*. Per *te*, è un giorno come *te*. Sei in ritardo. Non sei ancora uscito da ieri ed è già domani, anche se gli altri lo chiamano OGGI.

La vita proseguiva imperterrita. La notte prima non avevo chiamato io la polizia, né lo aveva fatto Pogliaghi. Ci era sembrato giusto che fosse Branka a farlo.

"Signora, lei ha fatto tanto in questi giorni per arrivare a questa conclusione, che mi sembrerebbe ingiusto 'rubarle' il finale. Ora lei ha finalmente l'opportunità di distruggere la memoria di sua madre. Per essere ascoltati, letti, per scrivere le proprie memorie e far sì che interessino a qualcuno, bisogna finire in galera. Pensi a Silvio Pellico o a Papillon. Lei c'è riuscita: congratulazioni. Non appena sarà arrestata, qualcuno parlerà di lei e di sua sorella come di mostri e lei potrà finalmente raccontare, certa di essere creduta, che razza di mostro fosse sua madre. Avvisi lei la polizia. Non voglio toglierle alcun merito."

Pogo e io imboccammo l'uscita mentre Branka, con Angiolotta incollata addosso da sembrare la sorella siamese, sollevò la cornetta del telefono.

Sulle scale Pogo mi chiese: "Sei davvero convinto che bisogna essere dei mostri perché ti diano retta?"

"Spero di no, ma non volevo deludere Branka. Non so se l'intoccabile reputazione della scomparsa Angiolotta Lavarini uscirà intaccata dai delitti delle figlie. La verità è nuda e secoli di pudore hanno fatto sì che ognuno la vestisse a sua discrezione, pur di coprirla. Può darsi benissimo che i giornali facciano in modo che le colpe delle madri ricadano sulle figlie. Angiolotta verrà probabilmente accusata solamente di omicidio passionale. Chi può provare che ha soffocato la madre e spinto giù dal Duomo il suo complice nell'omicidio. Neanche lei può provarlo, nemmeno con la sua confessione. La sua autoaccusa può benissimo venir fatta passare come chiaro sintomo di esaurimento nervoso. E i giornali magari titoleranno 'La figlia di Angiolotta Lavarini, un pilastro di moralità, impazzisce dopo aver ucciso il suo amante in seguito a una scenata di gelosia'. Il particolare della gamba tranciata può benissimo esser messo a tacere da qualche potentato che ha avuto rapporti compromettenti con sua madre. Quanto a Branka, visto che è stata adottata dai Miagostovich, nessuno potrà provare che è figlia di Angiolotta Lavarini. La falcidiatrice di barboni e piccioni sarà probabilmente dipinta come una mitomane. La madre, Angiolotta dei casini e dei bambini, uscirà indenne, cupa come la sua leggenda, ma cristallina come la sua ipocrisia. Pura, genuina come vino appena imbottigliato. Se tu vedi un fiasco, cosa pensi contenga di rosso e di liquido?"

"Vino. È ovvio. E invece?..."

"E invece magari è sangue. Ma nel fiasco sembra vino e chi lo assaggia e scopre la verità, è spesso capace di far finta di niente."

"Cazzo," disse Pogo, "già, senti, basta vino. Che ne dici di andare a farci una birra?"

Ci andammo in taxi, pieni di indignazione che nel tragitto diventò malinconia. Parlammo d'altro, di cose da vecchi quattordicenni, di trifole per le quali, pensandoci, in prima liceo Pogliaghi si era selvaggiamente masturbato, aspirando a entrare nel Guinness dei primati con la stessa foga con cui, adesso, fumava Stop senza filtro. Pogo non aveva mai avuto segreti, almeno con me. Era coraggioso, più che di cattivo gusto. Non avrei potuto dire lo stesso di me. Non gli avevo mai confessato che da tredicenne avevo praticato l'onanismo, fantasticando sull'ombelico di Raffaella Carrà, una soubrette emiliana, una show-girl della televisione in bianco e nero. Erano passati quindici anni. Le televisioni erano tutte a colori, Raffaella Carrà era diventata una showwoman ed era ancora in tivù. Adesso, ogni volta che la vedo, un po' per rimorso, un po' per delusione, cambio canale. Pogo non meritava che gli tacessi il passato. Così, sul taxi, gli raccontai della mia storia con Raffaella Carrà. Divenimmo più amici, lo so. Il taxi aveva al volante un Pogo il dritto crepuscolare, ma era come se fosse guidato da un pilota automatico. Ci condusse al bar Mariona che, naturalmente, nonostante papà Mariona fosse in galera e il macellaio sottoterra, veniva gestito con sorrisi carnosi da Mariona madre e figlia, pascolanti lascive dietro il bancone.

Il giorno dopo, per me, era cominciato di pomeriggio. La spia rossa lampeggiava sulla segreteria telefonica segnalando che c'erano state chiamate, forse appelli che nessuno aveva raccolto. In cucina, su una tavola imbandita, un messaggio scribacchiato da mia madre sul retro di un depliant ciclostilato artigianalmente da qualche oratorio che enunciava i vantaggi di un viaggio in pullman di tre giorni con destinazione Lourdes. Diceva: "Lazzarone (un accrescitivo di Lazzaro), sono due giorni che non ti vedo. Ero preoccupata. Stamattina dormivi come un angioletto o come un ubriacone. Ha telefonato Olivieri. Dice di mettersi in contatto con lui urgentemente. Eugenio ti vuole vedere al suo ufficio. Ti aspetto a cena. Mamma".

Questo era oggi. Ero libero ma insoddisfatto. Mi ero abituato a sentire addosso Branka, Angiolotta, la cattiveria, la bontà, la pazzia, e ora che non c'erano più, mi sentivo come uno che, abituato a portare una croce sulle spalle, o uno zaino sulla schiena, una volta che se ne libera si sente sì più leggero, ma innaturale, diminuito. È meglio essere gobbo, forse. Qualcosa resta sempre, magari dietro, ma c'è. Decisi di rimanere a casa tutto il giorno, aspettando telefonate e facendone qualcuna. Avrei atteso il telegiornale della sera per scoprire se i morti erano morti per qualcosa, o se Angiolotta Lavarini madre avrebbe continuato, nel silenzio, a popolare di incubi i sonni delle sue figlie. E anche i miei. La vera storia, sarebbe stata resa pubblica? Potevo solo aspettare. Pioveva.

Il telefono squillò: "Ciao Lazzaro, sono Antonello. Sai cos'è successo? È incredibile!"

"Dove sei, a New York?"

"Ma va, sono a un telefono sotto il metrò di Piazza del Duomo. Dunque, tienti forte, ieri pomeriggio il Vanni ha avuto una delle sue crisi e si è messo a gridare in Piazza del Duomo, sai come fa, no?"

"Come no. E allora?"

"Be', non ci crederai. Aveva attorno come al solito un sacco di gente..."

"Dimmi cose che non so."

"Okay, calmati. Be', tra la folla c'era anche il talent-scout di una produzione televisiva di Canale 5. È un pezzo grosso, uno degli autori di programmi demenziali. Comunque sia, ha notato Vanni e gli ha proposto di fare un provino. Vanni ci è andato stamattina e pare che lì fossero tutti entusiasti di lui. È probabile che ci scappi il contratto, capisci?!"

Antonello Caroli, attore depresso, non conosceva il

significato della parola invidia. Era raggiante. Era un amico. Non era andato a New York. Era rimasto a Milano a passeggiare per corso Vittorio Emanuele e vedeva la contessa che si accompagnava a nuovi segretari che avevano preso il suo posto.

"Senti, e hai visto la contessa?"

Caroli era disorientato. "Sì, l'ho vista. Era al Tre Gazzelle. Indovina chi è il suo nuovo segretario. Il Conte. Sai, quel ballista alto un metro e novanta che dice in giro di essere un nobile fiorentino, ma è sempre senza una lira. Pensa che coppia: il Conte e la contessa!"

"Loro non li hanno scritturati quelli di Canale 5?"

"No."

"Meno male. C'è un po' di giustizia. Sono contento per Vanni. Senti Caroli, ti devo dire una cosa..."

"Parla pure, ma in fretta. Non ho più gettoni."

"È giusto che te lo dica. Quando avevo tredici anni mi masturbavo pensando all'ombelico di Raffaella Carrà."

"E allora? Cos'è, una battuta?"

"No. È vero. Ma fino a ieri notte non lo avevo mai detto a nessuno. Neanche agli amici che mi raccontavano i loro segreti e le loro attività manuali. Fingevo di essere stato immune. Avevo il vizio dell'agnello, capisci? Adesso ne sono guarito."

La comunicazione si interruppe. Nell'attesa che Caroli pescasse un altro gettone, mi rincuorai sul futuro degli eroi immaturi. Forse, quella sera, al telegiornale, la verità su Angiolotta Lavarini non sarebbe emersa. E a me sarebbero rimaste solo una polpetta ammuffita e una foto di Fabrizio.

Ma noi avevamo Vanni. Un giorno Vanni sarebbe diventato una stella televisiva, ci avrebbe portato tutti davanti a una telecamera. Pogo, Caroli, Fabrissi e io. Qualcuno di noi ci sarebbe andato con entusiasmo, qualcun altro controvoglia, ma avremmo finito con l'ambientarci e un giorno, inaspettatamente, ospiti dello show di Vanni, o con Vanni ospite al nostro show, avremmo, di straforo, raccontato tutto e fatto giustizia.

Un giorno... Domani...

Stampa Grafica Sipiel
Milano, gennaio 1997

ein paar Sekunden, um sie zu erreichen. »Brill« befolgte das Haltegebot, so daß sie beide in ihre Sitzgurte geschleudert wurden, während der Chevy die Ampel nicht beachtete und das Taxi von hinten rammte.

Dean wußte jetzt, wie einem Billardball zumute sein mußte, als ihr Auto in die Kreuzung geschleudert wurde. Ein Wagen, der aus der anderen Richtung kam, streifte sie vorn und fälschte damit die Bahn etwas ab, auf der sie durch die Kreuzung schlitterten.

Der Chevy schoß an ihnen vorbei, und Dean warf einen raschen Blick auf den Fahrer – er war groß. Sehr groß. Und offensichtlich ziemlich böse. Jedenfalls jemand, auf dessen nähere Bekanntschaft Dean keinen großen Wert legte.

Dean griff nach dem Türgriff und schickte sich an auszusteigen.

»Bleiben Sie, wo Sie sind!« Der Fahrer richtete eine Pistole durch den Schlitz in der Trennscheibe, um seinen Worten Nachdruck zu verleihen.

Scheiße! Dean reagierte blitzschnell und schob die Plastikscheibe zu.

Der Mann ließ die Waffe fallen und stieß einen Schmerzensschrei aus.

Keine Zeit zu verlieren. Dean sprang aus dem Wagen und rannte weg.

Verschwinde, Mann, spornte er sich selbst an.

Im Laufen zog er sein Handy heraus und versuchte zu wählen. Aber das Telefon blieb stumm.

Verdammt, dachte er und stopfte es wieder in die Tasche. Die hatten sogar sein Telefon gesperrt!

In der Ferne sah er ein Hotel. In der Hoffnung, daß niemand ihm folgte, rannte er auf das Hotel zu und hetzte hinein.

Dort fand er ein Telefon und wählte.

Carla saß in Deans Arbeitszimmer, blickte wie erstarrt auf ein halbes Dutzend Hochglanzvergrößerungen von Dean und Rachel auf einer Brunnenbrüstung in der Altstadt – Bilder, die ein Kurier vor kurzem abgeliefert hatte.

Das Telefon klingelte.

Ohne den Blick von den Photos wenden zu können, griff sie blind nach dem Hörer. »Hallo?«

»Carla«, keuchte Dean. »Leg nicht auf.«

»Robert ..., weißt du, was ich mir gerade ansehe?«

Dean stand über das Münztelefon in einem Seitengang der Hotelhalle gebeugt und bemühte sich, leise zu sprechen, damit die Handelsvertreter an den anderen Telefonen ihn nicht hören konnten. »Carla, hör mir zu ...«

»Photographien von dir und Rachel, vermutlich heute aufgenommen. Hast du sie gesehen?«

»Ja, hab' ich, aber es ist nicht so, wie du glaubst.« *Wer, Carla? Wer tut mir das an, tut uns das an?* »Wie hast du sie bekommen?«

»Wen interessiert, wie ich sie bekommen habe?«

»Carla, sag's mir –?«

»Durch einen Boten. Ist das denn wichtig?«

»Carla, bitte. Das sind alles Lügen. Alles. Ich weiß nicht, wer dahintersteckt, oder was es zu bedeuten hat – wahr ist jedenfalls, daß ich dich liebe, Baby, und ...«

»Robert, ich war im Supermarkt. Meine Scheckkarte und meine Kreditkarten sind ungültig. Ich konnte nichts zu essen kaufen.«

»Ich weiß. Die meinen auch. Aber das ist nicht wichtig. Wichtig sind jetzt wir beide, du und ich, sonst nichts ...«

Eine große Hand unterbrach die Verbindung. Eine zweite, ebenso groß, drückte Dean eine Pistole in die Seite. Der Besitzer der Pistole drängte sich von hinten dicht an Dean heran.

»Hey, was zum ... wer sind Sie?« sagte Dean und drehte sich herum, bis der Pistolenlauf sich schmerzhaft in seine Rippen bohrte.

»Mund halten.«

Der Mann bugsierte Dean in die Fahrstuhlkabine. Zwei andere Passagiere warteten dort bereits. Ein Mann und eine Frau. Dean war ziemlich sicher, daß sie nicht zu dem Mann mit der Pistole gehörten. Der Knopf für den vierten Stock war beleuchtet. Der Mann, der Dean in die Fahrstuhlkabine gedrängt hatte, drückte auf vierundzwanzig.

Dean wartete, bis die anderen Fahrgäste ausgestiegen waren. Als die Kabine sich wieder in Bewegung setzte, funkelte er den Mann mit der Pistole an und sagte: »Was zum Teufel geht hier vor?«

»Ich werde Ihnen gleich sagen, was hier vorgeht«, erklärte der Mann. Er hielt Dean die Waffe vor das Gesicht und schlug ihm die Beine weg. Dean gig wie ein Sack zu Boden. Der Mann durchsuchte ihn unsanft. Er nahm Deans Handy, seinen Pager und seinen Füllhalter an sich. Dann klappte der Mann das Handy auf.

Und entfernte die winzige, elektronische Wanze.

Dean war verblüfft. Der Mann zog einen Beutel mit Kartoffelchips heraus, riß ihn auf und leerte ihren Inhalt auf den Boden. Er steckte die Wanze, den Pager und Deans Füllhalter in den Beutel und knüllte ihn dann zusammen, um damit die Antenne der Wanze zu neutralisieren. Dann zog er Dean die Schuhe herunter und riß den linken auseinander, löste den oberen Teil ab, so daß man die in die Brandsohle eingenähten Drähte sehen konnte.

Seth, Jamie und Fiedler drängten sich in dem als Werkstattwagen eines Installateurbetriebs getarnten Überwachungsfahrzeug um die Bildschirme. Einer davon zeigte MTV.

Plötzlich entdeckte Jamie zwei blinkende Lichter, die über ein Gitter zogen. »Wir haben eins und drei verloren. Vier und fünf fahren nach oben ...«, sagte er in sein Headset.

»Jemand hilft ihm«, fügte Seth hinzu. »Allein hätte Dean die Wanzen niemals finden können.«

Während die Fahrstuhlkabine sich nach oben bewegte, fuhr der Mann fort, Dean nach elektronischen Wanzen abzusuchen. »Wir hatten eine Vereinbarung. Kein Kontakt. Sie haben die Regeln gebrochen. Wissen Sie, wie viele FBI-Agenten Sie auf der Fähre beobachtet haben?«

Dean konnte das einfach nicht glauben. »FBI-Agenten?«

Der Mann zeigte ihm eine kleine Wanze. »Für wen arbeiten Sie?« wollte er wissen.

»Was?«

Der Mann riß den Schlitten seiner Waffe zurück und drückte sie Dean gegen die Stirn. Dean wußte, er würde schießen, keine Frage.

»Geht es hier um mich? Bin ich hier das Ziel? Kennen die mich?« fragte der Mann.

»Sie?« sagte Dean mit schwacher Stimme. »Wer sind –?«

Der Mann spannte die Waffe. »Kennen die mich?«

Dean hatte keine Ahnung. Wer kannte wen? Wer war der Mann?

Der Mann mit der Pistole schien sich zu entspannen. »Sie sind entweder unglaublich raffiniert oder unglaublich dumm«, sagte er.

Wenn die Waffe nicht gewesen wäre, hätte Dean ihm jetzt einen Kinnhaken versetzt. Die Fahrstuhlkabine hielt an, und die Tür öffnete sich im obersten Stockwerk.

Sie traten durch die Wartungstür aufs Dach hinaus.

Der Mann schob Dean über das Dach zu einigen Satellitenschüsseln hinüber. »Wie haben Sie von der Fähre erfahren?« sagte er. »Wer hat Ihnen das erzählt?«

Jetzt wußte Dean, wer der Mann war.

»*Sie sind* Brill«, stellte er fest.

»Hat Rachel Ihnen das gesagt, oder sind Sie –?«

»Ja«, erklärte Dean. »Rachel. Wer war dieser andere Mann?«

Endlich ließ Brill die Waffe sinken. »Was hat er gesagt?«

wollte er wissen. »Genau.« Er sah auf seine Uhr und warf einen Blick zum Himmel. Dann zog er eine Lakritzstange aus der Tasche und aß sie gierig.

»Daß er Brill ist«, sagte Dean.

»Hat *er* das gesagt, oder haben *Sie* es gesagt und er ist darauf eingegangen? Los doch, überlegen Sie ...«

Brill hatte recht. »Ich habe es gesagt ...«, erinnerte Dean sich jetzt.

»Verdammt!« erregte sich Brill. »Sehen Sie, deshalb habe ich Regeln. Das ist ...« Er atmete tief durch, sichtlich bemüht, die Fassung nicht zu verlieren.

»Geht das alles um Pintero?« sagte Dean.

Brill unterdrückte ein Lachen. Er zeigte Dean die Wanze. »Glauben Sie, daß die Mafia solche Geräte hat?«

»Was ist das?« fragte Dean.

»Das«, antwortete Brill, »ist ein GPS-Satellitenpeilgerät. Es sendet auf vierundzwanzig Gigahertz.«

»Ich weiß nicht, was das bedeutet«, sagte Dean verwirrt.

»Das ist so etwas ähnliches wie ein Lojack, aber dem, was die Polizei hat, zwei Generationen voraus.«

Das sagte ihm nichts ... »Ich weiß nicht, was ...«

»Sagen Sie – sprechen Sie Englisch?« fragte Brill.

Dean war das jetzt allmählich leid. »Nicht *so* gut«, erwiderte er.

»Sie sind ein ziemlicher Schwachkopf, oder?« stellte Brill fest. »Das bedeutet, daß die NSA die Zeit von Ihrer Armbanduhr ablesen kann.«

»Jetzt hören Sie endlich mit all dem Quatsch auf«, sagte Dean. »Knallen Sie mich entweder ab, oder sagen Sie mir, was das ganze Theater soll!«

Inzwischen spielte praktisch jedes elektronische Gerät in dem Abhörwagen verrückt. Seth drückte einen Schalter nach dem anderen, um wieder ein klares Signal auf die Monitorschirme zu bekommen, und sang die Melodie von »La Cucaracha«: »Ich kriege gar nichts, ich kriege gar nichts …«

Fiedler und Seth sahen nicht, wie das aus Bingham, Pratt und Jones bestehende Team in das Hotel stürmte und Deans Schuhe in den Kartoffelchips auf dem Boden der Fahrstuhlkabine fand.

Fünfundzwanzig Stockwerke über ihnen auf dem Dach erklärte Brill, was es mit der Wanze auf sich hatte. »Die National Security Agency führt weltweite Überwachungsaktionen durch – Telefon, Faxe, Satellitenkommunikation … Sie sind die einzigen im ganzen Land, das Militär eingeschlossen, die über so eine Ausrüstung verfügen.«

»Warum sind sie hinter mir her?« wollte Dean wissen.

»Das weiß ich nicht«, sagte Brill, »und ich will es auch nicht wissen.« Er wollte sich gerade zum Gehen wenden, als ihm am Himmel etwas auffiel. »Da kommen sie ….«

Aus dem Süden kam schnell ein Hubschrauber herangeflogen.

»Sie senden«, sagte Brill. »Die bekommen von Ihnen immer noch ein Signal.«

»Woher?«

»Das könnte alles mögliche sein: Gürtel, Reißverschluß, Kragen … ziehen Sie Ihre Kleider aus. Alle.« Brill wandte sich zum Gehen.

»Warten Sie! Was soll ich jetzt tun?«

»Nichts«, sagte Brill ausdruckslos. »Ich wäre wirklich beeindruckt, wenn Sie den morgigen Tag überleben.« Er tat wieder einen Schritt, und Dean packte ihn.

Brills Muskeln spannten sich, es fehlte nicht viel, und er hätte zugeschlagen. Aber Dean tat ihm auch ein wenig leid.

»Sie haben etwas, was die wollen«, sagte Brill.

»Ich habe gar nichts«, sagte Dean aufrichtig.

»Vielleicht doch, und Sie wissen es bloß nicht. Bleiben Sie

bloß Rachel fern und mir – wenn Sie sich noch einmal einem von uns beiden nähern, dann töte ich Sie.«

Brill drehte sich um, dann kam ihm plötzlich die Erleuchtung: »Und sehen Sie zu, daß Sie Ihre Uhr loswerden.«

Dean warf einen Blick darauf. »Das geht nicht. Meine Frau hat mir diese Uhr zum ...«

»Dann behalten Sie sie«, sagte Brill und zuckte die Achseln. Der Helikopter war inzwischen fast über ihnen – aber er hatte damit ja nichts zu tun.

Dean fluchte, nahm die Uhr ab und warf sie in die Tiefe. Dann ging er zur Vorderseite des Gebäudes und sah aus der Vogelperspektive, wie Männer aus mehreren Fahrzeugen stiegen und in die Hotelhalle drängten. Dean rannte auf den Treppeneingang zu, als der Helikopter herangeschossen kam und in dem Überwachungswagen wieder Bilder über die Monitorschirme huschten.

Dean rannte hinunter, nahm mit jedem Schritt drei Stufen auf einmal, sechs Stockwerke bis zum achtzehnten Stockwerk und hielt dann inne. Er hörte Geräusche von unten – Männer, die die Treppe heraufgehetzt kamen – und stürzte durch die Feuertür.

Er rannte an endlosen Türen vorbei durch den Korridor. Dann blieb er vor einer stehen, die sich von den anderen dadurch unterschied, daß ein Stück Papier halb unter der Tür durchgeschoben war. Es war eine Faxmitteilung aus der Halle für einen Mr. Wu.

»Mr. Wu ... Mr. Wu ...«, rief Dean und klopfte.

Ein chinesischer Geschäftsmann öffnete die Tür, er war etwa fünfundachtzig Jahre alt. »Vielen Dank ...«, setzte er an und hatte damit vermutlich das ganze Ausmaß seiner Englischkenntnisse erschöpft.

»Gern geschehen, danke«, unterbrach ihn Dean, als Mr. Wu in die Tasche griff. »Nein, kein Trinkgeld; wenn ich nur eine Minute hereinkommen darf ...«

Dean zwängte sich durch die Tür, drückte sie mit dem Rükken zu und schob den Riegel vor. Mrs. Wu sah ihn an ihrem Mann vorbei an, und Dean lächelte kläglich.

»Hey, wie geht es Ihnen?« sagte er und atmete ein paarmal durch. »Ich arbeite für das, äh, Befragungs-, äh, -projekt des Hotels, um sicherzustellen, daß Sie sich auch wohl fühlen, wenn Sie ...«

Das auf Dean angesetzte NSA-Team wußte jetzt genau, wo er war. Die Agenten in dem Überwachungsfahrzeug funkten den anderen Männern im Hotel seinen Standort im Gebäude zu. Pratt erreichte das Zimmer als erster.

»Mr. Dean?« rief Pratt aus dem Flur. »Mr. Dean, ich würde gerne einen Augenblick mit Ihnen sprechen, wenn Sie erlauben. Das alles klären ...«

»Woher wissen die, wo ich bin?« fragte Dean das erstaunte Ehepaar in dem Zimmer. Sie hatten keine Ahnung, wovon er sprach.

Dean riß sein Anzugjackett herunter.

»Bitte, öffnen Sie die Tür, Mr. Dean. Wir wollen doch die Hotelgäste nicht mit hineinziehen, okay?« drängte Pratt, der jetzt dicht vor der Tür stand. Jones und Krug waren bei ihm und bearbeiteten mit einem elektronischen Gerät das Türschloß.

Dean stand auf dem Balkon, nur noch mit Unterhosen und Socken bekleidet und warf seine Hose über das Balkongeländer.

»Meine Hand ist im Eimer«, beklagte sich Jones. »Ich glaube, ich habe die Tollwut.«

Krug nahm ihm das elektronische Gerät ab und machte mit der anderen Hand eine masturbierende Bewegung. »Ich denke, du machst das mit der linken Hand.«

Bamm! Die Tür flog auf, und die drei Männer platzten ins Zimmer. Die Wus saßen reglos am Fußende ihres Bettes und nahmen das ganze Geschehen stumm in sich auf. Es bereitete keine Mühe, die Spur von Deans Kleidung quer durchs Zimmer zum Balkon zu verfolgen.

Als sie den Vorhang aufzogen, war Dean allerdings verschwunden. Er schoß hinter ihnen aus dem Badezimmer, nur mit Unterhosen, Socken und einem Hotelbademantel bekleidet, und hatte bereits die halbe Strecke zum Ende des Korridors hinter sich gebracht – bis Pratt und Bingham ihn entdeckten und die Verfolgung aufnahmen.

Dean schoß durch die Tür des Vorratsraums im achtzehnten Stockwerks und knallte sie hinter sich zu. Er schob den Putzwagen des Zimmermädchens zwischen Tür und Wand und errichtete damit eine Art Barrikade.

Der Wagen war voll beladen: Bettwäsche, Aschenbecher, Streichhölzer und die Fläschchen für die Minibar.

Das brachte ihn auf eine Idee.

Während Pratt, Bingham und Jones sich noch bemühten, die Tür zu öffnen, tränkte Dean ein Handtuch mit Cognac und Rum, drapierte es über das Ende eines Besenstiels und zündete es mit den Hotelstreichhölzern an. Er hob es zur Decke unmittelbar unter den Rauchdetektor, der sofort reagierte; binnen Sekunden war überall auf dem Gang das Plärren des Alarms zu hören und trieb die Gäste aus den Zimmern.

Dean wußte, daß die Feuerwehr bereits unterwegs sein würde.

Hoffentlich kamen sie bald, dachte er, denn unglücklicherweise war ein Stück des brennenden Handtuchs heruntergefallen und hatte einen Stapel Toilettenpapierrollen entzündet. Der Rauch ließ Dean, der jetzt versuchte, mit Evian-Wasser zu löschen, husten. Doch das Feuer breitete sich immer weiter aus, der Rauch wurde dichter; Asche, die auf den Wagen des Zimmermädchens fiel, entzündete die dort liegenden Zündhölzer, was zu einer schwefligen Stichflamme führte, und veranlaßte Dean, sich ein feuchtes Handtuch über das Gesicht zu ziehen und sich auf dem Boden zu wälzen.

»Was machen Sie da?« brüllte ein Angestellter der Gebäudesicherheit die Männer an, die versuchten, die Tür des Vorratsraums aufzubrechen. »Sehen Sie zu, daß Sie zur Treppe kommen – wir müssen evakuieren!«

Pratt sah ihn mit aufgerissenem Mund an. »Aber unser Kumpel ist dort drinnen!« schrie er.

Inzwischen bekamen die Männer im Überwachungswagen Bilder und Geräusche von totalem Chaos übermittelt. »Wie stehen die Dinge, Leute?« sagte Fiedler in sein Mikro. »Was ist los? Bitte, meldet Euch ... wir fühlen uns vernachlässigt ...«

Zwei Feuerwehrleute kamen jetzt durch den Korridor im siebzehnten Stock. »Bewegung, bitte! Das gilt für alle! Hinunter, und zwar schnell, los!«

Der Mann von der Gebäudesicherheit warf einen Blick auf die Tür des Lagerraums. »Da ist einer drinnen eingesperrt«, sagte er.

Einer der Feuerwehrleute drängte den Wachmann und Deans Verfolger zur Treppe, während der andere mit der Axt auf die Tür einschlug.

Ein paar Minuten später trug der zweite Feuerwehrmann Dean wie ein Baby aus der Hotellobby.

Ein Notarztwagen wartete vor dem Hotel. Zwei Sanitäter nahmen dem Feuerwehrmann Dean ab und hoben ihn in den Wagen. Sie waren gerade dabei, die hinteren Türen zu schließen, als zwei Männer herangeschossen kamen, um sie daran zu hindern.

»Halt!« Krug und Pratt zeigten ihre Dienstplaketten. »Wir suchen diesen Kerl schon seit zweiundsiebzig Stunden!« Plötzlich hatten sie sich in Polizisten verwandelt.

Auf die Sanitäter machte das wenig Eindruck. »Jetzt lassen Sie ihn doch in Ruhe – er ist am Ersticken«, wehrten sie die beiden »Beamten« ab, als sie sich in die Ambulanz zu drängen versuchten. Die Männer im Krankenwagen machten sich um ganz andere Dinge Sorgen.

Ein echter Polizist trat dazwischen, um als Schiedsrichter zu agieren. Zunächst überprüfte der Krugs Dienstplakette. »Stadtpolizei D.C. ... das ist hier nicht Ihr Zuständigkeitsbereich, Officer«, erklärte er.

»Das fehlt mir gerade noch«, beklagte sich Krug.

Der Polizist schob beide Daumen in seinen Revolvergurt. »Der Typ liegt auf einer Krankenbahre. Und da bleibt er. Sie können uns ja zum St. Elizabeth's Hospital folgen.«

Krug und Pratt musterten ihn zweifelnd.

»Ich werde ein Auge auf ihn haben«, versprach der Polizist. Und dann kletterte er in den Wagen, wo ein Sanitäter Dean bereits mit Sauerstoff versorgte.

Pratt und Krug sprinteten zu einem Wagen, dicht gefolgt von Bingham und Jones. Im Konvoi fuhren sie zum Krankenhaus: Die Ambulanz vorne, dann Pratt und Krug, und schließlich Bingham mit Jones.

Sie blieben hintereinander, bis sie das Mauthäuschen am Eingang des Highwaytunnels erreichten und Dean aus seiner Ohnmacht erwachte.

Er merkte schnell, daß er sich in einem Ambulanzwagen befand. Der Fahrer hatte angehalten, um dem Kassierer seinen Ausweis zu zeigen. Dean blickte durch das Hinterfenster auf die Autoschlange, die sich hinter ihnen gebildet hatte.

»Hey, Freundchen«, sagte der Sanitäter neben der Bahre, als Dean versuchte, sich aufzurichten. »Ganz ruhig.« Dean spürte die Hand des Mannes, der ihn wieder auf die Tragbahre drücken wollte, und leistete Widerstand. Der stille Kampf dauerte vielleicht eine Minute, bis der Mann in weißer Uniform schließlich »Officer ...« rief.

Der Polizist kletterte nach hinten, um dem Sanitäter dabei behilflich zu sein, Dean festzuhalten.

»Nein, tut mir leid«, versuchte Dean ihnen klarzumachen. »Ich muß wirklich ... muß hier ... raus ...« In einem Akt der Verzweiflung zog er dem Polizisten den Revolver aus dem Halfter und richtete ihn auf den Mann, hielt ihm den Lauf zwischen die Augen.

Die Ambulanz kam mit einem Ruck auf der anderen Seite der Mauthäuschen zum Stehen, und Dean sprang hinaus.

Die NSA-Männer in den Autos dahinter sahen seinen Bademantel im Tunnel flattern, als er in Socken die Auffahrt hinunterrannte.

Sie lenkten ihre Wagen auf die schmale Spur, die um die Mauthäuschen herum führte, während Dean in den Tunnel hetzte. Jetzt kam links eine Fußgängerrampe, die als Ausweg aus dem Tunnel gedacht war und etwa einen halben Meter über dem Straßenniveau verlief. Dean sah seinen Schatten länger werden, als sich von hinten Scheinwerfer näherten. Der Wagen überholte ihn, und Pratts Gesicht blickte ihn auf der Fahrerseite an. Das Fahrzeug wurde langsamer, hielt schließlich an und setzte zurück.

Bingham lenkte den zweiten Wagen längsseits, sperrte Dean damit ein.

Der griff in die Höhe, packte das Metallgeländer über sich und flankte darüber. Nachdem er eine kurze Strecke gerannt war, fand er eine Tür, riß sie auf und stürzte hindurch.

Dean befand sich in einem schwach beleuchteten Raum, in dem das Dröhnen von Pumpen zu hören war, die für frische Luft im Tunnel sorgten.

Dean hetzte um die Maschinen herum zu einer weiteren Tür, die in einen anderen Tunnel führte – eine Art Röhre in der Breite einer Fahrspur, die Neonleuchten erhellten. Seine Beine waren naß; der Tunnel stand fast dreißig Zentimeter unter Wasser.

Er eilte weiter.

Ein Lichtkegel huschte über die Wand: Wieder tauchten Fahrzeugscheinwerfer hinter ihm auf. Die Verfolger hatten einen Zugang zu dem Tunnel gefunden und rückten auf. Bingham erreichte Dean als erster – viel zu schnell –, bremste und schlitterte an ihm vorbei. Der Wagen krachte gegen die Wand, Bingham riß das Steuer herum, rammte die andere Wand und brachte den Wagen zum Stehen.

Pratt war unmittelbar hinter ihm und hielt ruckartig an, so daß Dean jetzt zwischen zwei Fahrzeugen eingeschlossen war.

Dean sah nach oben, entdeckte eine eiserne Leiter, machte einen Satz, packte die unterste Sprosse und zog sich daran in die Höhe. Er kletterte die kalten Metallsprossen bis zu einer schweren Metallplatte in der Decke und schob sie beiseite – ein Kanaldeckel im südlichen Tunnelschacht.

Whuumm! Ein mächtiger Sattelschlepper brauste vorbei. Dean stemmte sich aus der Kanalöffnung und rannte zum Seitenstreifen. Bingham und Jones waren ihm dicht auf den Fersen, konnten aber wegen der vorbeirasenden Autos und Lkws nicht aufschließen.

Inzwischen hatte Dean ein Fahrzeug der Straßenreinigung entdeckt, das auf dem Seitenstreifen abgestellt war. Normalerweise zog Dean sportlichere Fahrzeuge vor, aber jetzt war er nicht wählerisch – und der Fahrer war ihm sogar beim Einsteigen behilflich. Eigentlich erstaunlich, wenn man bedachte, wie Dean angezogen war.

Andererseits war das vielleicht der Waffe zuzuschreiben, die Dean in der rechten Hand hielt. Sobald Dean in der Fahrerkabine saß, hob der Arbeiter beide Hände.

»Hören Sie, tut mir leid. Eigentlich bin ich Rechtsanwalt und würde so etwas nie tun, nur daß ich mich hier sozusagen *in äußerster Not* befinde, okay?« versuchte Dean zu erklären.

»Ganz wie Sie meinen«, sagte der Mann, ohne die Hände herunterzunehmen.

»Nein, warten Sie«, sagte Dean. Er wollte nur, daß der andere ihn mitnahm. »Ich will nicht...« Dann fuchtelte er mit der Waffe und hörte auf, sich zu entschuldigen. »Na schön, meinetwegen.«

Als die vier NSA-Männer die Wagentür aufrissen, saß der Fahrer des Reinigungsfahrzeugs ohne Hemd und Hosen zusammengekauert in der Fahrerkabine.

Pratt faßte die Situation für alle vier zusammen: »Scheiße!«

Reynolds saß mit Joggingshorts und einem T-Shirt bekleidet in der Küche und kippte gerade eine Schale Rice Krispies, die er nicht angerührt hatte, in den Müll. Er spülte die Schüssel aus, legte sie auf das Trockengestell und preßte sich dabei das sichere Handy ans Ohr und führte sein Gespräch mit Hicks fort.

»Ich verstehe nicht, warum das so schwierig ist«, beklagte sich Reynolds.

Die Stimme von Hicks: »Er hat die Sensoren abgelegt. Er ist raffiniert ... und jemand hat ihm geholfen.«

»Vielleicht ist es der echte Brill«, sagte Reynolds. Er ging ins Wohnzimmer und hob auf dem Weg Spielsachen vom Boden auf.

»In der Region von Baltimore gibt es dreiundzwanzig Brills«, sagte Hicks. »Und keiner von ihnen ist unser Mann. Wir lassen das gerade durch die EPIC-Computer laufen.«

Reynolds ging zu einem Kinderzimmer im ersten Stock hinauf. »Glauben Sie, jemand spielt da ein doppeltes Spiel mit uns?«

»Jemand in der Agency?« fragte Hicks zurück.

»Keine Ahnung«, sagte Reynolds. »Die ganze Geschichte stinkt.«

»Ich weiß, was Sie meinen.«

Reynolds legte die Spielsachen in das Kinderzimmer und ging in ein anderes Schlafzimmer, wo seine Frau Emily an einem kleinen Schreibtisch saß und, von Gerichtsakten umgeben, an ihrem Laptop arbeitete. Der Fernseher lief, aber der Ton war abgeschaltet.

»Dann sollten wir einen Zahn zulegen«, schlug Reynolds vor. Er setzte sich aufs Bett. »Mr. Dean die Sache ein wenig schwieriger machen. Wir werden uns beide überlegen, wie wir das anstellen, okay?«

»Gut«, sagte Hicks, »Ende.«

Reynolds lag da und überlegte.

»Was ist denn?« sagte Emily.

Er sah zu ihr hinüber und schüttelte den Kopf. Nichts ... und sah dann zum Fernseher hinüber.

»Du solltest schlafen gehen«, riet sie ihm. »Morgen bist du dran, mit den Kindern aufzustehen.«

Als Carla am nächsten Morgen in ihrem Haus dabei war, das Frühstücksgeschirr abzuräumen, fing der Spitz draußen zu bellen an. Durch das Fenster sah Carla den Hund an der Garage herumschnüffeln. Sie zog sich einen Mantel über ihr Nachthemd, holte den Müll unter der Spüle heraus und ging nach draußen, um nachzusehen.

Was auch immer den Hund so nervös machte, war in der Garage. *Vielleicht ist es bloß eine Maus, oder so etwas,* dachte Carla. *Solange es bloß keine Ratte ist.*

Sie stieß die etwas verklemmte Seitentür auf und ging hinein.

Sofort packte sie jemand von hinten. Eine Hand legte sich über ihren Mund, ehe sie schreien konnte –

Dean. Es war Dean.

»Das Haus ist verwanzt ... elektronisch verwanzt«, flüsterte er heiser. « Die können alles, was du dort drinnen sagst, hören, vielleicht sogar sehen ...« Er nahm die Hand weg.

»Bobby, bist du –? Was ist denn passiert?« flüsterte Carla. »Dein Kopf ...« Er hatte sich bei der Taxifahrt mit dem ersten »Brill« ein paar blaue Flecken zugezogen.

»Nein, nein, ist schon ... ist schon gut, ich bin nur ... hör mir zu, bitte. Okay, bitte? Die Wahrheit ...« Er hielt ihre beiden Hände. Carla nickte. »Ich habe niemals – seit den Problemen damals –, niemals Rachel angefaßt. Wirklich. Ich habe nicht einmal daran gedacht ... und ich liebe dich, nur dich. Und Eric natürlich, den liebe ich auch, und deine Eltern – sogar deinen Dad irgendwie ... aber sonst niemanden ... okay?«

Sie hielten einander umschlungen. »Okay...« flüsterte Carla. »Aber, Bobby, ich habe dir *gesagt,* daß die das können. Ich habe dir *gesagt,* daß sie die Möglichkeit dazu besitzen und daß dieses gottverdammte Abhörschutzgesetz bloß dazu dient, ihre Macht auszuweiten und...«

»Carla, Carla«, sagte Dean. »Vielleicht ist das jetzt nicht gerade der beste Augenblick für eine *Ich-hab's-dir-ja-gleich-gesagt-*Rede.«

Sie hielt inne.

»Aber du hast es mir gesagt. Und du hast recht gehabt«, räumte Dean ein.

Sie warf ihm einen dankbaren Blick zu.

»In jener Nacht, als ich sah, wie Zavitz von dem Feuerwehrwagen überfahren wurde, weißt du«, fuhr Dean fort. »Er war auf der Flucht. Er hatte Angst. Und diese selben Leute – das weiß ich jetzt –, die hinter ihm herwaren, die verfolgen jetzt mich.«

»Oh, Bobby...«

»Du solltest das Haus verlassen, Liebes. Geh nach Philadelphia, zu deinen Eltern, und...«

»Nein! Das ist mein Haus«, beharrte Carla. »Niemand verjagt mich aus meinem Haus. Ich hab' die Vorhänge dafür ausgesucht.«

Dean lächelte. »Ich glaube nicht, daß jemand die Vorhänge haben will, Honey.« Er küßte sie. »Die Vorhänge sind schön, die sind wirklich in Ordnung.«

Dann küßte er ihr Haar und ihren Mund, und sie küßte ihn auf dieselbe Weise, hart, fordernd, und er schob ihren Mantel auseinander, seine Hände griffen nach ihr. Er wollte sie, wollte sie jetzt, in diesem Augenblick. Aber dann hielt er inne, erkannte...

»Das Nachthemd. Das ist eines der Geschenke, die ich für dich gekauft habe. Das war für Weihnachten gedacht, nicht...«

»Ich war so einsam«, erklärte ihm Carla. »Du hast mir gefehlt.«

»Du bist genauso schlimm wie Eric«, sagte Dean mit einem Stirnrunzeln. »Jeder in dieser Familie glaubt, er darf einfach nur herumwühlen und alles aufmachen, wann immer er Lust dazu hat, bevor überhaupt . . .«

Plötzlich sah Deans Gesicht aus, als ob ihm jemand einen Schlag versetzt hätte. Er erinnerte sich plötzlich an etwas. »Das war der Abend«, sagte er, »als ich mit den Geschenken nach Hause kam . . . und Eric sagte . . . oh, Mann!«

»Was?«

»Wo ist Eric?« wollte Dean wissen.

»Ich habe ihn bei Dylan bleiben lassen, weil . . .« Sie wollte ihm nichts von dem Streit erzählen. Carla sah auf ihr Handgelenk, aber da war keine Uhr. »Die sind wahrscheinlich gerade dabei, in die Schule zu gehen. Soll ich –?«

»Nein«, sagte Dean. »Ich möchte, daß du hierbleibst. Hast du dir Geld beschaffen können?«

»Von Jen.«

»Ich brauche welches. Und Kleider, und Marie.« Ihre Haushälterin. Carla wollte weggehen, aber er hielt sie fest. »Und, Baby, nimm das hier.« Er gab ihr die Waffe des Polizisten.

Sie fuhr zurück. »Herrgott, was soll ich damit machen?«

»Nimm sie, bitte«, sagte Dean. »Für alle Fälle. Nur damit ich weiß, daß du sie hast.«

Weil sie jetzt beide bis zum Hals in dieser Geschichte steckten. Und Eric auch. Niemand war sicher.

NEUN

Eine Stunde, nachdem Dean Carla in der Garage überrascht hatte, rollte ein Überwachungswagen heran und hielt auf der anderen Straßenseite an.

Nachdem er etwa eine Stunde dort geparkt hatte, gab der Techniker in dem Wagen über Funk einen Bericht durch: »Carla ist zu Hause; sie schickt gerade das Kindermädchen weg, um etwas für den Jungen zu holen. Bitte um Anweisung ...« Er hatte Carlas Bewegungen im Haus durch die Fenster verfolgt.

Hicks funkte zurück: »Dort bleiben. Warren ist bei der Schule.«

»Lassen Sie mich dem Kindermädchen nachfahren, Mann«, schlug Jamie vor. »Sie rasiert sich die Beine nicht. Solche Frauen machen mich an.«

Marie fuhr den Jeep der Deans aus der Garage und bog links in die Straße ein. Ein paar Straßen weiter fragte eine Männerstimme von hinten: »Folgt uns jemand?«

Marie zuckte mit keiner Wimper. Sie sah in den Rückspiegel. »Nein, Mr. Bobby.«

Dean zog sich die Hundedecke vom Kopf, um etwas Luft zu bekommen. »Fahren Sie schnell. Ich möchte Eric und Dylan noch vor der Schule erreichen.«

»Da sind die beiden, Mr. Bobby.«

»Fahren Sie zu den Zweien hin«, wies Dean sie an. »Sag den beiden, sie sollen einsteigen.«

Das tat Marie. Zuerst höflich, und als die beiden Jungen widersprachen, mit scharfer Stimme: »Steigt jetzt sofort ein. Hinten.«

Als die Tür sich hinter ihnen geschlossen hatte, sagte Dean: »Eric!«

»Dad?«

»Nicht umdrehen, nicht herschauen«, forderte Dean die beiden auf. »Bleibt sitzen, wo Ihr seid. Mit dem Gesicht nach vorn ...«

»Aber, Dad ...«

»Bitte, nicht«, sagte Dean mit sanfter, aber fester Stimme. »Das ist sehr wichtig. Es ist ... es ist wie in *Auf der Flucht.* Ihr dürft euch nicht anmerken lassen, daß ihr ihn seht ... ich meine, mich seht.«

Die beiden Jungen zwangen sich, nach vorne zu blicken.

Als Dean sicher war, daß sie so sitzen bleiben würden, sagte er: »Also, wie ist's dir ergangen? Du hast mir gefehlt.«

So wie damals, als er von einer Geschäftsreise nach Hause gekommen war.

»Du mir auch, Dad«, sagte Eric. »Wo warst du?«

»Tag, Mr. Dean«, meldete sich jetzt auch Dylan zu Wort.

»Hallo, Dylan«, antwortete Dean. »Eric, ich stecke bis zum Hals in einem neuen Fall. Völlig anders als alles, was ich bisher gemacht habe, aber ... wirklich aufregend. Ich erzähle dir bald davon.«

Ich kann einfach nicht glauben, daß ich ihn so anlüge, dachte Dean. Aber er war nicht sicher, ob Eric alles erfassen konnte, was wirklich im Gange war. Besser, er wartete ab, bis er er selbst mit all dem fertig wurde. Falls das jemals passierte.

»Werdet Ihr euch scheiden lassen, du und Mom?« wollte Eric wissen.

»Nein. Red keinen Unsinn. Kommt gar nicht in Frage. Wir haben uns gestritten. Das passiert manchmal, aber das ist kein Grund zur Sorge okay?«

Eric überlegte. »Wer hat denn bei dem Streit gewonnen?«

»Männer gewinnen nie, wenn sie mit Frauen streiten, Junge. Auch das werde ich dir einmal erklären. Aber jetzt hör mir zu, ich muß dich etwas fragen, und es ist schrecklich wichtig, daß du mir die Wahrheit sagst. Ganz gleich, was du getan hast, ich schwöre dir, ich werde nicht böse sein. Garantiert nicht. Okay?«

»Jaaa …«, sagte Eric argwöhnisch.

»Ehe ich weggegangen bin, du erinnerst dich doch, an dem Abend, an dem ich ein paar Weihnachtsgeschenke nach Hause gebracht habe und du mich gefragt hast, ob du –?«

Eric bemühte sich instinktiv nach einer verständlichen Erklärung dessen, was geschehen war. »Ich habe in die Tüte bloß *hineingesehen,* Dad. Und ich hätte sie auch nicht genommen, wenn sie nicht schon offen gewesen wäre!«

»Das verstehe ich«, sagte Dean. Schließlich war Eric der Sohn eines Rechtsanwalts. Also war doch klar, daß er eine logische Erklärung liefern würde, oder? »Keine Sorge. Aber ich brauche das *Ding,* ich besorge dir ein besseres, aber …«

»Dad …«

»Was ist denn?«

»Es ist zerbrochen.«

Jetzt entschuldigte sich Dylan. »Das ist nicht Erics Schuld, Mr. Dean. Es hat nie funktioniert. Auf dem Bildschirm schneit es nur, wenn man es einlegt.«

Dean hatte keine Ahnung, was die beiden gefunden hatten. »Laßt mal sehen.«

Dylan hatte es. In seinem Rucksack unter allem möglichen anderen Kram: Wadenschützern, Comic-Books, zusammengeknüllten Hausaufgaben … Er reichte Zavitz' Gamemaster nach hinten, ohne sich umzusehen.

Marie brachte die beiden Jungen zur Schule und setzte Dean dann einen Block vor der Kreuzung der Neununddreißigsten und der Charles Street ab.

Er hatte den Gamemaster bei sich, einen Brief und ein Stück Kreide.

Während des ganzen Wegs zu Rachels und Brills Briefkasten rechnete Dean damit, aus dem Hinterhalt überfallen und getötet zu werden. Aber nein, er schaffte es, warf den Brief ein, markierte den Briefkasten mit einem Kreidestrich und ging weiter, ohne daß etwas passierte.

Plötzlich stellte er fest, daß er sich in Richtung auf die Beaumont-Terrace-Apartments bewegte. Ein verdächtiger Lieferwagen, der ein Stück vor ihm auf der Straße parkte, veranlaßte ihn, auf die andere Straßenseite zu wechseln – der Wagen trug an der Seitenwand die Aufschrift LEE'S CONSULTING. Von den Fenstern aus hatte man freien Ausblick auf die Wohngebäude. Zu gut.

Dean ging zu einem Telefonhäuschen, suchte dort eine Nummer, warf zwei Münzen ein und wählte.

»Polizeirevier Acht«, meldete sich eine Stimme am anderen Ende.

»Guten Morgen«, sagte Dean mit schüchterner Stimme. »Mein Name ist Newman. Leon Newman.« Leon Newman, ängstlich, feige, der Inbegriff des verschüchterten Schwächlings – so hörte Dean sich jetzt an. »Wir wohnen in Beaumont Terrace 454 – das heißt, meine Mutter wohnt dort. Ich rufe in ihrem Auftrag an«, beeilte er sich überflüssigerweise hinzuzufügen.

»Ja, weiter.«

»Da steht ein Lieferwagen auf der anderen Straßenseite, LEE'S CONSULTING, Inc.' steht auf der Wand. Er steht schon den ganzen Tag dort. Und – ich will ja niemandem Schwierigkeiten bereiten, aber es sieht so aus, als ob die dort mit Rauschgift handeln. Ich meine, die sind ...«

Eine Minute darauf hörte Seth in dem Überwachungswagen, wie ihr Fahrzeug im Polizeifunk erwähnt wurde – ein Scanner im Van hatte die Durchsage aufgefangen: »... einunddreißig Alice, seht euch einen Lieferwagen – LEE'S CONSULTING – 454 Beaumont an. Möglicherweise 10–31 Rauschgift.«

»Oh, verflucht«, sagte er. »Das sind wir.« Sie fuhren in dem

Augenblick weg, als der Streifenwagen um die Ecke bog, und Dean konnte sich unbemerkt durch den Haupteingang der Beaumont Apartments schleichen. Er ging um den Gebäudekomplex herum zum hinteren Eingang, wo Rachel im Erdgeschoß ihre Wohnung hatte.

Die Fenster waren dunkel. Dean ging an die Tür und lauschte. Nichts zu hören. Er klopfte leise und wartete – keine Antwort.

Er versuchte, den Türknopf zu drehen und stellte fest, daß nicht abgesperrt war.

Drinnen war alles still.

»Rachel . . .?« rief Dean.

Eine umgestürzte Lampe lag auf dem Boden. Die Tür zu Rachels Schlafzimmer stand offen. Sie lag auf dem Bett, nackt, auf dem Bauch.

Nein, dachte Dean. »Rachel . . .«

Er zwang sich, sie anzusehen. Beugte sich über sie und sah ihr Gesicht mit den aufgerissenen, starren Augen, sah die roten Würgemale an ihrem Hals.

Dean zog die Decke über sie, aber nicht über ihren Kopf. Er saß neben ihr, die Hand auf ihrer Schulter, und wiegte sie sanft, versuchte, die Qual zu verdrängen, die er fühlte.

Und dann entdeckte Dean einen der beiden Manschettenknöpfe mit seinem Monogramm, die er im Hotelzimmer der Wus auf den Nachttisch gelegt hatte.

Er hob ihn auf, sorgsam bedacht, keine Fingerabdrücke auf dem Tisch zu hinterlassen.

Was noch? Dean sah sich in dem Apartment um, suchte nach sonstigen Dingen, die ihm gehörten und die man vielleicht dort zurückgelassen hatte.

Auf dem Schreibtisch lagen Schriftstücke mit seinem Namen. Er stopfte sie in eine Mülltüte. Dann nahm er sich ein Handtuch und wischte beim Hinausgehen die Türknöpfe ab.

Sein Blick fiel auf ein gerahmtes Photo: Ein kleines Mädchen und sein Vater und noch ein Mann in einem Boot beim Fischen – Brill. Der Brill aus dem Fahrstuhl.

ZEHN

Als Brill am nächsten Tag seinen El Camino auf einen Parkplatz bei der Gibson-Island-Fähre lenkte, wartete Dean bereits. Brill hatte die Hand noch am Zündschlüssel, als der Anwalt durch die Beifahrertür einstieg.

»Ich habe gesagt, Sie sollen mich in Ruhe lassen«, herrschte Brill ihn an.

»Fahren Sie schon, verdammt...« Mit einem flüchtigen Mann eine Szene auf einem öffentlichen Parkplatz zu machen, war das allerletzte, was Brill wollte – er fuhr rückwärts wieder aus dem Parkplatz heraus und auf die Straße zurück.

Sie fuhren in gleichmäßigem Tempo dahin, und Dean schwieg, bis Brill schließlich fragte: »Was ist passiert?«

»Rachel ist tot.«

Brill trat auf die Bremse und fuhr auf den Seitenstreifen. Brills Hände umklammerten das Steuer, bis seine Knöchel weiß hervortraten, und er blickte starr geradeaus. Nach einer Weile quetschte er heraus: »Woher wissen Sie das?«

»Ich habe die Leiche gesehen.«

»Ich habe Ihnen gesagt, daß Sie keinen Kontakt mit ihr aufnehmen sollen. Ich habe Ihnen gesagt, daß ich...« Brill wandte sich ab. Er hätte es wissen müssen. Das war keine Überraschung. Dieser verdammte Dean. »Steigen Sie aus.«

Dean ignorierte die Aufforderung, zog den Gamemaster heraus. »Ich glaube, ich habe das gefunden, was die suchen. Jemand hat es mir...«

»Sie sollen aussteigen«, wiederholte Brill in einem Tonfall, der Dean erkennen ließ, daß der Mann es ernst meinte.

Dean stieg aus, ließ aber die Tür nicht los. »Brill, wir...«

Deans Tür knallte von selbst zu, als Brill aufs Gas trat und durchstartete. Aber dann, er war noch in Deans Sichtweite, veranlaßte ihn etwas dazu, wieder anzuhalten und zurückzufahren.

Bis zu der Stelle, wo Dean am Straßenrand wartete.

Brill streckte die Hand durch das offene Fenster der Beifahrertür. »Geben Sie mir das Ding.«

Dazu war Dean nicht bereit.

Brill ließ ihn einsteigen.

Eine Weile trieben sie stumm im Verkehrsstrom dahin.

»Wie gut haben Sie sie gekannt?« fragte Brill.

»Ich habe sie sehr gut gekannt«, sagte Dean.

»Wissen Sie, warum die sie umgebracht haben?«

Das war das Unerträgliche daran. »Damit es so aussieht, als ob ich das getan hätte«, sagte Dean. »Die haben meine Sachen überall in der ...«

»Ja«, sagte Brill. Er wußte Bescheid. »Weil Sie nämlich zum ersten, wenn Sie wegen Mordes gesucht werden, leichter zu finden sind. Und zum zweiten, um Sie in Mißkredit zu bringen, falls Sie je gegen diese Leute an die Öffentlichkeit gehen sollten. Es hat nichts mit Rachel zu tun. Gar nichts.«

Dean reichte Brill den Gamemaster. Der warf einen schnellen Blick darauf und gab ihn dann zurück, ehe er in eine Tankstelle einbog, wo er den Wagen ein Stück abseits von den Zapfsäulen parkte und in dem Laden verschwand. Dean ging inzwischen zum nächsten Münztelefon.

Carla mußte von Rachel erfahren; Dean war sicher, daß die immer noch versuchen würden, ihm den Mord anzuhängen. Wenn er sie nicht selbst erreichen konnte, dann wollte er ihr wenigstens über ihre Freundin Jen eine Nachricht zukommen lassen. Er ließ sich die Nummer von der Auskunft geben, und sie meldete sich beim dritten Klingeln.

»Jen, ich bin's, Bobby.«

»Oh, du bist's, du Scheißkerl.« Dean ahnte, daß sie die *Post* gelesen hatte.

»Ich weiß, du bist sauer auf mich, aber ich brauche dich, um Carla zu helfen«, sagte Dean. »Geh zu ihr hinüber, ruf nicht an, und sag ihr ... sag ihr, daß Rachel Banks tot ist. Die Zeitungen werden das so hinstellen, als ob ich sie getötet hätte, aber das habe ich nicht. Ruf sie nicht an ... *geh hinüber*, sorge dafür, daß Carla und Eric das Haus verlassen. Bring sie zur Union Station, setze sie in einen Zug nach Philadelphia. Zu ihren Eltern. Und sag ihr, daß ich sie liebe ...«

Dean sah durch die Glastüren in den Verkaufsraum hinüber. Brill zahlte gerade. Er legte auf, und Brill kam heraus, er aß Schmalzgebäck aus einer durchsichtigen Einkaufstüte, die mit Junk Food vollgepackt war.

Als sie den Parkplatz verließen, fühlte Dean sich ein wenig besser; auch wenn Jen ihn noch so haßte, würde sie Carla seine Nachricht zukommen lassen, und Carla würde verstehen. Dean konnte nicht wissen, daß Jens Nummer sich unter den ersten zwanzig auf ihrer Telefonrechnung befand und damit rund um die Uhr überwacht wurde. In dem Augenblick, in dem sie abgehoben hatte, noch bevor Jen auch nur »Hallo« gesagt hatte, kannten die Computer auf Kent Island die Nummer des Telefons, von dem aus angerufen wurde, und registrierten seinen Standort.

Zehn Minuten, nachdem der El Camino die Tankstelle verlassen hatte, trafen Pratt und Bingham dort ein, zeigten dem Jungen an der Kasse ihre Dienstplaketten und erklärten ihm, sie müßten die letzten zwanzig Minuten Videoaufzeichnung der Sicherheitskamera der Tankstelle sehen.

Die Aufzeichnung, die Brill zeigte, wie er an dem Regal mit Lebensmitteln entlangging, war so gut, daß sie seine Einkaufsliste hätten mitschreiben können. Die Nahaufnahme der Kasse hätte ihnen erlaubt, ihm das korrekte Wechselgeld herauszugeben. Und das Bild auf dem Parkplatz ließ sogar Dean und den El Camino von hinten erkennen, dort, wo das Kennzeichen war. Das einzige, was fehlte war die Richtung, die Brill nach Verlassen des Parkplatzes eingeschlagen hatte.

Aber auch das würden sie bald wissen. Reynolds hatte bereits Echtzeit-Satellitenbilder der Umgebung der Tankstelle angefordert: Eine Diashow über die Bewegungen des Wagens, der sie überallhin folgen konnten, wohin Brill sie führen wollte.

»Sie planen eine schnelle Flucht?« fragte Dean.

Brill hatte einige Mühe, den El Camino in die enge Parklücke zu bugsieren, die er in der Garage ausgesucht hatte.

»Das beabsichtige ich, seit Sie bei der Fähre aufgetaucht sind«, erklärte er Dean.

Sie stiegen aus, und Brill führte Dean in ein Lagerhaus. Eine orangefarbene Katze erschien, begrüßte Brill mit einem Miauen und schloß sich ihnen an. An einer Stahltreppe übernahm die Katze die Führung, und sie folgten ihr nach oben in die zweite Etage.

Vor einem aus Hohlblocksteinen erbauten Raum, der denselben Eindruck machte wie ein Lagerschuppen hinter der Tankstelle, öffnete Brill der Katze die Tür, und sie folgten ihr nach drinnen.

Das schwach beleuchtete Zimmer war mit schlichten Möbeln dekoriert, die Dean an das Wartezimmer eines Zahnarztes erinnerten – Couch, Couchtisch, eine Angelzeitschrift ... Eine Wand war mit einer Szene in Technicolor bedacht, die einen Fliegenfischer irgendwo in den Kanadischen Rockies zeigte.

Das andere Bild paßte nicht in die Zahnarztpraxis: Ein gerahmte Serie von sechs Photographien, dicht hintereinander aufgenommen, die zeigten, wie ein Gebäude in die Luft gesprengt wurde.

Brill drückte einen Knopf an der Wand, worauf ein kleiner Generator zu brummen anfing und das Licht heller wurde. Er öffnete eine Tür etwa an der Stelle, wo sich der Behandlungsraum des Zahnarztes befinden würde, und sie gingen hinein – Brill, Dean und die Katze –, betraten eine fensterlose, mit für Dean völlig unverständlichen, technischen Geräten vollgepackte Zelle – Bildschirme, Schalttafeln, Drähte, halb zerlegte Computer auf Werkbänken. Brill überprüfte den Raum mit seinem kleinen Sucher nach elektronischen Wanzen, während Dean seinen Blick über die Schubladen der Bänke schweifen ließ: Technische Zeitschriften, Anzeigen von Massagesalons, kleine Plastikschachteln mit Angelutensilien.

Brill warf ihm einen Blick zu, worauf Dean die Schublade zuschob und beide zu einer Bank gingen, auf der Brill Platz nahm, um den Gamemaster zu öffnen.

»Was sind das hier, Drahtwände?« fragte Dean.

»Kupfergeflecht«, erklärte Brill. »Damit keine Radiosignale durchkommen können . . .«

Brill hatte inzwischen das Gehäuse geöffnet und untersuchte das elektronische Innenleben des Gamemasters. »Ich nenne diesen Raum hier die *Tonne*«, sagte er. »Hier drinnen gibt's keine Telefone und keinerlei Leitungen – Elektrizität, Wasser – nichts. Völlig autark. Losgelöst von der Welt. Nichts, wo sich eine Wanze einschleichen könnte. Damit bleiben nur Sender, und die kann ich orten.«

Dean verdrehte die Augen. »Sender orten«, meinte er mit leicht spöttischem Unterton. »Wie kann man so *leben?*«

»Vielleicht bin ich ein wenig paranoid«, sagte Brill und zupfte mit einer Pinzette an einem Transistor. »Aber möglicherweise sind auch die meisten Leute ein wenig naiv.«

Brill ging mit der kleinen Platine zu einem anderen Apparat und versuchte, ihren Inhalt zu überspielen. Unterwegs griff er sich ein Buch vom Regal und warf es Dean hin: *The Puzzle Palace – Der Rätselpalast.*

»Die Regierung steckt seit den vierziger Jahren mit der ganzen Fernmeldeindustrie unter einer Decke«, erklärte Brill fast beiläufig. »Die haben alles infiziert. Und jetzt ist es soweit, daß die Ihre Bankauszüge, Ihre Computerdateien, Ihre E-mail lesen und Ihre Telefongespräche abhören können.«

»Das behauptet meine Frau auch immer«, erwähnte Dean.

»Damit hat sie recht. Die stecken hinter jedem Draht und jeder Radiowelle. Je mehr Technik Sie in Ihrer Umgebung einsetzen, desto leichter ist es für die, Sie zu überwachen. Die »Brave New World«, die Orwell beschrieben hat, ist dort draußen ...« Seine Finger huschten über die Tasten, und er blickte gebannt auf den Bildschirm, um den Code für den Gamemaster abzulesen.

»Das ist eine recht einfache Chiffrierung«, sagte Brill. Der Gamemaster war also in einer Computersprache programmiert, von der Brill glaubte, daß er sie knacken konnte.

Irgendwie überraschte es Dean überhaupt nicht, geheime Codes in einem Spielzeug versteckt zu finden. »Verschwörungstheoretiker der Welt vereinigt Euch ...«

»Für mich ist das nicht Theorie«, sagte Brill und schob die Katze beiseite, um arbeiten zu können. »Ich bin selbst ein ehemaliger Verschwörer.« Jetzt war auf dem Bildschirm ersichtlich, daß der Gamemaster seinen Inhalt auf Brills Computer übertrug.

»Ich war einmal für die NSA tätig«, sagte Brill. »Als Kommunikationsanalytiker. Ich habe Auslandsgespräche abgehört, Gespräche, die Ausländer mit den USA geführt hatten ... dieses GPS-Satellitenpeilgerät in Ihrem Handy? Ich habe eines der ersten Modelle dieser Serie entwickelt.« Er schob eine Diskette in einen Laptop, und Zavitz' Videobilder nahmen auf dem Bildschirm Gestalt an.

»Früher war es noch notwendig, einen Draht in die Telefonleitung einzuspleißen, die wir abhören wollten. Jetzt, wo die Gespräche von Satelliten zur Erde zurückgespiegelt werden, schnappen die sie sich einfach aus der Luft heraus – was ist das denn?«

Hamerslys Mercedes rollte in eine Parkszene, die aus dem Gamemaster auf Brills Laptop überspielt wurde.

»Man kann aber doch nicht jedes Gespräch im ganzen Land abhören«, sagte Dean. »Woher wissen die, welche sie –?«

»Fort Mead hat sechs Hektar Großcomputer – unter der

Erde«, erklärte Brill. »Sagen wir, Sie sprechen mit Ihrer Frau und sagen dabei ›Bombe‹, und dann vielleicht ›Präsident‹ und ›Allah‹ – mehr als ein oder zwei bestimmte Schlüsselwörter reichen schon aus, und der Computer erkennt das, zeichnet automatisch das Gespräch auf und markiert es zur Analyse. Und das war vor zwanzig Jahren.«

»Schon einmal von diesem Hubble-Teleskop gehört, das in den Weltraum hinaussieht zu den Sternen und Galaxien? Vergleichen Sie das einmal mit den *zweihunderteinundzwanzig* Spionagesatelliten, die auf uns *herunter*blicken. Das ist übrigens geheim.«

Dean starrte auf den Bildschirm des Laptop. »Mein Gott, das ist Phil Hamersly . . .«

Der Mord an Hamersly flimmerte über den Computerschirm. Brill hielt das Bild an und zoomte auf das Gesicht eines Mannes auf dem Rücksitz des Lincoln-Reynolds.

Er schnitt das Bild aus, übertrug es in eine NSA-Personaldatei und verlangte einen Vergleich.

»Reynolds, Thomas Brian«, las Brill laut vor. »Geboren Elf-Neun-Neunzehn-Vierzig. Besuchte die Episcopal School in Washington D. C., B. A. von Harvard, Ph. D. von Princeton. Vom State Department seit 95 ausgeliehen – dieser Mistkerl ist ja gar kein Geheimdienstler, das ist ein Politiker.«

Ein leises Alarmsignal war in der Tonne zu hören.

Brill sah Dean an. »Wann haben Sie das letzte Mal mit jemandem, den Sie kennen, Kontakt aufgenommen?« fragte er eindringlich.

»Als Sie Essen gekauft haben«, gab Dean zu.

Brills Blick verfinsterte sich. »Habe ich Ihnen nicht gesagt, daß Sie nicht telefonieren sollen?«

»Ich habe die *Freundin* meiner Frau angerufen. *Die* hört doch niemand ab«, verteidigte sich Dean und war sich im gleichen Augenblick darüber klar, daß er wie Eric klang, wenn er in die Enge getrieben wurde.

Brill setzte ein unschuldiges Gesicht auf. »Oh, tatsächlich? Was hatte ich Ihnen gesagt?«

»Ich habe aber doch meinen *Namen* nicht genannt«, wandte Dean ein.«

»Was habe ich Ihnen gesagt?«

»Ich habe von einem Münztelefon aus angerufen!« Ausflüchte, Entschuldigungen. Genau wie Eric.

»Was hatte ich Ihnen gesagt?«

Dean seufzte. »Sie haben gesagt, keine Telefonate.«

»Ich habe Ihnen gesagt, keine Telefonate.« Ein paar Tastenanschläge Brills lieferten Dean auf sechs Monitoren nebeneinander Bilder von Pratt, Bingham, Jones, Krug und schweren, vierradgetriebenen Suburbans der NSA, die sich um das Gebäude postierten.

Sie waren umzingelt.

Brill drückte einen Schalter, worauf eine rote Lampe zu blitzen begann, warf das gerahmte Photo Rachels in einen Rucksack, griff sich die orangefarbene Katze und schob sie ebenfalls in den Rucksack. Er ließ die Videodiskette aus dem Laufwerk springen, schnappte sich einen Sony-Watchman und eilte zur Tür hinaus, ohne sich umzusehen.

»Hey«, sagte Dean, »warten Sie doch ...«

Außerhalb des ummauerten Raums warf Brill einen Blick auf den Watchman – er lieferte ihm Bilder der Überwachungskamera, eine Miniversion der Bildschirme in der Tonne. Pratt und Bingham kamen bereits die Eisentreppe herauf. Krug und Jones waren draußen. Brill nahm einen geheimen Ausgang – eine versteckte Tür, die zu einem versteckten Treppenschacht führte – und Dean folgte ihm.

Auf halbem Weg nach unten ließ Brill die Videodiskette mit den Bildern aus dem Occuquan-Park fallen, und Dean fing sie auf.

Über ihnen, im zweiten Stock, arbeiteten sich Pratt und Bingham jetzt vorsichtig an die Tonne heran. Sie traten vorsichtig durch die offene Tür ein, die Waffen schußbereit, und erschraken, als sie Reynolds – sein Bild – den ganzen Bildschirm füllend auf dem Laptop sahen, wo Brill es gelassen hatte.

Pratt fummelte an dem Computer herum, versuchte die Diskette ausfindig zu machen, die Reynolds Photo auf dem Laptop zeigte.

»Zielpersonen verlassen Gebäude hinten«, tönte Jones Stimme aus Binghams Empfänger in der Tonne. Dean und Brill hatten gerade durch das hintere Tor das Gebäude verlassen und waren an ihm vorbeigerannt.

»Scheiße!« Bingham starrte die blinkende, rote Lampe in dem Computerraum an. »Pratt, raus, ehe . . .!«

Sie schafften es gerade noch, die Tonne zu verlassen, ehe der ganze Raum in die Luft flog und auf Pratt und Bingham ein Regen aus Steinbrocken, Glassplittern und elektronischen Teilen niederging.

Sie schafften es über die Treppe gerade noch bis ins Erdgeschoß, als das Geschoß darüber in einer weiteren gewaltigen Explosion in die Luft flog.

Eine dritte Explosion machte das ganze Lagerhaus dem Erdboden gleich.

»Was zum Teufel geht hier vor?« fragte Dean. Sie sprangen in den El Camino.

»Ich habe das Gebäude in die Luft gejagt«, sagte Brill ausdruckslos. Er schob die Schlüssel ins Zündschloß.

»Warum?«

»Weil *Sie* ein Telefongespräch geführt haben«, sagte Brill. Dann trat er aufs Gas, und der El Camino raste aus dem Parkplatz. Brill schoß auf einen Ausgang zu, den ein Tor aus Eisenstangen versperrte.

Jones und Krug rückten ihnen von hinten in einem der NSA-Suburbans näher.

»Du großer Gott, Brill!« schrie Dean. »Was –?« Brill schoß geradewegs auf die Ausfahrt und die Eisenstange zu, die nach

Deans Schätzung ziemlich genau in Augenhöhe ihren Weg versperrte –

Dean duckte sich, und der Wagen raste weiter, schoß unter der Stange durch, höllisch knapp, wobei das Rohr noch mit einem Höllenlärm das Dach streifte, aber sie weder aufhielt noch verlangsamte –

Der Suburban – der höher war und ebenso schnell fuhr, bis Krug auf die Bremsen trat – wurde dagegen abrupt gestoppt, als er plötzlich und unsanft in Kontakt mit der Stange kam.

Jetzt waren Pratt und Bingham in dem anderen Suburban die einzigen Verfolger. Die Tatsache, daß Brill sie beinahe in die Luft gejagt hätte, schien sie zusätzlich anzuspornen. Sie spürten die Männer in dem El Camino an den Bahngleisen wieder auf.

Brill versuchte, sie auf dem schmalen Schotterstreifen zwischen den beiden Gleispaaren abzuhängen. Doch selbst als zwei Lokomotiven auftauchten – eine in östlicher, die andere in westlicher Richtung, jede vielleicht mit siebzig oder achtzig Meilen die Stunde – ließen Pratt und Bingham nicht locker. Verbissen versuchten sie, Brill und Dean zu rammen, sie gegen einen der Züge zu stoßen.

Brill griff schließlich nach dem Gewehr, das er unter dem Sitz versteckt hielt. Er reichte es Dean, der es entsetzt musterte.

»Das ist eine Pump Gun«, erklärte Brill.

Du gehörst in psychiatrische Behandlung, dachte Dean, verkniff es sich aber, seinen Gedanken auszusprechen. Sie hatten schon genug Ärger, denn Rauch quoll unter der Motorhaube hervor.

BAMM!

Es war kein schlechter Schuß – die Schrotladung traf die Fahrertür des Suburban und lenkte die Männer in dem Wagen einen Augenblick lang ab. Der Fahrer verlor einen Moment die Herrschaft über das Fahrzeug, was wiederum zu einer Kollision mit einem Kohlenwaggon führte. Der Regierungswagen wurde vom Zug ein Stück mitgeschleift und überschlug sich zweimal, verfehlte den El Camino dabei nur knapp.

Brill und Dean wußten, daß sie bald anhalten mußten. Ihr Motor brannte, und jetzt war offenbar auch noch eine Treibstoffleitung gerissen, denn unter dem Armaturenbrett spritzte Benzin heraus.

Als es über Deans Kleider spritzte und Feuer fing, brachte Brill den Wagen schlitternd zum Stehen, und beide Männer sprangen heraus. Dean schlüpfte aus seiner Jacke und trat das Feuer aus.

»Hier spricht die Polizei! Werfen Sie Ihre Waffen weg und rühren Sie sich nicht von der Stelle!« Die Kommandos kamen aus einem Helikopter, der über ihnen am Himmel hing.

Ohne zu überlegen, hob Dean die Schrotflinte und zielte auf den Chopper. Er feuerte in dem Augenblick, als der Pilot zur Seite schwenkte; das Manöver gab ihm und Brill aber die Chance, zum Highway zu rennen, wo sich Fernstraßen in vier Etagen übereinander in einem schwer zu durchschauenden Gewirr kreuzten.

Sie fanden ein Versteck auf der untersten Etage.

Als Brill wieder zu Atem kam, war seine erste Frage: »Wo ist die Diskette?«

Dean sah entsetzt auf sein versengtes Jackett. Er öffnete die Tasche – die Diskette war zwar noch da, hatte sich aber in ein formloses, schwarzes, klebriges Gebilde verwandelt. »Oh, Scheiße!«

Brill war nicht überrascht. An einem Tag wie diesem ging eben alles schief.

Langsam stand er auf, drehte sich um und marschierte los.

»Hey!« sagte Dean und rappelte sich hoch. »Gibt es denn keine Möglichkeit –?«

Brill blieb stehen. »Nein. Die ist hin. Die Bilder sind nicht mehr da.«

Dean konnte einfach nicht glauben, was Brill da sagte. Aufgeben! Dean eilte hinter ihm her und packte Brill an der Schulter. »Was tun wir jetzt?« schrie er.

Brill schob Deans Hand von seiner Schulter. »Ich verschwinde«, erklärte er Dean.

Dean konnte es nicht glauben. »Was soll das heißen, Sie *verschwinden?*«

Brill ging weiter. »Die Diskette ist hin. Wir haben nichts. Es ist vorbei.« Für ihn schien alles klar zu sein.

»Nein!« konterte Dean und hielt mit Brill Schritt, obwohl er Mühe hatte, den Mann gleichzeitig dabei anzusehen. *»Es ist nicht vorbei!* Denken Sie, daß ich dieses Band haben wollte? Denken Sie, ich wollte, daß irgend so ein Knülch es in meine Einkaufs–?«

»Wen *kümmert es,* was Sie wollten?« fiel Brill ihm ins Wort. »Seit Sie aufgetaucht sind, ist Rachel tot ... die NSA hat mich aufgespürt ...«

Dean packte Brill am Jackett. »Was heißt das, die haben *Sie* aufgespürt?« Brill schüttelte ihn ab. »*Was* aufgespürt, Brill? Sie sind nicht das Ziel. *Ich* bin das Ziel.«

»Lassen Sie mich los. Mein Leben ist im Eimer. Es ist vorbei.«

»Ihr Leben ist im Eimer? Was für ein Leben?«, wollte Dean wissen. »Ein Leben in einer *Tonne,* damit die Welt nicht an Sie heran kann? Rachel – die war Ihnen gleichgültig. Für Sie war Rachel bloß ein Päckchen, das Sie unter Sitz zweiundsiebzig versteckt haben. *Ansonsten* ...«

Brill drehte sich herum und schlug zu, und im nächsten Augenblick prügelten sie auf dem Seitenstreifen der Fernstraße aufeinander ein.

Der Schlagabtausch endete plötzlich, als Brill einen Haken landete, der Dean zu Boden schmetterte. Dean fiel die Schrotflinte aus der Hand; sie landete klappernd auf den Boden. Dean stand auf, wischte sich Blut von der Lippe, und dann standen beide keuchend da, wütend und doch irgendwie durch die Explosion von Gewalt erleichtert.

»... *ansonsten* würden Sie denen einfach nicht durchgehen lassen, daß sie sie umbringen«, beendete Dean seinen Satz.

Brill hob die Schrotflinte auf.

Deans Gesichtsausdruck wurde ernst. »Hören Sie«, sagte er, »außer mir haben Sie niemand. Bitte, erschießen Sie mich nicht.«

Aber das hatte Brill auch keineswegs im Sinn. Er ging vielmehr an Dean vorbei, mitten in den Verkehr hinein, der an der Zufahrt wartete, ging auf die Fahrerseite eines schwarzen Mercedes zu, richtete seine Waffe auf den Fahrer und sagte: »Aussteigen!«

Kurz darauf waren Brill und Dean und die orangerote Katze wieder unterwegs.

»Ich brauche Zucker«, erklärte Brill, während sie mit dem gestohlenen Mercedes davonjagten. »Ich fange an, reizbar zu werden.«

Brandstiftung, tätlicher Überfall und bewaffneter Raub, dachte Dean. »Sagten Sie, Sie *werden* reizbar?«

»Ich habe Hypoglykämie«, erklärte Brill. »Das bedeutet, daß mein Körper keinen Zucker umwandeln kann, ich muß also ...«

»Ich weiß, was es bedeutet«, sagte Dean.

In der NSA-Zentrale hatte Hicks sich zusätzliche Informationen über Brill verschafft, indem er sein Bild aus der Videoaufzeichnung der Tankstelle zur Identifizierung in den Computer eingespeist hatte.

»Mit richtigem Namen heißt er Edward Lyle. Absolvent der Drexel University. 1953 freiwillig in den Militärdienst eingetreten. Schnell befördert, ausgezeichnete Leistungen im Geheimdienst- und Kommunikationsbereich ... 1965 zur NSA gekommen ...«, meldete Hicks Reynolds, der darauf mit einem Nicken reagierte.

»Natürlich.«

»Er war bis 1980 in der Agency«, fuhr Hicks fort, »dann ist er verschwunden und in den Untergrund gegangen. Seitdem nicht mehr gesehen worden ... eine Menge Streichungen ... offensichtlich mit Sprengstoffen vertraut. Bei seinem letzten Einsatz hat man ihn in den Iran geschickt, Ende 78, nachdem der Schah ...«

ELF

Wir waren im Iran, um der dortigen Geheimpolizei dabei behilflich zu sein, die afghanischen Rebellen mit Waffen zu beliefern. Für den Kampf gegen die Sowjets . . .«

»Sie haben *mit* den Fundamentalisten zusammengearbeitet?« sagte Dean. Sie hatten den Mercedes auf einen Parkplatz hinter einem Motel abgestellt und saßen jetzt in der Imbißstube, um zu Abend zu essen.

»Das war, *bevor* die die Botschaft besetzt haben«, sagte Brill. »Der Ayatollah hatte noch nicht durchgedreht, und deshalb sind wir ihm mit technischer Unterstützung um den Bart gegangen.«

Die von den USA gestützte konstitutionelle Monarchie von Schah Pahlevi war im Januar 1979 gestürzt worden und hatte einer islamischen Republik Platz gemacht, die von dem religiösen Führer der Revolution, Ayatollah Khomeini, geleitet wurde. Erst im November, als die Vereinigten Staaten sich bereit erklärt hatten, den im Exil lebenden Schah zur ärztlichen Behandlung aufzunehmen, waren die Beziehungen zwischen den beiden Ländern an einem absoluten Tiefpunkt angelangt.

»Ich war damals in der siebten Klasse«, erinnerte sich Dean.

»Mein Partner und ich waren an der östlichen Grenze stationierte und hörten den sowjetischen Militärfunk ab. Eigentlich hat es Spaß gemacht. Ich mochte die Iraner.« Ein Lächeln zog über seine Lippen und verblaßte dann gleich wieder.

»Dann haben in Teheran Fanatiker die Botschaft besetzt«, sagte Brill. »Das Land hat sich über Nacht verändert. Die Leute, mit denen wir zusammengearbeitet hatten, stellten sich plötzlich gegen uns. Ich bin ausgestiegen; mein Partner nicht.«

Brill machte eine kurze Pause und fuhr dann fort: »Als ich schließlich nach Hause kam, war unser ganzer Einsatz ein gefundenes Fressen für die Medien – Unterstützung und Förderung des neuen Feindes. Also vergaß die Agency einfach, daß es mich gab. Jemand hat sogar einmal versucht, mich zu töten. Vielleicht waren die das. Ich weiß es nicht; ich habe nicht gefragt. Ich nehme es ihnen nicht übel; die mußten das tun.«

Brill trommelte gedankenverloren mit den Zinken seiner Gabel auf dem Nachtischteller herum. »Ja, ich habe die Agency geliebt, die Arbeit geliebt, die Leute – das war mein ganzes Leben«, sagte er.

Dean starrte ihn an und plötzlich war ihm etwas klar, was er bis zu diesem Augenblick nicht erkannt hatte. Das Foto des Fischerboots in Rachels Wohnung. »Ihr Partner«, sagte Dean, »war Rachels Vater.«

Brill blickte auf. »Ja. Wir waren uns einig – *immer* waren wir uns darüber einig – wenn einer von uns sterben sollte, würde der andere sich um seine Familie kümmern. Also hatte ich die Verantwortung für Rachel, so war es abgemacht.«

Die Bedienung brachte Brill eine zweite Portion Kuchen. Er starrte darauf, ohne zu essen.

»Vielleicht können wir dieses Versprechen immer noch halten ... wenigstens in gewisser Hinsicht«, sagte Dean.

Brill schüttelte den Kopf. »Nein. Sie sind jetzt eine Gefahr, eine Bedrohung, genau wie ich das war.«

»Eine Bedrohung für wen?« sagte Dean. »Für *sie?*«

»Für Ihre *Freunde*«, klärte Brill ihn auf. »Für Ihre *Familie.* Für *jeden Menschen,* den Sie kennen und *jeden Menschen,* dem Sie begegnen. Deshalb bin ich weggegangen und nicht wieder zurückgekommen. Sie sollten weggehen, Robert.«

»Meine Frau und meinen Jungen verlassen?« Der Gedanke war für Dean unvorstellbar. »Mein ganzes Leben aufgeben? Nein! Es ist *mein Leben.* Dafür habe ich hart gearbeitet.«

Brill blieb stumm.

»Ich bin ohne Vater aufgewachsen«, erklärte ihm Dean. »Ich weiß, was das für ein Gefühl ist.« Nichts konnte dieses Bewußtsein auslöschen. »Ich lasse einfach nicht zu, daß das meiner Familie passiert.«

Brills Züge entspannten sich ein wenig. »Wollen Sie mir eine runterhauen? Nur zu . . .« Und Dean lächelte.

Aber es war mehr als nur ein Witz – irgend etwas in Brill hatte sich plötzlich verändert. Es war wie eine Art Gezeitenwechsel. Und was er dann sagte, kam aus einer völlig anderen Richtung.

»Wissen Sie, Robert, im Guerillakrieg versucht man, die eigenen Schwächen als Stärken zu nutzen.«

Jetzt hörte Dean ihm zu.

»Wenn die anderen groß sind und man selbst klein, dann ist man selbst beweglich und die anderen sind langsam. Man ist versteckt, und die anderen stehen im Rampenlicht . . .« Brill hielt kurz inne, um einen Bissen zu essen.

»Weiter«, sagte Dean.

»Man . . . führt nur Gefechte, die man gewinnen kann«, fuhr er fort. »So haben die Vietkong es gemacht. Dann nimmt man ihnen die Waffen weg und setzt sie beim nächsten Mal gegen sie ein. Auf die Weise versorgen die einen. Und man wird immer stärker, während die anderen schwächer werden.«

Dean gefiel das; er nahm sich eine Gabel und spießte ein Stück von Brills Kuchen auf. »Ich weiß nicht, was das bedeutet, aber ich kann mir vorstellen, worauf Sie hinauswollen.«

Als der Morgen dämmerte, suchten Brill und Dean Brills Apartment auf, gaben der Katze Milch und holten ein paar tausend Dollar in Hundertdollarnoten aus einem Wandsafe. Deans Blick wanderte über die Bücherregale; anscheinend besaß Brill jedes Buch, das jemals über die Welt der Geheimdienste veröffentlicht worden war. Auf einem Regal stand ein Bild von Brill, George Banks und einer gutaussehenden, schwarzhaarigen Frau, einer Iranerin. Alle drei lächelten in die Kamera.

Im Schlafzimmer warf Brill Kleidung, einen Laptop, Zubehör und ein Werkzeugetui in einen kleinen Koffer. Dann hob er die Katze auf, und sie gingen wieder.

Während Dean am Steuer saß, bastelte Brill an einer grünen Platine herum, die er aus einem Zubehörteil des Laptops ausgebaut hatte, der jetzt in einem Gewirr aus Drähten auf seinem Schoß ruhte. Immer wenn er irgendwelche Schwierigkeiten hatte, redete Brill mit sich selber, und Dean reichte ihm dann etwas zu essen hinüber.

»Wie viele Kinder haben Sie, Robert?« fragte Brill, über seine Arbeit gebeugt.

Eine persönliche Frage – aus Brills Munde überraschte sie Dean. »Eines.«

»Junge oder Mädchen?« sagte Brill ohne aufzublicken.

»Ein Junge. Eric. Er ist acht«, sagte Dean und lächelte.

Brill nickte, verdaute das Gehörte, und dann fuhren sie wieder eine Weile schweigend dahin.

Als er wieder sprach, war er ganz der alte: Er wollte wissen, was Dean »über das Anpeilen von Handysignalen« wußte.

Dean überlegte einen Augenblick. »Ich kenne meine eigene Telefonnummer«, sagte er dann, »und die des Sportcenters. Darüber hinaus . . .«

»Na großartig«, brummelte Brill. »Sie werden eine große Hilfe sein.«

Sie fanden ein Radiogeschäft in einem Shopping Center, und Brill ging auf Einkaufstour, zählte die Gegenstände auf, die er aus den Regalen nahm und in seinen Einkaufskorb legte: »Kontaktmikro, Stielmikro, Beeper-Buster-Pager-System, OCOM R8500 Empfänger, Peiltransmitter, Zehn-Giga-Burst-Transmitter . . .« Er wirkte auf Dean wie ein Kind in einem Süßwarengeschäft.

Während sie sich in dem Geschäft aufhielten, lief über die vielen zum Verkauf ausgestellten Fernseher an der Wand ein Ausschnitt aus einer Rede von Congressman Albert, und Brill und Dean sahen beide zu. Welche Ironie: So sehr sich auch Albert für das Gesetz über das Fernmeldegeheimnis und den Abhörschutz einsetzte, machte ihn doch zugleich seine Abhängigkeit von der Fernmeldetechnik besonders verletzbar für deren Mißbrauch.

Als sie wieder im Wagen saßen, übernahm Dean erneut das Steuer, während Brill in den Tüten wühlte, die er mitgebracht hatte. Sein Laptop war jetzt mit einem Handy verbunden, das seine Signale von einem Turm in der Nähe empfing; der Bildschirm zeigte eine Straßenkarte mit den einzelnen Relaisstationen der Mobilfunkgesellschaft sowie Linien, die gerade geführte Handygespräche und die Standorte der jeweiligen Gesprächsparteien anzeigten.

»Ein modifiziertes Handy in Interfaceschaltung mit einem Laptop ist ein äußerst wirksames Werkzeug«, erklärte Brill. »Was wir hier sehen, ist jedes einzelne Gespräch im ganzen Netz. Ich kann jeden, den ich will, anpeilen, seine Position feststellen und ihm in Echtzeit folgen.« Mit anderen Worten, jeden anzapfen und belauschen.

Brill wählte eine andere Nummer auf dem Handy. Eine Tonfolge erklang aus dem Laptop, dann huschten Befehle in Maschinensprache über den Bildschirm.

»Was ist das?« wollte Dean wissen.

»Die Datenbasis von AmeriTech«, sagte Brill. »Da ist die Privatadresse von Congressman Albert und die ESN seines Handy – die elektronische Sicherheitsnummer. Jetzt brauchen wir bloß unser Telefon mit seiner ESN zu programmieren, und wissen Sie, was wir dann haben?«

Die Stimme des Kongreßabgeordneten tönte plötzlich aus dem Lautsprecher des Laptop: »– wir sind gerade gelandet. Wie geht's Deb? Wie geht's meinen Enkeln?«

Brill hatte das Gespräch angezapft.

»Melissa hatte Fieber«, antwortete der andere Gesprächsteilnehmer. Das war Mrs. Albert, die Frau des Abgeordneten. »Wann bist du in deinem Zimmer?« Er war zu einem Hotel unterwegs.

Aus dem Rest des Gesprächs konnten Brill und Dean den Namen des Hotels, seine Zimmernummer und die vermutliche Ankunftszeit Alberts entnehmen – alles Informationen, die sie ausnutzten, indem sie vor ihm dort eintrafen, das Zimmer im Stockwerk darunter buchten, Alberts Schloß knackten und sein Zimmer mit Minikameras und Mikrophonen versahen.

Sein sturer Gerechtigkeitssinn ließ Brill das Telefon mit dem NSA-Gerät, das er Deans Telefon entnommen hatte, verwanzen. Wieder in ihrem eigenen Zimmer angekommen, verband er die Ausgänge der Überwachungskameras mit ihrem Fernseher.

Nach kurzer Wartezeit erschien Albert auf dem Bildschirm und verabschiedete sich in der offenen Tür von seinen Mitarbeitern. Dean beobachtete das ganze wie hypnotisiert.

Als Albert allein war, mixte er an der Minibar zwei Drinks. Jemand klopfte und trat ein – aus dem Zimmer nebenan.

Es war Christa, eine seiner Mitarbeiterinnen, in einem seidenen Morgenrock.

Albert reichte ihr ein Glas –

Und küßte sie auf den Hals.

»Sie dürfen sich das nicht ansehen«, sagte Brill zu Dean. »Dafür sind Sie zu jung.« Er schaltete den Fernseher ab.

Dean konnte es einfach nicht glauben. »Kommt gar nicht in Frage …«

Und schaltete wieder ein. Albert und Christa waren in Großaufnahme in einer für ihn peinlich wirkenden Umarmung zu sehen.

Brill war das gewöhnt, aber Dean …

»Wie kommt man dazu, einen solchen Beruf anzunehmen?« fragte er fasziniert.

Brill lachte leise. »Als ich zwölf war, hatte mein Dad einen Lebensmittelladen. Er dachte, sein Partner würde ihn bestehlen, also habe ich mir überlegt, wie man das Telefon von dem Kerl anzapft. Mir hat das Zuhören Spaß gemacht, wenn er nicht wußte, daß ich in der Leitung war. So, als ob ich unsichtbar wäre.«

Und genauso fühlte Dean sich. Als ob er unsichtbar wäre.

»Und – hat er gestohlen?« wollte Dean wissen.

»Freilich.«

Als Albert und Christa anfingen, sich auszuziehen, schaltete Dean ab.

»Was ist denn?« sagte Brill.

»Ich muß die ganze Zeit daran denken, wie es wäre, wenn mich jemand so beobachten würde...« Dean schauderte. Er dachte an sein Schlafzimmer zu Hause – und wie die NSA alles verwanzt hatte.

»Jetzt wissen Sie, wie Pintero sich gefühlt hat«, meinte Brill. Als Dean ihm vor seinen Kumpanen das Video gezeigt hatte, das Brill am Pool gemacht hatte – Pinteros Reaktion kam Dean jetzt völlig verständlich vor. Warum hatte der Mann ihn eigentlich nicht sofort in Stücke gerissen?

Als Christa Stunden später in ihr eigenes Zimmer zurückkehrte, stellte sie fest, daß ihr Fernseher nicht richtig funktionierte. Der Ton klang verzerrt, und als sie am Empfang anrief, hatte sie den Eindruck, als ob auch ihre Stimme im Telefon ähnlich verzerrt klinge...

Und als sie am nächsten Morgen Albert davon erzählte und sie die Wanzen fanden, nahm Albert vor Wut kochend das Telefon und sagte zu Reynolds:

»Wie zum Teufel soll ich wissen, wer das ist? Ich bin doch bloß ein Scheiß *Kongreßabgeordneter!*«

Und als Reynolds dann ein paar Stunden später zu Hause in seinem Arbeitszimmer arbeitete und im Fernseher sein eigenes Bild sah statt des Zeichentrickfilms, den seine Tochter sich ansehen wollte …

Live – Reynolds hob den Arm, um es sich zu beweisen, und das Bild in seinem Fernseher tat es ihm nach.

»Hicks!« knurrte er ins Telefon, »die haben sich bei uns eingenistet, verdammte Scheiße! Fiedler soll sofort hierherkommen – mir ist egal, wo er ist, verdammt, ich will ihn *jetzt* hierhaben!«

ZWÖLF

Eine Stunde nach Fiedlers Eintreffen hatte Reynolds sich alles zusammengereimt – das Hausmädchen mußte Brill hereingelassen haben, der sich als Angestellter der Telefongesellschaft oder des Elektrizitätswerks ausgegeben hatte. Das war die übliche Vorgehensweise der NSA, die Brill jetzt bei ihnen anwendete – verdammt! Fiedler und Bingham breiteten eine ganze Sammlung von Wanzen, die sie im Haus gefunden hatten, auf Reynolds Schreibtisch aus.

»Das sind die, die wir finden sollten. Die sind alle von uns – die haben wir gemacht«, sagte Bingham ausdruckslos.

Reynolds Frau Emily sah zur Tür herein. »Thomas, hast du einen Augenblick Zeit?«

Er folgte ihr in die Küche, wo sie ihm einen Kontoauszug zeigte. »Da sind hundertvierzigtausend Dollar, von denen ich nichts weiß«, sagte sie.

Reynolds entging nicht, wie betont ruhig und gelassen sie war.

»Was redest du da? *Zusätzliche* hundertvierzig?« erregte sich Reynolds. »Da, schau, hier«, sagte er und rechnete dabei im Kopf. »Zwei separate Einzahlungen von je siebzigtausend Dollar am . . . ah, am selben Tag.«

Völlig logisch. Nur daß sie absolut keinen Sinn ergaben.

»Ja, die Einzahlungen sehe ich schon, vielen Dank«, erwiderte Emily. »Ich sage ja nur, daß ich keine Ahnung habe, woher sie *kommen.«* Sie war ziemlich sicher, daß sie sich an eine Summe von hundertvierzig*tausend* Dollar erinnert hätte.

Reynolds Handy begann im anderen Zimmer zu zirpen. Emilys Blick sagte ihm, daß er es ja nicht wagen sollte, sich jetzt vom Telefon stören zu lassen.

»Schau, Emily, das ist dein privates Konto. Ich habe keine Ahnung, was da einfließt ...« Reynolds sprach den Satz nicht zu Ende, plötzlich entsetzt. Er hielt sich die Hand an die Stirn. Ein zweites Zirpen war an die Stelle des ersten getreten. Hicks erschien jetzt in der Küche.

»Das war Schäfer. Er möchte um acht Uhr alle Abteilungsleiter sprechen.«

Emilys Augen blitzten. »Du fährst am Sonntag hin? Ist ja *großartig.* Oh, und übrigens, wer ist eigentlich Christa?« Sie wies auf eine Vase mit gelben und roten Rosen. Ein hübscher Strauß. Reynolds starrte die Karte mit aufgerissenen Augen an: *Thomas – Danke für alles. Ewig Dein, Christa.*

Wirklich großartig, dachte Reynolds. Alberts Freundin ... und sie schickte ihm Blumen!

Der Blick, den Reynolds Emily zuwarf, sollte sagen, *Ich habe keine Ahnung, was das alles zu bedeuten hat,* aber das schaffte er nicht. Keine Chance. Emily verließ das Zimmer.

»Ich will die komplette Vorgeschichte dieses Geräts, von der Geburt bis zum Abbruch, auf meinem Schreibtisch haben, und zwar in genau zwei Stunden!« erklärte Schäfer den Männern, die in einer Sondersitzung um den Konferenztisch der NSA versammelt waren. Er meinte damit die Wanze aus der Suite des Kongreßabgeordneten Albert. Sie lag auf dem Konferenztisch, so daß alle sie sehen konnten – ganz besonders Reynolds.

»Ich will den Namen des Technikers wissen, der das gemacht hat, ich will wissen, wer das Ding aus dem Lager geholt hat, wer seinen Einsatz genehmigt hat und für welchen Zweck. Und, *das Allerwichtigste,* wie um alles in der Welt dieses Ding in das Hotelzimmer des Abgeordneten Albert gelangt ist.«

Reynolds, der sich unablässig die Stirn massierte, entging das Auftauchen von Hicks in der Tür.

Schäfer sah ihn, ließ sich aber nicht unterbrechen. »Hören Sie zu, Leute«, fuhr er fort, »jeder hier im Raum weiß, wo das hinführt. Wenn das eine legale Operation wäre – und das kann ich mir einfach nicht vorstellen –, dann meinetwegen. Aber wenn da jemand im stillen Kämmerchen auf dumme Gedanken gekommen ist, dann wird der Betreffende in den Knast wandern.«

Endlich gelang es Hicks, Reynolds Blick aufzufangen. Sein Gesicht sagte Reynolds, daß es dringend war, und Reynolds stand auf, fühlte Schäfers Blick glühend heiß auf sich gerichtet.

Hicks führte Reynolds den Korridor hinunter in sein Büro, wo der Telefonhörer auf dem Tisch lag. Reynolds nahm ihn auf. »Ja?«

»Mr. Reynolds?«

»Wer sind Sie?«

»Ich habe die Umweltstudie, die Sie gesucht haben.« Reynolds wußte verdammt genau, wer das war: Brill. »Seien Sie um drei Uhr an der Ecke Dritte und Iowa.«

Reynolds sah auf die Uhr. »Das schaffe ich nicht nicht. Ich kann frühestens um vier dort sein.«

Brill war das recht. Er war erst halb angezogen und gerade damit beschäftigt, sich mit Heftpflaster ein Mikrophon an die Brust zu kleben. Dabei warnte er Dean: »Wir müssen zusehen, daß wir von ihm auf Band ein Geständnis bekommen und zwar schnell.« Er hielt Dean eine Casio-Armbanduhr hin, die er aus der Hosentasche gezogen hatte.

»Oh, Mann«, spottete Dean, »das wäre wirklich nicht nötig gewesen. Die hat bestimmt zwölf oder dreizehn Dollar gekostet!«

»Die werden erwarten, daß ich verdrahtet bin«, fuhr Brill ungerührt fort. »Also werden sie mich scannen. Wenn sie fertig sind, gebe ich ein Signal und ...« Er hielt kurz inne.

»Und Sie, Robert, schalten dann das Mikro ein. Versuchen Sie es. Schalten Sie es jetzt ein.«

Sie probierten es mehrere Male aus. Wenn Dean den Schalter umlegte, leuchtete auf dem Mikrophon eine rote Diode auf.

»Aus«, sagte Brill. Die Diode wurde dunkel.

»Um ganz sicher zu sein«, fuhr Brill fort, »werden die auch einen Frequenzscan durchführen und versuchen, ihn zu Ihnen zurückzuverfolgen. Wenn sie gut sind – und diese Typen sind wahrscheinlich sogar sehr gut –, können die Sie hier innerhalb von sechs Minuten finden. Sechs Minuten nach Anlauf dieses Bandes werden Sie also – ganz gleich, was passiert – durch diese Tür verschwinden.«

DREIZEHN

Eine von Krug gesteuerte Lincoln-Limousine hielt am Treffpunkt an, und Reynolds stieg aus. Er war ein wenig überrascht, sich vor einem Polizeirevier zu befinden, und sah auf die Uhr – fünf Minuten zu spät für die Vier-Uhr-Verab ...

»Hey, Sie da.«

Die Stimme aus dem Telefon. Ja, es war Brill. Er stand hinter dem Drahtzaun, der den Parkplatz des Reviergebäudes umgab, und war wie ein Polizist gekleidet. Mütze, Dienstwaffe, Gürtel, alles.

»Edward Lyle?« sagte Reynolds mit spöttischer Stimme. »Das ist wirklich äußerst raffiniert.« Die Polizeiuniform, der geheime Treffpunkt. Die Wanzen im Hotelzimmer von Congressman Albert und bei ihm zu Hause, das Geld auf dem Bankkonto, die Blumen. Alles *sehr* raffiniert.

Brill erwiderte das Lächeln. »Warum sagen Sie Ihren Freunden nicht, sie sollen herüberkommen?«

Pratt, Bingham und Hicks warteten neben dem Fahrzeug. Reynolds gab ihnen ein Zeichen, und Pratt kam herüber.

Dean verfolgte das ganze Geschehen durch das Teleobjektiv einer Videokamera, die auf einem Stativ am Fenster ihres Hotelzimmers montiert war. Ein Tonbandgerät mit Minilautsprechern gab das Gespräch wieder, das unten an dem Drahtzaun stattfand. Deans Hand lag neben einem Schalter, der mit an einem Kästchen ganz in der Nähe verbunden war.

Pratt strich mit einem Radiosensor über Brills Rumpf, Arme und Beine und erklärte, daß er »sauber« sei ...

Reynolds nickte. Brill nahm die Mütze ab und strich sich mit der Hand durch das Haar.

Das war das Signal für Dean. Er schaltete das Mikro ein.

Reynolds: »Haben Sie das Band?«

»Ja.«

»Hier?«

»Nein, Sie Schwachkopf, er hat es nicht hier«, sagte Dean. Er sah, wie Brill drunten auf der Straße den Kopf schüttelte.

Reynolds: »Was gibt es dann zu bereden?«

»Geld.«

Für Dean kam Brills Antwort wie aus heiterem Himmel. Reynolds war überhaupt nicht überrascht.

Reynolds: »Ich hätte mich schon gewundert, weshalb es nicht in den Nachrichten kam. Haben Sie sich das Band angesehen? Was ist darauf?«

»Nichts. Ein paar Gänse. Sie sollten sich um eine bessere Ausbildung im Außendienst bemühen. Die Agency hat eine ganze Menge gute Programme.«

»Wenn ich einmal mehr Zeit habe.«

»Sie werden nie Zeit haben. Sie werden die Bude leiten, ehe Sie gelernt haben, eine einfache Operation durchzuführen.«

»Tut mir leid.«

Was Brill von Reynolds oder der Agency hielt oder davon, wie sie geführt wurde, war Reynolds gleichgültig.

»Das Video zeigt den Tod von Congressman Hamersly«, sagte Brill, immer noch auf Band. »Die Injektion hinter dem Ohr – alle drei Gesichter sind deutlich identifizierbar.«

»Und wieviel wollen Sie dafür haben?« wollte Reynolds Stimme wissen.

»Eins Komma acht Millionen Dollar. Und mein Lebenslauf wird in Ordnung gebracht.«

»Was?« sagte Dean, der das im Hotelzimmer hörte. »Ist das Ihr *Ernst?*«

Unten auf der Straße erklärte Brill Reynolds: »Ich will mein Leben zurückhaben.«

Er reichte Reynolds ein zusammengerolltes Blatt Papier

durch den Drahtzaun; Reynolds rollte es auseinander und sah darauf sorgfältig aufgereihte Zahlenkolonnen.

»Mein Gehalt aus dem Jahr 1980 mit Zuschlägen für gestiegene Lebenshaltungskosten für die letzten achtzehn Jahre, plus Zinsen, plus Pensionspaket für einen leitenden Beamten Stufe E-sechzehn, macht eins Komma acht fünf. Ich habe abgerundet.«

Reynolds wußte das sichtlich zu schätzen. »Und dafür bekomme ich das Band und Mr. Dean?«

»Nun, genaugenommen«, erklärte Brill, »ist Dean derjenige, der das Band hat.«

Dean wurde in dem Hotelzimmer heiß – seinen Namen zu hören und keine Ahnung zu haben, was Brill eigentlich vorhatte.

»Und was will *er?*« fragte Reynolds.

»Er will wissen, warum Sie das Mädchen umgebracht haben«, sagte Brill.

Das schien Reynolds nicht zu begreifen. »Wovon reden Sie da?«

Brill tat Reynolds Antwort mit einem Achselzucken als eine der üblichen Ausreden ab. »Ich habe es ihm zu erklären versucht, aber ich bin selbst nicht dahinter gekommen«, gab er zu.

Reynolds' Gesicht wurde finster. »Kommen Sie mir jetzt auf die selbstgerechte Tour?«

»Nein, nein, ich habe nur . . .«

»Ich habe nämlich Ihre Akten gesehen«, sagte Reynolds. »Das ist ja nicht gerade die eines Heiligen.«

»Da haben Sie recht«, sagte Brill. »Es ist nur so, daß – ich meine, Sie bringen Hamersly um, okay. Ich hätte das nicht getan, aber ich kann es nachvollziehen. Aber warum das *Mädchen,* bloß um so einen Dödel zu finden, der nicht einmal richtig weiß, daß Sie hinter ihm hersind?«

Dean, der das Ganze mit anhörte, nahm sich vor, mit Brill später ein Wörtchen darüber zu reden, daß er ihn als Dödel bezeichnete.

»Wir haben uns nie mit inneren Angelegenheiten befaßt«, machte Brill mit eisiger Stimme Reynolds klar. »Bei uns ging es immer um *Krieg.*«

Nicht Krieg gegen unsere eigenen Leute.

»Nun«, sagte Reynolds, »den *Krieg* haben Sie gewonnen. Jetzt kämpfen wir für den *Frieden,* der ist viel schwerer zu fassen. Früher hatten wir Feinde, ein Atompatt, Détente. Jetzt haben wir zehn Millionen Spinner im Lande mit Gewehren, Sarangas und C-4.«

Brill sagte nichts.

»Zehnjährige loggen sich ins Internet ein und setzen Chiffres ein, die wir nur mit Mühe knacken können. Ganz zu schweigen davon, daß sie Gebrauchsanweisungen verbreiten, wie man Atombomben baut.«

Brill sah, wie Bingham etwas zu Pratt sagte.

»Die Privatsphäre ist seit dreißig Jahren tot, weil wir sie uns einfach nicht leisten können«, fuhr Reynolds fort. »Die einzige Privatsphäre, die es noch gibt, trägt man im eigenen Kopf herum. Vielleicht reicht das ... Sie glauben wahrscheinlich, daß wir das Ende der letzten Hoffnung in der Demokratie sind.«

Brill war bewußt, daß Dean die Zeit zwischen den Fingern zerrann.

Aber Reynolds hörte nicht auf. »Sie kennen die Regeln, Brill. Es wird immer so etwas wie Macht geben. Sie haben nur die Wahl zwischen Überwachung und der SS. Wie hätten Sie's denn gern?«

Reynolds wartete auf eine Antwort, aber Brill drehte sich einfach um und ging weg.

Und flüsterte in sein Handmikro: »Sie sollten jetzt nicht mehr dort sein ...« Das war für Dean bestimmt.

Dean war bereits dabei, das Zimmer zu verlassen, als er von einem Pistolenkolben niedergestreckt wurde, den Krug auf seinen Schädel geschlagen hatte. Dean ging zu Boden.

Brills Stimme kam über die Lautsprecher: »Aber wenn Sie noch dort sind, dann verschwinden Sie. Er spielt mit uns. Verschwinden Sie und tun Sie, was wir verabredet haben . . .«

Krug sprach auf *seinen* Ärmel gerichtet: »Wir haben ihn angepeilt. Ich habe ihn.« Und Jones kam herein und fing damit an, Brills und Deans Ausrüstung einzupacken.

Auf der Straße nahm Pratt Brill, der sich nicht wehrte, an einem Hot-Dog-Stand fest.

VIERZEHN

Sie befanden sich jetzt alle in dem Lieferwagen. Reynolds leitete das Verhör von Brill und Dean.

Dean wies darauf hin, daß die NSA-Agenten vergessen hatten, ihnen ihre Rechte zu verlesen, also das Recht, stumm zu bleiben und die Dienste eines Anwalts in Anspruch zu nehmen.

Das schien niemanden etwas auszumachen.

»Sagen Sie ihm, daß er mir das Band geben soll, Brill«, sagte Reynolds und meinte damit Dean.

Brill blieb standhaft. »Welche Garantie haben wir, daß –?«

Reynolds fiel ihm ins Wort. »Keine.«

Jetzt sagte Brill laut: »Weiß hier jeder, daß Sie Phil Hamersly und Rachel Banks getötet haben?«

Reynolds rutschte unbehaglich auf seinem Stuhl herum.

»Dieser Bursche«, sagte er zu den anderen Agenten, Fiedler, Seth und Jamie, »ist auf dem Weg nach *unten,* und er will Sie alle mit sich ...«

BANG! Reynolds jagte Brill eine Kugel durch die Hand, so daß er mit einem Schmerzensschrei zu Boden ging. Überall war jetzt Blut. Der Lieferwagen hatte ein Loch.

Den anderen versetzte Reynolds Tat einen Schock. Fiedler wollte aufstehen, hielt sich dann aber zurück. »Du liebe Güte ...«

Und Hicks warf Fiedler einen Blick zu: *Mund halten.* Seth und Jamie schauten sich gegenseitig an.

Und niemand unternahm etwas gegen das, was Reynolds gerade getan hatte.

Mit Ausnahme von Reynolds selbst, der Brill beim Aufstehen

behilflich war und ihm ein Handtuch gab, um seine Hand zu verbinden. »Es *geht hier nicht* um Rachel Banks«, sagte er entschieden. »Es geht hier um *Hamersly.* Und es war *richtig,* ihn zu töten. Also, wo ist das Band?«

Diesmal drückte er Brill die Pistole gegen die Schläfe.

»Ich gebe es Ihnen«, sagte Dean, und Reynolds ließ die Waffe sinken.

»Was machen Sie denn, Sie Schwachkopf? Das ist das einzige Druckmittel, das wir in der Hand haben!« rief Brill aus.

»Den Schwachkopf verbitte ich mir«, sagte Dean todernst. Dann wandte er sich an den Fahrer und sagte. »Fahren Sie zu der Ecke Washington und Vierte.«

Reynolds' Laune verbesserte sich sofort. Jetzt kamen sie voran. Endlich einmal *unernahmen* sie etwas. Aber kaum hatten sie sich in Bewegung gesetzt, da zirpte Reynolds' Handy.

Es war Emily.

»Emily! Nein, nichts. Was ist denn? . . . warum nicht? Hast du es bei American Express versucht? Hör zu . . . ich kann mich jetzt nicht damit befassen . . . nicht jetzt gleich.« Er sah die anderen in dem Van an. Sie hörten alle zu.

Keinem entging, daß Emily noch nicht zu Ende gesprochen hatte, als Reynolds das Telefon abschaltete.

Zuerst sagte keiner etwas.

Dann sagte Dean: »Ihre Kreditkarten funktionieren nicht? Mann, das ist lästig, wie?«

Wenn Reynolds nicht geglaubt hätte, daß Dean ihn zu dem Band bringen würde, hätte er ihm in diesem Augenblick eine Kugel durch den Kopf gejagt.

»Halten Sie hier«, sagte Dean.

Sie scherten aus dem Verkehrsstrom, Reynolds sah hinaus und sagte: »Wo ist es? Das Restaurant?«

Ruby's – Pinteros Club. Obwohl seine Hand höllisch schmerzte, genoß Brill, was Dean machte.

Der Anwalt nickte. »Holen wir es«, sagte er.

»Sie gehen mit Pratt hinein«, sagte Reynolds. »Bringen Sie es heraus.«

»Nein«, widersprach Dean, »wenn ich mit dem Band herauskomme, bin ich tot. Wenn ich mit *Ihnen* hineingehe, sehen Sie das Band, informieren die anderen, lassen Brill gehen und verschwinden mit dem Band.«

Reynolds überlegte. »Woher weiß ich, daß Sie keine Kopien gemacht haben?«

Dean riß die Augen so weit auf, daß sie ihm fast aus dem Kopf traten. »Sie glauben, ich *will* Kopien? Dieses Band ist noch mein Untergang. Am liebsten wäre mir, wenn es selbst und jede Kopie, die es davon gibt, auf dem Grunde der Chesapeake Bay liegen würde. Ich will mit diesem Ding *nichts mehr zu tun haben.*«

»Also schön«, räumte Reynolds ein. »Sie, ich und Pratt und Bingham. Fiedler, bringen Sie eine von diesen kleinen Kameras an Pratt an.«

Fiedler befestigte eine Schlüssellochkamera an Pratts Hemdtasche. Das lenkte alle soweit ab, daß Brill Dean einen Blick zuwerfen und etwas murmeln konnte, das für Dean wie »Sie könnten einen ordentlichen Agenten abgeben« klang.

»Was macht Ihre Hand?« fragte ihn Dean.

Brill zuckte die Achseln. »Könnte besser sein.«

»Gibt es hier irgend etwas zu essen?« fragte Dean, ohne dabei jemand bestimmten anzusprechen.

Seth gab ihm einen Beutel mit Kartoffelchips, die Dean aufriß und über die Brill sich sofort hermachte.

»Und eine schlechte Mutter sind Sie auch nicht«, sagte Brill halblaut. »Eine ungewöhnliche Kombination.«

FÜNFZEHN

Was soll das?« fragte der Schläger an der Tür.

»Hey, ist das nicht dieser Typ ... du weißt schon, der Winkeladvokat?« sagte der andere.

Sie sahen zu, wie Dean Reynolds, Pratt und Bingham auf sie und den Club zukamen.

Und aus dem ersten Stock des Hauses auf der anderen Straßenseite beobachteten sie zwei FBI-Agenten.

»Irgend etwas ist hier faul«, sagte der erste FBI-Mann. »Können Sie das Nummernschild des Vans erkennen?«

Der zweite sah durch seinen Feldstecher. »Wissen Sie was?« sagte er dann. »Das ist ein *Behördenfahrzeug*. Scheiße – hauen die uns hier in die Pfanne?«

»Das ist die falsche Tür«, teilte ihnen der Barkeeper mit, als sie hereinkamen. Pratt starrte ihn an – der Mann sah aus, als ob er hundertzehn Jahre alt wäre.

»Tut mir leid«, sagte Dean höflich. »Ist Mr. Pintero –?«

Pintero kam mit Sal und zwei anderen, breitschultrigen Männern herein.

»Sie«, sagte er. »Was geht hier vor? Ist das FBI?«

Dean zuckte die Achseln. »Nein, Mr. Pintero, nicht FBI. Das ist der Mann, den Sie kennenlernen wollten.«

»Das ist er?«

Das bestätigte Dean. »Ja, Sir.«

»Sie haben das Band gemacht?« fragte Pintero direkt zu Reynolds gewandt.

»Was?«

»Haben Sie das Videoband gemacht?« wiederholte Pintero.

Dean forderte Reynolds mit einem Blinzeln auf auf Pintero einzugehen.

»*Gemacht?*« sagte Reynolds, der immer noch nicht begriff.

Brill nutzte diesen Augenblick, um im Van zu verkünden, daß ihm übel wurde. »*Mich übergeben* . . .«

Sie führten ihn hinaus.

Die FBI-Männer sahen, wie Brill in seiner blauen Polizeiuniform mit einem blutigen Handtuch über dem Arm sich übergab, und überlegten es sich anders. Hier ging es nicht um eine Razzia und auch nicht um Agenten der Regierung, die sich mit Mafiatypen einließen, nein, was sie hier sahen war etwas viel Wichtigeres: Ein Polizeibeamter, der sofort Hilfe brauchte.

»Das ist ein städtischer Bulle! Scheiße! Sehen wir zu, daß wir sofort ein paar Agenten zur Verstärkung kriegen und machen diese Typen *fertig!*«

Viel zu spät rissen Hicks und Fiedler Brill wieder in den Van zurück.

In Pinteros Lokal fuhr Dean fort, Reynolds Pintero vorzustellen. »Er will das Band zurückhaben, Mr. Pintero.«

Pinteros Kinnmuskeln spannten sich. »Mir ist ganz egal, was er will.«

Reynolds war immer noch verwirrt. »Ist er Ihr Freund?« fragte er Dean und sah dabei Pintero an. »Sagen Sie ihm, daß er uns das Band geben soll.«

»Ich bin nicht sein Freund«, antwortete Pintero. »Das ist nicht sein Band.«

Pratts Knopfloch-Minikamera übertrug das ganze Drama in den Van, wo Brill jetzt trotz seiner verletzten Hand brüllend zu lachen angefangen hatte.

»Wem gehört es dann?« sagte Reynolds zu Pintero gewandt.

»Mir. Ich habe es gekauft«, ließ Pintero ihn wissen.

Reynolds wandte sich indigniert Dean zu. »Sie haben es ihm *verkauft?*« Und dann wieder zu Pintero gewandt. »Hören Sie ...«

»Sie können mich mal«, erklärte Pintero. »Wer sind Sie überhaupt? Wissen Sie, was Sie mir angetan haben?«

Pinteros Arm holte aus, und dann traf sein Handrücken Reynolds voll im Gesicht und schleuderte ihn quer durchs Zimmer.

Plötzlich hatten beide Seiten Pistolen in der Hand.

Reynolds richtete sich langsam auf, gab sich alle Mühe, seine Wut unter Kontrolle zu halten.

»Das wird jetzt unangenehm«, stellte Brill im Überwachungswagen fest. Er wandte sich Reynolds Leuten zu. »Sie sollten da jetzt besser hineingehen, sonst gibt es gleich ein paar Leichen.«

Und dann spielte Reynolds seine Trumpfkarte aus, oder das, was er dafür hielt, indem er Pintero erklärte, wer er schließlich sei.

Daß er eine wichtige Position in einer *Bundesbehörde* innehabe.

»Und Ihre Behörde hat das Band gemacht?« sagte Pintero sichtlich entsetzt.

Jetzt schaltete Dean sich ein und versuchte zu retten, was zu retten war. Er konnte einfach nicht glauben, daß Pintero so aus der Rolle gefallen war. »Ich kann zum FBI gehen und mit einem Durchsuchungsbefehl zurückkommen, kann hier mitnehmen, was ich will«, bedrohte er Pintero, »verhaften, wen ich will! Aber wenn Sie mir das Videoband geben, dann gehen wir ...«

Pintero sah Dean eisig an. »Der einzige, der hier verhaftet werden wird, sind Sie. Und zwar wegen ungesetzlichen Schwanzlutschens und dem Versuch, das Beweismaterial zu schlucken.«

Dann wandte er sich Reynolds zu. »Also, holen Sie Ihren Scheiß-Durchsuchungsbefehl, und bis dahin verschwinden Sie hier.«

Die FBI-Agenten waren am Ende ihrer Fassung: Jetzt rannten drei Männer mit gezogenen Waffen auf den Club zu. Hicks, Krug und Jones waren aus dem Van gesprungen.

»Sehen Sie sich das an«, sagte der erste FBI-Agent. »Oh, Mann!«

»Tony hat gesagt, daß wir hier bleiben sollen«, warnte der andere Agent. Er hatte das Telefon am Ohr. »Wir bleiben hier, bis die auftauchen.«

»Stecken Sie bitte Ihre Waffen weg«, sagte Reynolds und versuchte Pintero klarzumachen, wie lächerlich und unnötig alles war.

»Stecken Sie die Ihre weg«, empfahl Pintero.

»Also, schön«, sagte Reynolds und ließ den Worten die Tat folgen. »So. Was braucht es, um das Band zu bekommen?«

Pintero hatte darauf eine Antwort: »Den Weltuntergang.«

Jetzt reichte es Reynolds. Er drehte sich zu seinen Leuten um und sagte: »Gehen wir. Wir verschwinden hier. Stecken Sie Ihre Waffen ein. *Jetzt gleich!*«

In dem Augenblick kam Krug mit einer Halbautomatik fuchtelnd zur Tür hereingeschossen, und der Hundertjährige hinter der Bar reagierte blitzschnell. Ein Schuß aus seiner Schrotflinte fegte Krug aus der Tür weg, und damit brach die Hölle los.

Dean ging auf dem Boden in Deckung, als der Club sich in eine Art Schießbude verwandelte.

Das ganze erinnerte ihn an das, was in der Tonne passiert war. Sämtliche Waffen entluden sich gleichzeitig mit ungeheurem Lärm und unter gewaltiger Rauchentwicklung – und dann war es ebenso plötzlich wieder ganz still.

Das Einsatzteam des FBI kam zu spät, um noch etwas ausrichten zu können. Sie tauchten an der Tür gerade in dem Augenblick auf, als der Barkeeper hinter seiner Bar hervorkam, um Luft zu holen. Sie fanden Dean auf dem Boden, er lag unter Reynolds, der tot war.

»Brill«, stieß Dean hervor, »wo ist Brill – ein Mann in Polizeiuniform?«

Die FBI-Männer, die Pinteros Lokal überwacht hatten, glaubten zu wissen, wen er meinte. »Ein städtischer Cop?«

»Ja«, sagte Dean. »Er war in dem Van ...«

»Ja, klar«, sagte der FBI-Agent. »Der mit der Hand. Ich habe ihn vorher gesehen. Aber ich weiß nicht, wo er jetzt ist.«

Dean wußte es.

Verschwunden.

SECHZEHN

Congressman Albert konnte die Mikrophone der Reporter fast schmecken, so dicht an seinem Gesicht waren sie.

»Bedeutet dies, daß das Antiterrorismusgesetz tot ist, Congressman?« schrie ein Reporter so laut, daß er alle anderen übertönte.

»Ja«, räumte Albert ein. »In dieser Form ja. Wir werden es für die nächste Sitzungsperiode neu formulieren. Wir müssen unsere Feinde überwachen, aber ebenso müssen wir auch die Leute überwachen, die sie überwachen.«

Carla, Eric und Dean verfolgten das alles im Fernsehen.

»Na klar«, sagte sie, »und wer wird die überwachen, die die Überwacher überwachen?«

Dean sah Eric an. »Das wird Mom übernehmen.«

»Nein«, sagte sie. »Dad. Dad war weg. Jetzt ist er mit Überwachen dran.«

Eric schüttelte den Kopf. »Fangt Ihr schon wieder zu streiten an?«

Carla lächelte. »Nein, wir üben bloß. Zeit, zu Bett zu gehen.« Dean gab Eric einen Kuß, und Carla ging mit ihm hinaus. Nachdem sie das Zimmer verlassen hatten, sah Dean auf den Fernseher.

Und sah sich.

Live.

»Brill«, sagte Dean. »Sind Sie das?«

Als ob er es nicht gewußt hätte.

Dean sah zu, wie sein Bild auf dem Fernseher wie ein Echo sagte: »Brill, sind Sie das?«

»Wissen Sie, wie widerwärtig es ist, daß Sie so etwas tun?« sagte Dean.

»Wissen Sie, wie widerwärtig es ist, daß Sie so etwas tun?« sagte der Dean auf dem Fernsehschirm.

»Das ist das Ende der Welt, so wie wir sie kennen . . .«

Und Dean sah, wie der Fernsehschirm sich in vier Bilder aufteilte.

– Eric, der im Bett las.
– Dean und Carla, die sich in der Küche begegneten.
– Brills orangefarbene Katze, die herumschlenderte.
– Und zwei Hausschuhe, auf die die Katze jetzt zukam und sich zum Schlafen zusammenrollte.